姫君よ、殺戮の海を渡れ

浦賀和宏

幻冬舎文庫

姫君よ、殺戮の海を渡れ

1

幼い頃、雪が降り積もった日、俺は大はしゃぎで外に飛び出し、小さな雪つぶてをコロコロと地面の上で転がした。雪つぶてはやがて大きな雪の玉になり、俺は夢中で雪だるまを作った。その雪だるまが俺の人生だとしたら、最初の雪つぶては妹の理奈《りな》だった。

どんなものにも最初のきっかけがある。そしてどんなものにも終わりがある。自分の人生に未練はない。だが、せめてあの愛らしい姪《めい》っ子がどんな人生を送るのかもう少しだけ見届けたかった。それだけは心残りに思う。

理奈——五歳下の俺の妹。

何故、俺の方が先にこの世に生まれ出たのに、理奈が糖尿病を患ったのかは分からない。糖尿病についてはまだ未知の部分が少なくなく世界中の医者が今尚《いまなお》研究を続けている。多分、その疑問についての決定的な解答は分からないままだろう。ただ俺は、自分が目に見えない偶然と必然に導かれてこんな結末を迎えたのも、何かの思《おぼ》し召しではなかったのかと、今ではそんなふうに思うのだ。

理奈が糖尿病でなかったら、俺がこんな、冷たく、暗い海の底で死ぬこともなかったはずだ。でも構わない。生物は海から生まれたというのならば、俺も生まれた場所に還《かえ》るのかもしれない。そう思えば怖くない。終わりも始まりも、同じなのだから。

父さんも理奈と同じように、糖尿病で日に何度もインスリンの注射を打っていた。そして俺が中学を卒業したのと時を同じくして、合併症の心筋梗塞で死んだ。糖尿病患者は平均寿命が健康な人間よりも十年短いというデータもあるというが、しかし享年四十五歳というのは、やはり早すぎるのは間違いないだろう。

心筋梗塞の原因は動脈硬化だ。血糖値が高いとコレステロールの塊が血管内に付着しやすくなり、結果、血管が狭くなり、血栓が作られ、脳梗塞や心筋梗塞を引き起こす。父の遺影の前で、もっと血糖値の管理をしっかりさせておけば、と泣いていた母さんの姿は今でもこの目に焼き付いている。

糖尿病は遺伝の要素も少なからず関係しているという。父さんと理奈の場合は、食事や生活習慣等で誰でも発病する可能性がある2型の糖尿病ではなく、免疫系の異常によって発病する1型の糖尿病だから尚更《なおさら》だ。そして1型の糖尿病患者は日本人では少ないという事実を知った俺は、どうして俺の家族だけがインスリンを手放せない生活を余儀なくされなければならないのか、と父さんを責めた。父さんが糖尿病だから、理奈も同じ病気を持って生まれたんだと。父さんは寂しそうに笑い、母さんは俺を平手で殴った。理奈本人は、何故俺が父さんを責めているのか理解できないような、きょとんとした顔をしていた。その無垢《むく》な理奈の顔が、余計に哀れを誘った。

父さんが死んで暫《しばら》くは、何故あんなことを言ってしまったのだろうと、自分を責める日が続いたけれど。

理奈も小学校に入ってからは、自分でインスリンを打つことを余儀なくされた。技術の進歩で昔に比べて患者の負担も少ないというが、昔ながらの注射器がペン型のカートリッジに形を変えたとしても、自分の身体《からだ》に針を刺すことには変わりない。また血糖値を測ることも理奈には負担だったはずだ。やはり採血のために指先に針を刺さなければならないからだ。

もちろん学校でもインスリンの注射や血糖値の測定を怠ってはならない。子供は残酷だ。毎日学校で注射をしている子のことをどう思うだろう。そして理奈は常にキャンディを持ち歩いていた。インスリンが効きすぎて血糖値が下がってしまうことがままあるからだ。血糖値を上げるグルカゴンという注射もあるのだがインスリンに比べて一般的ではないので、低血糖になった場合は、大抵は何か食べることで対処する。簡単に糖分が摂《と》れる菓子などはうってつけだ。

学校への菓子持ち込みは禁止されているのに、理奈は特別に許されている。学校でキャンディを舐《な》めている理奈を、快く思わない子もいただろう。逆に血糖値が上がっている時は、皆が美味しそうに菓子を食べていても、理奈は決してその輪に入ることができないのに。

そういう無理解もあり、理奈は学校で好奇の目で見られる対象だった。もちろん理奈がどんな学校生活を送っていたかは実際のところは分からない。しかし、偶然街で理奈の同級生の男子と遭遇した時の連中の理奈に向ける嘲りの声は、今でも耳に焼き付いている。

俺が中学二年生で、理奈が小学三年生だった時だ。俺たちはスーパーに買い物に行くために地元の町を歩いていた。俺たちは周囲の人にはとても仲の良い兄妹に見えただろう。髪の毛が同じように癖毛だったことから、良く似たもの兄妹だと親戚たちから冷やかされた。母は直毛だったが、父は癖毛だったので、やはり俺と理奈は父の遺伝子を多く受け継いだに違いない。理奈はその癖毛がコンプレックスだったようだが、カールしたショートヘアーは良く似合っていた。

その買い物の途中で四、五人の小学生男子と出くわした。全員初めて見る連中だった。普通だったらからかいの対象は、その癖毛なのだろうが、理奈には当然、癖毛よりももっと珍しい属性があった。彼らは理奈を見るなり、その属性を容赦なくあざ笑い、指を差して囃《はや》し立てた。

「うわっ！　糖尿病だ！　糖尿病が歩いてる！」

「糖尿病！　糖尿病！」

俺は頭に血が上り、その男子共を全員殴り飛ばした。そのせいで、母はそいつらの家に頭を下げて回るはめになった。そんなことは止《や》めろと俺は言ったが、母は聞き入れず目に涙を浮かべて家を出ていった。謝りにいったのではなく、連中の親にどうか警察沙汰にしないでくれと頼みにいったことを知ったのは、大分後のことだった。

当時はまだ存命だった父は、もちろん俺の行動を褒め称《たた》えはしないものの、俺を強く叱ったり、連中への謝罪を強制したりはしなかった。理奈と同じように子供の頃から糖尿病と闘っていた父には、俺の気持ちが良く分かったのだろう。

だけど当事者の理奈は違った。

「お兄ちゃんがそんなことをすると、余計に馬鹿にされるのに！」

そう言って理奈は怒った。理不尽だった。俺は理奈を助けてやったのに。でも今では理奈の憤りも理解できる。そうやって一時の感情で理奈を傷つける連中を殴っても、ずっと理奈を守り続けることなどできないのだから。理奈には理奈なりの、自分の人生を生きるための術《すべ》がある。しかし、まだ未熟だった当時の俺にはそのことが理解できず、この事件は、俺と理奈の間にわだかまりとして長らく残った。

そして父が死に、俺は高校に進学した。理奈も表面上は学校で上手《うま》くやっているように見えた。母は理奈の成長ぶりをことさらに喜んでいた。俺が中学校を卒業しようと、高校に入学しようと、そっけないものだったのに、などとは言うまい。理奈は持病を抱えているのだから。誕生日ごと、学校の年度ごとに母が大げさに喜ぶ気持ちは良く分かった。俺だって自分のこと以上に喜んだのだから。

小児糖尿病患者はやはり絶対数が多くないから皆、理奈のように周囲から奇異の目で見られたり、何故自分だけがこんな病気にかかったのだろう、という悩みを抱えたりすることが少なくない。そこで多くの糖尿病の子供たちが、糖尿病協会や各種医療機関が主催するサマーキャンプに参加している。海や山に行き、患者同士で交流を深め糖尿病について学ぶのだ。

理奈が最初にサマーキャンプに参加した小学二年生の時、子供が海や山などに行ったら我を忘れて遊び回って危険なのではないか、と俺は心配した。事故や怪我《けが》が怖いのではない。人間は運動すると血糖値が下がるものだ。毎日、血糖値を下げるためインスリンを打っている理奈にとって低血糖は致命的だ。

しかし、キャンプから帰ってきた理奈の晴れやかな顔を見ると俺は自分の考えを改めざるを得なかった。血糖値が下がるから運動をするななどと言ったら何もできなくなるし、また急な血糖値の変動に自分で対応できるようにすることも、キャンプの目的の一つなのだろう。付き添っている大人たちもその道の専門家ばかりなのだ。俺が心配する問題ではなかった。

二年生、三年生、四年生、理奈は元気にサマーキャンプに出かけていった。理奈が五年生になる前の春休みに父さんが亡くなり、もちろん理奈は父さんの葬式で涙を流したけれど、その年もキャンプに出かけ、そして少し元気になって帰ってきた。四回もキャンプに出かけていれば友達もできるだろうし、向こうのスタッフとも顔なじみにもなるだろう。理奈が、俺たち家族とも、学校とも違う、第三のコミュニティのメンバーでもあることに俺は気付き始めていた。俺は理奈がキャンプでどんな人間と付き合っているのかまるで知らない。学校などよりも、糖尿病という共通項で結ばれたキャンプの方がよほど楽しいことは想像に難くなかった。理奈が俺の知らないところで、知らない人間と仲良くしていることは面白くなかったが、理奈だっていつかは恋人を作り、結婚をする。いつまでも俺が守ってやることはできないのだ。

だが、そんな第三のコミュニティを、理奈が初めて拒絶したのは、六年生になり、五回目のキャンプから帰ってきたある夏の日の午後だった。

玄関のドアが開く音がした。理奈が帰ってきたのだろうかと思ったが、同時に異変を感じた。キャンプから帰ってきた理奈は、必ず、ただいまー！　と元気な声で帰宅を告げるのが常だったからだ。

しかしその時は違った。ペタペタという廊下を歩く足音に続いて、部屋のドアの開閉する音が聞こえた。やはり理奈だ。だが何も言わずに部屋に直行するなんて、この元気のなさはどういうことだろう。

「お帰りなさい」

母さんも俺と同じ不安を感じたのだろう。少しだけ早足で理奈の部屋に向かった。暫くすると、理奈の部屋から理奈と母さんが口論する声が聞こえてきた。俺も自分の部屋から出て理奈の様子を見に行った。ドアに遮られて二人の言い争いの声は良く聞こえなかったけれど、キャンプで何かあったのはどうやら確かなようだった。

俺も中に入ろうかどうしようか迷っていると、ドアが開いて母さんが部屋から出てきた。

「——敦士《あつし》」

まるでそこに俺がいることなど思いもしなかったように、母さんはそう呟《つぶや》いた。何だか盗み聞きをしていたようでバツが悪かった。

「理奈、どうしたの?」

と俺は訊《き》いた。

「もうキャンプに行きたくないって言うのよ」

困惑したように母さんは言った。二年生の時から理奈は毎年キャンプに参加している。キャンプが終わって帰ってきたら、一週間は理奈の川や山での思い出話に付き合わされるのが恒例だったのだ。

「もうキャンプ五回目だろ。それが今になってどうして？」

「私も訊いたけれど、あの子答えないの。いったい何があったのかしら――」

母さんは理奈がキャンプに行くことに全面的に賛成していた。やはり病気の子供を持つと、親の心労は計り知れないものがあるのだろう。我が家の場合は、一家の大黒柱を同じ病気で亡くしているのだから尚更だ。

キャンプには俺と同じ年代の高校生も参加している。そこまで年長になると、児童に糖尿病との付き合い方を教えるお兄さんやお姉さんという役割が強くなる。理奈が毎年キャンプに行けば、親同士の繋《つな》がりもできる。高校生の糖尿病患者の親は、母さんにとっても先輩のようなものだ。今までいろいろ相談に乗ってもらったに違いない。もし、理奈がキャンプに行くのを止めてしまったら、そういう今まで築き上げてきた人間関係が、一度リセットされてしまうのだ。母さんが理奈にキャンプを続けさせたいと思う気持ちも、良く分かった。

俺はそっとしておいてやろうと思い、すぐには理奈に声をかけなかった。しかし陽《ひ》が落ち、夕食時になっても理奈は部屋から出てこようとしなかった。母さんは慌てふためいた。普通の子供の反抗期だったら放っておくという選択肢もあっただろうが、理奈の場合は血糖値の増減が即、命にかかわる事態になってもおかしくないのだ。

こんな時、父さんだったらどう理奈を宥《なだ》め賺《すか》しただろう。俺は父さんと理奈との記憶に想いを馳《は》せた。きっと同じ病気を抱えている者同士、俺には分からない微妙な感情の機微を分かりあえただろうから。しかしどんなに考えても、父さんが特別な方法で理奈と接していた記憶はなかった。普段は仕事で忙しく、たまの休日に子供たちと遊ぶ、そんなどこにでもいる普通の父親だったのだ。

父さんが子供の教育を母さんに丸投げしていたとは思わない。理奈はそれだけ手のかからない子供だった。どんなに学校で冷やかされても、負けずに毎日明るく生きていた理奈がこんなにふさぎ込むなんて、やはり普通ではなかった。

「理奈」

俺は理奈の部屋のドアをノックした。返事はなかった。

「開けるぞ」

俺は恐る恐るドアを開けた。理奈は電灯もつけずにベッドの上で体育座りをしていた。どうやら泣いているようだった。俺はゆっくり理奈に近づいた。

「どうした？　いったい何があったんだ？」

理奈は答えた。

「——嘘つきだって言われた」

「え？」

「私のこと、嘘つきだって。私はただ本当のことを言っただけなのに」

「理奈──」

「みんなが言った。ほかの子たちも、先生も、お兄さんもお姉さんも、地元の人たちまで、私のこと笑って、終《しま》いには怒られた。そうやって嘘を言いふらすと、他の糖尿病の子供が迷惑するって。糖尿病のせいで嘘つきになったと思われるって──」

「本当にそんなことを言われたのか？」

理奈は頷《うなず》いた。

「そいつらは、理奈の何が嘘つきだって言ったんだ？」

理奈は顔を上げて俺を見つめた。暗闇の中、その二つの瞳は光って輝いて見えた。

しかしすぐに理奈は俺から顔を背けてしまった。

「どうせお兄ちゃんも信じてくれない」

「──母さんにも言っていないのか？」

理奈は頷く。

「話してみろよ。俺は理奈の話がどんなものであっても、頭ごなしに嘘だと言ったりしないから」

「本当？」

「ああ」

俺の言葉に理奈は逡巡《しゅんじゅん》するような素振りを見せたものの、やがておもむろにこう言った。

「イルカ――」

「え？」

一瞬、意味が分からなかった。この話の流れに出るような言葉ではないように思った。

「イルカを、見たの――」

「イルカって、あの海を泳いでるイルカか？」

「そうよ」

そう言って理奈は、今度こそ俺の顔を直視した。まるで請うような目だった。俺は理奈のこんな顔を見たことがなかった。

「水族館で、見たのか？」

「水族館なんて、行かない――」

俺も理奈を見つめ返した。

「本で見たのか？　それともテレビか？」

「違う！　本物のイルカを見たの！」

暗闇の中、俺は理奈と見つめ合った。少しの沈黙の後、俺は言った。

「理奈は群馬にキャンプに行ったんだ。群馬県に——海はないよ」

そう俺が言った途端、理奈は金切り声で叫んだ。

「ほらやっぱり信じない！　嘘だと言わないって言ったのに！」

「理奈——誰も嘘だとは言っていないじゃないか」

「嘘だと言わないって言った！　嘘だと言わないって言った！」

理奈は泣き叫び、そのままベッドに突っ伏してしまった。理奈の泣き声を聞いて、慌てたふうに母さんもやって来た。

「ちょっと、どうしたの？」

「お兄ちゃんまで私を嘘つき呼ばわりして！　お兄ちゃんなんて嫌いだ！」

母さんは部屋の電気をつけて、理奈を宥め賺した。しかしまったく効果はないようだった。母さんは目に浮かんだ涙を拭っていた。今まで特に理奈は癇癪《かんしゃく》なども起こさず手のかからない子供だった。むしろ俺の方が理奈の糖尿病に過剰にデリケートになっていたぐらいだ。でも理奈だって我慢していたのだ。それが今回のことをきっかけに爆発してしまったのだろう。

理奈の話を聞いてやろうと思ったのに、結果的に理奈を泣かせてしまった後ろめたさに耐えられず、部屋を出た。食卓の自分の席に座り、箸置きに置かれている理奈の箸を見つめた。

暫くして母さんが戻ってきた。理奈はいなかった。

「駄目──出てこない」

そう母さんは涙に濡《ぬ》れた目で言った。

「──低血糖かもしれないと思って、血糖値を測ったけど、特に変わりはなかった」

そう母さんは一人呟くように言った。低血糖になると、情緒不安定になったり、怒りっぽくなると言われているのだ。もちろん個人差があり、それによって大きく左右されるが。

せっかく理奈が帰ってきたのに、俺は母さんと二人で寂しい夕食を摂った。理奈の食事は、母さんが部屋に持っていった。

「母さん──イルカって、群馬にいるのかな」

「いるわけないじゃない。海がないんだから。川で見たとか何とか言ってたけど」

「川──」

食後、理奈は自分で食器を下げてきた。まだ目が少し赤かった。料理は半分以上残されていた。俺は理奈に声をかけたかったが何も言ってやれなかった。理奈も俺を無視するようにして自分の部屋に戻った。

結果的に理奈を刺激してしまった後ろめたさから、俺も理奈と同じように自分の部屋に引きこもった。理奈が心配だったが、俺が出ていってもどうにもならないことはさっき証明されてしまった。

横になって天井を見上げると、理奈の言葉が脳裏に渦巻いて止まらなかった。

『イルカを、見たの』

その夜、俺はイルカの夢を見た。


さすがにもう六年生なのだから過保護になることはないと分かっているが、それでも母さんは万が一のことが起きやしないかと、なかなか寝付かれなかったようだ。

理奈の病状が急変するようなことはなかったが、翌朝、小児糖尿病サマーキャンプ事務局から電話が来た。応対したのは母さんだったが、何の電話だったかは後に母さんから聞いた。

電話の主は、小早川《こばやかわ》という社会人のボランティアスタッフだった。理奈が低血糖で倒れ、そのことで皆と口論になって少々問題を起こした。理奈に心の傷を与えなかったか、また中学生になってもキャンプに参加してくれるのか心配になって電話してきたのだという。

心の傷？　与えたさ！　あんなに泣いていたんだから！――もし俺が応対したら、そんなふうに怒鳴りつけていただろう。しかし母は、いたって常識的に小早川と会話をしていた。

理奈はもうキャンプに行きたくないと言っていると母が告げると、あんなくだらないことでせっかく五年も続けたキャンプを止めるなんてあまりにももったいないから理奈を説得しに家に来るとのことだった。

　ボランティアだというし、向こうは良かれと思ってのことなのだろうが、何となく面白くはなかった。本人が行きたくないと言っているのだから、それでいいのではないか。理奈を嘘つき呼ばわりした連中なのだ。

「小早川さんが来るの⁉　何で⁉」

　理奈は言った。

「キャンプで何があったのか、話してもらうためよ。理奈に訊いてもはっきり言わないし」

「言ったじゃない！　イルカを見たのよ！」

「理奈！」

　母さんは怒鳴った。ああ、こんなふうにキャンプに参加している子供たちや、何人ものスタッフに言われて、理奈はキャンプが嫌になったんだなと俺は思った。

「イルカ、イルカって、そんなものがどこにいるの⁉　いるわけないじゃない、海がないんだから！」

「違う！　川よ！　川で泳いでたの！」

　俺は、瞬間的に多摩《たま》川でイルカが泳いでいる光景を想像した。この家から近い川といえば多摩川だからだ。だがイルカといえば綺麗《きれい》な海で泳いでいるというイメージがある。多摩川のような決して綺麗ではない場所には入り込まないだろう。群馬だったらまだ川の水は綺麗かもしれない。だがどこから入り込んだ？　多摩川ならまだ海に近いといえなくもないが、群馬の山奥となったら話は別だ。イルカのような大きな動物が、まるで鮭《さけ》のように川を遡って群馬まで泳ぐことが仮にあるとしたら、今頃目撃されて大騒ぎになっているはずだ。とにかく、あまりにも荒唐無稽すぎる。

「理奈――別にお前が嘘をついているとは言わない。でも、何かと見間違えたってことはないか？　イルカは普段、海で泳いでいるんだ。淡水では泳げないよ」

「それは魚の場合でしょう？　イルカは魚じゃないのよ！　お兄ちゃん高校生のくせにそんなことも知らないの⁉」

「と、ともかくさ。理奈は一人でイルカを見たんだろう？　どうして一人で川になんか行ったんだ？」

するとと、急に理奈は黙り込んだ。

「理奈――小早川さんと会いたくないのなら、会わなくてもいい。キャンプを止めたいなら止めてもいい。あなたの好きにしなさい。でもね、あなたが何かトラブルに巻き込まれていて、本心はキャンプを続けたいのに意固地になって止めたいなんて言ってるんじゃないか、お母さんはそれが心配なのよ。だっておかしいじゃない。今までキャンプのみんなとは仲良くやっていたのに、急にこんなことになるなんて！」

「もういい！」

「理奈！」

「私、一人でキャンプ場に戻るわ！　それでイルカの写真を撮ってくる！　それでみんな納得するんでしょう⁉」

「あなたを一人で群馬になんて行かせられるはずがないじゃない！」

「どうして行けないの⁉　普段から糖尿病でも理奈は普通の子供と同じように生きていけるってお母さん言っていたじゃない！　あれは嘘なの⁉」

「糖尿病じゃなくたって小学生が一人で群馬に行くなんて許しません！」

「お母さんの馬鹿！　嫌いだ！」

理奈は自分の部屋に駆け込むために、身を翻した。その瞬間、ばたりと廊下に倒れた。

「理奈！」

俺と母さんはほとんど同時にそう叫び、理奈に駆け寄った。理奈は呻《うめ》きながら、

「――大丈夫、ちょっとふらっとしただけだから」

と言った。

「敦士、測定器持ってきて」

「部屋にあるのか？」

俺の問いに理奈は頷いた。俺は理奈の部屋に向かい、机の上にあった理奈がいつも測定器を入れているポシェットを取って引き返した。

「いいよ――もったいないもん。飴《あめ》舐めれば治る」

「黙って」

測定用の針と試験紙は一回きりの使い捨てだ。インスリンを打っている理奈には保険が適用されるが、それでも毎日定期的に測定しなければならないので、費用は決して馬鹿にはできない。真面目な理奈は、必要以外の血糖値の測定はしたくないのだろう。

しかし母さんは、そんな真面目な理奈が、群馬の川でイルカを見たなどと荒唐無稽なことを言い出したのが、少なからずショックだったに違いない。おかげでケンカをするはめになった。あれだけ怒鳴ればかなり体内のブドウ糖を消費しただろう。昨日もずっと泣いていたし、低血糖になるのも頷ける。

理奈の指先にペン型の穿刺《せんし》器具を刺し、僅《わず》かに出血させ血糖測定器のセンサーに付着させる。五秒ほどで血糖値が測定器の液晶画面に表示された。

「43――！」

と母さんは短く叫んだ。血糖値は空腹時に100mg/dL 台が大体の正常値といわれている。

40mg/dL台はかなり危険な値だ。30mg/dL台にまで落ち込むと意識を失ったり、最悪死亡してしまうケースもありえる。

俺は冷蔵庫からジュースを出してグラスに注《つ》ぎ、母さんに渡した。母さんは理奈の口にグラスをつけ、ゆっくり飲ませてやる。最初は大人しくジュースを飲んでいた理奈だが、すぐにグラスを受け取って自分で飲み始めた。

「大丈夫――ジュースくらい一人で飲める。もう子供じゃないんだから」

と理奈は言った。だから群馬にも行きたい、などと言い出しかねない雰囲気だった。

「理奈――大丈夫？　何か食べる？」

「もう大丈夫よ！」

そう言って理奈はまた自分の部屋に駆け込んでしまった。小早川さんなんて呼ばないで！

そう言い残して。


だがしかし、その翌日、件《くだん》の小早川は家《うち》にやって来た。母は必要以上にぺこぺこと小早川に頭を下げていた。理奈が世話になっているのだから、それが常識的な対応なのだろう。それはそうかもしれないが、ちゃんと費用を払って参加しているのだから、そんなに下手に出ることはないのに、と俺などは思う。

彼はボランティアだというし、理奈を心配して家まで来たのだから決して悪い人間ではないのだろう。しかし理奈を嘘つき呼ばわりした連中の一人ということに違いはない。

小早川はハキハキと話し、いかにも子供の父母たちには好感を持たれるであろうという人物だった。整えられた短髪も少し陽焼《ひや》けした肌も、清潔で健康なイメージを相手に与えていた。きっと理奈も懐いていただろう。正直、いけ好かないタイプの男だ。

「理奈さんは、今日は？」

「すいません――小早川さんがいらっしゃるのでご挨拶しなさいって言ったんですけど、部屋に引きこもって出てこなくて――」

「いや、いいんですよ。糖尿病を患っていようがいまいが、思春期の子供はみんなそうです。特に理奈さんは今まで真面目だった分、甘えたいのに我慢していた部分もあったと思います。強制すると意固地になってしまうので、そっとしておいてあげましょう」

などと小早川は分かったようなことを言った。

「理奈を嘘つき呼ばわりしたって本当ですか？」

と俺は小早川に訊いた。

「敦士――」

母さんが咎《とが》めるように言った。突然そんな質問をするのは失礼だと言いたいのだろう。

「嘘つき、とは言っていないよ」

と小早川は俺のような生意気な高校生の扱いは手慣れたものだ、と言わんばかりに言った。

「お母さん。一昨日から今日までの理奈さんのご様子はどうでしたか？」

「帰ってきた日の夜はご飯を半分しか食べなくて——そのせいかもしれませんけど、昨日は血糖値が40まで下がって倒れてしまったんです」

「それは心配ですね」

「興奮したこともあるんだと思います。イルカを見たのに信じてくれない、だからもうあんなキャンプになんて行きたくないって、その一点張りで——あんなに興奮することなんて今までなかったんですが」

「今は、大丈夫なんですね？」

「ええ、それはもう」

「倒れられた時、意識を失いましたか？」

「意識を失ったとしても、一瞬だと思います。私の呼びかけにすぐに応えたので。立ちくらみでも起こしたのかもしれないと思って血糖値を測ったら、案の定——ジュースを飲ませたら気分が良くなったようで部屋に戻りました」

「その時、何かおかしなことを言いませんでしたか？　変なものが見えるとか」

「いいえ、特には――」

「そうですか。いえ、低血糖の症状には個人差がありますから、稀《まれ》に幻覚を見る糖尿病患者さんもいるんです」

その瞬間、俺は気付いた。小早川が何を言いたいのかに。

「イルカは理奈の幻覚だって言うんですか？」

俺は訊いた。小早川は否定しなかった。

「体内のブドウ糖が減少する低血糖は、脳にとっても良くありません。身体の他の部分はブドウ糖の他に脂肪やたんぱく質などをエネルギー源にしていますが、脳はブドウ糖のみを消費しています。重篤な低血糖になると身体が痙攣《けいれん》したり、昏睡《こんすい》状態に陥ってしまうのはこのためです」

「低血糖で脳が弱っていたから、幻覚を見たって言うんですか？　でも何でイルカなんか――」

と母が訊いた。

「幻覚の内容についての分析は、僕も勉強不足でなんとも言えません。でも、極端な低血糖に陥った患者さんが異常な言動をするのは珍しくないんですよ」

「確かにそんなようなことを本で読んだ記憶はありますが、まさか理奈がそんなふうになるなんて——」

母さんは小早川の言うことを鵜呑《うの》みにして疑う素振りも見せなかった。

「今日こちらに伺ったのは、キャンプの時、ちょっと心配なことがあったからです。電話で話すよりも直接お会いしてお話ししたほうが良いと思いまして。例の、理奈さんがイルカを見たと主張している状況についてです。当日の朝、理奈さんの姿がどこにも見られませんでした。夜中にバンガローを抜け出したんです」

母さんは息を呑《の》んだ。

「当然、大騒ぎになりました。朝の散歩をしていた管理人の息子さんが見つけてくれたんですけど、利根川の河川敷に倒れていたんです。恐らく夜中に抜け出して、そこで低血糖になって意識を失ってしまったんでしょう。グルカゴン注射も考えましたが、やはり最終手段なので、砂糖を歯茎に塗ることで対処しました。幸い意識を取り戻し大事には至りませんでしたが、意識を取り戻した時、何故あんな場所にいたのかという私たちの問いかけに対する返答が、例のイルカの話だったんです」

「申し訳ありません——糖尿病だからって甘やかして、ちゃんとしつけができていない面もあったと思います。よりにもよって夜中に出歩くなんて——」

何故、母さんが謝るのだろう。預かった子供を低血糖にさせて危険な状態にしたのは彼らの方ではないか。

「いえ、もしかしたらバンガローを出た時、既に低血糖だったのかもしれません。異常な行動をしても不思議ではありませんから。決してお母さんのせいではありません」

1型糖尿病の理奈には、血糖値を下げるインスリンは欠かせない。だから小早川の言っていることにも正しい側面はあるのだろう。しかし、すべてを病気のせいにされてはあまりにも理奈が気の毒ではないか。立ちくらみを起こして低血糖を疑われるのは、それは仕方がないと思う。でも、機嫌が悪くなっても、イルカを見ても低血糖のせいにされては、まるで糖尿病の子供は自己主張するなと言っているようなものだ。

「どうしてそうやって決めつけるんですか？」

「敦士――」

「本当にイルカを見たかもしれないじゃないですか。調べようともしないんですか？」

「――利根川にイルカはいないよ」

と小早川は言った。昨日から理奈は川、川と言っていたが、それが利根川であることを、俺はこの時初めて知った。

「利根川って大きな川でしょう？　いないって証拠があるんですか？」

「証拠は、イルカがいるって主張する方が出すものだよ。イルカがいない証拠なんて出しようがないんだから」

「でも理奈は見たって言ってるんですよ。それが証拠じゃないんですか？　それを調べもしないですぐに低血糖で幻覚を見たって決めつけるのは、怠慢でしょう」

「敦士！　そんな言い方は失礼だよ。小早川さんはわざわざ理奈の様子を見に来てくださったのに」

「いえ、いいんです、お母さん。お兄さんの疑問はもっともです。僕も一昨日キャンプから帰ってきてすぐに調べました。でも調べれば調べるほど、利根川にイルカが迷い込むのはありえないとしか思えないんです」

そう言って小早川は、バッグから一枚の紙切れを取り出した。

それはクレパスで描かれた、水面から顔を出しているイルカの絵だった。

「どんなイルカなの？」と質問した時に、理奈さんが現地で描いてくれた絵です。灰色で、頭がぷくんと膨らんで、流線形の身体をして、背びれがついています。我々がイルカと聞いて思い浮かべるイメージそのものの絵ですね。おそらくバンドウイルカでしょう。最もポピュラーなイルカの一つですね」

「理奈が見たっていうイルカが、テレビや水族館で良く見る典型的なイルカだから信用できないと？」

「それもあります。でも、もしどんなに理奈さんの側に立ってバンドウイルカが利根川で泳いでいる可能性を精査しても、あまりにも常識外れだと思います。まずそのイルカがどこから来たのか？　という問題があります。当然海からでしょう。利根川は千葉県の銚子《ちょうし》に続いています。銚子はイルカやクジラが見られる場所として有名ですから、それは良いんです。でも、イルカがそこから利根川に迷い込んで、川を遡って群馬県まで来るなんてあるとお思いですか？　二百キロ以上はありますよ」

「泳ぐこともあるかもしれない」

　分かっている、小早川が正しいことは。ただ俺はどんな理由であれ理奈を泣かせた人間の意見に与《くみ》したくはなかったのだ。イルカを見たというのは低血糖が起こした幻覚に過ぎない――そう決めつけられたら、理奈はどんなに傷つくだろう。たとえ事実がそうであっても、俺一人ぐらいは理奈を庇《かば》ってやりたい。そう思うのだ。

「いくらイルカでも二百キロも泳ぐのは無理よ、敦士」

　とすっかり小早川側についた母さんが言った。

「いえ、お母さん。イルカは自動車並みのスピードで泳ぐこともある行動範囲が広い動物ですから。一日百キロ泳ぐことも珍しくないんです」

「あ、そうなんですか？」

「だったら――」

小早川は俺の言葉を遮るように話を続ける。

「気になったのは理奈さんが目撃したイルカが一頭だけということなんです。イルカは基本的に群れで泳ぎますから。もちろん川で泳ぐような変わり種は、群れからはぐれたと考えることもできるでしょう。だけどはぐれたとしたって利根川を二百キロも遡るなんて、到底考えられないことです。川の水は淡水ですからね」

昨日の理奈との会話を思い出し、俺は間髪を容《い》れずに言った。

「イルカは魚じゃないです」

「ん？　魚じゃないって？」

「だから、魚じゃないから淡水でも泳げるってことです」

「あ、いや、そういうことじゃなくて、浮力の問題だよ」

「浮力？」

「海水は塩分があるから、その分だけ物が浮く。普段そういう環境で泳いでいたイルカが、突然、淡水の川に迷い込んだらどうなる？　思うように泳げないはずだ。少なくとも体力を消耗するのは間違いない。きっとすぐに海に引き返そうとするだろう。万が一その場に留《とど》まることがあるとしても、そんな環境で二百キロも川を泳いで遡るなんて考えられない」

俺は反論できなかった。俺自身、本心では利根川にイルカなんかいるはずがないと思っているのだから始末が悪い。しかしここで降参するのはしゃくだ。

「確かに理奈が描いたのは典型的なイルカの絵で、それはちょっと不自然かもしれない。でも目撃したまま描いたとは限らないでしょう？」

「どういうこと？」

「理奈は確かにイルカを目撃した。でも一瞬だったから細かいところは良く見えなかった。だから想像で補った」

「つまりバンドウイルカじゃなかったかもしれないと？」

「川を泳ぐ種類のイルカだったかもしれない」

「川を泳ぐイルカはいないこともないです。有名なところでは中国の長江に生息するヨウスコウカワイルカですか。またインドシナのメコン川など東南アジアの川にはイラワジイルカというのもいます。でもトネガワイルカというのは寡聞にして知りませんね」

そう言って小早川は笑った。何が可笑《おか》しいんだと俺は思った。

「僕も理奈さんが嘘を言っているとは思いたくないです。ただし僕の考えているのは川で泳ぐ新種のイルカではなく、もっと別の可能性ですけど」

「別の可能性？」

「そうです。利根川というのは日本で一番大きな川ですからね。たとえば粗大ゴミを投げ捨てるような輩《やから》がいないとは言い切れない。理奈さんの目には、流れるゴミが、偶然、イルカのような形に見えたんじゃないでしょうか。さっきは幻覚だなんて穏やかではない表現をしてしまいましたが、低血糖で意識が朦朧《もうろう》としていたら見間違えることは十分ありえると思います。しかも理奈さんがイルカを目撃したと言っているのは夜でした。あの河川敷には明かりなんてありませんからね」

「理奈が一人で見たと言ってるんですね」

と俺は念のため訊いた。小早川は頷いた。だから理奈の発言を誰も信じないのだ。

「どうして、理奈から目を離したんですか？　あなたは低血糖だからゴミをイルカと間違えたなんて簡単に言いますけど、預かった子供を夜中に出歩かせて、もしそのまま意識を失ったらどうするつもりだったんですか？」

小早川はいけしゃあしゃあと答えた。

「確かに理奈さんを始め、お子さんたちは皆、糖尿病の患者さんです。しかし僕は彼らを特別扱いしようとは思いません。みんな、インスリンが手放せないし、血糖値のコントロールも必要ですが、それさえちゃんとやれれば健康な人間と同じように暮らせるんです。もちろん幼児や小学校低学年のお子さんはこちらで面倒を見なければならない面もあるでしょう。

しかし理奈さんはもう小学校六年生です。血糖値の管理は自分でできるはずです」

「理奈が低血糖になったのは自業自得だと？」

イルカを目撃した時に低血糖だったか否かは定かではない。だが俺の頭には昨日のことがまだ残っていた。普段は真面目な理奈だって、六年生ともなれば思春期の芽生えを感じているだろう。昨日のように自暴自棄になって血糖値の管理を怠ってしまうことだってある。確かに小早川の言っていることは正しいかもしれない。しかし、それで子供が重篤な状態に陥ってしまったら、いったいどう責任をとるつもりなのか。

「もし低血糖になったとしたら、理奈にはその自覚があるはずです。意識がぼんやりとした上で、しかも周りが暗いから、何かをイルカと見間違えたんだって自分で気付くんじゃないですか？」

小早川は、こほんと咳払《せきばら》いをした。

「もちろん、嘘をついて引っ込みがつかなくなった可能性もあります」

「理奈は嘘なんて——」

そう言いかけたが、あまりにも身内《み》贔屓《うちびいき》が過ぎると思って、俺は口をつぐんだ。ただ、嘘をつくにしても、それなりの理由があるはずだ。

今まで小早川は、どちらかというと母さんに向かって話していたが、こちらに身体を傾け、俺に向かって話しかけてきた。

「別に意図的に嘘をついたというわけじゃないんだ。自分の見間違いに気付いたけれど、もうみんなに言いふらした後だったから、引っ込みがつかなくなった可能性は十分あるだろう？　それならそれでいい。嘘をつくなだとか、間違いを認めろだとか、そんなことを言いにここに来たんじゃない。僕はただ、理奈さんに中学校に入ってからもキャンプに来て欲しいと頼みに来ただけなんだ。もちろんそれを決めるのは理奈さん本人だけど、もしイルカの嘘の件でサマーキャンプに行くのは今年限りで止めるという選択をしてしまったら、僕は悲しい。あんなことはみんな一年経《た》ったら忘れるようなことだから、何も気にする必要はないんだよ――そうお兄さんの君の口から、理奈さんに伝えて欲しい」

今、小早川は、はっきりと、イルカの嘘、と言った。

何だかんだと口当たりの良いことばかり言うが、やはり小早川は理奈が嘘をついていると思っているのだ。サマーキャンプを運営するには参加者が持ってくる参加費が必要だから、一人でも多くの糖尿病の子供たちを抱え込みたいのだろう。それがこの男の本音なのだ。

でも、来年もキャンプに行くかどうか決めるのは、理奈自身だ。

「あの、訊いていいですか？」

「何だい？」

「そもそも、どうして理奈は夜中に抜け出して、利根川にまで行ったんですか?」

「理奈?」

俺は理奈の部屋のドアをノックした。返事はなかった。まさかとは思うが、小早川が来るから窓から逃げ出したのだろうか。

俺は恐る恐る部屋のドアを開けた。理奈はいた。

「小早川さんは——?」

と理奈は小さな声で訊いた。

「帰ったよ。理奈によろしくだって。顔を見たいけど、会いたくないって言ってるのに無理に押しかけると心に傷を残すことになるってさ。もっともらしいこと言うよな」

理奈は答えない。

「あいつ、何かいけ好かないよな。母さんは、ボランティアでやっているのにわざわざ家にまで様子を見に来てくれるなんてって感激してたけど、そういうの押しつけがましいっていうんだ」

「——どうして、私にそんなことを話すの?」

「いや——理奈も、あいつのことを嫌いだと思って——」

「――私、小早川さん、頼りがいがあるから好きよ」

「じゃあ、どうして部屋にこもって出てこなかったんだ？」

「別に、小早川さんのことが嫌いになったわけじゃないわ。ただ――合わせる顔がなくて」

理奈はまだ小学生だ。そんな子供が合わせる顔がない、と呟くなんて背伸びをしているように思えて、俺は思わず笑いそうになった。

「みんなが私を嘘つき呼ばわりしたけど、あの人はまだ、私の味方をしてくれた方だから」

私を信じてくれた、と言わないところが、理奈も自分が彼らからどんなふうに見られているのか、よく分かっているようだった。

俺も、理奈にしてみれば、あの小早川と同じなのだろうか。口では宥め賺し、理奈を擁護するが、しかし本心では利根川にイルカがいるなんて決して信じていない。理奈がいない場所では、ああやって他の人間と理奈の話がいかに信憑性《しんぴょうせい》がないかを冷徹に語るのだ。

嫌だ。

確かに利根川でイルカが泳いでいるなんて話は、にわかには信じがたい。だが俺は小早川の仲間にはなりたくなかった。

「理奈、一つだけ質問していいか？　どうして夜中に利根川なんかに行ったんだ？　昼間、みんなで河原《かわら》で遊んでいた時にイルカを見たってわけじゃないんだろう？」

イルカを見たっていう証人が一人もいないから、こんな問題になっているのだ。

理奈はまるで請うように俺を見た。

「言いたくない――」

その時、俺は思った。理奈がイルカを見たというのは、やはり嘘なのではないかと。理奈はイルカを見た、イルカを見た、と繰り返すばかりで、その場に居合わせた理由は決して口にしようとはしない。つまり理奈にとっては、そちらの方が絶対に隠しておきたい秘密だったとしたら？

翌朝、何らかの理由で、理奈が夜中に外を出歩いていたことが発覚した。当然、小早川を始めとする大人のスタッフは理奈を問い質《ただ》すだろう。どうして外に出たのかと。

しかしその理由は理奈にとって絶対に隠し通しておきたい秘密だった。だから理奈は自分が低血糖で倒れてしまったことを利用し、イルカを見たなどと言い出して外出した理由をあやふやにしたのだ。

本当に理奈が夜中の外出の理由を隠すためにそんなことをしたとしたら、大成功といえるだろう。今現在、問題になっているのは理奈がイルカの存在を主張し、皆から仲間はずれのような状態になってしまったことで、理奈がどうして外を出歩いたのかは、ほとんど顧みられていないのだから。

俺は鎌をかけてみた。

「あんなキャンプ止めたかったら止めればいいさ。どうせ来年は中学生だ。いろいろ忙しくなる時期だろうから、いいタイミングだったんじゃないか？　でも、もうあのキャンプ場に行けなくなるのは残念だな」

すると果たして理奈ははっとしたふうに顔を上げ、そしてすぐにまたうつむいた。その一瞬の動揺は演技ではないな、と俺は思った。

「お兄ちゃん――」

理奈がうつむいたまま呟いた。

「何だ？」

「お兄ちゃん、私の味方？」

はっきりとそんな質問をされたことがなかったので、俺は少し答えに躊躇《ちゅうちょ》してしまった。

「――そりゃ、妹だからな」

と適当に答えてお茶を濁した。味方か味方じゃないのか、と問われれば味方と答えるほかないが、はっきりそう答えるのが気恥ずかしかった。

理奈は顔を上げて、少し潤んだ瞳で俺の顔を見た。そして理奈が言い出したことは、俺の予想外のことだった。

「じゃあ、また私をあのキャンプ場に連れていってよ」

「え——？」

「私と一緒に、あのイルカを探して。もうあのキャンプを止めるのなら、最後にお別れぐらいしたいから」

「お別れって、イルカとか？」

理奈は頷いた。

「でも、同じ場所に行ってもまたイルカが現れる保証はないだろう？」

「保証はないけど、可能性はゼロじゃない」

と理奈は言った。

俺はその場で暫く考えを巡らせたが、すぐには答えを出せそうもなかった。

「ちょっと考えさせてくれ、俺にも予定があるし」

と俺は答えた。嘘だった。俺だって今は夏休みだ。正直言って、俺が通う高校はそれほど偏差値が高くない。進学校の夏休みとなれば、皆、塾や予備校やらで忙しいだろうが、俺にはそんな予定はない。自分で勉強すればいいじゃないか、と人は言うだろうが、俺は勉強については諦めているところがあった。

インスリンの欠かせない理奈の治療費はうちの家計を圧迫している。父さんがいない今は尚更だ。息子を塾や予備校などに通わせる経済的な余裕は我が家にはなかった。

それなのに、どうして理奈の希望にすぐにイエスと答えなかったのかは、理奈を連れての旅行には不安があったからだ。今までの人生で、自分で計画を立てて旅行などしたことは一度もなかった。群馬への旅行はちょっとした冒険だ。即答するには心の準備がいる。

「後で母さんとも、相談してみるから」

「そりゃ、お母さんに黙って連れていってとは言わないけれど、お母さん——反対するだろうな」

そうだろうな、と俺は思った。キャンプは糖尿病に理解がある年長者や大人のスタッフがそろっているから、母さんも安心して理奈を預けたのだ。俺と二人っきりで旅行だなんて、猛反対するに違いない。

「理奈は、本気なんだな？」

と俺は念を押すように訊いた。

「冗談でこんなことを言うと思う？」

と理奈は答えた。理奈にせよ、別に俺を頼りにしているわけではないのだろう。一人で行くのは流石《さすが》に不安だ。かといって母さんも仕事があるから急に旅行の予定は組めない。消去法的に、夏休みにぶらぶらしている兄を保護者として指名したに違いない。

その時、俺は飯野《いいの》の顔を思い出した。俺と二人っきりで旅行させることには反対するであろう母さんも、飯野と一緒に行くと言えば賛成するのではないか。

飯野は俺の同級生で、偏差値が低いだけあってガラの悪い連中が少なくない俺たちの高校の中でも、真面目な優等生タイプだった。勉強もできる方だからもう少し良い高校に進学できたのではないか、と思うが、冷静に考えれば周りが俺を含めて頭の悪い連中ばかりだから、全国的に見れば極めて平均的な成績の飯野が目立ったのかもしれない。

飯野は真面目だから、クラスの連中に金などをたかられることも少なくなかった。そういう時、俺は飯野を守ってやり、その代わりに勉強を教えてもらった。俺があの学校の中で何とか平均的な成績を維持できているのも、偏《ひとえ》に飯野のおかげだった。

学校の外でも飯野とつるむことは少なく、理奈も飯野とは顔なじみだ。何度か、三人でアニメの映画を観《み》に行ったことがある。その時の理奈の飯野に対する評価は『紳士的な善い人』だそうだ。その大人びた表現に、俺と飯野は二人して笑った。

駅前のファミレスで飯野と会った。耳にかかるほどの長いストレートヘアーは細面の顔に似合っていて、気弱なタイプだが女の子たちの評判は悪くはなかった。俺が入ってくるのを見ると、飯野はメロンソーダのストローから口を離し、にこやかな顔で俺を見た。

「悪かったな。呼び出して」

「ううん、いいよ。暇してたから」

そんな挨拶を適当に交わしてから、俺はさっそく本題に入った。飯野は黙って俺の話を聞いていた。

「つまり、一人で妹さんを群馬に連れていく自信がないから、僕も一緒に付いてきて欲しいってこと？」

「そんなはっきり言われちゃむかつくけど、まあそういうことだ」

飯野はまるで妹に振り回されている俺をあざ笑うかのように、にやけた顔をしていた。

「まあ、僕は別に良いけど——」

「お前の分の旅費は、何とかする」

「いいよ、それくらい。自分で出せる。もしそれが気まずかったら、君に貸したってことにしといてくれよ。出世払いでいい」

「出世払いね」

「それよりも、沢山いる中から僕を選んだのが意外だね。もっと他に頼れる友達がいるんじゃないの？」

「いや、飯野がちょうどいいんだ。何しろ、理奈は紳士的なお前を気に入っているからな」

「止めてくれよ、それ！」

　俺は少し真顔になって、

「飯野、これは冗談じゃないんだ。もちろんお前には何の関係もない話だけどさ。群馬には絶対何かがある。何もなしに理奈がイルカを見ただなんて言うはずがない」

　理奈を群馬に連れていけば、真実が分かるかもしれないと思った。もし理奈に何か隠し事があったとしても、ここまで連れてきてくれたのだからと、俺には打ち明けてくれるかもしれない。

「やっぱり、君も理奈ちゃんが嘘をついたと思ってるの？」

「ああ。もちろん、図らずも嘘をついてしまったのか、あるいは意図的に嘘をついているか、それは分からないけど、利根川にイルカが泳いでいるわけがないしな。おっと、今のは理奈には内緒にしておいてくれよ。いちおう俺は理奈の味方だって体《てい》なんだからな」

「体ね」

　そう言って、飯野はニヤニヤと笑った。

「何だよ」

「案外、本当にイルカが泳いでいるかもね」

「お前まで何言ってるんだよ」

「いや、そうだとしたら面白いじゃないか。僕らは一躍有名人だよ」

俺が小学生の頃だろうか。多摩川にアザラシが迷い込んだことがあって、その時は、連日ニュースで放送していたように記憶している。アザラシごときであの騒ぎなのなら、利根川でイルカが泳いでいたら大騒ぎになるだろう。第一発見者の理奈、そして兄の俺はマスコミに引っ張りだこになる。そんな有名人なんてくだらない、と俺の中の大人の部分が呟くが、やはりテレビに出られるかもしれないと思うと、少しワクワクする。取材費として謝礼も出るかもしれない。それで飯野の分の旅行費は賄えるな、などと俺は獲《と》らぬ狸の皮算用をした。狸じゃなくてイルカだが。

「そうだったら良いかもしれないな。でもな、イルカがいないって可能性の方が遥かに高いことは、現時点では間違いないんだ」

「まあ、その小早川ってボランティアが言っていることの方が常識的だと思うよ。でもさ、よりにもよって群馬なんかに旅行に行こうっていうんだよ？　何か夢がないと楽しくないじゃないか」

「群馬県民が聞いたら怒るぞ」

意外に飯野も乗り気だったので、俺はほっと胸を撫《な》で下ろした。いきなり旅行に、しかも群馬に行くなんて、受験勉強で忙しいなどとつれなく断られるかと思ったのだ。

「それにしても、理奈ちゃんはキャンプ場に戻ってどうする気かな——」

「どうする気って？」

「もし君の考え通り、理奈ちゃんが現地であった何かを隠しているんだったら、君にもそれがばれるってことだよね？　だって一緒に行くんだから」

「まあ——そういうことになるだろうな」

「ということはイルカの嘘がばれるってことだ」

「さっきまでイルカがいたほうが夢があるなんて言ってたのに、急に現実的になるんだな」

「まあ、聞いてよ。君と群馬に行ったら、どうせ真実が分かる。なら、ここで直接言えば良いじゃないか。どうしてわざわざ群馬なんかに連れていくの？　いや、別に群馬に行きたくないから言っているわけじゃないんだよ」

「多分、やり残したことがあるんだろう。それを済ませた後なら、嘘がばれても良いと考えた。もしすぐ秘密を打ち明けてしまったら、群馬行きそのものも潰《つぶ》されるかもしれない」

「うん。多分、僕もそういうことだと思うんだ」

「何だよ、分かってるなら訊くなよ」

「いい？　理奈ちゃんは夜中にバンガローを抜け出した。でもその理由をできれば知られたくないと思っている。うっかりついたイルカの嘘でちょっとした騒動になって、家にはボランティアの大学生までやって来る——理奈ちゃんはチャンスだと思ったんじゃないか」

「チャンス？」

「だから、群馬に戻るチャンスだよ。理奈ちゃんは二年生の時から、同じ場所でサマーキャンプを続けてるんだろう？　現地に知り合いができても不思議じゃない」

「知り合い？　でも理奈はそんな話は——」

そう言いかけて俺は口をつぐんだ。飯野が今言ったではないか、その理由を知られたくないと——。そもそも俺は理奈のキャンプでの知り合いなんて、ほとんど知らないと言っていいくらいなのだ。

「ボーイフレンドでもできたのかもしれない」

怖れていた言葉を、あっさり飯野が口にした。

「理奈が夜中に男と会っていたって言うのか？　まだ小学生だぞ！」

「小学生っていったって、もう六年生じゃないか。群馬に戻りたがっている理由も、これで説明できる」

「つまり理奈に良いように利用されてるってことか？　群馬に連れていかせるために？」

「君が理奈ちゃんを可愛《かわい》がっているのは有名だからね。理奈ちゃん、前に僕に話してくれたよ。お兄ちゃんは私に過保護で困るって」

「そんなこと――言ったのか？」

「ああ。もちろん理奈ちゃんは糖尿病だから、君がいろいろ世話を焼くのも仕方がないかもしれないけど、でもいずれ理奈ちゃんにも恋人ができるだろうし、結婚もする。いつかは手放さなくちゃ。もしかしたら、今回の騒ぎを機会に、ちゃんと君に紹介するつもりかもしれないじゃないか。そのボーイフレンドを」

理奈の男友達なんて考えたくもなかった。だが理奈にだって恋をする権利はあるのだ。

理奈が毎年キャンプに参加しているのも、やはり本人が望んだからというのが最大の理由だ。俺は単純に同じ病気と闘っている仲の良い友達に会うのが楽しみなのだろう、と思っていたが、そうではなかったのかもしれない。

もちろんボーイフレンド云々《うんぬん》は飯野が言い出したことだが、現地に友達ができたという可能性は少なくなさそうだ。それとなく理奈に問い質してみようかと思ったが、余計な詮索をして機嫌を損ねられるのは拙《まず》かった。

とにかく、すべては群馬に行ってからだ。そうすればすべてはっきりする。

母さんは、俺と理奈の群馬行きに最初は反対した。俺が理奈の保護者では頼りないということもあるが、わざわざ現地に行ってイルカ事件の真相を探るという目的が気に入らなかったらしい。理奈の幻覚、あるいは見間違いということで決着がついたのに、どうして寝た子を起こすようなことをするのか、というのが母さんの主張だった。

もし本当に理奈が低血糖のせいで幻覚を見たとしたら、母さんとしてはぞっとしない話だろう。そんなことにいつまでもこだわって欲しくない、という気持ちも分かる。俺は、理奈を再び現場に連れていってイルカなんていないことが分かれば、少しは素直になって来年もまたキャンプに行くよ、と母さんを説得するしかなかった。

それでも渋る母さんも、飯野も一緒に連れていくと言ったら態度を和らげた。確かに飯野のおかげで俺が今の成績を維持できていることは母さんも知っているし、その飯野の物腰の柔らかさは理奈だけではなく母さんにもすこぶる評判が良かったから予想通りの結果なのだが、何となく面白くなかった。そんなに自分の息子が信頼できないのかという不満だ。もっとも俺とて、糖尿病の妹を連れ回して何かあったらどうしようと不安だったのだから、これは仕方がない。

理奈も、飯野が旅行に参加することを喜んでいるようだった。口うるさいばかりでその実頼りない兄よりも、飯野の方が頼りがいがあるのかもしれない。そう考えるとやはり面白くない。面白くないことばかりだ。

しかしそれを相殺して上回るほどの、群馬に何があるのだろうという好奇心と、仲の良い友人と可愛い妹と旅行できるという高揚感に俺は胸をときめかせた。

毎年恒例のキャンプ場は利根郡みなかみ町というところにあった。そもそも利根川は利根郡と新潟県の境目にある、大水上山《おおみなかみやま》が水源なのだそうだ。つまり、利根川の源流の町といっても過言ではないのではないか。

もしかしたら大水上山にイルカをおびき寄せる何らかの『力』があり、それを二百キロ以上先の銚子の海から感じ取った選ばれたイルカだけが、利根川を遡って理奈の前に姿を現した――俺はそんな物語を思い浮かべた。もちろん荒唐無稽そのものだが、理奈の話の背景としては悪くない。どうせ利根川をイルカが泳いでいるという前提自体、荒唐無稽なのだから。

サマーキャンプではいつもキャンプ場のバンガローに泊まっているようだが、食事は自分で用意しなければならない。俺も飯野も料理にはまったく自信がなかった。したがって食事はすべて外食ということになる。だが、それだけまた余計に金がかかってしまう。それにせっかくキャンプ場に泊まったのに、食事は毎度毎度外食というのも味気ない気がする。それなら安いホテルに泊まろうかとも思ったが、食事が出ないことは同じだ。

飯野と相談した末、食事が出る民宿がリーズナブルで良いのではという結論に落ち着き、理奈がイルカを目撃したというキャンプ場の近くに一軒あったから、そこを予約した。

次に交通手段だ。サマーキャンプでは貸し切りのバスを使っていたが、俺たちの場合は電車で行くしかない。東京から高速バスも出ているようだが、期間限定だったり、特定の旅館の宿泊客限定だったりして、あまり手頃なものはなかった。

最寄りの水上《みなかみ》駅までは、東京から普通電車を乗り継いで三時間ほどだ。アニメの映画二本観ると思えばまったく苦にならない。理奈もバスに乗ってもそれくらいかかるから大丈夫と言ったのでそのプランに決まりかかったが、母さんに激しく反対された。病気の妹を三時間も固い座席に座らせるのか、という理屈だ。バスだってそれほど快適ではなかっただろうに、と思ったが、それくらい子供たちだけで旅行に行かせるのが不安なのだろう。

「確かにお母さんが一人であなたたちを育ててるけど、子供を新幹線に乗せるお金ぐらいありますからね！」

という理屈で、母さんが三人分の特急券代を出してくれた。

理奈がキャンプに出かける時は、ほとんど他人事《ひとごと》だが、今回はいちおう俺が保護者だから、理奈の持ち物も入念にチェックした。理奈はそんなこと自分でできるから大丈夫なのに、と唇を尖《とが》らせたが、万が一にも間違いがあってはいけないのだ。

インスリン注射器のセットはもちろんだが、血糖測定器、尿に含まれる糖分をチェックするための試験紙、念のためキャンディやタブレット菓子も大目に持っていく。東京ならお菓子はどこにでも売っているが、みなかみ町は恐らくどちらを向いてもコンビニがあるという土地ではないだろう。

　また血糖値を上げるためのグルカゴン注射器のキットも忘れることはできない。低血糖が酷《ひど》くなると昏睡状態に陥ることだってありえる。その場合、キャンディを舐めさせたりジュースを飲ませたりすることはほぼ不可能になる。小早川は砂糖を歯茎に塗ったなどと言っていたが、粉砂糖をわざわざ持ち歩くより、注射器のキットの方が携帯に便利だ。まあ、グルカゴンを使うようなことにはならないだろうが、備えあれば憂いなしだ。

　それらの荷物を、理奈はお気に入りのポシェットに大事そうにしまっていた。

「糖尿病カードは？」

「ちゃんと持ってるわ」

　理奈は過保護な兄にうんざりするように言った。

「首からぶら下げておけよ。気付いてもらわなきゃ意味ないんだからな」

「言われなくても分かってる！」

　糖尿病協会が発行している糖尿病カードは、持ち主が糖尿病であること、倒れた場合携帯している菓子を食べさせて欲しいこと、それでも回復しない場合はカードに記載された医療機関に連絡して欲しいこと、が簡潔に明記されている。一人でいる時に意識不明になってしまったら自分ではどうすることもできないから、このようなカードを携帯することも必要なのだ。

　カードのことをしつこく理奈に言ったのには理由がある。もちろん俺と飯野がいるのだからカードの世話になることはないと思うが、それでも俺たちの目を盗んで勝手にどこかに行ってしまうかもしれない、という不安が拭《ぬぐ》えなかったからだ。

　俺の脳裏には、ふらふらと倒れた理奈の姿が焼き付いている。あの時ジュースを飲ませなかったら、確実に理奈は昏睡状態に陥っていただろう。そしてそのまま死んでいたかもしれない。父さんに続いて理奈まで死んだら、母さんは悲嘆にくれるだろう。そんな母さんの姿は見たくない。

2

　そして俺は、理奈と飯野と共に群馬県利根郡みなかみ町に向かって出発した。何だか俺は自分も理奈の第三のコミュニティの一員になったようで、少し不思議な気持ちがした。理奈は理奈で、新幹線に乗れるというのではしゃいでいた。飯野は東京駅のキヨスクで真剣な顔をしながら新幹線の中で食べる弁当を選んでいた。

理奈は窓際に座って、会話もそこそこに車窓を流れる景色を眺めていた。飯野は買った弁当をパクつき、俺はせっかく行くのだから、何かしらの収穫があればいいなと考えていた。

「悪いな、飯野」

「何が？」

「いや、貴重な夏休みを理奈のために使わせて」

「私は別に飯野君に来て欲しいだなんて言ってませんよーだ」

「じゃあ、理奈ちゃんは僕が来ないほうが良かった？」

「ううん。お兄ちゃんだけじゃ頼りないもん」

そう言って、理奈と飯野は笑い合った。

「そうじゃなくてさ、飯野は受験するんだろう？　受験勉強の時間を奪っちゃったかな、と思って」

「三枝《さえぐさ》は受験しないの？　だって受験コースだろう？」

「そりゃ、そうだけどさ。俺の受験と飯野の受験じゃ話が違うよ。飯野はそれなりの大学に行くんだろうけど、俺はどうだか分からない」

飯野は小さく笑った。

「それなりって言ったって、あの高校じゃ有名どころは無理だよ。卒業生の中に一流の大学に行った先輩がいるかい？」

「でも俺よりいいところに行くのは確かだよ。俺は大学は諦めて専門学校にでも行こうかな」

「何の専門？」

「福祉はどうかな。将来看護師になるのもいいかもしれない。何しろうちには病人が一人いるんだから」

「ちょっと、お兄ちゃん、大人になってからも私のことに構う気？」

「当たり前だろう。何歳になっても、結婚したって、理奈は俺の妹なんだから――そうだ、お前。飯野に俺が過保護だって言ったそうだな。妹を心配して、こうしてわざわざ群馬まで連れていってやってるのに、なんて言い草だ」

「だって、そうでしょう⁉　うるさいのよ、お兄ちゃん。文句ばっかり言って」

「何だと――」

その時、後ろの席に座っていた中年の男性が、ゴホンと大きく咳払いをしたので、俺たちは慌てて口を閉じた。

新幹線は上毛高原《じょうもうこうげん》駅に一時間十五分ほどで到着し、そこからバスに乗って水上駅に向かった。結局、東京から二時間もかからずに目的地に到着した。アニメの映画一本分だ。普通電車で来ていたらこの倍かかったと思うと、特急券の金を出してくれた母さんには感謝しなければならない。

　小さいながらも、まるで背後に雄大な森を従えたような水上駅は、その佇《たたず》まいがなかなか絵になっていて、俺は携帯のカメラで何枚か写真を撮った。駅前が土産物屋が軒を連ねる商店街になっているところは、さすがに観光地だ。

「これからどうするの？」

　と理奈が訊いた。

「民宿の車が迎えに来てくれるみたいだ。でも、ちょっと早く来すぎちゃったな」

「なんか美味しそうなお店がいろいろあるよ。さっき弁当食べなきゃ、あそこで時間を潰せたのになあ」

　と誰よりも弁当を美味《うま》そうに食っていた飯野が駅の向こうの商店街を見やって言った。

「飯野、お前ってもしかして食い意地が張ってるのか？」

「頭の良い人はカロリーを沢山消費するから、お腹《なか》が減るのよ。ねえ？」

　と理奈が飯野を擁護した。いやあそれほどでも、と飯野は頭をかく。

　温泉の町だけあって、あちこちに温泉饅頭《まんじゅう》が売っている。饅頭を食べ歩き、土産物屋の店先を冷やかすだけで送迎バスが来るまでの時間潰しには十分なった。しかし約束の時間になっても、一向に車の来る気配はない。

「もしかしたら、お饅頭食べているうちに来ちゃったのかな」

「それで私たちがいないから、さっさと帰っちゃった？」

と理奈が不安そうに言った。業を煮やした俺は民宿に電話をした。電話を取った民宿の主人は、たった今出ていったのでもう少しお待ちくださいと申し訳なさそうに言った。

それから更に十分ほど待つと、若葉マークをつけた白いバンがふらふらとこちらにやって来た。まさかあれじゃないだろうなと目を凝らすと、案の定バンのスライドドアに『いはら荘』という文字が大きく躍っていた。

バンは駅前で停《と》まると、運転席から長い髪をポニーテールにした女性が出てきた。車を運転しているから大人なのだろうが、女性というより、女の子という感じだ。女の子は辺りを見回していたが、俺と目が合うとこちらに走り寄ってきた。

「三枝さんですか？」

俺は頷いた。

「遅くなってすいません！　お迎えに上がりました！」

そう言って女の子はペコリと頭を下げた。ポニーテールにした髪がゆらりと揺れた。本当にまだ若そうだ。俺たちと同世代ではないのか。

「三枝です。よろしくお願いします」

　と理奈も頭を下げた。俺たちは女の子が運転するバンに乗り込み、一路いはら荘に向けて出発した。若葉マークだけあって、慎重の上に慎重を期しているといった感じののろのろ運転だ。迎えが遅れたのはこのせいかな、と俺は思った。

　女の子はフェンダーミラー越しに、こちらをちらちらと見ているようだ。いったいどういう客なのかと勘ぐっているのだろう。彼女は地元の人間だろうか、もしかしたら夏休みの間だけ東京からやって来てバイトしている、という可能性もなくはない。いろいろ質問してみたかったが、運転中に話しかけるのは気が咎めた。それほど交通量は激しくないが、何しろ彼女は若葉マークなのだ。

「お客さん、ご家族ですか？」

　しかし、向こうから話しかけてきた。

「僕は彼と高校の友達で、この子は彼の妹なんだ」

　と飯野は言った。

「友達同士の旅行に妹さんが付いてきたのかな？」

　と女の子は言った。本当は兄妹の旅行に飯野を連れ込んだのだが、説明が面倒だった。

「高校何年生ですか？」

「二年だよ」

「へえー。じゃあ一コ下か」

「お姉さんも高校生なんですか？　車運転してるからもっと大人だと思った」

理奈が驚いたように言った。

「家の仕事手伝わなきゃいけないから、十八になって速攻で免許取ったのよ」

「いはら荘って、あなたのご両親が経営しているんですか？」

「そうよ。私は娘のユカ。井原《いはら》ユカよ。よろしくね」

こっちは客なのに、年下だと分かった途端にタメ口になったのがしゃくだが、しかし仲良くなればいろいろな情報が手に入るかもしれない。

「免許取り立てで慎重に運転したから遅れたんだね」

と飯野が言った。

「あ、それもあるけど、ちょっと男とトラブっちゃって。一回デートしたぐらいで彼氏気取りで鬱陶しいんだから」

「元カレってことですか？」

理奈が偉そうに訊いた。

「言ったでしょう、一回デートしただけだって。まあ、せいぜい友達以上、元カレ未満ってところかな」

井原ユカと仲良くなって情報を訊き出すのはよいが、理奈がこういう男女間の問題に興味を抱《いだ》くのは嫌だな、とぼんやり思った。

「すいません、利根川自然キャンプ場ってここから近いんですか?」

俺はこれ以上、ユカが自分の男関係の話をするのを阻止したくて、話題を振った。

「利根川自然キャンプ場? まあ車だから、近いっていえば近いけど。でもどうして?」

「ちょっとあそこの利根川を見てみたくて」

すると理奈が慌てたように、

「お客さん以外の部外者がうろつくと管理人さんに怒られるよ。別に利根川の河原にはキャンプ場からじゃなくても行けるから」

と言った。

「あ、そう」

話題を変えるために言っただけだから、今すぐキャンプ場に行けなくても、別に構わなかった。でも、そんなに慌てて否定しなくてもいいのに、と俺は思った。もしかしたら理奈にはキャンプ場に行きたくない何らかの理由があるのかもしれない。

「じゃあ、利根川自然キャンプ場には行かなくていいのね?」

念を押すようにユカが言った。

「はい、ごめんなさい。兄が変なことを言って」

「お前が利根川に行きたいって言ったんじゃないか」

「だから別に、キャンプ場には行かなくても良いんだって」

みっともなく兄妹ゲンカを始める俺たちをミラー越しに見ながら、ユカは言った。

「利根川を見に来たの？　車が空いてる時間なら、どこでも案内してあげるわ。キャンプ場はちょっと嫌だけど」

「どうして？」

と無邪気に飯野が訊く。

「だって商売敵だもの！　団体客はみんなホテルか大きな旅館に泊まっちゃうし、それ以外のお客さんも結構キャンプ場に泊まるのよ。あんなの何がいいのかしら、ちっちゃなバンガローに泊まって、ご飯も出ないのに」

この町に来た時は、いつもキャンプ場に泊まっている理奈は肩身の狭そうな顔をした。

「でも、利根川自然キャンプ場って、そんなに管理人が厳しいって噂《うわさ》は聞かないけど。ゲートもないし」

「そうなんですか？」

「もちろん程度問題で、お客さん以外の人をおおっぴらに迎え入れるキャンプ場はないと思うけど、広い敷地のすべてに管理人の目が行き届いているってわけじゃないと思うから。バンガローや炊事場に近づかなきゃ平気なんじゃないかな。もし駄目でも、利根川が目的だったら、キャンプ場を迂回《うかい》すれば行けるんだから」

「確かに利根川までキャンプ場の敷地に含まれるってことはないだろうしね」

　ユカの言う通り、キャンプ場に行くといっても目的地は利根川だ。そこから近い利根川でイルカを見たと理奈は言っている。キャンプ場のセキュリティがどの程度なのかは分からないが、敷地に入らなければ何一つ問題はない。

「やっぱり商売敵の動向は情報収集するの？」

　と飯野が訊いた。

「そりゃあね。最近のお客さんは、宿の対応が悪かったらすぐにネットに書き込むから。もちろんうちもいろいろ書かれるんだけど」

「心配しないで、僕らはそんなこと書かないから。あ、送迎の車が遅刻したな。あれはちょっと減点対象かも」

「ごめんなさい！　いろいろ案内するから、見逃して！」

「とりあえず、宿に向かってください」

と俺は言った。いろいろと理奈に訊きたいことがあったが、第三者のユカがいるのでためらわれた。宿について一息ついてから理奈を問い質し、今回の三泊四日の旅行の計画を練らなければならない。何しろ、俺たちは何一つ予定もなしに、この町にやって来たのだから。

民宿というとこぢんまりした印象を受けるが、いはら荘は旧家を改装したかのような立派な佇まいだった。俺たち以外に客はどれくらいいるんですか、と訊いたが、ユカはまあぼちぼちね、と言葉を濁した。ホテルや旅館に客が取られていることをおおっぴらにしたくないのかもしれない。俺としては、他の客が少ないほうがユカに車で案内してもらえて好都合だ。

ユカの父親の民宿の主人は、若い人たちだけで旅行だなんて感心です、などとしきりに言って俺たちを歓迎してくれた。何が感心なのか良く分からないが、若い客はなかなか民宿には泊まらないのかもしれない。俺たちが案内されたのは『ひまわり』という名前の十畳ほどの和室だった。なかなか居心地は良さそうだ。

「あ、理奈ちゃんも同じ部屋なの？」

と飯野が言った。

「糖尿病の妹を一人で泊まらせられるかよ」

「別に一人でも泊まれるけど、贅沢《ぜいたく》言わないわ」

と理奈。

「糖尿病って？」

荷物を運んでくれたユカが訊いてきた。

「妹が糖尿病なんですけど、別に食べられないものはありませんから」

「そうなの、大変なのねえ」

とユカは軽く言った。俺の話を良く分かっていないのかもしれない。

「でも来年から中学生だろう？　君は良いかもしれないけど、僕は他人だもの」

「なんだ？　お前ロリコンだったのか？」

「いや、違うけど！」

俺たちの話を聞いていたユカが可笑しそうに笑った。

「あなたたち面白いのね！」

「飯野が変なことを言ったから笑われただろ。理奈、心配するな。もし飯野が襲ってきたら、俺が守ってやる」

「はいはい」

と呆《あき》れたふうに理奈は言った。

「それで、どうするの？　どこかに行く？」

そのユカの問いかけに、俺は飯野と理奈の二人と目配せをしてから、答えた。

「ちょっと三人でどこに行くのか相談します」

「そう、じゃあ一時間ぐらいしたらまた来るね」

ユカが部屋を出ていくと、俺たち三人は思い思いに座った。

「理奈、そろそろ本当のことを話したらどうだ」

「え？　本当のことって？」

白々しく理奈は言った。

「あの人がキャンプ場に案内してくれそうになった時、お前、行きたがらなかっただろう」

「だってそれはユカさんが商売敵のところになんて行きたくないって言うから」

「それは後の話だろう。その話が出る前から、お前はキャンプ場の話題が出るのを嫌がった。どうしてだ？　お前はイルカを探しに来たんだろう？　だったら直《じか》に利根川に行けばいいじゃないか」

「だって——ここに来て荷物を先に置いたほうが良いと思ったし、それに、ユカさんにイルカを探していると思われたくなかったし——」

「どうして？」

「どうしてって、会ったばかりの人だもの」

確かにそれは一理あった。利根川に生息しているイルカを探しに来たんだ、などと迂闊《うかつ》に告げたら、どんな目で見られるか分かったものじゃない。

「本当にそれだけ？」

　と飯野も訊いた。

「そうよ。だってイルカを探しに来たんだもの。ユカさんがいなかったら、すぐにでも行ったって良かったけど」

　俺は飯野と顔を見合わせた。

「じゃあ、彼女に案内してもらうのは無理かな。観光名所にも行かずに利根川ばっか散策していたら不審がられるだろう。理由を言わなきゃしょうがない」

「そうだな――現地の人に協力してもらうのは助かるけど、信じてもらえなかったら協力どころじゃないもんな。理奈、ここまで来たから腹を割って話すぞ。あの小早川は、理奈が低血糖で幻覚を見たんだって言っているんだ。それについてはどう反論する？」

「幻覚？　なんで私がイルカの幻覚を見るの？」

「それは分からない。ただ小早川は理奈が何を見ようと幻覚で片づけるのが手っ取り早いと思ってるんだ」

　理奈は黙り込んだ。怒っているのかと思った。だが、違った。

「幻覚――？　イルカに触ったのに――」

理奈はそう呟いて、自分の手をじっと見つめた。演技をしているようには見えなかった。もちろん印象に過ぎないが。

「理奈に幻覚だって言った人は一人もいなかったのか？」

「低血糖のせいだとは言われた――」

「そりゃ、はっきりと幻覚だって言うと、ちょっと言い方がキツイもんね。そういう言い方をする人はいなかったのかもしれない」

「ねえ、お兄ちゃん。幻覚ってはっきり見えるの？」

その理奈の質問に答えられず、俺は飯野に無言で助けを求めた。彼も困った顔をしている。

俺は糖尿病ではないから低血糖で幻覚を見たことなど一度もない。血糖値が40mg/dL以下になると、痙攣、昏睡、そして異常行動が見られることがあると知識で知っているだけだ。幻覚を見ると断言している書籍は少ないが恐らく異常行動の範疇《はんちゅう》に含まれるのだろう。ましてや、低血糖時の幻覚がどの程度のリアリティを持って当人に迫ってくるかなど、俺には想像もできない。

幻覚の件は一先《ひとま》ず措《お》こう。どんなに考えても堂々巡りで結論は出ない。それよりも、もっと重要なことがある。

「俺は別に、小早川の意見に賛成するわけじゃない。でも理奈が夜中に出歩いていたのは事実だろう？　理奈はイルカの話ばかりするけど、そもそもどうして夜中に出歩いていたのかは話してくれないじゃないか」

　それを誤魔化すためにイルカの話をしたんじゃないか、とは言えなかった。理奈を感情的にさせてしまうと思ったのはもちろんだが、自分の手を見つめる理奈に果たしてそんな作為があったのか疑問に思ったからだ。

「誰かに会っていたんじゃないの？」

　と飯野が言った。はっとしたように理奈は飯野の方を向いた。図星だな、と俺は思った。

「理奈――正直に答えてくれ。今回の旅行は、その誰かに会うためか？」

　理奈は俺のその質問にはすぐには答えなかった。ただ、おもむろに言った。

「イルカとは、もう多分、二度と会えないと思うから」

「――どういうことだ？」

「あの夜、川に逃がしたんだもの――」

　理奈は呟いた。

「逃がしたってどういうことだ？　理奈が逃がしたのか？　キャンプ場を抜け出したのは、イルカがいるって分かっていたからなのか？　前から知っていたのか？　どうして知ってたんだ？」

俺の質問に理奈は唇を震わせるばかりで、何も答えなかった。

「おい、理奈――」

俺は理奈の肩をつかんで揺り動かした。その俺の腕を、飯野がつかんだ。

「飯野――」

「いっぺんに訊かれても、理奈ちゃん答えられないよ。一個一個順番に答えようよ。ね？」

理奈は頷いた。

「この旅行の目的はイルカを探すためだよね？　でもイルカを逃がしたっていうんなら、もうここにはイルカはいないってこと？」

「ちゃんと海まで逃げたんなら――多分」

「じゃあ、どうしてこんなところまで連れてきたんだ？」

「三枝！」

思わず口を挟んだ俺を飯野が咎めた。

「イルカを見つけるっていうのは、ここに来る口実だったの？」

「まったく嘘ってわけじゃないわ。もしかしたらまだイルカが利根川を彷徨《さまよ》っているかもしれないでしょう？」

「まだイルカが逃がした場所に留《とど》まっているかもしれないっていう僅かな可能性にかけて、

理奈ちゃんは僕らをここまで連れてきたの？」

「——私、飯野君なんて呼んでないよ。お兄ちゃんが勝手に連れてきたんじゃない」

遂に理奈は泣き出した。飯野はここにいる理由を全否定されても理奈に対する温和な態度を崩さずに、泣いている理奈の背中を撫でている。

「僕のことはどうでもいいんだ。とにかく、そのイルカを逃がした誰かと、理奈ちゃんはここで知り合ったんだね？」

泣きながら理奈は頷く。

「いつからの知り合いなの？」

「三年生の時——二回目のキャンプから。私、来年から中学生だから、もしかしたらもうキャンプに来ないかもしれないって言うと、最後の思い出を作ろうって、そう——」

俺はできるだけ落ち着くように自分に言い聞かせ、理奈に話しかけた。

「イルカのことで皆に嘘つき呼ばわりされる前から、もう最後のキャンプにしようと思っていたのか？」

「そこまではっきり考えていなかった。でも中学に入ったら受験勉強もしなきゃいけないし——キャンプに行く余裕なんかないかもしれないって思って」

「理奈ちゃんが参加しているキャンプって、地元の子供たちと交流するイベントとかあるの？」

「あるにはあるけど、そういうので知り合ったんじゃないわ。キャンプ場の管理人さんの子供――」

「利根川自然キャンプ場の管理人の子供と、友達になったってこと？」

理奈は頷いた。なら余計にさっきユカに連れていってもらえば良かったじゃないか、という言葉が口をついて出そうになったが、また飯野に注意されると思って黙っていた。

「もしかしたら、もう会えなくなるかもしれないから夜中にこっそり会おうって。だから一緒に利根川の河川敷に行ったら、そこで――」

「そこで、イルカを見たんだね？」

「そうよ。誰かがイルカを逃がしてたの。私、てっきり叱られると思った。でも、その人は私たちを叱らずに声をかけてきたの、ちょっと手伝ってちょうだいって――」

「手伝う？」

「その人、トラックの荷台に載せてイルカを運んできたの。そのまま荷台を傾けて、川にドボンって。イルカは浅瀬に引っ掛かって動けなくなっていた。だから必死で押してるところに、私たちが通りかかったの」

「それで理奈ちゃんたちに手伝ってくれって、その人が頼んだんだね」

「うん」

「その人、どんな人？」

「女の人。お兄ちゃんや飯野君よりも年上。ユカさんよりも年上かもしれない。ズボンとTシャツ姿で、髪は長かったけど、縛ってた」

「ユカさんみたいに？」

「うん。でもあんなにちゃんとしていなくて、作業の邪魔だからその時だけ適当にまとめたって感じ」

飯野は暫く考え込むような素振りを見せて、

「イルカを見られても慌てる素振りも見せずに、協力してくれって頼んだのか。ってことはイルカを逃がしたってこと自体は秘密でもなんでもなかったってことか？」

と呟いた。

「私と目が合うと、しまった！　って顔をしたけれど、それよりも目の前のイルカを逃がすほうが先決だったみたい」

「名前とかは訊かなかったんだね？」

「イルカが川を泳いで行ったら、すぐにトラックでどっかに行っちゃったわ。でも私はまたイルカがこっちに来るかもしれないと思って、ずっとそこで待ってたの。でもそのうちふらふらっとなって倒れちゃって――」

「まさか、朝までイルカが現れるのを待っていたのか？」

理奈は暫く考え込んだ末、

「何時間も待ったけど、気付いたら朝だった」

と答えた。無理をしたから意識を失ってしまったのだろう。もしかしたらイルカを見たという興奮で、自分が低血糖の状態になっていることに気付かなかったのかもしれない。

「理奈ちゃんを見つけたのは管理人の息子だった――」

飯野が呟いて俺を見た。俺は理奈に訊いた。

「息子って、いくつだ？」

「中学一年生――」

「理奈ちゃんがバンガローを抜け出したのは、その子と会うためだね？」

その飯野の質問には、理奈はすぐには答えなかった。

「理奈。叱ったりしないから、言いなさい」

「真司《しんじ》君とは毎年会ってるし――スポーツができるし、カッコいいし」

「それで理奈ちゃんは二人で利根川の河原に行った。そこでイルカを逃がすのを手伝った。でも、その後、どうして理奈ちゃんは一人でそこに倒れてたの？　管理人の息子――真司はどうしたの？」

　理奈は請うように俺の目を見つめた。

「真司君、私に抱きついてきた」

　一瞬、頭がカッとなった。

「最初っから、そのつもりで私を河原に連れてきたのよ。イルカを逃がして、あの女の人もトラックに乗って立ち去ってから、真司君はようやく邪魔者が消えたって感じで——真司君のことは好きだったかもしれない。でも、私、全然そんな気がなかったから、泣いて抵抗して顔をぶったの——明日、みんなに言うって。そしたら真司君、勝手にしろって言って一人で帰っていっちゃった——。私、ショックで——。ずっとそこでうずくまって泣いていた」

「それで気がついたら、低血糖で倒れていたんだね？」

「——私、死にたいと思ったの。だからずっとそこにいた。でもさっき逃がしたイルカがもう一度顔を見せてくれたら、バンガローに戻ろうって——。でもイルカは来てくれなかった——」

　朝の散歩の途中で理奈を見つけたと言っていたが、中学生が朝に散歩などするのだろうか。間違いなく、様子を見に戻ってきたのだろう。そうしたら理奈が倒れていた。だから慌てふためいてキャンプ場に連絡した——そういうことではないだろうか。

最後の思い出を作ろうともっともらしいことを言って、要するに今回が襲う最後のチャンスかもしれないから呼び出したわけだ。理奈だってもっと年上の男だったら警戒しただろうが、一つ年上の中学生がそこまで露骨なことをするなど想像できなかったのかもしれない。

「その真司ってやつ、殺してやる」

と俺は言った。

「気持ちは分かる」

と飯野も言った。

「止めて――もういい。終わったことだから。抱きつかれた以外に何もされなかったから」

「理奈はそのことを、小早川たちに言ったのか？」

「言ってない――言えなくて――」

「小早川って人は、銚子から川を遡ってここまで来るはずはないって言ったんだね？　でも今の理奈ちゃんの話だと、イルカはここから川に逃がされたんだよ。小早川はその可能性にまったく考えが及ばなかったのかな？」

「ああ――でも別に小早川を庇うわけじゃないが、俺だってまさかトラックでイルカを運んで川に逃がす奴がいるだなんて思わなかったしな――」

「でも理奈ちゃんは小早川に、イルカがトラックで運ばれてきたことも話したよね？」

「――話した。でもみんなろくに話を聞いてくれなかった」

俺は現場の混乱を想像した。預かっていた子供がいなくなり、河原で倒れているのが発見されたのだ。大騒動になるだろう。そんな時に意識を取り戻した理奈が、たとえ真実を言ったところで低血糖で混乱しているだけだと思われるに違いない。それにその日はキャンプ最終日で、そのまま東京に帰るのだ。理奈の証言をちゃんと調べる時間もなかっただろう。キャンプ場には沢山人がいる。理奈はちゃんとトラックでイルカが運ばれてきたと証言した。それが人から人に伝わるうちに、もともと利根川にイルカが泳いでいるという話になり、それを小早川が聞いたのかもしれない。とにかく理奈の話を大人たちは誰もがちゃんと聞いていなかったことがこれで分かった。いや、俺ですら頭ごなしに決めつけて理奈の話を聞かなかったかもしれない。

やはり飯野を連れてきて良かった。飯野は人当たりが良いし、理奈も俺には反抗して素直にならなかった可能性もある。俺も感情的になってしまうかもしれないし。

「ってことは、その真司という管理人の息子も、イルカを見たんだ。つまり証人じゃないか。そいつを問い詰めれば、理奈が嘘を言っているわけじゃないって証明できる！」

俺は喜び勇んで言った。理奈はこくりと頷いた。そうか、そのために俺を群馬に連れてきたんだな、と思った。仮に理奈が一人で真司を問い詰めても、軽くあしらわれるのがオチだろう。だが高校生の兄を連れていけば、白状せざるを得ない。

しかし飯野は、

「そう簡単に行くかな――」

と呟いた。

「何でだよ」

「だって考えてもみなよ。その真司って奴は、理奈ちゃんを夜中に連れ出して襲おうとしたんじゃないか。イルカを見たと証言することは、それを認めるってことだ。仮に利根川を泳ぐイルカが目撃されていたら、さすがに言い逃れはできないだろうけど、現状はそうはなっていない」

キャンプから一週間ほど経っている。その飯野の言葉は俺に、未《いま》だに誰にもイルカが目撃されていないという事実を思い知らしめた。イルカがどの程度の大きさなのか今の俺の知識では分からないが、トラックで運ばなければならないほど大きいのは事実だろう。そんな大きな動物が泳いでいるのに、誰にも目撃されていない。仮に無理な運搬がたたって死んでしまったとしても、死体は上がるはずだ。

理奈が低血糖のせいでイルカの幻覚を見たという可能性は依然として残っている。管理人の息子に襲われたショックと低血糖で幻覚を見て、なおかつ出来事の前後関係もあやふやになるのはありえることだ。それを確かめるためには、やはり一度真司に会わなければならないだろう。イルカのことはともかく、理奈を襲おうとしたのが事実だったのであれば、ただじゃおかない。

「真司が、理奈ちゃんの言っていることは低血糖のせいの幻覚だとみんなに思われていることを知っているのかどうかは分からないけど、もし知ってたらそれに乗っかるはずだと思うよ。女の子に悪戯《いたずら》しようとしただなんて、バツが悪いものね」

「でもそんなの酷くないか？　低血糖で朦朧としている女の子だったら襲い放題ってことじゃないか。被害を訴えても信じないってことなんだから。もしかしたら理奈ももっと酷い目にあっていたかも――」

「――止めてよ」

理奈が小さな声で言って、うつむいた。想像すらしたくないのだろう。俺だってそうだ。

「いくらなんでも今の時代にそこまでの児童虐待はないさ。理奈ちゃんの場合はとにかくイルカの話が派手すぎて、悪戯のことは明るみになっていないんだからね。キャンプの主催者に相談すればきっと対処してくれるはずさ」

たとえイルカを見たのが本当だとしても、そんなことは黙っていて、真っ先に襲われたことだけを言えば良かったのに、と俺は思った。

「とにかく、その管理人の息子に会いに行くぞ。シラを切るかもしれないが、もし白状しなかったらぶん殴ってやる」

「暴力は駄目だよ。無理やり言わせたって意味がない」

「分かってる！　言葉の綾《あや》ってやつだ。飯野は子供から話を聞き出すのが上手いから、お前がいれば力強い。暴力の出番はないはずだ」

確かに真司が素直に悪戯の件を認めるとは限らないが、こうしていても始まらない。飯野は何か言いたそうな顔をしているが、こっちが動けば付いてこざるをえないだろう。俺は立ち上がり、部屋のドアを開けた。するとそこにユカが立っていた。突然の出現に驚いたように、わっ！　と叫んだ。叫びたいのは俺の方だ。

「何だ⁉　何でそんなところにいるんだ⁉」

「これ、あげようと思って」

ユカは手に温泉饅頭を三つ持っていた。

「何だ、サービスしてくれるのなら、さっき食べなければ良かったな。でも遠慮なくもらうよ、ありがとう」

食い意地の張っている飯野はユカの手から温泉饅頭を受け取ってテーブルに置いた。しかしユカは手ぶらになっても、まだ呆然《ぼうぜん》としたようにそこに立っている。

「どうした？」

と俺は訊いた。よくよく考えれば、ユカに車の運転を頼めるから、ここにいてくれて都合が良いのだが、何だかこの場所にユカがいるのが酷く場違いに思えた。

ユカは俺の顔をじっと見つめて言った。

「イルカって何？」


結局、ユカにも俺たちがこの町に来た理由を一部始終話すはめになってしまった。だがイルカの話はともかく、管理人の息子の真司が理奈を襲いかけたというのは見過ごすわけにはいかない。警察に被害届を出すことも本気で考えなければならないだろう。そのためには、現地に一人協力者がいるのは心強かった。

ユカのふらふら運転で、利根川自然キャンプ場に向かった。ハンドルを握りながら、ユカは言った。

「イルカって川の水で泳げるのかなあ」

「やっぱり浮力が違うから上手く泳げないっていうね」

と飯野が答えた。小早川がそう言っていたことを、飯野にも教えたのだ。

「それもあるけど、いくらイルカがエラ呼吸していないからって、やっぱり淡水と海水の差が問題になるんじゃないかな。水は塩分の多い方に移動しちゃうんでしょう？　えーと、なんていうんだったかな」

「浸透圧だろう？」

「そうそう、それ！　人間だってお風呂に入ると細胞がお湯を吸って手がしわしわになるじゃない」

「お湯より体液の方が塩分濃度が高いからね」

「イルカの場合は体液と海水の濃度がほぼ同じということでしょう？　だって海で泳いでいるんだから。もしそれを淡水の利根川に入れたら、たとえ死ななくたって、やっぱり体が水を吸ってしわしわになっちゃうんじゃないの？」

人間は風呂に入る。だがそのままずっと風呂に浸《つ》かったまま暮らせと言われたら、確かに身体がおかしくなるかもしれない。人間は水の中で暮らすようにできていないのだ。

「もともと、初めから淡水で飼っていたイルカなんだろう」

「淡水に慣らして育てたってこと？」

「ああ、たとえば海水魚をいきなり淡水に入れたら駄目だろう？　でも少しずつ慣らしてゆけば、海水魚と淡水魚を同じ水槽で飼えるっていうじゃないか。魚にできてイルカにできないはずがない」

駅からの車では、いちおう警戒してユカには敬語を使っていたが、さっきドアの外で盗み聞きしていたユカとばったり出くわして以来、ずっとタメ口だ。他人行儀のような言葉使いを止めた途端、秘密を共有している仲間同士という奇妙な錯覚を覚えた。

「でも、どうしてそんなことをするのかな――それも海なし県の群馬で」

とユカが呟いた。

「水族館って海の近くに建っていることが多いでしょう？　あれはいつも綺麗な海水で水槽を満たすことができるからよね。その何者か、大金持ちの個人か、会社組織かは分からないけれど、淡水でイルカを育てたいから、群馬でイルカを飼える設備を作ったとか？」

「イルカを飼うにはどうしても大量の水がいるから、利根川の水を利用したってことだね。下流じゃ汚染されているかもしれないけど、何しろみなかみ町は最も上流といってもいいぐらいだもの。水が綺麗なのは間違いない」

「そうよ。この町のどこかで、淡水でイルカを飼う実験をしていたのよ。それを可哀想《かわいそう》に思った何者かがイルカを逃がした。理奈ちゃんと真司っていう管理人の息子はそれを目撃した――これで全部筋が通るわ」

利根川でイルカが泳いでいるなどという話をしたら笑われても仕方がないところだが、ユカは真剣に可能性を探っているように見えた。飯野のように理奈の気持ちを考えて話を聞いてあげているというふうでもない。理奈を馬鹿にしたような態度をとらなかったことは素直に嬉《うれ》しかったが、ある意味、子供っぽい性格なのかもしれない。

「でも、この観光地の温泉街に、そんな実験をするような大掛かりな施設があるのか？」

「観光地っていったって、土産物屋さんしかないってことはないから。でも、ちょっと漠然としすぎてるわね。イルカ研究所だとか、堂々と名前を出していれば別だけど」

「確かに東京の大企業が、地方に研究所とか研修施設とか建てるのは珍しいことじゃないしね。何か実験してそう、みたいな条件だけで探すのは無理そうだね」

と飯野は言った。ユカは、

「なんだか探偵みたいね。楽しい！」

と笑った。利根川のイルカの存在がどれだけ疑わしかろうが、ユカは深く考えずにレクリエーションとして楽しんでいるのかもしれない。

理奈はもともと口数が少なかったが、時間が経つにつれまったく喋《しゃべ》らなくなった。ただ食い入るように窓の景色を見つめている。おそらく見憶《みおぼ》えがあるのだろう。普段、キャンプでしか来ない場所に、まったくのプライベートな用件で舞い戻ってきたのだ。同じ景色でも違って見えるのかもしれない。

あるいは真司と対峙《たいじ》するのを怖《おそ》れているのか——自分を襲おうとした男なのだ。だからこそ、兄の俺がここにいるのだ。理奈を守り、励ますために。

ユカは、キャンプ場の駐車場に堂々とバンを停め、俺たちを降ろした。ここからでも小綺《こぎ》麗《れい》なバンガローやコテージが立ち並んでいるのが分かる。

「ここに停めて大丈夫？」

と心配そうに飯野が訊いた。

「そりゃ漠然とした理由で来るのはちょっと嫌だったけど、今はれっきとした理由があるんだから何の問題もないわ。でも管理人さんに電話してから行ったほうがいいかな」

などとユカは言った。

「連絡なんかしなくていい。時間の余裕を与えたら、口裏を合わせられるかもしれないだろう。こういうのは突然行くのが意味があるんだ。刑事だってそうするだろう」

「刑事のやり方なんかしらないくせに」

と理奈が呟く。

「理奈」

俺は腰を落とし、理奈と目の高さを合わせた。

「何にも心配する必要はないんだ。俺がついてるから」

「うん――」

理奈は不安そうに頷いた。俺はユカと飯野の方を見ないで、理奈と共にキャンプ場に堂々と足を踏み入れた。飯野は口は上手いが行動力には難があるし、ユカは商売の問題があるから少し消極的かもしれない。俺が率先して動けば、きっと二人も俺の後に続くはずだ。

「ちょっと待って！」

ユカが叫んだ。

「何だよ！　ここまで来てためらうのか⁉」

俺は背後のユカに大きな声で応えた。ユカは言った。

「管理人棟、そっちじゃないわよ！」

俺はその場でくるりとUターンした。ユカと飯野はもうとっくに管理人棟の方に向かって歩き出していた。俺は慌てて二人の後を追った。

「ちょっと、お兄ちゃん。しっかりしてよね。私まで恥かくじゃない」

「すいません」

以前、ここを訪れたことがあるのか、ユカは勝手知ったる様子ですたすたと歩いていく。商売敵というのは冗談みたいなもので、観光地の同業者同士、いろいろと接点があるのかもしれない。

「管理人に会ったことはあるのか？」

理奈は頷く。

「キャンプ初日に、今日からお世話になりますって、みんなで挨拶するから。でもそれだけで、話をしたこともないわ。私たちが行儀が良くてバンガローや設備を汚さないからかもしれないけど」

その代わりに、息子の方がちょっかいを出してきたというわけだ。どんなガキか分からないが、想像するだけでも腹が立ってくる。

管理人棟は、棟というのは名ばかりで、他のバンガローより一回り小さい、たとえるなら少しだけ立派な山小屋、といった風情を醸し出していた。小屋の入り口には木でできた『利根川自然キャンプ場　管理人棟』とデザインされた看板が掲げられている。

「すいませーん！」

ユカが声を上げると、のっそりとした動作でデニムのシャツを着たヒゲ面の男が現れた。俺たち四人をたっぷりと眺め回してから、無愛想極まりない口調で、何か？　と言った。

「組合の会合ではお世話になりました。私、井原の娘です」

管理人はじっとユカを見つめてから、ああ、はいはい、と応えた。しかしそれで態度が軟化するようなことはなさそうだった。

「息子さんの真司さんはいらっしゃいますか？」

とユカは訊いた。管理人は俺たちの顔を一人一人順番に見つめてすぐには答えようとしなかったが、やがておもむろに言った。

「ここにはいないよ。ここは仕事場だから」

「はい、それは分かっています。ご自宅ですか？　取り次いでいただきたいんですが」

「それはできない。真司は今、北海道の兄の家に遊びに行っているのでね」

「北海道？」

俺は思わず呟いた。その地名が、少し唐突に響いた。兄とはつまり、真司の伯父《おじ》のことか。

俺はその後に続く言葉を待ったが、管理人は必要最小限のことは話したと言わんばかりの態度で黙っていた。俺たちがどんな対応をするのか窺《うかが》っているような気もする。

「あ、あの。こちらの方はいはら荘のお客さんなんですけど、彼女――理奈ちゃんが、糖尿病キャンプで一週間ちょっと前にこちらでお世話になったと思うんですけど」

とユカが恐る恐るといったふうに、管理人に言った。管理人は、

「はー、はいはい」

などと、まるで芝居の台詞《せりふ》を読んでいるかのような声を発した。

「朝、行方不明になった子だね。倒れて大変だったみたいだけど、もう調子は良いの？」と
まったく他人事のように管理人は言った。あんたの子供が連れ出したせいだろうが！　と

怒鳴りたかったがまだその段階ではないと堪《こら》えた。

「ちょっと彼女のことについて真司さんと話をしたいんですけど、電話で連絡することはできませんか？」

管理人は眉をひそめた。

「どういうこと？」

「えーと。まずは直接、息子さんとお話ししたいんですけど」

「おかしなことを言うね。いきなり来て電話で話したいなんて言われても応じられるわけないだろう」

口調では怒っているかのようだったが、しかし俺にはそれすら演技のように思えた。もう少しこちらの話を聞いても良いと思うが、まったく取りつく島がない。まるで前もって用意しておいた答えを喋っている感じだ。

つまり俺たちが何の用でここに来たのか、既に知っているのではないか？　都合よく北海道に旅行に行くなんてできすぎている。俺たちが来るのを知って逃がしたとしか思えない。

「息子さんが意識を失っている妹を助けてくれたんですね？」

俺は言った。管理人はゆっくりとした動作で、俺の方を向いた。

「俺はこの子の兄です。お礼が言いたいから来たんです。どうかお話しさせてくれませんか？」

「そうは言っても、北海道の旭川《あさひかわ》にいるんだからね」

間違いない。この男は、俺たちと息子を会わせないようにしているのだ。そうとでも考えなければ、ここまで頑《かたく》なに態度を崩さない理由に説明がつかない。

低血糖で倒れて、イルカを見たなどと言い出したことで、理奈の話を誰もちゃんと聞いてはいないのが現状だ。ならば息子が理奈を襲おうとしたことも、あやふやのまま終わらせられると踏んでいるのだ。

「じゃあ、住所を教えてください。直接、旭川に挨拶に伺いますから」

もちろん本気ではない。群馬まで来るのにも大変だったのに、更に旭川までの旅費を出す余裕はとてもない。しかしこのハッタリは効いたようで、管理人は目をむいて声を荒らげた。

「しつこいぞ！　いないって言ってるだろうが！」

理奈は震えながら後ずさった。だが小学生なら怒鳴って怯《ひる》ませられるだろうが、あいにく俺は高校生だ。

「どうしてそんなに怒鳴るんですか？　何かやましいことがあるからですか？」

「やましいって何だ！」

「三枝、落ち着け」

飯野が慌てて割って入った。

「落ち着け？　俺はずっと冷静だぞ。怒鳴っているのはこの人じゃないか」

飯野は俺を説得することを諦めたのか、直《じか》に管理人と話し始めた。

「理奈ちゃんが利根川で何かを見たって言っているんです。真司君と一緒に。だから、その時の話を伺いたいと思って、こうして伺ったんですけど」

現時点でイルカを見たとははっきり言わない作戦らしい。確かにそんなことをいきなり言っても、くだらないと吐き捨てられるだけという可能性は否定できなかった。

理奈にとっては、真司は自分以外にイルカを見た唯一の証人だ。会って自分が正しいことを証明したいのだろう。その気持ちはもちろん分かる。しかし俺にとっては、イルカなどよりも、理奈が襲われかけたことの方が重要だ。

「何の用で来たって、いないものはいないんだよ」

そう、管理人はしれっと言った。

「あの、どうしてそんなにそっけないんですか？」

とユカは言った。

「何？」

「彼女は、わざわざ自分でお金を用意して、ここまで戻ってきたんですよ？　息子さんに会うために」

「そんなこと俺の知ったことじゃない。普通、来るんだったら約束ぐらいするだろう。それがマナーだ」

「そうかもしれませんけど、いなくてゴメンね、だとか、上がってジュースでも飲む？　ぐらいのことはないんですか？　別にジュースが飲みたくて言ってるんじゃないんですよ」

そのユカの言葉に管理人が言い返そうとする前に、俺が口を開いた。

「俺たちが来ることを知っていましたね？」

「知るわけないだろう。あんたたちなんかのこと」

管理人は嘯《うそぶ》いたが、俺は無視して話を続けた。

「いくらなんでも、俺たちが来るタイミングに合わせて旅行に行くなんてできすぎてる。誰が俺たちのことを教えたんですか？」

「知らん知らん！　帰ってくれ！」

やはりこの対応は普通ではない。理奈は毎年このキャンプ場を利用している。つまり常連客ではないか。客に何か問題が発生したら、キャンプ場の評判が落ち、利用者が減る。そして大抵の場合、管理人がその責任を負わされる。だから話も聞かずに追い返そうというのか。いや、後で問題になった時のリスクの方が大きいから、真摯に対応しようとするのではないか。ましてやこっちはクレームを言いに来たのではなく、少なくとも表向きは助けてもらった礼を言いに来たという体なのだ。何故ここまで邪険にされなければならないのだろう。

「あの、先ほど、こちらのいはら荘の娘さんが、真司さんはいらっしゃいますか？　と訊きましたね」

と飯野が管理人に言った。それがどうしたというふうに、管理人は飯野を見た。

「息子さんはまだ中学一年でしょう。僕らはどう見ても息子さんの友達には見えませんよね？　だったらまず、どちら様？　だとか、どういったご用件？　って僕らに訊くはずじゃないですか？　でもそうじゃない。あなた、僕らが誰か問い質しもせず、いきなり息子は今はいないって答えたんだ。つまり――」

「そうだ！　俺たちが誰で、何の目的で来たか知っていたからだ！」

管理人はもう一度、俺たち四人の顔を順番に、穴の空くほど見つめた後、話にならん、と呟いて、小屋の中に引き返し、ぴしゃりと引き戸を閉めた。

それでお終いだった。

俺たちは暫く呆然とその場に立ち尽くしていた。簡単に真司が理奈に乱暴しようとしたことを白状するとは思わなかったが、しかしここまで取りつく島がないとは予想してなかった。

「間違いない。理奈の言っていることは全部真実だ。今のあいつの態度が、その証拠だ」

「本当に僕らが来るのを知ったから、息子を北海道に逃がしたのかな。でもそこまでする？」

「そりゃするだろう。暴行罪で訴えられるかどうかの瀬戸際なんだ。いくらでも誤魔化そうとするだろうさ」

「残念だったね——収穫がなくて」

とユカも言った。

「ごめんなさい。ユカさんまで巻き込んで、あんなに強く言っちゃって大丈夫なの？　だってこれからも付き合いがあるんでしょう？」

と心配そうに理奈が言う。

「大丈夫よ。同業者よりお客さんの方が大切だもの！」

とユカ。

「心強いよ」

と飯野が呟く。

それから俺たちは、肩を落としながらとぼとぼと駐車場まで戻った。これからどうしようと途方に暮れた。管理人の息子に会えば、イルカのことも理奈が乱暴されかけたことも、大部分は解決すると単純に考えていたのだ。まさか俺たちが来ることに備えて証人を隠すなんて、どうして想像できるだろう。

「三枝――」

飯野が突然、小声になって俺の服の裾を引っ張った。

「な、なんだよ」

「ちょっと話があるんだ」

飯野の視線は理奈とユカの方に向いていた。ユカは、本当にあのオヤジむかつくわね、などと理奈と話している。飯野の意図を悟った俺は、飯野と一緒にできるだけ自然に二人から距離を置いた。飯野は言った。

「いや、理奈ちゃんに聞かれると誤解されるかもしれないからさ。僕らが来ることに備えて、息子を伯父のいる北海道に逃がしたっていうのは、僕もその通りだと思うよ。でもその理由が、暴行の罪から息子を守るためっていうのは、ちょっと違うんじゃないかな」

「何だと？」

「なあ三枝、怒らないで聞いてくれよ。確かに女の子に抱きつくのは犯罪だ。罪になるとしたら迷惑防止条例かな？　しかし真司は未成年だ。明確な罪に問うのは難しいだろう。それどころか、理奈ちゃんは自分の意思でバンガローを抜け出し、真司と落ち合った。つまり同意の上だと見なされる可能性もある」

「そりゃそうかもしれない。でも真司は糖尿病の理奈を置き去りにして一人で帰っちまったじゃないか。そのせいで理奈は低血糖で倒れた。そもそも常に飴を持ち歩いている理奈が自分の低血糖に対処できなかったことが、真司によって心に傷を負わされた何よりの証拠だろうが。これは十分罪に問えるじゃないか」

飯野は、そうかもしれないね、と頷く。

「つまりさ、僕が何を言いたいのかというと、自分の息子が理奈ちゃんに抱きついたからといって、北海道の伯父さんのところに逃がすなんて、あまりにも大事だと思わないか？　もちろん、実際に検挙されるかどうかは別だよ。でも、あの管理人だって、そんなことで大事にはならないと楽観的に考えないかな。今、僕が言ったような理屈でさ」

「群馬は地方だから、東京に比べて、そういうスキャンダルに対する目が厳しいんだよ。だから息子を守ろうとした」

「もしそうだとしたって、あまりにも行き当たりばったりじゃないか。だって、もし君や君のお母さんが理奈ちゃんを連れて警察に訴え出たらどうなる？　問答無用で捜査が始まるだろう。北海道に逃げたっていっても一時的に伯父さんの元に滞在するだけだろうし、仮にそっちに引っ越したって、それで罪を免れるわけじゃない。外国に逃げるわけじゃないんだから。実際に罪に問われるかどうかはそれからの話だけど、とにかく北海道に逃げるメリットはないよ」

「でも、実際はそうなっている。お前だって、あの管理人が事前に俺たちから息子を北海道に逃がしたって言っていたじゃないか」

「言ったよ。でもそれは、理奈ちゃんを襲おうとした罪からじゃない。警察沙汰になってしまったら、一時的に北海道に逃げるくらいじゃ駄目だろう。でも、犯罪でもないのだったら、僕たちを一時的に誤魔化して帰らせれば、それで済むと思った。だから北海道に行かせた」

　俺は立ち止まり、飯野を見つめた。飯野は頷いた。

「そうだよ。イルカだ。それしか考えられない。やっぱり理奈ちゃんと真司はイルカを見たんだ。発見された理奈ちゃんがイルカを見たって噂は、管理人の耳にも届いた。でも誰も信じなかったし、しかもキャンプの最終日だったんだろう？　とにかく騒いでいる理奈ちゃんを東京に帰せば、事態が収拾すると思った。でも、そんな折りに、何らかの手段で管理人は理奈ちゃんがここに戻ってくることを知った。理奈ちゃんを助けたのは真司だったから、もしやと思って問い詰めたんじゃないかな。それで真司も理奈ちゃんと一緒にイルカを見たことを白状した。だから僕らを真司に会わせないようにしたんだ。証人がいなければイルカは理奈ちゃんの幻覚の産物で済まされるから」

「でも、もし俺たちが何度も利根川にイルカを探しに来たらどうする。いつまでも北海道に行かせてはおけないぞ」

「これは僕の想像だよ。この町のどこかで、イルカを淡水で泳がせる研究をしていた。それを知った誰かが、これは理奈ちゃんが目撃した女性だね、イルカをトラックで運んで利根川に逃がした。銚子に続いているから、そこまで泳ぎ着けば良いと思ったんだろう。もちろんイルカの研究に携わっていた人たちも黙っちゃいない。今、イルカを血眼になって探しているはずだ」

「つまり、イルカが見つかるまで、俺たちを誤魔化せれば良いと思っている」

俺は飯野の言葉を引き継いだ。飯野は頷く。

「多分、そうだ。いや、きっとそうだと思うんだ」

「何がそうなの？」

その時、いきなり理奈が俺たちに話しかけてきたので、俺と飯野は思わず声を上げてしまった。話に夢中になっていたから、理奈が近づいてきたのにも気付かなかった。

「驚かすなよ！」

「だって、ユカさん。友達と話してるんだもの」

俺はユカの方を見やった。いはら荘のバンの近くで、長い髪をまっ茶色に染めた男と、何やら深刻そうに話をしている。茶色い髪の男の横には、少し背の低い男がへらへらと笑いながら、ユカと男の話を聞いている。

「何か、やな感じ」

と理奈が呟いた。

「大丈夫かな」

と飯野も呟く。どうやら一方的に茶色い髪の男がユカに付きまとっているようだ。

ユカがまるで助けを請うようにこちらを向いた。すると男は馴《な》れ馴《な》れしくユカの顎を持って、無理やり自分の方を向かせた。

「気安く触んないで！」

とユカは叫んで、男の手を振りほどいた。しかし男はすかさずユカの両手をつかみ、何かを言い諭している。

「放せ！　放せったら！」

ユカは逃れようとジタバタしているが、やはり男の力には敵《かな》わない様子だった。俺は衝動的に彼らに向かって歩き出していた。そして叫んだ。

「おい！　止めろ！」

「ああん？　何だ、てめーは！」

男も先ほどから俺たちがいることに気付いていたのだろう。俺が近づくと、即座に反応してきた。絵に描いたような群馬のヤンキーだ。幼稚な連中だから、粋がって相手を威嚇することしか能がない。こんな奴は先制攻撃でダメージを与えて戦意をくじいてやるのが一番なのだが、俺とてできる限り平和裏に物事を解決したい。

「彼女嫌がっているだろう。せめて手を放したらどうだ？」

「うるせーな。おめーはユカの何なんだよ！」

男はユカを解放し、今度は俺の方に向かってきた。

「止めて！　この人たちお客さんだから！　手を出さないで！」

「客ぅ？　どうせユカ目当ての男だろうがよ！」

「だから話だったら後でするって言ってるでしょう⁉　仕事中に押しかけないでよ！」

「男とドライブするのが仕事か！」

俺はおもむろにユカに訊いた。

「ひょっとして、しつこい元カレってこれ？」

ユカは頷いた。

「尾藤《びとう》君——」

それが元カレの名前のようだった。明るく俺たちに協力してくれているユカには好感を抱いていたが、男の趣味は随分と悪いようだ。尾藤は俺のその言い方が気に食わなかったようで、こちらに顔を近づけてガンを飛ばした。俺はいつでもぶん殴ってやると、握りしめた拳に力をこめた。

「てめえ、俺をこれって呼んだな⁉　ぶち殺すぞ！　俺がこれだったらてめえは何だ！　名乗れや！　ボケ！」

「ボケ？　舐めんな！　てめえが先に名乗れ！」

だが、その時、

「止めなさい！」

背後から、理奈の声が響いた。

「何やってるの⁉　止めてよ、こんなところに来てまで！」

突然理奈が現れたことで、尾藤は出鼻をくじかれたのだろう。素に戻ったような顔をした。

しかし、すぐに嘲ったような笑みを浮かべ、

「女に、しかも、ガキに助けてもらうのか」

とふてぶてしく言った。

「私はガキじゃありません！　三枝理奈ってちゃんとした名前があるの！」

尾藤の後ろにいる背の低い男が、さえぐさりなってちゃんとしたなまえがあるの｜、と明らかに理奈を嘲るような口調で言った。尾藤の子分か。

「何だ、そいつは？　お前こそ、取り巻きがいないと何にもできないのか？　ましてや女とヨリを戻しに来たんだろう？　そいつが何の役に立つ？」

「何を――」

尾藤は俺の挑発に乗せられ、再びこちらにかかってきそうな素振りを見せた。しかし、取り巻き男は、自分のことを言われているのに、まったく意に介する素振りも見せずにヘラヘラと笑っている。

「お願い、ケンカだけは止めて！　私が困る！　お店の評判が落ちるから！」

「そうだよ、三枝。こんなことでケンカするなんて馬鹿らしいよ。僕らには関係ないじゃないか」

関係ない、確かに飯野の言う通りだろう。だが今後の事態の進展いかんによっては、またユカに車で案内してもらう必要があるかもしれないのだ。そんな時に、若い男の客と見ればユカに気があると思い込む、この馬鹿の存在は明らかに邪魔だ。

「本当に大丈夫か？　襲われているようだったけど」

と俺はユカに訊いた。

「大丈夫！　本当に大丈夫だから。ちょっと話がこじれてるの、ただそれだけ！」

とユカは場を取り繕うように言った。俺は尾藤に努めて冷静に言った。

「俺たちは三泊四日でここにいる。もしかしたら彼女にはいろいろ案内してもらうかもしれない。それだけだ。あくまでも俺たちは彼女の家がやっている民宿の客だ。それ以上でも以下でもない。あんたと彼女がどんな関係だろうが知ったことじゃない。ただ俺たちの邪魔はしないでくれ。俺だってできることなら暴力は振るいたくない。あんただってそうだろう?」

極めて落ち着いた、自分でも良い訴えだと思った。その冷静さが相手にも伝わったようで尾藤は、

「そりゃ俺だって、ユカと話がしたいだけだ」

と言った。お前なんかいつでもぶん殴れるが、申し出に免じて許してやろう、というポーズを全身から発散させながら。滑稽だが、穏便にことが済むのならそれで良い。

俺は頷いた。

「そうだ、暴力はいけない」

向こうだってびびっているから高圧的な態度に打って出たのだ。ここで手を打てばお互い手を出さず、なおかつ体面も保たれたまま終わる。見事な折衷案だ。

俺は理奈と飯野といったんその場を離れようとした。もちろんバンに乗って帰らなければならないのだが、あいつらがユカと別れの挨拶をする時間ぐらい残してやろうと思ったのだ。

しかし、尾藤が声をかけてきた。

「おい、お前」

「あ？」

「何でわざわざこんなとこに来た？　来るのは温泉目当ての年寄りばっかだぜ」

まるで、こんなしけた地元さっさと出て東京に行きてえ、と言葉を続けんばかりだった。

「別に観光に来たんじゃない」

「じゃあ、何で来た？」

こんな奴に利根川を泳ぐイルカを探しに来ただなんて言えるはずがない。また馬鹿にされ、挑発されるのがオチだ。だが黙っているとまたユカとの関係を疑ってくるのは目に見えていた。俺は理奈と背後のキャンプ場を交互に指差し、尾藤に言った。

「妹が糖尿病で、毎年夏になるとここでキャンプしてるんだ。その時、現地の子供とちょっとトラブって、話をつけに来た。それだけだ」

その瞬間、尾藤の目つきの悪い瞳に浮かんだ、理奈に対する同情の視線を俺は見逃さなかった。群馬の不良にも病気の子供をいたわる人間らしい気持ちがあるのか、と意外だったが、理奈の病気を盾にして手を出すなと言っているような気がして、気分はあまり良くなかった。

と、その時だ。

尾藤の取り巻きの、背が低い男がケラケラと笑いながら言った。

「糖尿病⁉　子供のくせに⁉　糖尿病だって！　だっせー」

俺はつかつかとそいつの前に歩み寄った。そいつは俺が目の前に立っても、まだヘラヘラと笑っていた。

俺はそいつの顔面を全力でぶん殴った。

「三枝、駄目だ！」

「暴力はいけないって言ったのに！」

飯野と理奈が何か言っていたが、俺の耳にはほとんど届いていなかった。俺が何を言われたって構わない。しかし理奈を馬鹿にする奴は許しちゃおけない。

取り巻きの顔面に二発目を叩《たた》き込んだ直後、俺は背後から羽交い締めにされた。飯野か、と思ったが尾藤だった。

「何だ、お前は！　おかしいのか！」

「やかましい！　放せ！」

ぶん殴られて鼻血を出している取り巻きは、半べそをかきながら、尾藤に羽交い締めにされている俺の腹に反撃のパンチを繰り出してきた。しかし、所詮、尾藤の腰ぎんちゃくだ。俺の戦意をくじくほどのダメージを与えるには及ばない。俺は奴に三発目のパンチをお見舞いするために、暴れ回って尾藤の拘束から逃れようとするが、気付くと飯野とユカまでもが俺を押さえつける側に回っていたから、まったく為《な》す術がなかった。

「三人がかりか⁉　卑怯《ひきょう》だぞ！」

「三枝！　落ち着け！　騒ぎになるぞ！」

気付くと向こうで、キャンプ場の利用客だろうか、小さな子供の手を引いた女性が、羽交い締めにされている俺をまるでバケモノを見るように見つめていた。目が合うと女性は、慌てて目を逸《そ》らしその場を立ち去ろうとするが、子供の方がなかなかそこから動こうとしない。

ほら、行くよ！　見ちゃ駄目！——ここからでは声は聞こえないが、そう言っているに違いないと思った——と言いながら、女性は子供をほとんど引きずるようにしてキャンプ場の方に戻っていく。

「あの人が旦那さんでも連れてきたら、警察沙汰になる」

と飯野が呟く。

「冗談じゃない！　俺は何にもしてないぞ！　こいつが勝手にぶち切れやがって！」

尾藤もわめく。いち早く行動を開始したのはユカだった。

「とにかくみんな乗って、早く逃げるよ」

ユカはバンの扉を開けて運転席に乗り込んだ。飯野がいち早くその後に続く。俺は尾藤とその取り巻きと一時《いっときにら》睨み合ったが、今は休戦とばかりに、車の中に乗り込んだ。二人も増えたから窮屈かな、と思ったがそうでもなかった。バンだからもともと余裕があるのかもしれないが、まるで一人足りないような——。

「理奈ちゃんは？」

飯野が呟く。はっとして周囲を見回すが、車の中にはいない。

「理奈！　どこだ！」

俺は思わずみんなの足下に目をやった。そんなところにいるはずもないが、低血糖で倒れている可能性もある。

「あそこにいる！」

運転席からユカが叫んだ。ユカの方に目をやると、フロントガラス越しに、とぼとぼと道路を歩いている理奈の姿が目に入った。

「理奈！」

俺は叫びながら車を飛び降りた。慌てて後を追う。

「待て、理奈！　どこに行くんだ⁉」

「帰るのよ！」

理奈が振り返らずに叫んだ。俺は理奈の腕を無理やり取った。

「待て、理奈。行くんじゃない！」

「放して！」

理奈が暴れ、俺の手を振りほどこうとした。

「どうした⁉　何が気に入らないんだ⁉」

「何が気に入らないって⁉」

理奈は泣きながら俺の方を振り返った。

「そうやってすぐにケンカして！　私が馬鹿にされるたび、何でこんなに大騒ぎにならなきゃいけないの⁉」

「ああいう奴らは殴らなきゃ分かんねーんだよ！　あいつらは自分が健康なことを良いことに、理奈を馬鹿にした。理奈を馬鹿にするってことは、死んだ父さんのことも馬鹿にするってことだ！　そんな奴らは許しちゃおけない！」

「だからって、私の糖尿病のことをとやかく言う人間を、みんなお兄ちゃんが裁くの？　お兄ちゃんにそんな権利があるの⁉　私、お兄ちゃんがいる限り、誰とも付き合えないよ！」

「理奈――」

理奈の涙交じりの言葉が胸に刺さり、俺は思わず理奈の腕を握った手の力を緩めてしまった。理奈は俺の手を振りほどき、再び歩き出した。だがその歩みは、先ほどよりも随分と遅いものだった。俺に止めてもらいたいんだ、と思ったが、俺はその場に立ち尽くし、理奈の背中を見つめることしかできなかった。

その時、俺の横にユカが運転するいはら荘のバンが停まった。

「乗って！」

飯野がバンのドアをがらりと開けて言った。俺はほとんど何も考えずにバンに乗り込んだ。

「向こうに理奈がいる。拾ってくれ」

「分かってる！」

バンは歩いている理奈と並走するように進んだ。

「理奈ちゃん！」

飯野の声に、理奈は立ち止まった。バンも停まった。理奈は飯野を見つめていた。俺には反抗する理奈も、飯野が相手では違うようだった。理奈はゆっくりとバンに乗り込み、飯野の隣に座って律義にシートベルトをした。

「そろった？」

そのユカの問いに答える者は誰もいなかった。ユカも無言でバンを発進させた。いはら荘に着くまで、俺たちは一言も言葉を交わさなかった。

気分は最悪のまま、俺たちはバンを降りた。最初に言葉を発したのは尾藤だった。俺の真っ正面に立ち、ガンを飛ばしながら言った。

「いいか、お前に言っておく。赤木《あかぎ》はお前の妹を馬鹿にした。お前は赤木を殴った。それでチャラだ。分かったな？」

「チャラ？　そりゃないぜ。二発も殴られたんだぜ！」

尾藤の取り巻き、本名赤木は尾藤に抗議した。だが、

「お前は黙ってろ！」

と尾藤が一喝すると口をつぐんだ。本名が赤木であろうと青田であろうと、やはり尾藤の子分でしかない。

「お前らがここに何をしに来ようと、俺は知らん。でもまたさっきみたいに、俺とユカの間に割って入ろうとしたら、その時こそ、本当にただじゃすまねえぞ。分かったか？」

「好きにすればいいさ。お前らのことだって、俺は知らない。妹のことでトラブってるのに、また余計な問題を抱え込みたくないからな」

と俺は言った。言い争う気力もなかった。もちろん、こいつらがまた舐めた態度をとってきたら全面抗争も辞さないが、今はそういった諸々《もろもろ》がすべて面倒だった。考えたくない。

「そうだ、それでいい」

尾藤は頷き、子分の赤木を連れて俺たちの前から去っていった。帰りしなユカを指差し、

「また電話するぞ」

と捨て台詞を残して。

「もう二度とかけてきてもらいたかないわ」

とユカは尾藤たちに聞こえないくらいの小さな声で呟いた。尾藤たちの姿が完全に見えなくなると、飯野は大きなため息をついた。

「ああ、面倒なことになったな」

「何がだ？　あいつも今、言っただろう。あいつと俺たちとは、もう関係ないんだ」

「そんなこと言ったって、またあの尾藤って奴がユカさんに無理やり迫ったら助けざるを得ないだろう？　三枝はからまれている女の子を見過ごせるような男じゃないからな」

「もちろんそうだ」

「でも、そうなったら今度こそマジゲンカだ。僕はケンカは自信がないし、勝ち目ないよ。あいつ、仲間大勢いそうだもの。理奈ちゃんにも危害が加えられないとも限らないし」

「もういいよ――」

理奈が震える声で言った。皆、一斉に理奈の方を見た。

「イルカなんてどうだっていい。もう家に帰ろうよ」

「今日来たばかりで？」

と飯野が訊く。理奈は頷く。

「いや、駄目だ。帰らないぞ。ここで逃げ帰ったら、いい笑いもんだ。理奈、お前は悔しくないのか？　あの小早川はお前を嘘つき呼ばわりしたんだぞ。あいつだけじゃない、キャンプのみんなもだ」

「小早川さんは嘘だとは言っていない。ただ――現実じゃないって」

「同じことだ。お前がさっきみたいのを望んでないんだったら、それもいい。腹が立っても我慢する。だがその代わりのことはちゃんとするぞ」

「――代わりのことって？」

「決まってる。イルカを見つけることだ。イルカの存在さえ実証できれば、自《おの》ずと真司という管理人のガキがお前を襲いかけたってことも明らかにできる。それだけじゃない。お前を馬鹿にした小早川やキャンプの連中を見返せるんだ。理奈、お前はあいつらの驚く顔を見たくないのか？」

「そうだね。暴力に訴え出ないで、理奈ちゃんを馬鹿にした奴らの鼻を明かすには、イルカを見つけるしかない」

「イルカを見つけたら、一躍有名人ね。テレビが取材に来るかも。糖尿病を馬鹿にしないでって、世の中にアピールできるね」

とユカまでも言った。俺たちの言葉に理奈はうつむき、もじもじとして、明らかに迷っているようだったが、やがて小さく頷いた。少なくとも当初の予定通り、三泊四日この町に滞在するという理奈の意思だった。

「でも、さっきの人たちがまた来たらどうするの？」

「それは私が何とかするわ。腕をつかまれたけど、別に大したことないから」

正直、ユカが心配という気持ちはなくはなかったが、それは一先ず措こう。暴力は振るわないと理奈に約束した手前、また尾藤たちと一悶着《ひともんちゃく》起こすのは避けたい。

「で、これからどうする？」

飯野が訊いた。

「とりあえず部屋に戻って、なんであの管理人が俺たちが来ることを知っていたのかを考えよう。今後の計画を練るのは、それからだ」

飯野は今回の旅行のことを、親以外には話していないようだし、そちらの方面から俺たちが来ることが管理人に伝わるとは考え難い。飯野の家族とキャンプ場とは何の接点もないからだ。俺とて、利根川にイルカを探しに行くなんて話をあちこちに言いふらしはしないし、言いふらしたところで、やはりそこからキャンプ場に話が行くとは思えない。

だとしたら可能性は一つしかない。母さんだ。

俺は母さんの携帯に電話をした。すぐに出た。

『どうしたの？　無事についたの？　理奈は大丈夫？　また低血糖を起こしてない？』

「問題ないよ。あのさ、俺たちが群馬に旅行に行くこと、誰かに話した？」

するとと予想通りの返事が返ってきた。

『誰かって誰にも——ああ、そういえば小早川さんに話したわ』

思わず舌打ちしそうになったが、もし出発前にその事実を聞いても、さして重大なことだとは思わなかったに違いないのだから、母さんを責めるのは酷だ。

「何を話したの？」

『何って別に——理奈が個人的にまた群馬に旅行に行きたいって言っているんだけど、何か問題はないのかって電話で訊いただけよ』

「それで、向こうは何て言ってた？」

『別に大したことは——イルカのことなんか忘れて楽しんで来てくださいって言ってたわ。それに、低血糖にも気をつけるようにって。もし小早川さんが反対したら、私、あなたたちを止めようと思っていたけど、賛成されたもんだから——』

やはり小早川は俺たちに群馬に行って欲しくなかったのだろう。だがそれをはっきり言うのは上手くない。何か秘密があると言っているようなものだ。だから口では賛成して、その裏では俺たちが来た時のための工作をしていたのだ。管理人が息子を逃がしたのもその一環だ。毎年あのキャンプ場を利用しているのだから、サマーキャンプのスタッフと管理人との間に何らかの利害関係があったとしても不思議ではない。

「どうだった？」

母さんとの電話を終えた俺に、飯野が訊いた。

「小早川だ。あいつが管理人に俺たちのことを教えた。だから管理人は息子を親戚のところに逃がした」

「どうして？　どうして小早川さんがそこまでするの？」

と理奈が訊いた。

「お前がイルカを見たってことをどうしても隠しておきたいからだろう」

「でも管理人の息子も見ただろう？　息子には秘密がばれてもいいってこと？」

と飯野。俺は暫く考え、そして言った。

「俺たちはよそ者だ。よそ者には絶対に秘密を明かしちゃいけない」

「何だか、怖いな」

その時、ぽつりと、理奈が呟いた。

「じゃあ、ユカさんも？　この土地の人でしょう？」

俺は思わず飯野と顔を見合わせた。

確かに、ユカが犯人だという可能性もある。だいたい彼女は、最初に宿についた時、部屋の外で俺たちの話を盗み聞きしていたではないか。車を出すまでの間、電話でキャンプ場に連絡する時間ぐらいはあったはずだ。もしユカが犯人だとしたら、息子の真司の北海道行きは嘘で、この町のどこかにいることになるが——。

その時、誰かが部屋をノックした。

「はい？」

俺は飯野と顔を見合わせながら言った。

『あたしよ。入ってもいい？』

ドア越しに聞こえてきたのはユカの声だった。俺は無言でドアを開けた。

「どうした？」

「さっきのこと、謝りたいと思って」

「え？　どうして？」

「そもそも私が尾藤とトラブってなかったら、あなたが赤木に暴力を振るうこともなかったでしょう？　それで妹さんと気まずくなったら申し訳なくて、それで——」

「別に君が謝ることじゃない。俺が勝手に行動したんだから」

「そうそう、いつものことなんだから」

と飯野も言った。

ユカは何か言いたげな素振りを見せたが、結局黙った。単にお喋りをしに来ただけかもしれないが、俺が彼女に向ける微《かす》かな疑いの空気を、女の勘で察したのかもしれない。

「お風呂はもう入れるからご自由にどうぞ。夕食ができたら、また呼びに来るわ」

「うん、ありがとう」

ユカは頷いて部屋を出ていった。彼女が閉めたドアを、俺は暫く見つめていた。

「ひょっとして、ユカさんも怪しいって言うの？」

と理奈が訊いた。

「分からない。でも、あの尾藤って奴、あまりにも都合よく出てきたと思わないか？　いくら同じ町に住んでいるっていっても、キャンプ場で出くわすなんて」

「いはら荘のバンが走っているのを見かけたから、追いかけてきたって言ってた」

と理奈。

「尾藤がユカさんにそう言ってたのか？」

「うん」

「確かに、あのバンで町じゅう走り回っていたら、偶然見かけることはあるかもしれないね。どっちに向かって走っているのかが分かれば、どこに行くのか見当もつくだろうし」

しかし尾藤たちも車やバイクに乗っていたならまだしも、そんな様子ではなかった。だいたいの見当だけで、歩いて車を追うだろうか？　もちろん決定的な否定の材料とはならないが、何となく怪しい。

「もし尾藤たちが、俺たちがあのキャンプ場に行くことを知っていたとしたら？」

「え？　管理人だけじゃなく、尾藤にまで僕らのことを教えたってこと？　でも、どうしてそんなこと――」

「飯野。さっき何があったのか思い出してみろ。俺たちの目の前で、尾藤がユカさんにからんだ。そんなことになったら、俺が止めに入ると計算の上でだ。事実そうなっただろう？　そしてあの赤木って奴が、理奈を馬鹿にした。そうすれば俺がキレて大ゲンカになると分かっていたからだ。実際そうなったじゃないか！」

「だから――何？」

「俺たちはみんなして、ここに戻ってきた。そして理奈は何て言った？　あんなケンカになるくらいだったら、東京に戻るって言い出したんだ！」

「え？　つまり、ユカさんは理奈ちゃんが自分から東京に戻るように仕向けるために、三枝と尾藤をわざとケンカさせるように仕向けたってこと？」

　俺は頷いた。

「尾藤も最初っからグルだったとしたら、十分可能性はあるだろう？　俺が飯野と一緒にここに来たのは、理奈がせがんだからだ。理奈が帰りたいと駄々を捏《こ》ねれば、俺たちが東京に引き返す可能性は十分ある。現にさっきはそうなりかけた」

「いくらなんでも、そんな回りくどいことしなくても」

「いや、人間の心理としてはそうだ。帰れと言うと、余計に何かあると思う。自分から帰らせるように仕向けるのが、最も上手いやり方だ」

「でもユカさんも、さっきイルカを見つければ有名人になれるって、私に言ったよ？」

「それは俺がはっきりと、帰らない、と言ったからだ。その時点で、ユカさんはこの作戦を潔く諦めたんだ。ユカさんにしてみれば、本当は俺たちに帰ってもらいたいだなんて絶対に悟られちゃいけない。だからあんなことを言ったんだ。その実、次の作戦を考えているのかもしれない」

「つまり僕ら以外の全員が、みんなしてイルカのことを隠してるって言うわけ？」

「飯野はそう思わないか？　怪しいじゃないか。都合良く理奈以外の唯一の目撃者が旅行に行って不在だし、協力してくれる現地の女の子を邪魔する元カレまで出てくる。陰謀があるに決まっている！」

「おい、三枝——」

飯野が声を潜めて言った。

「何だよ。言いたいことがあるのか？　理奈がいるから言えないか？　じゃあ表に出ようぜ」

俺は飯野の返事を聞く前に部屋を出た。そのまま、いはら荘を出て、道端で飯野を待った。

飯野は恐る恐るといったふうにやって来た。

「飯野。お前は何が言いたいんだ？」

「何が言いたいって？　自分でも分からないの、普通じゃないってさ」

「普通じゃないってどういうことだ」

「イルカのことなんてどうだっていいだろう⁉」

「何だと？」

まさか仲間だと思っていた飯野が、そんなことを言い出すとは思わなかった。今回の旅行の目的を全否定されたようなものだ。

「だってそうじゃないか。イルカはいないかもしれない。でも理奈ちゃんが言っているんだったら、僅かな確率でいるかもしれない。その程度のモチベーションで来たんじゃないの？　違う？　僕だって本心を言えば、イルカなんていないと思うよ。でも理奈ちゃんの言っていることも信じてあげたい。人間ってそういうバランスで行動しているもんじゃないの？　でも三枝はまるで——他人を全部、白か黒に決めつけているみたいだ」

「他人のことなんか知らない。でもイルカは、存在するか、しないか、二つに一つだ。俺は存在する方に賭ける。理奈がそう言っているからだ」

「それで、イルカを信じない人間は、みんな敵だと？」

「おい。その質問の仕方は、ちょっと極端だぞ」

「いいや、極端じゃない。三枝は、理奈ちゃんを守りたい一心で、理奈ちゃんの言うことを信じない人間は、みんな敵だと思い込んでいるんだ。それだけならまだしも、協力してくれる人も自分の敵だと疑うなんて、どういうことだ？」

「ユカさんのことか？」

「ああ、そうだよ。協力してくれているのに、あんな言い方はないだろう。もし聞かれてたらどうするつもりだ⁉」

「聞かれてないんだからいいじゃないか」

「そういう問題じゃない！」

「じゃあ、どういう問題だ？」

　そう言うと、飯野は一瞬絶句したように口をつぐんだ。だがすぐに気を取り直したように、

「僕はただ——三枝が僕のことも疑うようになるのかなって思って」

俺は飯野に、お前のことを疑うわけがない、と言おうとした。しかし言えなかった。疑う時は、飯野だろうが誰だろうが俺は疑う。

「飯野は——信じてくれると思ってたよ。イルカのことを——」

「ああ、信じてるよ。でも君みたいに、信じるか信じないか、白か黒かの世界だけで生きてるわけじゃない。確かに、僕らは全力でイルカを探してる。でも、別に本当にイルカが見つからなくたっていいじゃないか。それで思い出が作れれば。敵だとか、誰かが騙《だま》しているだとか、どうしてそんな話になるんだ？」

飯野の言っていることは正しかった。飯野は、たとえばＵＦＯや幽霊を探すといったのと同じレベルで、今回のイルカ騒動をとらえている。それがいけないと責める資格は俺にはないのだ。俺だって、あくまでも身内の理奈が言っていることだから、信じてやろうという気になっているだけなのだ。

飯野は理奈の身内ではないにもかかわらず、群馬まで来てくれた。飯野の言う通りだ。イルカが見つかろうが見つかるまいが、夏の思い出を、理奈と、飯野と作れればそれでいいではないか。

——でも、やはりイルカを見つけたい。

「おかしいか？　妹、妹って、俺が騒ぐから」

「そんな——そこまでは言ってないよ」

「俺の家は父親がいないから、理奈と同じ病気で死んだから、俺が父親の代わりにならなきゃって、そう思って——」

それ以上、言葉が続かなかった。だがどれだけ言葉にしようとも、両親とも健在で、糖尿病の妹もいない飯野には、俺の気持ちは分からないだろう。

その時、背後から、

「どうしたの？　そんなところで」

という声が聞こえてきた。そちらを向くと、ユカが民宿の庭先からこちらを心配そうに覗《のぞ》き込んでいた。

「何か、深刻そうな話し声が聞こえてきたから。今度は盗み聞きしてたわけじゃないのよ」

とユカがまるで言い訳するように言った。

「いいさ。別に聞かれて困る話じゃない」

「そうそう。それに天下の公道で話してるんだから、聞かれたって文句は言えないよ」

「あたし——ひょっとしておせっかい？」

ユカは少し暗い顔になって、そう言った。

「そんなことないさ」

「ないない。感謝してるよ、キャンプ場まで案内してくれて」

「私――同年代の東京の人が来て、舞い上がっちゃったのかもしれない。だって憧れだもの、東京って」

「この民宿を継ぐんじゃないの？」

「多分、そうなるんじゃないかな。ここの人と結婚して、ここで子供を産んで――」

ユカは東京に憧れているんだな、と思った。行ったことぐらいはあるかもしれないが、観光で行くのとそこで暮らすのとは大違いだ。

「イルカは良いわね。利根川を下って東京にも行けるんだから。私もイルカになりたいなあ」

「そうだね。サバとかに比べれば、イルカって言葉の響きが良いよね。人間に食べられることもないしね」

「なんで比べるのがサバなんだよ。イルカは魚じゃないんだぞ」

「いいじゃないか。サバ美味いし」

ユカはそんな俺と飯野の話を聞いて、可笑しそうに笑った。

「晩ご飯は期待しておいてね。サバはないけど」

そう言ってユカは民宿の庭に引き返した。その後ろ姿を俺たちは暫く見送っていた。

「あんないい人が、僕らを騙していると思う？」

と飯野がぼんやり呟いた。

「そりゃ俺たちには親切に取り繕うさ。客の機嫌を損ねたらネットで何を書かれるか分かったもんじゃないからな」

飯野は軽くため息をついた。

「素直じゃないんだから」

と呟いて。


夕食は大広間で、宿泊客全員と摂った。やはり客はまばらだったが、他の客に気兼ねをしなくていいのは良かった。

群馬は海がないから、夕食に魚は出ないのかな、と何となく考えていたが、普通にタラの煮付けが出た。輸送手段が発達した現在、海なし県だからといって魚が貴重というわけでもないだろう。海がない群馬にイルカがいるという可能性を真剣に考えすぎて、そんな当たり前の感覚も麻痺《まひ》してしまったようだ。

だが海のない群馬の夕食に魚が出るということは、群馬の川にイルカが泳いでいても不思議ではないという理屈になりはしないか。水族館は日本中に存在するのだから、イルカを群馬県に運ぶ方法などいくらでもあるのだろう。

食いしん坊の飯野は脇目も振らずに出されたものを綺麗に平らげていたが、心なしか理奈は食欲がないようだった。

「さっきお兄ちゃん、飯野君と何を話してたの？」

と理奈が訊いた。俺は返答に困った。

「理奈ちゃんの見ている前で、三枝とケンカするのは良くないと思ってね。いくら理奈ちゃんが心配でも、ユカさんまで疑うのは良くないって話してたんだよ。理奈ちゃんだって、三枝がいつまでも妹離れできないのは嫌だろう？」

「そうよ。過保護なのよ、お兄ちゃんって」

群馬まで連れてきてやった恩を綺麗に忘れ、理奈は言った。言われなくても分かっているだけに、反論し難かった。ただ、

「今回の旅行で理奈にもしものことがあったら──俺は一生後悔するから」

とぽつりと呟いた。心配そうに俺と理奈を送り出した母さんの顔が脳裏にちらつく。やっぱり！　やっぱり行かせるんじゃなかった！　あんたなんかに理奈を任せるんじゃなかった！　そんな母さんの叫び声を、俺はありありと想像することができた。

俺の言葉を聞いた理奈は気まずそうにうつむき、

「そうだよね。私、何回も低血糖で倒れてるもんね。何でも自分でしっかりできていれば、お兄ちゃんが私を心配することもないのに――」

と言った。

気まずい空気が俺たちの間に流れた。飯野も黙り込んだ。

その時だ。

「あのー。ちょっとよろしいですか？」

とまったく場の雰囲気も顧みず、頭の薄くなった中年の男が俺たちのテーブルにやって来た。いはら荘の主人、ユカの父親だ。

「娘がいろいろ迷惑をかけているようで申し訳ないです。でも東京から若い人たちだけで遊びに来られたんで舞い上がっているんだと思います。もしよろしかったら仲良くしてやってください」

「いえ、僕らもユカさんにあちこち案内してもらって助かりました。でも、僕らに付きっきりだと、他のお客さんの相手ができないんじゃないですか？」

「いいえ。ごらんの通り閑古鳥ですから、娘をお客さんたちの専属のガイドにしていただいても、まったく大丈夫なんです。へへへ」

何が可笑しいのか分からなかったが、とりあえず俺たちも一緒に笑っておいた。

「是非ともまた今度は新しいお友達を連れていらしてください」

俺たちがユカと仲良くなれば、常連客になってくれると思っているのだ。彼の言う通り、俺たちのように未成年者だけで民宿に泊まりに来るのは珍しいのだろう。

「うん。料理も美味しいし、来年も絶対にまた来ますよ」

と飯野が言った。食べられるものなら何でもいいんだろう、と思ったが言わないでおいた。

「明日のお昼は、群馬名物のひもかわうどんをご用意しているので楽しみにしていてくださ い。何か食べたいものがありますか？　もし用意できれば、お帰りまでにお出ししますよ」

「私、カレーが食べたいな」

と理奈が言った。

「馬鹿。こういう時は、なんか群馬ならではのものを頼むんだよ。カレーなんてどこでだって食べられるじゃないか」

そのやりとりが可笑しかったようで、ユカの父親は、はっはっはっ、と豪快に笑った。

「じゃあ群馬ならではのものって何なの？」

と理奈が訊いてきた。改めてそう訊かれると、俺も群馬の食い物は良く知らなかった。

「そうだ。イルカ料理ってありますか？」

理奈はぎょっとしたような顔で飯野を見た。

「イルカ？　何でまた」

ユカの父親は飯野が口にした食材がさすがに意外だったらしく、不思議そうな顔をした。

「あれ？　群馬ってイルカ食べませんでしたっけ？」

と飯野は嘯く。

「群馬はイルカは食べませんね。あたしは昔、静岡で食べましたけど。それほど美味いとは思わなかったなあ。海で泳いでるけど、やっぱりあいつら魚じゃないんですね。クジラみたいな味ですよ。もっともクジラの方が味は上等ですね。味噌《みそ》煮込みだったかな。匂いがあるんでそういう調理法じゃないと食べられないんですね。あんまりおすすめしませんよ。あ、でも皮の部分は結構いけたかもしれない。ほとんど脂肪なんだけど、こってりとしてお酒が欲しくなる」

その時、理奈が箸を置いて立ち上がった。

「理奈ちゃん、もう食べないの？」

青い顔をした理奈はこくりと頷き、

「食欲なくなった」

と言って大広間を出ていった。

「飯野が変なことを言い出すからだ」

と俺は言った。

「だって、食べたいものがあるかって訊かれたから」

「お前さっき、イルカは食べられることもないって言ってなかったか？」

「そりゃ普通は食べないだろうけど、食べようとして食べられないものじゃないだろうし」

俺はふう、とため息をついた。

「いくら食欲旺盛でも、イルカまで食いたがるとは思わなかったよ」

「そりゃ、お子さんには、イルカっていうのは水族館で見るもので、食べるもんじゃないですよね。今の話で食欲をなくされたのなら、悪いことをしたな」

とユカの父親は言った。

「いいえ。その前から、ちょっとメンタル的に弱っていたので、気にしないでください」

「そうそう。理奈ちゃんが残した分も、ちゃんと僕が食べますから」

誰もそんなことは心配していないのだが、食い意地の張った飯野には重大なのだろう。

「何か妹さんに食べやすいものをお作りして、お部屋まで持っていきましょうか？」

「いえ、大丈夫です。そこまでしてもらって、それも食べられないで残してしまったら悪いですから」

ユカの父親がその場を立ち去った後も、飯野は理奈の体調などどこ吹く風で、ぱくぱくと料理を食べている。

「お前が心配だよ」

「何が？」

「若い時からそんなふうに暴飲暴食を続けてると、中年の頃にはお前も糖尿病になるぞ」

「へえ、それもいいかも。理奈ちゃんとお似合いだ」

「そういう場合の糖尿病は2型だ。理奈は1型。一緒にするな」

「インスリンが出難くなるか、まったく出ないかの違いだけだろう？　僕らがおじさんになって糖尿病になったら、理奈ちゃんにいろいろ教えてもらおうよ。病気に関しては先輩なんだから。でも、ユカさんどうしたのかな。せっかくの食事なんだから、顔ぐらい出してくれてもいいのに」

「まだ高校生なんだから、ここで四六時中手伝いをしているわけじゃないだろ」

「でも今は夏休みだよ。稼ぎ時じゃないか」

「実家だから無償奉仕みたいなもんだろう。彼女が俺たちのことを一番に考えてくれると思うなんて、それこそ自意識過剰ってもんだ」

　と俺は答えたが、確かに飯野の気持ちも分かった。ここに来てからユカは、ちょくちょく俺たちにちょっかいを出している。彼女の父親が言う通り同年代の東京の高校生だからだろう。客の方が迷惑がっているのならユカも遠慮するだろうが、俺たちとて現地の知り合いができれば情報収集がしやすいから、ユカのおせっかいは、むしろ歓迎していたのだ。

遠慮の理由は、尾藤のことだろうか。しかし俺たちに遠慮しつつ、いはら荘の手伝いをしているのなら、ちらりとでも姿を見せても良いはずだ。だが、まるで姿が見えない。

別に、今日会ったばかりの女の子にどんなプライベートな生活があろうと、俺の知ったことじゃない。でも尾藤のこともあり、妙に気になった。さっきユカの父親に娘はどうしているのか訊けば良かったが、後の祭りだ。

食事の後、風呂に入って部屋でだらだらしていると、あっという間に就寝時間の十一時になった。もちろん就寝時間といっても便宜上のもので、この時間以降は他のお客さんに迷惑になるから騒がないでください、というだけに過ぎない。しかし、今日は疲れたし、だらだら話しているとまた議論に熱中してしまい、知らず知らず声が大きくなりそうなので、旅行に来た時ぐらいさっさと床につくことにした。まして理奈はまだ小学生だし、そうでなくとも体調のバランスを保つために早寝早起きの習慣が身に付いている。同じ部屋で寝るのだから、やはり理奈に合わせるべきだろう。

「インスリンはもう打ったのか？」

理奈は頷く。インスリンは食前と就寝前、計四回打たなければならない。理奈ももう慣れたものだろうが、やはりインスリンを打ってから食事を口に入れるまでの時間を考慮しなければならないし、人に見られたくないということもあるだろう。良くトイレで打っているようだが、衛生的に問題ではないかと余計な心配をしてしまう。

三つ並べて敷いた布団に、ドアに近い方から、理奈、俺、飯野の順に寝た。やはり飯野と理奈を隣に寝かせるのは抵抗があるし、万が一の場合はすぐに逃げられる。

「別に理奈ちゃんの隣に寝ようとは思わないけどさ。でも、そんなに僕が信用できないの？なんだか悲しいな。いくらなんでも友達の小学生の妹に手を出すわけないじゃないか」

飯野が文句を言った。

「これぱっかりは仕方がないだろう。たとえお前がいい奴でも、男である以上野獣になる可能性はあるからな」

「馬鹿みたい」

と呟いて、理奈は布団に潜った。俺と飯野はなかなか寝付かれず暫く小声で話をしていた。

「——明日の予定は？」

「——何にも決まってないよ」

当初の目的は、管理人の息子の真司に会うことだった。ユカという予想外の協力者が現れてくれたおかげで、それは簡単にできるかと思われたが、あいにく真司はいなかった。もし管理人が真司を匿《かくま》うために嘘をついているとしても、俺たちにそれを確かめる術はない。

つまり一日目にして、もう俺たちは壁にぶち当たってしまっているのだ。残る手段は、理奈が目撃したというイルカを探すことだが、利根川は大きな川だ。理奈が目撃したという場所に今も留まっているとは思えないし、イルカの存在自体、完全には信じきれていない自分もいる。文字通り雲をつかむような話だ。

「――ユカさんに訊いてみよう。きっと何か心当たりを教えてくれるはずだ」

「――でもユカさん、もう今日みたいに協力してくれないんじゃないかな。あの尾藤って奴のことで、僕らに嫌な思いをさせたと思っているみたいだし」

「考えすぎだ。ちょっと姿を見せなかったぐらいで。俺たちにずっと構ってくれているわけじゃないんだから」

「いや、そりゃ分かってるけどさ――」

ユカが協力してくれれば心強いと思っている自分と、これで良かったのかもしれないと思っている自分がいた。尾藤はユカに近づかなければ俺たちには手を出さないと言っていた。もちろん俺と飯野だけだったら知ったことではないが、ここには理奈もいる。あんなチンピラたちの目に理奈を触れさせるのもゴメンだ。半径百メートル以内には近づいて欲しくない。

その時、隣の布団から、理奈の声が聞こえてきた。

「二人ともうるさいよ。早く寝なさい」

「すいません」

明日のことは明日にならないと分からないんだから、と理奈が小さな声で言った。俺は目を閉じて、意識を眠りの底に沈めようとしたが、やはりなかなか寝付かれなかった。ぐっすりと眠るには、やはり今日はいろいろありすぎたような気がする。身体は疲れているのに、精神が高ぶっているのだ。

深い海の底に沈んでいくイルカをイメージする。そんなふうに眠りにつくのだと自分に言い聞かせる。理奈の吐息と、飯野のいびきが聞こえる世界で、俺はたった一人、イルカになって海に沈みゆく自分を考える。

3

ユカが夕食のさい姿を見せなかった理由は、翌日の朝食時にはっきりした。

家で生活している時はパンの朝食がほとんどだったが、ここでは白いご飯にみそ汁と生卵が出たので、新鮮な気持ちで一日の始まりを迎えることができた。

「今日はどうする？」

と飯野が訊いた。

「とりあえず利根川に行ってみようか。理奈がイルカを目撃した場所に」

そう言った後に、イルカを目撃した現場とは、理奈が襲われかけた現場でもあることに気付く。俺は理奈をちらりと見やった。特に反応はなかったが、あんな現場に舞い戻るなんて嫌なのではないか、と思った。

その時だ。

「おはよう。良く眠れた？」

まるで当然のことのようにユカが俺たちのテーブルに現れた。

「うん、ぐっすり眠れました」

と飯野が言った。そりゃ自分はあれだけいびきをかいていたんだから良く眠れただろう。

「良かった」

と理奈。

「何が良かったの？」

「もうユカさんが相手にしてくれないかもって、お兄ちゃんと飯野君、昨日、散々心配していたの」

「馬鹿。晩ご飯の時に姿が見えなかっただけだろう？　そんな、お客に付きっきりじゃないんだから」

と俺は理奈に言ってから、ユカの顔を見た。どことなく心配そうな表情だった。

「どうしたの？」

と俺は訊いた。

「そのことについてなんだけど、ちょっと話があるの。いい？」

俺は飯野と顔を見合わせた。とても深刻な様子だったからだ。

「昨日の尾藤とのことなんだけど——」

「ああ、それか。もう良いよ、気にしてないから」

と飯野が言った。だがユカは飯野の言葉に首を横に振った。

「良くない。あいつ、ああいう性格だし、また私のところに来るだろうから。昨日のようなことにならないと言い切れないでしょう？　お客さんに何かあるようなことは絶対に避けなきゃいけないから。私——昨日の夜、サシで尾藤と話し合いに行ったの」

だから昨夜は姿が見えなかったのか。

「あいつ、三枝君と私のことを疑ってるみたいだった」

「そんなわけないだろ。昨日会ったばっかなんだから」

「それはそうだけど、向こうは以前から私とあなたが知り合い同士だと思っているのよ。私は違う、ただのお客さんだって何度も説明したけど向こうは分かってくれなくて。最終的には理由もないのに、高校生が妹を連れてお前んとこの民宿なんかに泊まりに来るはずないって言われたわ」

「酷いこと言うね！」

と飯野が言った。だが確かに尾藤の表現には問題があるかもしれないが、ユカの父親だって俺たちを見て、若い人だけで民宿に泊まってくれるのはありがたい、と言ったではないか。やはり俺たちは場違いというか、どういういきさつでここに来たのか疑われやすい三人なのかもしれない。

「お前と三枝君が付き合ってないと言うんだったら、じゃあ、あの三人が何でこの町に来たのか、その理由を教えろって。私、最初は詳しくは知らないって言ったんだけど、現地の子供とトラブってるっていうんだったら、余計に高校生だけで来るのはおかしいって――」

「まあ、確かにそういう場合は親が出てくるかもね」

「あいつ、俺も男だ、お前のことはきっぱり諦める。ただその代わり――」

「その代わり？」

ユカは思いきったように言った。

「イルカのことを教えろって」

「え？　何でだ？　何であいつがイルカのことを知ってるんだ？」

「それが、三枝君と飯野君が話しているのが聞こえたみたいなのよ」

　俺は飯野と顔を見合わせた。

「あの駐車場でだ――」

　飯野は忌ま忌ましそうにつぶやいた。あの時、俺たちは二人で、管理人が息子を北海道に匿った本当の理由について話し合っていたのだ。少し距離があるからと油断して、声が大きくなってしまったのかもしれない。どこまで聞こえたのかは分からないが、イルカという単語は聞き取られてしまったのだろう。

「それで、教えたの？」

　ユカは頷いた。

「ごめんなさい。でもイルカのことを知られたのなら、もう隠せないと思って」

「あいつがその約束を守るって保証があるの？　その――僕たちがここに来た目的を知ったら、もうユカさんに付きまとわないって」

「あいつは馬鹿だけど、そういうところは一途《いちず》っていうか、えーと」

「愚直ってこと？」

「そう、それ！　あいつは約束は守る奴だから。私が付きまとわれるのは別に構わないけど、お客さんに嫌な思いをさせたくないし」

　俺は昨日の尾藤の言葉を思い出した。

『赤木はお前の妹を馬鹿にした。お前は赤木を殴った。それでチャラだ。分かったな？』

　別に彼を全面的に信用するつもりはないが、確かに、あの男にはそういう一面があるのかもしれない。

「別に知られたって構わないさ」

　と俺は言った。

「何も恥ずかしいことじゃないんだから」

　嘘だった。イルカというのが余計に悪い。まだ河童《かっぱ》の方がマシだ。冗談で済むからだ。だがイルカは現実に存在しているだけ、本気で探しに来たと思われるだろう。

　万が一また尾藤たちと昨日のようにやり合うことがあれば、必ず奴らはイルカの話題を出してくるに違いない。奴らにとって格好のからかいの対象だ。

「──あのね」

　ユカが、今まで一番言い出し難そうに口を開いた。

「あいつが、あなたに会いたいって言ってるの」

「嫌だ」

俺は即答した。好き好んでからかわれに行く馬鹿はいない。

「――うん。あなたはそう言うと思っていたけど」

ユカは困ったようにうつむいた。

「今度はあなたとサシで話したいって言うのよ。私のこと以外の用件で」

「また会いに行かなかったら、君に付きまとうつもり？」

「ううん。私のことは、もう終わったの。会わなかったらどうするとか、そういう話は出なかったわ。ただ、会いたいとだけ」

「そうやって呼び出しておいて、仲間集めて騙し討ちにするんじゃないの？」

と飯野がユカに訊いた。

「私もそう訊いた。でもそんなことは絶対にしないって」

「じゃあ、イルカだイルカだって指を差して笑うとか」

「いくらなんでも、そんな子供みたいなことしないでしょう」

「あいつはサシで話したいって言ってるんだな？」

と俺は訊いた。ユカは頷いた。

「駄目だよ、三枝。ここはあいつのテリトリーじゃないか。のこのこ会いに行ったら、あいつの思う壺《つぼ》だよ」

「いいや、一人で行く。本当は飯野と一緒の方が心強いが、そうすると理奈を一人にさせちまう。あんな奴に会うのに理奈を連れていくわけには絶対にいかないんだから。誰かが理奈を見ておいてくれないと」

そして俺は理奈に、

「お前の言った通りになったな。明日のことは明日になれば分かるんだ」

と言った。

「どういうこと？」

「だって、さっきまで俺たち、今日はどうしようって途方に暮れていたじゃないか。理奈がイルカを見たと言っても誰も信じなかった。君は協力してくれたけど、実際にイルカを目撃したわけじゃないんだろう？」

ユカにそう訊いた。

「うん――」

「尾藤は何か知っているのかもしれない。もしかしたら、あいつもイルカを目撃したのかも」

俺以外の三人は全員息を呑んだ。

「もちろんそうじゃないかもしれないが、駄目で元々だ。袋叩《ふくろだた》きにあうのを怖れて、チャンスを逃すわけにはいかないだろう」

「それはそうかもしれないけど、でも心配だな――」

飯野がか細い声で呟いた。

「本当に行くつもりね」

俺は頷いた。

「私が車で送るわ。サシで話すって言ってたけど、私も遠くから見てるから。何か変なことになったら、すぐに警察に電話する」

「そんな、警察なんて――」

理奈が脅《おび》えたように呟く。

「大丈夫だ」

と俺は理奈を安心させたい一心で言った。

「あいつは約束したんだ。昨日のことはもうチャラだと。よほどのことがない限り手を出してきたりはしないだろう」

「心配なのはお兄ちゃんよ。私のこと馬鹿にしてきても、またケンカしたりしないでよね？」

「分かってる。でも安心したよ」

「何が？」

「私も行くって駄々捏ねると思ったよ。理奈も大人になったな」

「あんな怖い人に会いたいって駄々捏ねるわけないじゃない！　やっぱり飯野君、付いていってあげてよ。私は一人で大丈夫だから」

「ええ？　僕だって怖いよ」

「いいや、飯野は理奈といてくれ。こういう時のためにお前を呼んだんだから」

俺がそう言うと、二人は黙った。別に俺が尾藤と会うのを強く止める動機は二人にはないのだ。自分たちが尾藤なんかとは会いたくないというだけなのだから。何も起きるはずはないと俺は思った。あいつは約束を守る。あいつではなくユカを信じるからだ。俺はそう自分に言い聞かせた。


朝食後、理奈と飯野をいはら荘に残し、俺はユカの運転するバンで尾藤が待っているという喫茶店に向かった。水上駅前の土産物屋が連なる商店街から少し離れた場所にある店だった。観光客も利用するのだろうが、地域住民の憩いの場といった雰囲気だった。

ユカはがらがらの駐車場にバンを停め、言った。

「いちおう、私も一緒に行くわ。あなたは一対一で話をすればいい。私は離れた席でお茶してるから」

そんなものか、と思いながら店の中に入ると、二人席用のテーブルに向かい合わせに座っていた尾藤と赤木が二人同時にこちらを見た。なるほど、条件は同じだ。モーニングの時間帯は終わったのか、それとももともと彼らがたむろする専門の店なのかは分からないが、尾藤と赤木以外の客の姿は見えない。

「来たな」

と尾藤が言った。

「私、向こうにいるから」

とユカは店の一番奥の席を示した。俺はユカに頷き、尾藤に近づいた。

「何の用だ？」

と俺は訊いた。尾藤はその俺の質問に答える前に、同じ席に座っていた赤木に、

「お前は向こうに行ってろ」

と命令した。赤木は尾藤に命じられるままに、自分のグラスを持って立ち上がり、テーブルを離れた。そのさい、青あざが残る顔で俺を睨みつけてきたが、睨み返してやると、すぐさま視線を逸らした。

俺は尾藤の様子を窺いながら、赤木が座っていた席に腰を下ろした。尾藤も俺の行動を逐一把握するかのように、ねちっこい目で俺を見つめている。

背後で、何であんたと一緒にお茶しなきゃいけないのよ！　とユカの声がした。どうやら赤木は馴れ馴れしくユカのテーブルに座ろうとしたようだ。ユカに拒絶された赤木はすごすごと俺たちとも、ユカとも離れた席に移動した。

尾藤はコーラを飲んでいた。俺も飲みたかったが、舐められると思ったので背伸びをしてアイスコーヒーを頼んだ。

「お前の妹がイルカを見たんだってな」

開口一番、尾藤は言った。馬鹿にするような口調ではなかった。

「誰も信じてないけど。あまりに低血糖が酷いと幻覚を見ることもあるから」

「病気のことは知らねえけど、幻覚って可能性はどのくらいあるんだ？」

「さあな。俺は妹を信じてるだけだから。妹以外にもイルカを目撃した中学生がいるからそいつに話を聞こうと思ったが、北海道に旅行中だそうだ」

「そいつの証言は信用できるのか？」

「その中学生は糖尿病じゃないし、そもそも二人そろって同じ幻覚を見るなんてありえないからな」

「お前の妹は、何故それがイルカだと思った？　どのくらいの距離から見たんだ？　見間違えたってことはないのか？」

正直、何もかも開けっぴろげに話すつもりはなかったが、尾藤の意図を知るためには、こちらもそれなりのカードを出さなければならないようだ。

「イルカをトラックに載せて川に逃がした女がいると妹は言っている。その、旅行でいない中学生と一緒に、川に逃がすのに協力したって」

「じゃあ、触ったんだな？」

「イルカにか？」

「ああ」

「少なくとも妹はそう言っている。でもそれがどうした？」

尾藤はコーラに口をつけてから、

「お前の妹は正しいぞ」

と言った。少なくとも、からかったり、戸惑わせるために言っているようには思えなかった。どうしてだ？　と訊こうとしたが、尾藤が次の一言を口にするほうが早かった。

「俺もイルカを見たからだ」

やはり、という思いと共に俺はじっと尾藤を見つめた。そして訊いた。

「からかっているのか？」

「お前をからかってどうする。そんなことしたって俺には何にも得ねえし」

「今までそれを誰にも言わなかったのか？」

「だから今、言ってる」

ユカにも言わなかったのだろう。言っていたら、俺たちがこの町に来た理由を知った時に、ユカの口からその話が出てもいいはずだ。

「利根川をイルカが泳いでいたんだぞ。大発見じゃないか。みんなに言いふらしてもいいんじゃないか？」

「イルカだとは思わなかったからな」

と当たり前のように尾藤は言った。

「赤木と一緒に釣りをしてたんだ。別に食うためじゃないぞ。単なる暇つぶし。ゲーム。利根川でフナとかコイとか釣ったって食えたもんじゃないと思うしな」

そんな茶色い髪をして、釣りなどというのどかな遊びをしていることが恥ずかしかったらしく、尾藤は言い訳がましく言った。でも、確かに利根川の支流である東京の江戸川で釣れた魚なんて食う気はしないが、ここ群馬なら川の水は綺麗で食える魚が釣れるかもしれない。しかし魚なんてどうでもいい。問題はイルカだ。

「やっぱり子供の頃から利根川の近くに住んでると、身近な遊び場なんだろうな」

俺は尾藤の背中を押すように言った。

「そういうことだ。でもまったく釣れず、帰ろうと思った時に――見たんだ」

尾藤は携帯電話を取り出した。まさか、と思った。

「写真を撮ったのか⁉」

俺は思わず大きな声を上げた。管理人の息子の証言などいらない。写真さえあれば、理奈の証言を裏付ける決定的な証拠になる。

「焦るなよ。写真じゃねえ」

そう言って尾藤は携帯を操作した。

「動画だ」

俺は食い入るように携帯の小さな画面を凝視した。川に向かってカメラを向けているので、撮影者が尾藤と赤木のどちらなのかは分からないが、尾藤の携帯のようだから彼自身が撮影したのだろう。最初っから尾藤と赤木の、ぎゃーぎゃーわめいている声が入っている。別のものを撮っている時に偶然撮影したのではなく、何かを見かけて慌てて携帯を向けたのだ。

足下は良く見えないが、河原のような場所ではない。何かに登って川を少し見下ろすような角度で撮っているようにも見える。恐らく、岩場のような場所なのではないか。向こう岸はうっそうとした緑の木々で埋め尽くされている。向こうから見ればこちらもそう見えるのだろう。群馬は東京に比べて緑が多い土地柄だ。

携帯の小さな画面なので、向こう岸までどれほどの距離があるのか正確なところは分からない。利根川は大きな川なので、河口近くになると川幅一キロもざらだが、撮影場所はそれほどの川幅ではない。それでも五十メートル以上はあるだろうか。

その川のちょうど中央辺りに、何かが浮かんでいた。それが何なのかは分からない。距離がありすぎるし、小さい。それはまるで何かに操作されるように真っ直《ます》ぐに進んでいき、水しぶきを上げながら水面下に沈んで見えなくなった。

携帯の動画は、それですべてだった。俺は思わず唾《つば》をごくりと呑み込んだ。

「その動画じゃ分かりにくいが、俺たちが見た時、その浮かんでるやつの下にかなりでっかい影があった。人間より大きいかもしれない。そうだろう？」

尾藤は向こうのテーブルに座っている赤木に同意を求めた。尾藤の腰ぎんちゃくの赤木は、もちろん頷いた。

「これは——魚のひれか？」

と俺は訊いた。尾藤は頷いた。

「その動画を撮った時も、真っ先に俺はそう思った。もっとはっきり言うと——サメかと思った」

「なるほどな」

と俺は呟いた。確かにイルカという先入観を捨てて、この動画だけ見せられたら、俺もサメだと思うかもしれない。水面に出ている何かは、薄っぺらく、先端が尖っているようにも見えるからだ。まさしくサメの背びれだ。

「これはいつの動画だ？」

「一昨日だ」

俺たちがここに来る前日だ。理奈が利根川にイルカを逃がした後にこの動画は撮影されたことになる。矛盾はない。またユカとの別れ話がこじれている最中のことだから言いそびれていただけで、いずれ近いうちにこの動画のことはユカの耳にも入っただろう。

「どう思う？」

と柄にもなく素直に、尾藤は俺に意見を求めてきた。もしかしたら東京では、川にイルカやサメが泳ぐ現象など日常茶飯事だと思っているのかもしれない。

「確かにこれだけ見たら、サメと思うのも無理はない。でもサメじゃないと思う」

「どうして」

「サメは魚だから、淡水じゃ泳げないはずだ。イルカの方が可能性は高いと思う。イルカにも背びれはあるし」

「イルカは川で泳げるのか」

「現実的には、浮力とかいろいろな問題で難しいことは難しいだろうけど、まだサメに比べればイルカの方が条件が有利だ。なあ、この動画をコピーしてもらえないか？」

小早川は粗大ゴミのようなものをイルカと見間違えたと切り捨てたが、これはとても粗大ゴミには見えない。利根川に全長約二メートルはある謎の生物が生息している何よりの証拠だ。仮にイルカではなく、イルカに似た別の生物だとしても、理奈が嘘をついていないことは証明できる。小早川の鼻を明かすことも。

しかし、

「コピー？　冗談言うな。お前に見せたのはお前の感想を聞くためだ。特ダネをやるためじゃねえぞ」

と尾藤は勝ち誇ったように言った。イルカを探しに来たなどと言うくらいだから、尾藤は俺のことを海洋生物について詳しいと勘違いしたのではないか。そんな俺が映像のコピーを欲しいと言っているのだから、相当貴重な瞬間をとらえた映像だと。

しかし小早川はどう言うだろう。確かに生き物のようにも見える。だが生き物と証明できたわけではないし、証明できたとしてもイルカかどうかはまた別の話だ——そんな揚げ足取りを許してしまうほど、携帯の映像は鮮明とは言いがたかった。最近の携帯のカメラは性能が良いが、慌てて撮ったせいでピンボケしているし、そもそも対象から距離がありすぎる。

「そうか、じゃあ仕方がないな」

と俺は言った。尾藤は少し呆気《あっけ》にとられたような顔をした。どうしても動画のコピーが欲しいのだと懇願してくると思ったのだろう。

これが群馬を訪れて初めて見つけた重大な手がかりであることは疑いようもないが、小早川の鼻を明かすにはまだ足りない。ただ俺の志気を高めるには十分だった。

「この動画には価値はないと？」

「貴重な場面を撮影した瞬間だからコピーしていろいろ研究したいが、お前がそれを拒むなら仕方がない。ただこれで利根川に何かがいることがはっきりした。ありがとうな」

何の皮肉でもなく、本心から出た言葉だった。管理人の息子と会えなくて俺たちは途方に暮れていたのだ。そんな中、この尾藤というユカに付きまとうストーカーが道を示してくれたのは皮肉というほかないが。

「なあ、この動画に写っている場所、どこだか分かるか？」

と俺はユカに訊いた。

俺たちの席にやって来たユカは動画に目を凝らした。

「分かる分かる。お客さんを案内したことあるもの。諏訪峡《すわきょう》でしょう？　銚子橋《ちょうしばし》のところの。ここって今、入っちゃいけないんじゃなかった？」

「観光客が遊歩道を歩いちゃいけないってだけだろ。知ったことじゃねえよ」

ユカは俺に説明するように、

「利根川のここら一帯は諏訪峡っていって、この町で一、二を争う観光スポットなの。ただ、この動画のところは落石が危険だから本当は入っちゃいけないの。あ、あんた釣りしてたって言ってたけど、ちゃんと遊漁料払った？　勝手に釣ったのがばれたら後が怖いよ！」

尾藤は引きつったような顔になっていた。事態が彼の望んでいない方向に進んでいったからだろう。この動画は無理して手に入れる価値は薄い。だが、俺の意欲を高めてくれた。それで十分だ。

「そこに連れていってくれないか？　イルカという確証はまだないが、とにかく利根川に何かが生息しているのは分かった。もしかしたらその近辺に棲み着いているのかもしれない」

「お客さんをここに連れていくことはできないけど、諏訪峡の遊歩道は案内できるわ。それにここにしたって、銚子橋から下を覗くのはもちろん問題ないから。このまま行く？　それともいったん戻る？　距離的にはどっちも変わらないわ」

「そうだな。とりあえず戻ってくれるか？　理奈と飯野にこのことを報告したい。喜ぶぞ、あいつら」

「了解」

俺とユカは喜び勇んで店を出ようとした。その時だ。

「ちょっと待て！」

尾藤が俺を呼び止めた。

「何だよ」

「お前、本当にこの動画いらないのか？」

「さっきも言っただろう。どちらかというと欲しいよ。でもお前がよこさないって言うんなら仕方がないじゃないか。お前と駆け引きしてまで手に入れたい動画じゃないってことだよ」

「価値が、ないのか？」

と尾藤が先ほどと同じことを訊いた。

「物の価値っていうのはその人の価値観によるからな。利根川に何かがいるという情報だけで十分だ。その動画そのものはいらない、俺はな」

「じゃあ、この動画をテレビ局に持ってっても、買ってくれないと？」

俺は尾藤の意図を知り、呆れた。どうやら尾藤は、俺たちがイルカを探していると知って、自分たちの撮った映像にニュース性があると思い込んだようだ。

「テレビ局なんて専門知識のない一般人を相手に番組を作ってるんじゃないか？　映像的には、何か川にでかい魚が泳いでるってだけだろう？　海洋学者にとっては価値のある映像だとしても、一般人にとってはそうじゃないかもしれない。とにかく今のまんまじゃ、そんな映像に価値はないぞ」

するとと尾藤は、

「じゃあ、どうすれば価値が出る？」

といけしゃあしゃあと訊いた。

「利根川に何か巨大生物がいるらしい、という噂を、それこそテレビ局が取材に来るぐらい広めれば、そういう映像も価値が出るかもしれない」

大昔、スコットランドのネス湖にネッシーという生物が棲み着いているという噂があったのは、俺だって知っている。信憑性は薄いようだが。とにかく、テレビ局が取材に来るほどの噂になるには、謎の生物をどの世代も知っているシンボルにまで高めなければならない。

ネッシー、ツチノコ、人面魚――。

「そういう噂をどうやって広める？」

「知るかよ！　何だ？　いったい何が目的だ？」

尾藤は、にやり、と笑った。本当に、にやり、という形容以外にない嫌らしい笑みだった。

「お前らがイルカを探すことに協力してやる。その代わり、発見できたら山分けだ」

「山分け？　半分こするのか？　でもイルカの肉はそんなに美味くないっていうぞ」

「違う！　イルカが見つかったら、マスコミに売り込むんだ。そしたら謝礼が出るだろう。それを山分けするってことだ」

俺は思わずユカと顔を見合わせた。ユカも呆れた様子だった。そして俺たちはお互い頷き合い、尾藤にくるりと背を向けて店を出ようとした。

「待て！　待てよ！」

尾藤の怒鳴り声がした。本人は威嚇しているつもりでも、焦っているのは丸分かりだった。赤木と二人でイルカ、もしくは利根川に生息する謎の巨大生物を探し出す自信はないのだろう。だが俺はこんな奴らと行動を共にするのはごめんだ。

「もし金がもらえたら、全部お前らのものにすればいいさ。お前らが成功してその動画がテレビに映ったら、俺も助かる。妹が正しいことが証明できるんだからな。だからせいぜい勝手にやってくれ。協力はしない」

そう言い捨てて、俺は今度こそ本当に店を出た。自分が飲んだアイスコーヒーの分だけ支払おうと思ったが、手切れ金のつもりで尾藤の分も払ってやった。謎の生物の衝撃的瞬間をとらえてテレビ局に買ってもらおう、なんて夢のようなことを本気で考えている幼稚な尾藤を憐《あわ》れむ気持ちもあったのかもしれない。

「そういえば、あいつ、ずっとバイクが欲しいって言ってた。だからお金が欲しいのかも」

とユカは言った。

「そうか。でも収穫はあった。利根川に何かいるのはあいつが証明してくれたから」

「でも、何だろうあれ――私、子供の頃からここに住んでいるけど、あんなの見たことないよ。やっぱり――あれは理奈ちゃんが管理人の子供と一緒に逃がしたイルカ――」

「多分、そうだろう。いや、きっとそうだ」

俺は自分に言い聞かすように呟いた。


ユカの運転するバンでいはら荘に引き返し、飯野と理奈に尾藤との会談の結果を報告した。例の動画のコピーを手に入れることができなかったのが二人は残念そうだった。しかし飯野は、俺があざの一つでも顔に作ってくると思っていたようで、何もなかったことに心底ほっとしたような表情をしていた。もっとも理奈は兄が無傷で帰ってきたことよりも、動画の内容を知りたがっていたのだが。

「どのくらいの大きさだったの？」

「動画じゃはっきり分からなかったが、尾藤の言うには人間と同じぐらい、もしかしたらそれよりもずっと大きいかもしれないってさ。もちろんあいつを全面的に信用するわけじゃないが、わざわざあんな動画を作ってまで俺たちを騙そうとする理由はないだろう」

「理奈ちゃんが逃がしたイルカも、大きかったの？」

と飯野が訊いた。理奈は少し考え込むような素振りを見せてから、うん、と頷いた。

俺は、言った。

「もうイルカを探す必要はないかもな」

「え？　どうして？」

「第三者の尾藤の証言があるからだ。みんなに目撃されれば、イルカの存在は明らかになる。それでいいじゃないか。俺たちがここに来た目的は、イルカの第一発見者になることじゃないんだから。理奈が間違ったことを言っていないと証明できればいいんだ」

「そりゃ、そうだけどさあ――」

飯野が納得していなさそうな声を出した。飯野はイルカが見つかろうが見つかるまいが、理奈と一夏の思い出が作れれば良いという考え方だ。それを否定するつもりはないが、やはり俺としては白黒はっきりつけたい。

「それに死体が上がるかもしれない」

「死体って？」

「イルカの死体だよ」

理奈が絶句する。

「もし自然のイルカだったら、海から無理やり連れてきて川に放したってことになる。いくら魚じゃないっていっても、環境が違いすぎる。いずれ衰弱して死ぬんじゃないか?」

とユカ。

「淡水で泳ぐように慣らしたイルカって話は?」

「その場合も飼ってるイルカってことだろう? しかも理奈の話だと、こっそりイルカを連れ出して川に放したようにも聞こえる。自然環境に慣らす準備をしてないんだったら、環境の変化に耐えられずに死んでもおかしくない」

「お兄ちゃんは——イルカが死んだほうがいいと思うの?」

「別に死んでいようと生きていようと、利根川にイルカがいたってことが証明できればそれでいい。死んだら浮かぶだろう。すぐに人の目につく。ニュースにだってなる。そうすれば理奈の言っていることが正しいことが証明できる。そうじゃないか? 泳いでるイルカを探すよりずっと話が早い」

「でも、そんな——」

と飯野が言った。

「何言ってるんだ。昨日、お前はイルカを食べたいとか言ってたじゃないか」

「イルカ料理があるかと訊いただけだよ。別に食べたいなんて言ってない」

「証明なんかできなくてもいい――」

と理奈が言った。

「私が嘘つきでもいい。それであのイルカが誰にも見つからず、海にまで逃げられるなら」

「そんなこと言ったって、あんな川にイルカを泳がせたら、死んじまう可能性だって当然考えなきゃいけないだろ」

「お兄ちゃんは、イルカが死んで欲しいの？」

「欲しい欲しくないなんて関係ない。可能性の問題だ。俺は理奈を馬鹿にした奴らを見返してやりたいから、お前をここまで連れてきてやったんだぞ？」

「私のことを馬鹿にする奴らをすぐ殴るのと、同じこと？」

「ああ。でも今度は暴力じゃないぞ」

「でも、イルカが死んでいて欲しいと思っている」

「死ねばすぐ見つかるのに、と心の中で思うのは暴力じゃない」

「心の中で思うだけじゃない！　今、口に出して言った！」

俺は思わずため息をついた。来年には中学生になるといっても、やはりまだ子供だ。

「言ったから何だ？　言ったから死ぬのか？　言おうが言うまいが死ぬ時は死ぬ。俺の言葉とは関係なしにな」

理奈は唇を嚙《か》み締めた。何か言いたげに、恨めしそうに俺を見つめたが、結局何も言えずに黙り込んだ。

「――こうなってればいい、ああなってればいい、なんて期待や希望で動いて、もしそうじゃなかったら困るだろ？　もちろん理奈ちゃんがイルカを生きたまま見つけたいと思っているならそれでいい。でもあらゆる可能性を考えなきゃ、今後の行動の計画は立てられない。

三枝はそういうことが言いたいんだよ」

「そうよ、理奈ちゃん。もし死んでたとしたら、お兄ちゃんの言う通り、私たちが何もしなくたってイルカは見つかる。でももしまだ生きているのなら、私たちが見つけるしかない。だから頑張りましょうよ。少なくとも、イルカが利根川にいる可能性は出てきたんだから」

結局、言っていることは俺とほとんど同じなのだが、その飯野とユカの言葉は希望的に響いたようで、理奈は分かった、と小さく頷いた。

「決まったわね。あなたの言う通り、死んでるかもしれないけど、もしかして生きている場合に備えて、イルカの捜索は続けなくちゃ。それでどうする？　諏訪峡に行く？　それとも理奈ちゃんがイルカを逃がしたっていうキャンプ場近くの河原？」

「諏訪峡と、その河原は距離的に離れてるのか？」

俺はユカに訊いたのだが、答えたのは理奈だった。

「諏訪峡はキャンプ場からは少し離れてる。前に一度、高校生の人たちと一緒に行ったことあるけど、遊歩道を歩いただけ。あの中に入り込んで釣りしてる人がいるなんて思わなかったなあ。遊歩道を歩くだけならいいけど、子供たちだけで川の近くまで行っちゃいけないって言われたし」

尾藤なら幼稚な反抗心で、そういうことをやるかもしれない、と俺は思った。

「上流にダムがあるから、放水される時は水位も上がるし、川も荒れるしね。でもヤマメやイワナが釣れるから人気なのよ。もっともあいつらがそんな本格的な釣りをしてるとは思えないけど。だってフナとかコイとか釣るとか言ってなかった？　多分、遊び半分でやってたんじゃないかな」

「もしかしてキャンプ場の方が、その諏訪峡より上流にある？」

と飯野が訊いた。

「そうね」

「だとしたら、諏訪峡でイルカが目撃されたのにも必然性があるね。でもさ、そう考えると今頃イルカはもっと下流に行っちゃったとは考えられない？　それこそ海までさ」

そう言って飯野は俺の顔を見た。そうだ。死ぬ可能性だけではなく、とっくに海まで泳ぎついた可能性もあるのだ。小早川が言っていたではないか。イルカは一日に百キロ泳ぐこともあると。ここから河口までせいぜい二百キロほどだし、海水に比べて浮力が少ないという問題も、川の流れに身を任せればある程度はカバーできるのではないか。

理奈がイルカを見た日から一週間以上経っている。もう利根川にはいないという可能性も決して否定できない。しかし——。

「飯野、お前、今言ったよな？　あらゆる可能性を考えなきゃいけないって。でも、イルカが海まで逃げた可能性は考えないようにしようぜ」

「どうして？」

「だって、そんな可能性まで考えたら、俺たちがイルカを探す理由がなくなるじゃないか。もう見つからないってことだから」

まだ死んでいた方が見つかるだけマシだ、と言いかけたが、またさっきの話を蒸し返すだけだと思って黙った。

「そうだね——。今の時点で、僕らは自分たちでできる限りのことをやるしかないのかも」

その飯野の言葉に、ユカも頷いた。

「それで、どうする？　理奈ちゃんたちがイルカを逃がした河原？　それとも諏訪峡？」

俺たちは三人同時に理奈を見た。図らずも、このチームのリーダーは理奈であると決まった瞬間でもあった。イルカが実在しようとしまいと、理奈が信じる限り俺たちはイルカを探すのだから。

理奈は暫く考えた末、

「とりあえず、諏訪峡に行ってみたい。私がイルカをあの河原から逃がした後に諏訪峡で目撃されたのなら、川の流れに任せて泳いでいるってことだから。あの河原に戻ったって、もういないだろうし、諏訪峡だったら遊歩道があるから歩きながら一通り探せるし」

と言った。それなりに理に適《かな》っている考え方だったので、反対する者はいなかった。

いはら荘のバンに、今度は飯野と理奈も一緒に乗り込んだ。尾藤との面会は極めて穏やかに終わったから、二人を連れていったほうが直接諏訪峡に行けて良かったな、と思ったがそれは結果論というものだ。だが、あれだけイルカの生存にこだわっている理奈に、動いている映像を見せてやりたかったという気持ちは否定できなかった。もちろん売り込みに成功すれば、あの映像がテレビで流れることもあるだろうが、その可能性は低いだろう。

ユカは利根川の近くの清流公園というところで車を停めた。諏訪峡沿いを歩く観光客は、だいたいここからスタートするのだという。

「遊歩道をずっと歩いて一周するのか？」

「そうよ。二・五キロぐらいだから、そんなに大した距離じゃない」

「理奈も一周したことあるのか？」

「ううん。ちょっと歩いただけ。すぐに引き返したわ」

確かに健康な人間なら散歩がてらのウォーキングでも、糖尿病の患者がそれだけの距離を歩いたら血糖値が乱れる怖れがある。サマーキャンプでも運動面ではあまり無理はさせなかったのだろう。

「どうする？　歩いてみる？」

とユカが訊いた。一周するのは止めよう、理奈が心配だ、と言いたくなるのをぐっと堪えた。また過保護だなんだと言われたらたまらない。

しかし、異を唱えたのは意外にも飯野だった。

「でもこれって観光ルートだよね」

「そうよ」

「あいつらは、立ち入り禁止の場所で釣りしてたんだろう？　だったら、律義に回ってみても意味ないんじゃないの？」

「あいつらと同じ行動をとるなら、確かにそうだな」

「でも、あなたたちをあいつらが釣りをしていたところに案内するわけにはいかない。危険だから通行止めになっているのよ？　そんなところにお客さんを案内したら問題になるわ」

確かに、血糖値に細心の注意を払ったあげく、上から石が落ちてきて頭を打って死んだら笑い話にもならない。

「銚子橋ってどっちだ？」

「あっちよ」

　ユカは川下の方を指差した。

「川に沿って歩くなら、銚子橋の手前の竜ヶ瀬《りゅうがせ》までかな。岩肌が竜の鱗《うろこ》みたいで、なかなか見応えがあるわよ。でもそこから引き返すことになるかも。ここから直接銚子橋に行くなら、車で送るわ」

「要するに、銚子橋の下は歩けないってことだな」

「そうね。もちろん尾藤みたいに、勝手に入り込む奴はいるけど」

「理奈ちゃん、どうする？」

　飯野が、理奈に言った。さすがの理奈も迷っているようだった。

「どうしよう——。間近で川を見てみたいし、できるだけ下流でも見てみたいし——」

「じゃあもっと下流に行ってみるか？」

　と俺は言った。

「小早川はイルカは一日で百キロ泳ぐと言っていた。でもキャンプ場から銚子橋まで何キロだ？　せいぜい五、六キロってところじゃないか？」

「ちゃんと地図を見ないと分からないけど——そんなものかな」

とユカ。

「一日で百キロってことは、単純に計算すると、だいたい時速四キロぐらいか」

時速で考えると徒歩並みで大したことはないように思えるが、現実問題、人間が一日で百キロ歩くのはかなり難しいだろう。

「もちろん年がら年中そのスピードで泳いでいるわけじゃないと思うけど、利根川ではその実力は発揮できていないみたいだな」

「理奈ちゃんは一週間以上前にイルカを逃がした。尾藤は二日前に銚子橋付近でそれらしきイルカを目撃した。つまりイルカは一日にだいたい一キロ泳いでるってことになるね」

俺は頷いた。

「ほとんど進んでない。多分、回游《かいゆう》してるんだろう。それでも川の流れに押されて二十四時間で一キロは河口の方に移動している」

「そうね——確かにそういう計算になる。でも、そんなにゆっくり泳いでいて、誰かに目撃されたりしないのかしら」

「されたじゃないか、尾藤に。尾藤以外にも目撃者はいるかもしれない。騒いでいるのがあいつだけってことだ。いいか？　尾藤がイルカを目撃したのは一昨日だ。つまり銚子橋から三キロは河口に向かって進んでいる計算になる。なあ、俺たち、イルカに追いつけるんじゃないか？」

「そうね──たった三キロだもの」

「でも、ユカさんに悪い。こんなにあちこち車で案内させて」

と理奈が言った。

「何言ってるのよ。尾藤のことで面倒をかけたお詫《わ》びよ。安心して、理奈ちゃんのお兄ちゃんにガソリン代を請求したりはしないから」

「そうだよ。俺たちはお客さんなんだから、もっと堂々としていればいいんだよ」

と俺は嘯いた。

「お客さんと一緒にイルカを探したことなんて今までなかったけどね。それで理奈ちゃん、どうする？　この遊歩道を歩いて諏訪峡を散歩する？　それとも銚子橋まで行く？　お兄ちゃんの言うように、車でもっと先まで行くって手もあるけど」

三つの選択肢を突きつけられた理奈は、暫く考えた後に、ユカさんの迷惑にならないなら──と前置きして自分の希望を言った。

諏訪峡を遊歩道沿いに歩いても、尾藤たちがイルカを目撃したのはもっと先なのだから、何かが見つかる可能性は低いだろう。だからと銚子橋まで行ったところで、ここまで来たのだからもう少し先まで行こう、という話になるのは目に見えていた。理奈に決めさせてしまったが、俺たちで話し合ったところで、おそらく三番目の選択肢を選んだだろう。

ユカが清流公園から車を走らせると、だんだんと利根川は視界から外れてゆき、やがて右手にうっそうとした森が見えてきた。

「諏訪峡の遊歩道からこの森を眺めると、本当に絶景なのよ。今は夏だけど、オススメは秋かな。もう紅葉が凄《すご》いんだから」

とユカは言った。まるですっかり俺たちの仲間のようだが、彼女はやはりこの町の観光業に携わっている人間なのだった。

やがて大きな橋にさしかかった。ここか、と思ったがユカは綺麗に通り過ぎた。

「今のが諏訪峡大橋。バンジージャンプで有名」

「バンジージャンプ⁉」

飯野が大きな声を上げた。

「何メートル飛び降りるの？」

「四十二メートルよ。一回、七千五百円。リピーターになると割引もあるわ。興味があるなら予約してあげるけど、どう？」

「僕はごめんだよ！　三枝がやればいいよ」

と飯野が俺に話を振った。俺は極めて平静さを装い、

「わざわざ金を払ってそんなことやるなんて正気じゃない」

と答えた。

「そんなこと言って、お兄ちゃん怖いんでしょう」

「当たり前だ！」

皆が一斉に笑った。臆病者扱いされて面白くなかったが、理奈の笑い声が聞けたので良かったと思うことにした。

銚子橋にさしかかると、ユカは路肩に車を停めて、俺たちを案内した。諏訪峡大橋に比べると小さくて地味に思えた。

「やっぱり向こうの方が観光客が来そうな感じがするね。バンジージャンプやってるぐらいだもの」

と飯野が言った。

俺は橋の上から下を覗き込んだ。四十二メートルはないかもしれないが、それでもかなり高い。川の流れも速そうだ。また両側はごつごつとした岩壁で、川といえば多摩川しか思い浮かばない俺にとっては大自然を感じさせる。

「あいつら、どこで釣りしてたのかな」

と俺は呟いた。

「多分、少し下ったところじゃないかな。向こう岸に河原が見えたから」

「たったあれだけの動画でどこだか分かるなんて、さすが地元民だな」

俺がそう言うと、ユカは少し照れ臭そうに笑った。

「子供の頃から、ずっとここに住んでいるから。やっぱり諏訪峡大橋とか、あっちの方は観光スポットだから、地元民が遊ぶって雰囲気じゃないわね。こっちは遊歩道が通行止めになっていて観光客があまり来ないから、あいつらもここで釣りしてたんじゃないかな」

理奈は身を乗り出さんばかりに橋の柵を握りしめて、水面を覗き込んでいる。

「理奈ちゃん、あんまり顔を出すと危ないよ」

「飯野君までお兄ちゃんみたいなことを言うのね。大丈夫よ。コントみたいに柵がいきなり折れたら別だけど」

その理奈の言葉で、俺は思わず柵が錆びていないか確認してしまった。

「そうだけど——何だか理奈ちゃんがそのまま川に吸い込まれてしまいそうな気がして」

「縁起でもないこと言うな」

確かに理奈のイルカへの執着ぶりを考えると、イルカを探しに利根川に入っていってそのまま溺れてしまうのも、決してありえない未来ではないように思えた。理奈には低血糖で意識を失い、翌朝、河原で発見されたという前科がある。

　理奈は笑った。

「さっきはイルカが死んだと言っても、実際に死んだとは限らない、って言ったくせに」

「暗示ってものがあるんだ。もともと理奈にその気がなくたって、今の飯野の一言でそんな考えが浮かんでしまうこともあるだろう」

「悪かった、気をつける」

　と飯野がしゅんとして言った。そんな飯野と俺の態度に理奈は、

「馬鹿みたい」

　と言って柵から離れた。

「私が自殺でもするって言うの？」

「いや、別にそんなことは言ってないだろ」

　しかし理奈は拗《す》ねたように俺から顔を背けて、車の方に戻っていってしまった。

「ほんとに妹さん思いなのね。でも、あんまり妹さんの心の中まで踏み入らないほうが良いんじゃない？　私だって親にああしろこうしろ言われたらウザいもの」

「気をつける」

と俺もしゅんとして言った。

「でも、理奈ちゃんも、もうここはいいんじゃないかな。確かに東京とは違って迫力ある眺めだけど、特別変わったものはないみたいだよ」

恐らく理奈とて、ここですぐにイルカが見つかると思っていたわけではないだろう。この近辺で尾藤たちがイルカらしきものを発見したのは一昨日なのだから。

俺たちも理奈のように車のところに戻った。ユカは理奈に訊いた。

「尾藤たちが釣りしていたところも探してみる？　川の近くまで降りることはできると思うけど——」

「ここからすぐ近くなんでしょう？」

理奈の質問に、ユカは頷いた。

「ここにいないんだったら、そこにもいないかもしれない。二日も経っているんだから」

と理奈は自分に言い聞かすように言った。

「第三の選択か？」

と俺は訊いた。理奈はその俺の質問にすぐには答えなかった。ユカに悪いと思っているようだった。それは構わないと先ほどの話し合いで決まったはずだが。

「もう見つからないかもしれない」

と理奈はぽつりと呟いた。

「私があのイルカを見つけたのも偶然。あの尾藤って人たちがイルカを目撃したのも偶然。なら、探そうと思ったって探せない気がする」

「理奈――」

「だってこんなに大きな川だよ？」

そう理奈は、まるで泣き出しそうな声で言った。ここは利根川上流で、下流に比べればそれほど大きな川というイメージはない。だが理奈の視線は、川の流れの方に向いていた。確かに川の大きさを今自分たちがいる場所の川幅ではなく、水量という意味でとらえれば利根川の気の遠くなりそうな広大さは実感できた。

「利根川って、日本で一番大きな川なんだよな」

と俺は自分に言い聞かすように呟いた。

「流域面積という意味では、その通りね」

「ユカさん、車でもっと先まで行ってくれるって言ったけど、ずっと川に沿って走れるとは限らないんでしょう？　ここまで送ってもらったけど、車に乗っている時は、川はぜんぜん見えなかった」

川の流れに並走するように走ったところで、イルカを発見するのは至難の業かもしれない。

しかし、当然だが、まったく水面が見えない状態ではイルカを探すのは不可能だ。

「それに利根川って、ずっと一筋で河口まで続いているわけじゃないんでしょう？」

「そうね——もしイルカが千葉や茨城まで行って、川の流れに逆らうことがあるとすれば、鬼怒川《きぬがわ》に行ってしまうかもしれないわね。渡良瀬川《わたらせがわ》もあるし」

「もし川の流れに逆らわないと仮定したら？　まっすぐ千葉の銚子まで行く？」

と俺は訊いた。

「利根川は茨城県と千葉県の境にさしかかる辺りで江戸川と分岐するから——もし江戸川の方に行ったとしたら、東京湾に出てしまうわ」

俺たちは理奈がイルカを利根川に逃がしたと言っているから、もし生き延びることができれば、最終的には利根川の河口から海に逃げるだろうと考えていた。しかし思えば、ここからここまでは何々川ですよ、などという区分は人間が勝手に作ったものでイルカには関係ないことだ。

「ねえ、ちょっとこれ見てよ——」

飯野が携帯電話を差し出した。俺たちの話を聞きながら、何かを検索していたようだ。

「なんだ、どうした」

俺たちは飯野が差し出した携帯の小さな画面を覗き込んだ。緑の地の上を、水色の細い線がまるで血管のようにのたくっているその画像には『利根川水系』とあった。

飯野が画面を拡大する。吾妻川《あがつまがわ》、中川《なかがわ》、桐生川《きりゅうがわ》、渡良瀬川、思川《おもいがわ》、鬼怒川、江戸川——そこまで確認して、俺は携帯の画面から顔を上げた。この血管のような利根川水系の図も、かなり単純化されたものなのだろう。

理奈の話を信じる信じないは別にしても、やはり俺は本気でイルカを探そうとは考えていなかったのかもしれない。いったい誰が群馬の利根川に逃がした魚を、一週間経って探しに舞い戻るだろう。そりゃイルカは魚よりもはるかに大きいが、利根川の広大さに比べれば大した差ではない。俺も一夏の思い出を作れればそれで良いという、飯野と同じだったのだ。理奈の機嫌を取ることしか考えていなかったのだから。

「どうしたの？」

とある意味、ここにいる四人の中で一番子供っぽい無邪気な声で、ユカは訊いた。俺たちはユカの民宿の客だ。イルカが見つかろうが見つかるまいが、旅行中、彼女は俺たちに付き合ってくれるだろう。つまり主導権は俺たちにあるということだ。

当然のこと。イルカを探すと息巻いてここまで来たのだから、最後までイルカを探すのも、途中で諦めるのも、俺たちが決めることなのだ。

「ここから下流に向かって車を運転してくれるか？」

「あなたたちが望むなら別に構わないわよ。車運転するの楽しいし、ドライブだと思えば」

「そう、それだ」

「な、なによ」

「確かに四人でわいわい言いながら利根川を下るのは楽しいだろう。でも『イルカを探している感』は絶対に欲しい」

「なんだよ『イルカを探している感』って」

と飯野。

「お前だって言ってたじゃないか。たとえイルカが見つからなくても、理奈と夏の思い出作りができればいいって。つまり結果じゃなくて、過程が重要だってことだろう？　そうだよ。たとえ見つからなくても、いや、多分見つからないだろうけど、全力でイルカを探したい。だから漠然と利根川を下るのは、ちょっと止めたほうが良いかもしれない」

「じゃあ、どうするの？」

とユカ。

「だからさ、それを今から考えるんだ」

思えば尾藤にあのイルカらしきものを写した動画を見せられた時は興奮した。本当にイルカが見つかるかもしれないと思った。たとえ見込みがなくても、そういう興奮が欲しい。俺たちは遊びに来たのではない、イルカを探しに来たのだ、というメリハリは絶対に必要だ。そうでなければ、何のためにここに来たのか分からなくなる。

「やはり尾藤に金でも払って、あの動画をコピーしてもらおうか」

と俺は言った。

「え⁉　止めてよそんなこと。お金なんか払ったら、あいつつけ上がるよ」

「仮にお金を払ったとして、そんな動画のコピーを手に入れてどうするの？　映像は鮮明じゃなかったんだろう？」

「どこかの大学の動物学者に見せて意見を聞くとか」

「どこかの大学ってどこ？　仮にどこか見繕ったとしたって、僕らがいきなり行っても相手にしてはもらえないよ」

「じゃあ、どうするんだ？　ここで観光に切り替えて、諏訪峡をのんびり歩くか？　確かに俺も東京に帰る最後の日はそれもいいかもと思ったけど、昨日来たばかりだぞ？」

その時、俺たちの会話を黙って聞いていた理奈が突然、言った。

「夏の思い出作りって何？」

「理奈——」

「やっぱり、私の言っていることを信じていなかったってこと？　お兄ちゃんも飯野君も、私を嘘つきだと思っていたってこと？」

「そうじゃない。昨日、もしイルカが見つからなくても、それで理奈ちゃんと楽しい旅行ができればそれでいいって、お兄ちゃんと話したんだ。それを今、三枝は言っているだけだよ。別に理奈ちゃんを信用してないってことじゃない」

しかし理奈はまるで俺たちを軽蔑したように睨みつけ、呆れたように首を横に振った。そして言った。

「自分の思い出は自分で作る！　どうして私の思い出までお兄ちゃんが作るのよ！」

「何言ってんだ！　お前がここに連れてけって俺に頼んだんじゃないか！　俺が無理やり連れてきたんじゃないぞ！」

理奈は唇をわなわなと震わせて俺に何か言おうとしたが、結局何も言い出せず、

「もういい！」

と叫んで俺に背中を向けると、来た方の道に向かってすたすたと歩き出してしまった。

「理奈ちゃん！」

慌ててユカが理奈の後を追った。俺はその場に立ち尽くすことしかできなかった。

「三枝。さっき理奈ちゃんに自殺の暗示の話をしただろう――？　やっぱりあれがいけなかったんだよ。三枝が理奈ちゃんの心の中を操れるって言っているようなものだもの」

「俺はそんなつもりで言ったんじゃない」

「でも理奈ちゃんにはそう聞こえたんだ。夏の思い出って言葉も。それじゃまるで三枝が理奈ちゃんに思い出を与えてやってるみたいじゃないか。三枝が理奈ちゃんを大事に思っていることは分かる。糖尿病が大変な病気なのも。でも――少し自由にしてやったほうが良いんじゃないか？」

そんなことは分かっている、言われなくても。でも、どうしても納得ができない。

「俺はあいつにせがまれたからこんなところにまで旅行に来た。お前まで巻き添えにして。ならたとえイルカが見つからなくても、ある程度納得して東京に帰りたい」

「納得はできたんじゃないか？　尾藤に動画を見せてもらったんだろう？　理奈ちゃんの言っていることが正しかったという何よりの証拠だ」

「――いや、もったいない」

「もったいないって何が？」

「あの動画で妥協することだ。ここまで来た収穫が、あんなぼんやりとした動画だけなんて、納得できない。あの動画はゴールじゃない。通過点だ」

「でも理奈ちゃんの気持ちも考えずに、三枝だけがそんなふうに先走っても――」

飯野は理奈の方を見やった。俺もつられてそちらを見る。理奈は立ち止まり、ユカは腰をかがめて何か言い諭しているようだ。顔に手をやっている理奈は泣いているようにも見える。

「どうするんだ？　直接イルカを探すことは諦めたんだろう？」

「ああ。でも、直接探す必要なんかなかったんだ」

「どういうこと？」

「ネッシーを信じてる奴は沢山いる。ネッシーが見つかっていないにもかかわらず」

　飯野が眉をひそめた。

「あれって、インチキだったんじゃないの？」

「それでも信じる奴は信じる。たとえイルカそのものが見つからなくても、都市伝説にしちまえばいい。いいか？　尾藤はイルカを目撃した。この際、それが本当にイルカだったのかどうかなんてもうどうでもいい。尾藤が目撃したんだったら、きっと他の誰かも目撃したはずだ。そいつを探す。目撃者が集まれば集まるほど、利根川に何かいるという話に信憑性が増すだろう。それを上手く都市伝説にして広めることができれば、最終的に理奈の話を皆が信じるようになる」

　確かに尾藤のあの動画だけでは都市伝説には弱い。だがあんな動画や写真、あるいは目撃証言がもっと見つかれば話は別だ。

「でも、そんな証言、どうやって見つけるのさ」

「俺たちには現地に仲間がいるじゃないか」

そう言って、ユカを見やった。まだ理奈に何か話している。

「昨日会ったばかりなのに、もうこんなに仲が良いだろ。ああいう女子は、友達が多いタイプだ。あちこちに手を回してくれるに違いない。目撃証言を沢山集めたら、東京に持ち帰ってインターネットで世界に発表するんだ。そうだ、ブログを作ろう。タイトルは『利根川に潜む怪奇生物！　その正体は川を泳ぐ驚異のイルカか⁉』だ。これはうけるだろ。な？」

「ブログのタイトルっていうより、スポーツ新聞の見出しみたいだね。もしかしてそのブログって、僕が作るんじゃないよね」

「そうだよ。飯野、なかなかカンが鋭いな」

飯野はこれ見よがしに大きなため息をついた。

ユカは理奈と共にこちらに戻ってきた。理奈は不機嫌そうに腕組みをし、俺と目を合わすのを拒否するように、ずっとうつむいている。

「理奈ちゃん、歩いて帰るって聞かなかったけど、いくらなんでもそれは車が危ないから止めてって説得したの」

とユカは言った。

「何だ？　東京まで歩いて帰るつもりだったのか？」

俺が思わずそう言うと、理奈は目をむいて俺の顔を見た。

「東京まで歩いて帰れるわけないじゃない！　いはら荘まで帰ろうと思ったのよ！　バカ！」

妹にバカ扱いされてさすがにショックだったが、しかしイルカの存在をみんなに信じさせることができたら、すべて解決だ。

「なあ、さっき飯野と話していたんだけど、尾藤があんな動画を撮っていたんだったら、他にも誰か目撃してるんじゃないかな」

「他の目撃者を探そうって言うの？」

ユカはすぐに俺の言いたいことを悟ったようだった。

「三枝はイルカを探すのは無理でも、そういう目撃証言を集めてブログを作れば、みんなに、理奈ちゃんが正しいことを証明できると思っているんだ」

「別に俺たちがイルカの第一発見者にならなくたっていい。重要なのは、ここで誰かがイルカを発見することだ。俺たち四人だけじゃ、このでかい利根川を全部調べて回ることはできない。でも噂が広まれば、みんながイルカを探すようになる。それで誰かがイルカを見つけてくれれば、大成功だ」

「——利根川を泳いでいるイルカを探すなんて、そんな夢みたいなこと信じているの、私たちぐらいなもんだよ」

　と理奈は言った。拗ねて自虐的になっているんだ、と思った。

「夢なら夢でもいい。みんなにその夢を信じてもらえれば。昔、多摩川にアザラシが迷い込んできたことがあっただろう？」

「知らないわ」

　と理奈はそっけなく言った。

「まだ理奈はちっちゃかったから覚えてないんだよ。あの時だって、毎日テレビのニュースでやるし、多摩川に見物客が押しかけるで凄かったじゃないか」

「そうだね。やっぱり、みんな、海の生き物が好きなんだよ。ましてや利根川をイルカが泳いでいるなんて、そのイメージだけでみんな夢中になるよ。僕にブログを作れっていうのはどうかと思うけど、僕もその三枝のプランが一番現実的な方法だと思うな」

　俺は頷いた。

「ネットなら東京に帰ってもブログ作りと並行して、ＳＮＳで情報提供を呼びかけられる。それに現地には君がいる」

　ユカは驚いた顔で自分を指差して、

「私？」

と言った。

「そうだ。君は自分の時間も顧みず俺たちに協力してくれた、それは本当に感謝してる」

するると理奈が、

「昨日はユカさんも怪しいって言ったくせに」

としれっとした顔で言った。

「理奈ちゃん！　それは――」

思わず飯野が叫ぶ。だが、もう遅かった。

「私も怪しいってどういうこと？」

どうしようか迷ったが、素直に告白することにした。俺たちが東京に帰った後も、ユカの協力を求めるとしたら、隠し事をするのは良くない。

「大した意味じゃないんだ。ただよそ者の俺たちがうろついていたら現地の人たちは快く思われないかもしれない。俺たちに親切にしてくれているが、君も現地の人間だ。君たちには君たちなりの、よそ者の俺たちには分からないルールみたいなものがあるのかもしれない。そういう意味で言ったんだよ」

「違うわ！　ユカさんがあのキャンプ場の管理人さんに、私たちが来ることを教えたって言ったの！　それで真司君を逃がしたって！」

ユカはびっくりしたような顔をしていた。

「いや、まるでタイミングを合わせたように北海道に行くなんておかしいだろう？　だから誰かが俺たちが来ることを管理人に教えたのは事実なんだ。だから誰が教えたのか、飯野と話し合っていた時、君の名前も出た。それは認める。でもすぐに違うって分かった。理奈のキャンプにボランティアで参加してる小早川って奴だ。俺たちが群馬に来たことを知っているのは、親以外にはそいつしかいないから」

「だからって小早川さんがそんなことをしたっていう証拠にはならない！　お兄ちゃんは今でもユカさんのことを疑っているのよ！」

理奈が叫ぶように言った。

「理奈——あいつはお前の言っていることを信じなかった奴だぞ？　それとも本当にユカさんが犯人だと思うのか？」

本人がいる前で犯人という表現はキツイかと思ったが、他に言い方が分からなかった。俺は理奈の答えを待ったが、理奈は答えなかった。そして俺はユカの顔をまともに見られない。いくら客商売とはいえ、ユカは本当に俺たちに良くしてくれた。それを陰で裏切り者扱いしていたとなったら、どれだけユカは傷ついただろう。

しかし、

「理奈ちゃんのキャンプの関係者が、私たちを邪魔してるってこと？　どうして？」

と驚いたようにユカは言った。疑われた憤りなど微塵《みじん》も感じさせない声だった。

「万が一、本当にイルカが見つかったら、自分たちが理奈を信じなかった責任を問われると思ったのか。あるいは――」

「もっと恐ろしい陰謀が隠されているかだよ」

おどろおどろしく飯野が言った。

「私はそんな陰謀に加担してないわよ？」

「分かっている。言っただろう？　すぐに違うって分かったって」

「でも――確かに、そこまでして理奈ちゃんがイルカを見たっていう事実を隠すなら、イルカはいるってことになるわね。隠す人がいるんだから」

とユカは、昨日キャンプ場で飯野が言ったことと、ほとんど同じ推理を披露した。理奈は俺への反抗心で俺が一時でもユカを疑った事実をぶちまけたが、しかしユカの興味に更に火をつける結果にしかならなかったようだ。

「分かった。メールでみんなに訊いてみる。でも、いきなりイルカなんて言っても冗談ととられるだけだと思うから、利根川に人間より大きな謎の魚が泳いでいる、ぐらいがいいかな」

「ああ。ついでに尾藤の名前も出しておいてくれ。あいつは顔が広そうだ。あいつが見たって言うのなら、信憑性も増すだろう」

「拡散希望っていう一言も忘れないでよ」

と飯野。ユカは、分かった、と答えてその場で携帯でメールを打った。女子のこういうところは、日本中どこでも変わらない、と思った。

暫くしてユカは携帯から顔を上げて、

「目ぼしい友達五十人ぐらいに送ったわ。でも受験勉強してる子にはシカトされるかも」

と言った。

「ありがとう。助かる」

「私みたいに受験しない組は、夏休みも遊んでいるから。もしかしたらイルカを目撃した子もいるかもしれない」

「その情報って、俺たちが東京に帰った後も、君の携帯に届くかもしれないんだろう？」

「そうね。あなたたちが東京に帰った後にイルカを目撃する子がいたら、そういうことになるかも。それに――」

ユカは、

「私がイルカを見つけるかもしれないしね」

とにやりと笑った。その笑みは、何となく先ほど喫茶店で見せた尾藤の、にやり、と相通じるものがあるような気がして、やはり彼女は本来向こう側の人間で、俺たちはよそ者なんだな、という気持ちを強くさせた。しかし、だからこそ彼女の協力が必要不可欠なのだ。

「俺のアドレスを教えるから。もし新しいイルカの情報が入ったら連絡してくれないか。それを飯野がブログでネットに上げるから」

「ああ、もう僕がブログを作るってことに決まったのね」

と飯野が白けたように言う。

「いいわよ。じゃあ私はイルカ捜索隊の群馬支部ってことね。私のアドレスも教えるわ」

何だかユカは楽しそうだ。彼女を疑っているのがばれたらもう協力してくれないと思ったが、ちょっと考えすぎだったかもしれない。

「結局、あの尾藤って人の言った通りになるのね」

と理奈が言った。意味が分からず、俺たち三人は一斉に理奈の顔を見た。

「何がだ」

「ユカさんとお兄ちゃんが付き合うってこと」

「何言ってんだよ」

「じゃあ、どうしてメールアドレス交換したの？」

「連絡先を知らなきゃ、東京に帰ってまた一からやり直しじゃないか。俺はイルカを探すためにやってるんだぞ！」

しかしユカは、

「ふうん、そういうことなんだ」

とどこか悪戯っ子のような顔をして俺を見やった。

「いいさ、誤解されたって。でも実際、俺たちは明後日帰るんだ。君がいてくれないと困る。俺たちが帰った後も協力してくれるなら、だけど」

「まあ、いいわ。そういうことにしておきましょう。言っておくけど、こうやってあなたたちに協力しているのは、家の商売のためだから。仲良くなっておけば来年はもっと沢山の友達を連れて泊まりに来てくれるかもしれないでしょう？　別にあなたたちをスパイするためじゃないからね」

とユカは当てつけのように言った。

「疑って悪かった。謝る。だからその話はもうしないでくれよ」

「はいはい。それでどうする？　今送ったメールの返信待ち？」

俺は暫く考え込み、そして言った。

「尾藤にもう一度会いに行くってのは？」

ユカの運転するバンで、今度は飯野と理奈も連れて先ほど尾藤と会った喫茶店に引き返した。運転中、ユカの携帯がずっと鳴っていた。先ほどのメールへの返信がひっきりなしに届いているのだ。

喫茶店のドアを開けると、呆れたことに尾藤と赤木はまだそこにいた。こんな奴らにたむろされては、商売上がったりだろう。

「何だ？ 今度は糖尿病の妹も一緒か？」

と読んでいた漫画の週刊誌から顔を上げて尾藤は言った。

ユカは届いたメールに次々返信している。理奈は飯野に隠れるように後ろに下がった。

「お前ら、ずっとこの店にいるのか？」

「悪いか？ そうやって引き返してきたってことは、やっぱりあの動画が欲しくなったってことだな。だが今更、頭を下げてももう遅い」

「あの動画はお前のもんだから、お前の好きにすればいいさ。俺はさっきの話の続きをしにきたんだ」

「続き？」

「噂を広めるって話だ」

そうして俺は、さっきユカにした話を尾藤にもした。尾藤は神妙な面持ちで聞いていた。

こんな髪の色をしていても、真面目にイルカの話を聞くのかと思うと、どこか可笑しかった。

「お前が利根川を泳いでいる何かを目撃したってことは、お前以外の人間も目撃したかもしれないってことだ。彼女にも友達が沢山いる。きっとお前にも、そこにいる赤木みたいな側近が山ほどいるだろう。そいつらに噂を広めさせれば、目撃証言は沢山集まるに違いない。その情報を俺に流して欲しいんだ。俺は東京に帰ってからその証言をネットで発信する。とにかく目撃証言を沢山集めれば利根川の生物のことを世間に広めるのは不可能じゃない」

「そうなれば、あの動画にも価値が出ると？」

「ああ。噂になってマスコミがこの町に押しかけるようになったら、売り込めばいいさ」

もちろん尾藤のあの動画もブログにアップしたいところだが、尾藤は特ダネをやすやす俺に譲ったりはしないだろう。

「今思ったんだけどさ。これって、町興しに使えない？　三枝君は、イルカの第一発見者が誰でも構わないって言っていたけど、もし私たちがイルカを見つけたら、いはら荘の良い宣伝になる！」

なるほど、そういう考えはなかった。もちろん、ユカの家の民宿が儲《もう》かろうが儲かるまいが、俺たちの知ったことではないのだが、正直、俺たちが東京に帰った後もユカが俺たちに協力してくれる保証はない。だが家の商売に役立つとなったら話は別だ。

「彼女は家にお客を呼びたい。お前はその動画を売ってバイクを買いたい。俺はイルカを見つけて妹が正しいことを証明したい。誰も損はしない。だから俺たちは手を組むべきだと思う。そう思わないか?」

「そうよ。みんな得するじゃない」

とユカも言った。しかし尾藤は間髪を容れず、

「断る」

と答えた。

「俺たちと組むのはしゃくか? だが意地を張って目的を見失うのは賢くないぞ」

「お前と組むのが嫌なんじゃない。ユカと組むのはごめんだ」

「あたし?」

「そうだ。お前、おかしいんじゃないか? お前は俺と付き合いたくないんだろう? 確かに俺はお前にこいつと会わせてくれと頼んだ。それは本当にこいつに動画を見せたかったからだ。下心なんかない」

「誰も下心があるなんて言ってないじゃない」

とユカは呟いた。

「お前は俺が嫌いなんだろう? それは良く分かった。こいつはお前の宿の客なんだから、

こいつと会っている時にお前が来るのも仕方がない。だが仲間になるのはごめんだ」

ストーカーのように付きまとったあげく、自分の想いが伝わらないとなると、今度は二度と会いたくないというわけか。自分をふった女の家の商売に手を貸すのも嫌なのだろう。

「別に俺はお前なんかに協力しなくたっていいんだ。でも、どうしても仲間になってもらいたいのなら考えなくもない。だがその女と協力するのはごめんだ」

「あんなに付きまとっていたのに、ふられた途端に『その女』か。現金だな」

「ほざけ。俺を選ぶか、その女を選ぶか、決めろ」

俺は立ち上がった。尾藤は俺を見上げた。

「邪魔したな。もう会わない」

そう言って俺は尾藤の表情の変化を確認しないまま、彼に背を向けた。確かにユカを疑ったこともあったが、どう考えても尾藤よりもユカの方が信頼できる。もちろん、目的は噂を広めることだから友達の多い方に付くべきだが、さっきユカは五十人にメールを送ったと言っていた。仮に尾藤の方がユカより友達が多いとしても、五十人はかなりの人数だ。現にユカは、続々届く返信メールへの対応に追われているではないか。

俺はユカに、

「悪かったな。二度手間かけさせて」

と言った。

「いいのよ。でも正直ドキドキだった。あなたが私じゃなくあいつを選ぶかもしれないって」

「何言ってるんだ？　そんなわけないじゃないか」

「だってあいつ、あの動画を持ってるし――」

「仲間になったって、あの動画はあいつが押さえてるんだから、意味ないよ」

俺たちはそんな話をしながら、ぞろぞろと店を出ていこうとした。だがその時――。

「ちょっと待て！」

背後から聞こえてきた尾藤の声に、俺たちは一斉に振り返った。

「何だ？」

「お前ら、本当に俺が協力しなくてもいいのか？」

動画の件といい、仲間になる件といい、尾藤は強く出れば俺が泣いて頼み込むと思い込んでいるのかもしれない。それなのに俺があっさり諦めたから慌てたのだろう。粋がってはいるものの、どこまでも単純な人間のようだった。俺が店を出ようとしたのは、別に尾藤が呼び止めることを期待してのブラフでも何でもなかったのだが。

「目的が同じだから、協力したほうがいい結果が出せるかもしれない、と思っただけだ。お前が協力してくれないのなら仕方がない。俺たちは俺たちで勝手にやるさ」

　もちろん尾藤たちは尾藤たちで、あの動画を世間に見せびらかして勝手に騒いでくれればそれでいい。俺たちはイルカの噂を広めたいだけなのだから。だが尾藤は、あの動画は自分のものだと頑なだし、ネットを利用する発想もなかったようだから、望み薄だろう。だからといって、俺たちの方で尾藤たちに協力してくれ、と頭を下げるのも話が違うし、交渉上も得策ではない。

　尾藤の方こそ俺たちと組みたいはずだ。あんな動画を持っていたって、それをどうやって金に換えるのか、何のビジョンも持っていないのだから。

　俺はこの尾藤という男が、だんだん分かり始めてきた。とにかく、弱みを見せたらお終いなのだ。ケンカと同じ。すべてははったりと威嚇で成り立っている。だが尾藤の欠点は、最初のはったりが崩れ去った瞬間、すべてなし崩しになることだ。第二、第三のブラフを用意していない。

「彼女は友達が五十人もいる。もちろん一人でも多いほうが良いが。十分だよ。その五十人の友達にも、それぞれ他の友達がいるしな」

「あの、さっきは五十人って言っちゃったけど。正直、盛っちゃったかもしれない。本当は四十人ぐらい」

　とユカは言った。

「それでも十分だよ」

尾藤が再び呼び止めるかと思ったが、さすがの尾藤もそれはみっともないことだとは分かっているようで、俺たちが全員店の外に出るまで、一言も言葉を発しなかった。店の扉を閉めると、すぐに飯野が言った。

「どうしてああ意固地なのかな。協力すればより良い結果になるのは分かってるのに」

「ごめんなさい。私のせいで」

と理奈が言った。昨日、自分のせいで俺が赤木をぶん殴って、それがまだわだかまりとなって残っていると思っているのだろう。

「違う、違う! 理奈ちゃんのせいじゃないわ。私がいるからあいつ、こっちに協力しないのよ。あいつ、私を恨んでるからね」

とユカが言った。

「男の人って、女の人に一度ふられたら、その人を一生恨むようになるの?」

「そうだね。一生恨むかどうかは、それは分からないけど。後でお兄さんたちに訊いて」

理奈は俺の顔を見た。俺はそういう問題にはかかわり合いになりたくないとばかりに、理奈の視線から顔を背けた。

「だけど、あいつも意外と計算高いかもね」

と飯野が言った。

「どういうことだ？」

「だって、尾藤にしてみれば、僕たちがイルカを探すために一生懸命だってことは分かりきっていることじゃないか。あいつが協力しようがしまいが、僕らはイルカの噂を広めるだろう。そうなった時に、タイミング良くあの動画を出すつもりなんじゃないかな。そうすれば、あいつは何の努力もせず、僕らと付き合うこともなく、マスコミにあの動画を売れるんだ」

なるほど、そういう考え方もできる。あいつと交渉決裂して困るのはむしろこっちの方かもしれない。あいつが欲しいのはバイクだ。この計画が失敗しても他にバイクを買う金を稼ぐ手段はいくらでもある。だけど理奈の名誉は決して金では買えないのだ。計画が成功する以外に、理奈の汚名を雪《そそ》ぐ方法はない。

「どうする？」

ユカが訊いた。

「さっきからメールが届いているようだけど、イルカを見たって奴はいた？」

と俺は訊き返した。ユカは残念そうに首を横に振った。

「そうか。でもさっき送ったばっかりだからな。もう少し待てばきっと良い返事が来るかもしれない。とりあえず、それまでひまわりの間で待機だ」

「待つだけだったら諏訪峡に行こうよ。最終日に観光しようって話だったけど、きっと帰り際はばたばたすると思うし、万が一何かあったら観光の予定が潰れるかもしれないよ」

と飯野。

「──そうだな。時間は効率的に使わないと」

「じゃあ、さっきの清流公園に行くのね」

「悪いな。あっちこっち行かせて」

「全然平気！　イルカ探すのは楽しいけど、観光ガイドも本職だもの」

「本職って、バイトだろ？」

「家の商売手伝ってるんだから、本職みたいなもんよ」

そう言って俺たちは笑い合い、バンを停めた駐車場に引き返そうとした。だが理奈は深刻そうな顔をして、その場に止まったまま動かない。

「理奈、どうした？」

また何か拗ねているのかな、と思って俺は訊いた。

「お兄ちゃん──」

思い詰めたような顔だった。

「諏訪峡を歩きたくないのか？」

「ううん、そうじゃないの。でもちょっと待ってくれない？　十分、ううん、五分でいい」

「そりゃいいけど――」

俺がそう言うやいなや、理奈はその場でUターンして、再び喫茶店の中に入っていった。

「忘れ物でもした？」

と暢気《のんき》に飯野が言った。そんなわけがない。理奈は席に座りもしなかったのだ。

「理奈ちゃん――あいつと直接話をつける気なのかも」

「話って何の？　あいつとは協力しないってことで、話はまとまったんじゃないの？」

そう飯野が呟くと同時に、俺は理奈の後を追って歩き始めていた。尾藤や赤木のような野蛮な連中に妹を一人で立ち向かわせるなんて、想像するだけでぞっとした。

「理奈――」

俺は妹の名を呼びながら、喫茶店のドアを開けた。尾藤がふんぞり返るように座っている席の前に、微動だにせず立ち尽くしている理奈の後ろ姿が見えた。

「おい、お前！　妹に何を――」

俺はつかつかと理奈の背中に近づき、そして思わず立ち止まった。

理奈は両手で、尾藤の携帯電話を持っていた。そして食い入るように画面を見つめていた。

「何を？　お前の妹があの動画を見たいって言うから見せてやってるんだよ」

　と尾藤は言った。

「理奈――」

　俺は妹の背中に声をかけたが、理奈にはその声がまるで届いていないようだった。

　俺は理奈が動画を見終わるまで、席に座って待っていた。赤木がじろっと俺を睨みつけてきたので、

「何だ」

　と言うと赤木は慌てて視線を逸らした。

　やがて、理奈はぽつりと呟いた。

「違う――」

　言っている意味が分からなかった。

「違うって、何だ？」

　俺の気持ちを代弁するかのように、尾藤が言った。だが理奈はその質問には答えずに、

「私たちとこの動画とは何にも関係がないわ。兄とあなたが協力するしないなんて話も、何にも意味なかった」

　とどこか冷めた声で言った。

「おい、理奈。どういうことだ？」

俺は立ち上がって理奈に訊いた。すると理奈は、まるで俺がそこにいることをたった今認識したように、

「お兄ちゃん、いたの」

と更に冷めた声で言った。

「違うってどういうことだよ」

「私が逃がしたイルカは、この動画に写っているモノじゃない」

一瞬、意味が分からなかった。

「色が違う」

「色？」

うん、と理奈は頷く。

「この背びれは黒すぎる。私が逃がしたイルカは、もっと白っぽかった」

「おい理奈――」

俺は理奈の腕を引き、尾藤から理奈を離した。そして腰を落とし理奈と同じ目線になった。

「何よ」

俺は理奈に諭すように言った。尾藤に聞かれているかもしれないと思うと、知らず知らず

のうちに小声になってしまう。

「俺は理奈を信じてる。でも、大抵の奴が疑っているのは事実だ。この動画は、理奈の言っていることを裏付ける重要な証拠じゃないか。それをどうして否定する？」

「だって違うんだもの」

「色がちょっと違うから何だ！　それに本当に違うのか？　こんなにピンボケしてるじゃないか。分かるのか？」

「分かるわよ。それに、この動き方だってそう。こんなに真っ直ぐ進まないし、スピードだってあまりにも一定すぎる。これじゃまるでロボットよ」

「そういう泳ぎ方をするイルカがいたっていいじゃないか！」

「でも、私が逃がしたイルカは違った！」

「どうした？　仲間割れか？」

向こうから尾藤の囃し立てる声がしたが、あえて無視をする。

「じゃあ、あの動画に写ってたのはいったい何なんだ？」

「私が知るわけないじゃない」

理奈はしれっとそう言った。

「あの川には理奈が逃がしたイルカの他にも別のイルカがいるってことか？　そんなことが

ありえると思うか？」

「だから知らないって！」

「理奈。良く考えて見ろ。確かにイルカを逃がしたなんていう大きな体験が、みんな低血糖の幻覚だと言われたら腹の立つ気持ちも分かる。でも、色や動き方なんて些細《ささい》なものだろう？それこそ低血糖で意識がぼんやりしていたから勘違いしたってことは十分ありえるぞ」

すると理奈は目をむいて俺を見た。

「お兄ちゃんまで低血糖のせいだって言うの⁉　もう知らない！」

そう言って理奈は、携帯を俺に突きつけて不機嫌そうに店を出ていってしまった。せっかく見つけた唯一の重大な証拠を、理奈は否定した。これでは文字通り『ふりだしに戻る』だ。

「どうした？　何か大変みたいだな」

そう言って、尾藤は例の、にやり、という笑みを浮かべた。この動画に写っているモノの正体が、理奈が逃がしたイルカとまるで関係ないとしても、尾藤には痛くも痒《かゆ》くもないのだ。運良くこの動画がマスコミに売れれば儲け物。その程度の考えなのだろう。

俺は尾藤に携帯電話を返した。

「また来るかもしれない」

と言ってから、しまった、と思った。

「もう会わないんじゃなかったのか？」

そう言って尾藤はゲラゲラと笑った。イルカの探索がふりだしに戻ったこともそうだが、こちらが握っていたと思っていた主導権を、あっという間に奪われてしまったような気がして面白くなかった。俺はこれ以上ここにいるのに耐えられず、逃げるように店を後にした。

店の前には誰もいなかった。置き去りにしやがったのか、と憤ったが、駐車場に回ると飯野とユカがそこにいた。

「あっ、戻ってきた」

「何があったの？　理奈ちゃん一言も喋らないで車の中に引きこもっちゃったのよ」

俺は大きくため息をついて、まいった、と言った。

「何だよ、まいったって」

「なあ、どこかで落ち着いて話せないか？　もしかしたら今後の方針を百八十度変えなきゃいけないかもしれない」

ユカと飯野は不安げに顔を見合わせた。落ち着いた場所と言われてもユカは困ったようだが、とりあえず清流公園に引き返すことにした。俺としては、ここで長い時間たむろしているとまた尾藤と出くわしてしまうかもしれないのが嫌だった。

清流公園に戻り、利根川が見えるベンチに座った。公園には結構人がいて、観光客なのだろうか。芝生に座り込んだり、犬を散歩させたり皆思い思いに過ごしている。理奈はまたしてもふてくされたような態度で、河原の石を玩《もてあそ》んだり、芝生の草をむしったりしていた。自分が俺たちを困らせていることを十分理解しているのだろう。しかし嘘も言いたくないというところか。

「強情な奴め——」

俺は思わず呟いた。

「え、何？」

俺は飯野とユカにさっきの喫茶店で何があったのかを説明した。二人は言葉もないようだった。俺と同じく、理奈が逃がしたイルカと、尾藤が撮った動画に写っていたモノが、同一のモノでない可能性など想像すらしていなかったのだ。

「違うって、まるっきり違うってこと？」

そう飯野が訊いてきた。

「俺は知らん。理奈がそう言っているだけだ」

「でも、あの動画ちょっとピンボケしてたじゃない。綺麗じゃなかったし——」

俺は向こうにいる理奈に当てつけるように大きくため息をついた。

「ちょっとぐらい違ったって、同じだって言えば良いんだよ。そうすれば丸く収まるのに」

「でもさ。理奈ちゃんの気持ちを考えれば、やっぱり自分が逃がしたあのイルカを探しているんであって、まったく別のモノを見つけたところで、嬉しくないっていうのはあるのかもしれないね」

と飯野。

「何だ？　お前は、理奈の肩を持つのか？」

「肩を持つ持たないの問題じゃないよ」

「さっきの話を忘れたのか？　今後の俺たちの方針はイルカを見つけることじゃない。イルカがいるって噂を広めることだ。そうだろう？　だったら、尾藤が撮った動画に写っているモノが、理奈が逃がしたイルカじゃなくたって些細なことだ。利根川に何かいるって噂を広めるのが先決なんだから」

飯野は何か言いたそうな顔をしたが、結局黙り込んだ。

ユカは理奈がいる方を見やって、

「でもそうするとあの川には謎の生物が二匹も泳いでいるってこと？　一匹だけでも大騒ぎなのに、そんなことあるのかな」

と言った。

「ひょっとして、理奈ちゃんが会ったっていう女性が、別の日にもう一頭逃がしたんじゃないかな。そう考えればつじつまが合う。一頭逃がしたのなら、二頭、三頭と逃がしてもおかしくない」

「そうだな――おい！　理奈！」

俺は向こうにいる理奈に呼びかけた。理奈はゆっくりとした動作でこちらを見やり、そして不機嫌そうに近づいてきた。

「何？」

「お前の言う通り、尾藤の撮った動画に写ってたのは、お前が逃がしたイルカじゃないのかもしれない。でも、同じ種類の別のイルカとは考えられないか？　それならいいじゃないか。利根川にイルカが泳いでいるって証明できるんだから」

「私が逃がしたイルカは、あんな泳ぎ方してなかった！」

「理奈！　怒るぞ！」

「もう怒ってるじゃない！」

理奈は遂に目に涙を浮かべ始めた。みっともなく兄妹ゲンカを始めた俺たちに割って入るように、ユカは、

「あんな泳ぎ方って、どんな泳ぎ方なの？」

と理奈に訊いた。

「ああ、さっきもロボットみたいな泳ぎ方がどうとか言っていたな」

「ロボット――？」

ユカが呟く。

「そうよ！　あんな真っ直ぐ進んでいなかった！　くねくね泳いでた！」

「くねくね？　蛇行してたってこと？」

その飯野の問いに、理奈は頷く。

「それが何なんだ？　真っ直ぐ泳いでいたイルカが蛇行したからって、別のイルカって理屈にはならないだろう」

理奈は俺の言葉に反論したそうな素振りを見せたが、結局何も言えなかったようで唇を噛み締めるだけだった。

「この中でその動画を見てないのは僕だけか。でも、だからこそ僕は先入観なく物事を考えられるんじゃないかな」

と偉そうに飯野は言った。

「どういうことだよ」

「つまりさ。その動画って、やっぱり尾藤たちの捏造《ねつぞう》なんじゃないの？」

「あんな動画を作ってまで俺たちを騙そうとする理由はないって、さっき言ったじゃないか」

「でも今は、尾藤の方が優位に立っているんだよね？」

確かに、イルカが見つからなくて困るのは、どちらかといえば俺たちの方だ。また、さっき尾藤の前で弱みを見せたせいで、俺たちにとってあの動画が少なからず重要なものだと尾藤に知られてしまっている。それを全部見越した上で尾藤があの動画を作ったとしたら——。

俺と尾藤が会ったのは昨日だ。そしてその日の夜に、尾藤は俺たちがイルカを探しにこの町に来たことをユカから聞き出している。そして尾藤にあの動画を見せられたのは今日の午前中だ。昼間の動画だったから、もし捏造だとしたら朝のうちに撮影を済ませたということになる。タイトなスケジュールだが、やってやれないことはない。

「あいつらにとっては、ああいう動画を撮ること自体、面白半分だったのかもしれない。東京から来たいけ好かない連中を騙して喜んでやろうという魂胆もあった。しかも、それで僕らがあの動画を信じて噂を広めて、動画に価値が出れば一石三鳥だ」

「でも、捏造だとしたら、マスコミに売ったらインチキがばれるんじゃないか？」

「面白ければなんだっていいんだろ。仮にインチキだと分かったって、その前に一度でもテレビで流れれば儲け物だ。その動画はひれだけが水面に出てたんだろ？　身体にどうにかしてそのひれを固定して、身体は水面に出ないように泳げばそういう動画が撮れるんじゃないか？　しかも、その動画ピンボケしてたんだよね。どうして？　今どきのデジカメは、携帯だって自動ピント調整や手ブレ防止の機能がついてるのに。はっきり写っているとインチキだってことがばれるからだよ！」

さっきからずっとユカは携帯電話を操作している。きっと先ほど大量に送ったメールへの返信のチェックと再返信に忙しいのだろう。

「じゃあ、飯野はどうすればいいと？」

「分からない。でも、その動画がインチキなのかそうじゃないのかをはっきりさせる必要はあるかと思う。だってそうだろう？　ネットで利根川に謎の生物がいるって噂を広めることに成功したとしよう。でも万が一その後で、尾藤の動画がインチキだと分かったら？　全部パーだ。利根川に謎の生物がいるなんて誰も信じてくれなくなる。最悪、理奈ちゃんも尾藤の仲間扱いされる可能性だってある」

確かに世間の連中は、俺たちが追っている利根川のイルカと、尾藤たちのあの動画がまったく別物だなんて考えないだろう。俺たちですら、そんな発想はなかったのだから。

「でも、もう遅いよ」

と理奈が言った。

「ユカさんがメールを送っちゃったもの。もうあちこちで噂になっていると思う。五十人も」

「理奈。そんなこと言っちゃ駄目だ。ユカさんは俺たちに協力してくれているんだから」

「五十人っていうのはオーバーだったかも。本当は三十人ぐらいね」

ユカは理奈の理不尽な言い分にも嫌な顔一つしないでそう答えた。

「さっきは四十人ぐらいって言ってなかった？」

と飯野。

「とりあえず四十人プラスマイナス十人ってことにしておいて。で、どうするの？　やっぱりあのメールはなかったことにしておいてってメールする？　手応えはありそうだけど」

「手応えって？」

「はっきり生き物かどうかは分からないけど、利根川で何か大きな影を見たって子、結構いるのよ。あいつの動画に写っているモノと同じかどうかは分からないけど、とにかく何かがいるのは間違いないと思う」

俺たちはお互いに顔を見合わせた。もちろん喜ぶべきことだが、尾藤が動画をでっちあげるために作った何かを、ユカの友達も目撃しただけかもしれないという可能性は残る。

「インチキかどうかはまだ分からないから、そこまでする必要はない。それにそんな変なメールを送り続けたら、友達の間で君の評判が落ちるだろう」

「心配しないで、落ちるような評判はもともとないから。お店の評判が落ちるのは嫌だけど」

そう言ってユカは明るく笑った。

それから俺たちはせっかく清流公園にいるのだからと、少し諏訪峡を歩いた。

「うわー!」

と飯野が無邪気な声を上げる。背景に雄大な山々と両岸に豊かな緑を抱えた諏訪峡は、本当に緑の中の渓谷といった感じで絶景だった。遊歩道は、板張りで頑丈そうな柵が設置された相当に立派なものだ。いかにも人工的で景観を損ねていると感じたが、正に今そこを歩いて観光しているのだから勝手な感想だ。

理奈は以前来たと言っていたから飯野より感動は浅いだろうが、それでも機嫌が直ったようで、楽しそうに歩いている。

勝手な感想ついでに、やはり理奈を尾藤になんか会わせるんじゃなかったと思った。そうすれば理奈はあの動画を見なかった。したがって理奈が騒ぐこともなく、俺たちは何も考えずに利根川に生息する謎の生物の噂を広められただろう。

ユカはひっきりなしにメールを打ち、時には誰かと通話している。四十人であろうと三十人であろうと、情報収集は大成功のようだった。だがこれで、尾藤の動画が捏造ということになったら――。

「ねえ、理奈ちゃん」

ユカはいったん携帯を操作するのを止め、理奈に呼びかけた。

「何ですか?」

「理奈ちゃん、さっき言ったよね。あんなロボットみたいな動き方しなかったって」

「それは――言ったけど」

「何? 本当にロボットだっていうわけじゃないんだろうね?」

と飯野。だがその飯野の問いにユカはすぐには答えなかった。

「おい、まさか――」

俺も呟く。確かにロボットなら淡水も海水も関係ないだろうが、それ以前の問題だ。

「まだ決まったわけじゃないけど――ちょっと待っててね。今、話をつけてもらっているから、向こうの都合が良ければ、もしかしたら明日には見せられるかもしれない」

「見せるって何を?」

「だからイルカのロボットよ」

俺たちは絶句した。

4

俺はユカが言った、イルカのロボットという言葉が気になって、その夜、ほとんど眠れなかった。俺はユカに何度も、ロボットってどういう意味？　と訊いたが、ロボットはロボットよ、と要領を得ない。多分、ユカ自身も何のことだか良く分かっていないのではないか。

理奈はずっとぼんやりして、低血糖の症状なのかと心配しなければならないほどだった。確かにイルカを逃がした記憶まるごと幻覚だと言うのは、いくらなんでもどうかと思う。しかし、ロボット、あるいは精巧に作られた模型やフィギュアを本物と見間違えることは、低血糖で意識が朦朧としていた状態ならありえるかもしれない。

「お兄ちゃん――」

隣の布団から、理奈の声が聞こえてきた。

「――どうした。寝られないのか？」

「うん――」

こうやって同じ部屋で寝て、秘密の話をすることなど、いったいいつ以来だろうか。まるで理奈と同じ小学生の頃に戻ったようだった。

「明日、全部分かるのかなあ」

　そう理奈は言った。

「全部って？」

「全部よ。私が逃がしたイルカがどうなったのか。あの女の人は誰だったのか——」

「あと、真司は本当に北海道に行ったのか」

　と俺は呟いた。イルカが見つからないのは仕方がない。だが真司を一発ぶん殴りもせずに、おめおめと東京に帰るのは無念だ。

「お兄ちゃん——真司君のことは忘れて。私は平気だから。もう何とも思ってない。それに倒れている私を真司君が発見してくれたのは事実なんだから。もし真司君が助けてくれなかったら、私、死んでいたかもしれない」

　確かにそういう考え方はできるだろう。しかし理奈を欲望の対象にしたことは事実だ。とにかくそれが許せない。

　俺と理奈の言葉の合間合間に、飯野のいびきが響いている。飯野も一生懸命に俺たちに協力してくれているが、やはりこいつはマイペースだ。

「飯野、今日も理奈が残した夕飯を食ってたな」

　俺がそう言うと理奈は可笑しそうに笑った。ユカは今日も夕食の席に姿を現さなかった。

多分、ロボットのイルカを俺たちに見せるために、あちこちに電話をかけてくれているのだろう。しかし、もしそんなものが本当にあったとしても、どうしてそれをユカの友達が知っているのか、という不安も消えない。

食欲がないのは理奈も同じような気持ちだったからだろう。血糖値のバランスが崩れないか心配だが、食欲に関しては俺がやきもきしても仕方がなかった。

「俺たちにとっては深刻な問題だけど、飯野にとっては遊び半分なんだな」

と俺は飯野を恨めしく思いながら言った。

「お兄ちゃん。そんなことを言っちゃだめだよ。飯野君は関係ないのに私たちに付き合ってくれてるんだから。それに——」

「——それに？」

「私にも深刻な問題じゃないよ」

そう理奈は呟いた。俺はその理奈の言葉の意味を問い質そうとしたが、ちょっと喋ったのが良かったのか眠くなってきたので、そうか、とだけ呟いて黙った。

そうして、みなかみ町を訪れて三日目の朝がやって来た。俺と理奈は少し寝不足で眠たい目を擦《こす》っていたが、飯野はいつもの通り元気だった。あくびをする俺に、

「あれ？　眠れなかった？」

などと言うので、

「お前のいびきがうるさくて眠れなかったんだよ」

と返したら、何が可笑しいのかケラケラと笑った。

「また冗談言って。今日は、ユカさんがイルカのロボットを僕らに見せてくれるんだろう？

とにかく謎が解けるよ」

「ああ。本当に謎が解けて、それが理奈にとっていい結果になればいいけど――」

と俺は呟いた。

「なるさ」

と飯野は答えた。深く考えないで言っているのは見え見えだった。

しかし、ユカは朝食の席にも姿を現さなかった。俺は心配になってユカの父親に彼女の居場所を訊いた。だが娘の居場所を把握しているほど、彼はユカと仲が良くはないのだろう。まあ高校生の娘を持つ父親なんて、そんなものなのかもしれない。

「ユカさん、どうしたのかな」

不安そうに理奈が言った。

「結局イルカのロボットを僕らに見せられないからトンズラしたのかも」

と飯野が縁起の悪いことを言った。

「イルカの、ロボット、か」

あえて言葉に出して呟いてみた。いかにも荒唐無稽な響きがした。

仕方がないから、朝食後、いはら荘の近くをぶらぶらと散歩した。観光地といっても、民家があり、小学校があるところは俺たちの家の近所と変わらなかった。夏休みだから校庭は閑散としていたが、理奈はまるでもう社会人になった人間が、子供の頃を懐かしむような目で校庭を見つめていた。

「何だ、懐かしいのか？」

と俺は冗談っぽく言った。すると理奈は、

「懐かしいよ」

と真剣な顔で答えた。

「ここに来るのも最後かもしれないいから、今のうちに十分懐かしがっておくの」

「そうか――」

理奈はいつまでキャンプに参加するのか分からない。来年は中学だ。だから最後のチャンスとばかりに真司は理奈を襲おうとした。来年もキャンプに参加するとなったら、また真司と会うことになる。それは避けたかった。それに理奈も真司のことだけではなく、イルカのことで白い目で見られて余計にキャンプに参加しづらくなっているのかもしれない。

これがいい機会だ、とも思う。みんな古いものを切り捨てて大人になってゆくのだ。理奈も、そして俺も――。

「本当にイルカとそっくりなロボットがあったら、理奈は納得するか？」

理奈は笑った。

「そんなロボットがあると思う？」

「仮にだよ」

「私にだって、ロボットと本物の区別はつくわ」

「でも、低血糖だったんだろう？」

理奈は大きくため息をついた。

「何でもかんでも低血糖のせいにしないで。糖尿病の人間が言っていることは、何も信用できないって言うの？」

「そうだよ。低血糖がちの人間だって、裁判で証言する権利はあるよ」

と飯野。

「へ理屈を言うなよ」

「へ理屈言ってるのはお兄ちゃんの方よ。いい？　確かに私は低血糖で倒れた。でもそれは、イルカを逃がすために体力を使ったせいよ。あの女の人と会う前は血糖値は普通だったんだもの」

「血糖値を測ったのか？」

「測らなくたって、だいたい分かるわよ。自分のことだもの」

理奈は夜中にバンガローを抜け出して河原まで向かった。真司と落ち合うためだ。川沿いのバンガローではないから、それなりに距離があるのではないか。そのせいで低血糖になったとも考えられる。いずれにしても、その時々の自分の血糖値を正確に記録していたわけではないのだから、どうとでも推測できることだ。

その時、携帯電話にメールの着信があった。何の気なしに見やると、ユカからだった。今どこにいるの？　とメールにはあったので、いはら荘の近くの小学校の前、と返信した。

「ユカさんと連絡がついたぞ」

「本当？」

「ああ。ばっくれたわけじゃなかった。飯野、お前の推理は外れたぞ」

「それ、ユカさんには言わないでくれよ。また昨日みたいなことになるのは嫌だから」

「分かった分かった」

ユカから更に返信があって、車で迎えに行くから少しそこで待っていて、ということだった。俺たちはその通りにした。

いはら荘の白いバンが俺たちの前に停まったのは、それから十分ほど経った頃だった。運転席の扉が開いてユカが姿を見せるとすぐに、俺は言った。

「昨日から姿が見えなかったから、飯野が逃げたんじゃないかって言ってたぞ」

「言わないでくれって言ったのに！」

「私が逃げる？　どうして？」

「やっぱりイルカのロボットなんかなかったんじゃないかって」

「ロボットはちゃんとあるわ。私、この目で見たもの」

「見た⁉」

俺と飯野はほとんど同時にそう言った。

「そうよ。今から利根川で泳がせてくれるって。昨日はあれからずっとその段取りをつけてたのよ。感謝してもらいたいぐらいだわ」

初めてユカが恩着せがましい台詞を吐いた。だが、それだけユカも興奮しているということだろう。さっき理奈は本物とロボットの区別ぐらいつくなどと言っていたが、もしかしたら本物と見分けがつかないぐらい精巧なロボットなのかもしれない。まさか、そんな——とは思うが、ユカの自信たっぷりな様子は俺にそんな予感すら抱かせるものだった。

「理奈ちゃん、謎は解けたよ」

そうユカは言った。

「多分、これで間違いないと思う」

「誰がロボットのイルカのことを教えてくれたの？」

と飯野。

「昨日メールを送った友達の中に小春《こはる》が——浜田《はまだ》小春って高校のクラスメイトがいるんだけど、その子が彼氏に利根川の生物の話をしたらしいの」

「イルカってことは、その時点ではまだ伝えてなかったんだよな？」

「うん。そしたら、小春、ロボットか何かじゃないの？　なんて返信してきて、私、本気で相談しているのに！　って小春にキレちゃったんだけど、その時点で、もっと真剣に小春と話をしていたら、もしかしたら昨日の時点で、イルカのロボットを見せることができたかもしれないけど。お店閉まっちゃってて。まあ、等々力《とどりき》さんにも都合があるから、どっちみち今日になったかもしれないけど。これでも一生懸命お願いしたんだよ？　理奈ちゃんたちは明日東京に帰るから、それまでにどうしても見せてあげたいって。自営業で時間を自由に使える人だから良かったけど」

ユカは一方的にべらべらと話すが、何のことだかさっぱり分からない。とにかく、その等々力という人間に会っていたから、朝、姿を見せなかった、ということは分かった。

「でも、その小春って人、なんでロボットじゃないかなんて言い出したの？　女の子にはなかなか出ない発想だと思うけど」

その飯野の言葉に、そこよ、とユカは言った。

「小春。彼氏に、私のメールのことをぽろっと言ったみたいなの。ロボットっていうのは、その彼氏が最初に言い出したの」

「なるほどね」

「私も小春もロボットなんて冗談だと思っていたけど。彼氏が、もしやと思って等々力さんのお店に行ったそうなの。やっぱり好きであああいうお店やっている人って、趣味も同じだから。それで売り物じゃないから店頭に出してなかったイルカのロボットを見せてくれたそうよ。それを彼氏が小春に伝えて、小春が私に教えてくれた。その時点ですぐにあなたたちに教えても良かったけど、私だってロボットだなんて信じられなかったもの！　ちゃんと確かめるまで言わないでおこうと思ったのよ。一度喜ばせてがっかりさせるのは悪いから」

「ちょっと待って。その等々力さんって何のお店をやっているの？」

ユカは答えた。

「おもちゃ屋さん」

「おもちゃ屋!?」

俺と飯野はまたしても同時に叫んだ。

「あ、おもちゃ屋さんっていうと、ちょっと表現が違うかな。お客は大人ばっかりみたいだから。ああいうお店、何ていうの？　ホビーショップ？　それとも模型屋さん？」

「ちょっと待って――そのイルカのロボットって、ひょっとしてラジコンのことか？」

「あ、そうともいうわね」

俺も思わず理奈のように絶句しかけたが、何とか気力を取り戻して、言った。

「理奈が見たイルカは、実はラジコンのおもちゃだったって言うのか？」

「そういう言い方だとアレだけど、とにかく一度見てもらわないと始まらないわ。私だって見る前はどうかと思ってたけど、本当もう凄いんだから！　でも私も泳いでいるところはまだ見ていないから、楽しみ！」

ユカはまるで子供のようにはしゃぎながら言った。理奈のためというより、自分が見たくてたまらないといった様子だった。だがそれは俺とてそうだ。ラジコンのイルカだなんて、そんなものがあるなんて想像したこともなかった。

理奈がイルカを目撃したこの町に、趣味でラジコンのイルカを作っている者がいた。海と隣接している町なら不思議ではないが、ここは海なし県の群馬なのだ。その二つがまったく無関係だとは考え難いのではないか。

「でも、本当に凄いね。噂を広めるどころか、たった一日で真相を突き止めるなんて。僕らが同じことをしてもこんなスムーズにはいかないよ」

その飯野の賞賛に、ユカはやはり子供のように、へへへ、と得意げに笑った。

だがその時、

「まだ真相って決まったわけじゃない！」

と理奈が大声で叫んだ。理奈は自分が逃がしたイルカがロボット——ラジコンだなんて信じたくないようだった。ラジコンと本物の区別もつかないと思われるのがしゃくなのだろう。

「今の時点であれこれ言ったって仕方がない。とにかく、その現物を見てからだ」

と俺は努めて冷静に言った。

バンは見憶えのある場所を走っていた。諏訪峡への道とは反対方向、一昨日この町に降り立った時に、最初にユカに案内されたルートだった。

「キャンプ場に行くの——？」

不安そうに理奈が言った。あの時起きたことを、同じ場所で再現されるのが怖かったのだろう。実際目の前でラジコンのイルカを泳がされて、その光景が記憶とまったく同じものであることを理奈は怖れているのだ。

たとえ同じものであっても認めたくないのかもしれない。

「その手前で停まるわ。いつも等々力さんが試運転している河原があるから」

「試運転、ね」

と飯野が呟く。

「その前にあいつらを拾ってもいい？」

「尾藤か？」

確かにこの道は、昨日、あの喫茶店に寄る時にも走った道だった。

「あいつらも目撃者だから、連れていったほうがいいと思って」

正直言って、尾藤たちとこのバンで仲良くドライブなんてゴメンだったが、しかしユカの言う通り、彼らも証人なのだ。同時に関係者が一堂に会することで、これで本当にすべてが終わってしまうのかもしれない、という恐怖にも近い感慨があった。

昨日の喫茶店の前に、尾藤と赤木はぼんやりと立っていた。ユカは二人の隣に車を停めた。

俺はバンの扉を開けた。

「乗って。行くよ」

「何だかんだ言っても、俺の力が必要なんだろ？　俺はもうお前に付きまとわないと約束した。でもお前の方から俺に付きまとってるんじゃねえか」

「乗るの？　乗らないの？」

「乗るよ。俺だって、あれがいったい何なのか気になるからな」

と尾藤はふてぶてしく言った。尾藤と赤木が乗り込んで、バンの中は少し窮屈になった。何となく気まずい空気になり、バンが再び走り出しても暫く誰も何も言おうとはしなかった。仕方がないから、俺が口を開いた。

「場合によっちゃ、マスコミに動画を売って金をせしめることはできないかもしれないぞ」

あの動画に価値があるのは、利根川の生物の正体がはっきり断定できない場合のみだ。もしそれが、ラジコンのイルカとなったら皆興ざめしてしまうのではないか。もちろん、それはそれで興味深い取材対象だろうが、もし本当に取材するとなったら、製作者のその等々力という人間に直接話を聞けばいいだけの話だ。あんなピンボケ動画にニュース価値はない。

「別に構いやしない。お前だって妹が正しいことが分かればそれで満足なんだろう？　たとえそれがおもちゃのラジコンだって、川に逃がしたのは事実だからな」

と尾藤は明らかに嘲るような口調になった。俺は腹立たしくなったが、しかし気の利いた反論も思いつかなかった。

理奈の言っていることを信じてやりたかった。そしてそれはできると感じた。万が一イルカが見つかれば理奈が正しいことになるし、見つからず誰も信じなくとも、俺一人は理奈を信じてやれるからだ。しかしラジコンのイルカなんて代物が登場するとは、いったい誰が想像できただろう。

結局それ以降、会話は何一つないまま、黙りこくった俺たちを乗せたバンはとある河原に停まった。尾藤たちが釣りをしていた諏訪峡のようなごつごつとした岩場ではなく、灰色の小さな石が無数に敷き詰められたような河原だった。

二人の男女がいて、バンが停まると、女の方がこちらに駆け寄ってきた。

「この人たち？　UMAを探しているのって？　あれ？　どうして尾藤君もいるの？」

「いちゃ悪いか」

と尾藤はぶっきらぼうに言った。俺は、そういえば未確認生物のことをUMAといったな、とぼんやりと思った。

「この子が、さっき言った私の友達。浜田小春」

「こんにちは」

と笑顔で挨拶してきた。俺も飯野も挨拶を返したが、理奈は無言だったので、小春は状況のシリアスさを悟ったのか、口をつぐんだ。実際、普段なら、こういう時に一番愛想がいいのが理奈なのだ。

「あの人が、等々力さんのことを教えてくれた小春の彼。黒沢《くろさわ》さん」

とユカは男の方を俺たちに紹介した。軽く手を挙げ、ども、と言った。どうやら挨拶のつもりらしい。

「黒沢さんも、ユカさんの同級生なの？」

と飯野が訊いた。ユカが答えるより先に、尾藤が言った。

「そんなわけあるか。あいつは大学生だ」

尾藤は黒沢のことを気に入らないような素振りで答えた。

現地の子供たちだろうか、向こうで五、六人のグループが川に入って遊んでいる。

「ここでどうするんだ？」

尾藤が偉そうにユカに訊いた。

「もう少し待って。等々力さんが来るから」

俺たちは等々力が来るまで、ぼんやりと河原で待っていた。尾藤と赤木だけではなく、小春と黒沢という別の人間まで現れた。気まずさにも似た奇妙な空気が漂っていたが、しかしそれがこれから特別なことが始まるという前触れのようにも思えて、俺は気を引きしめた。

尾藤が小春に話しかけている。会話の内容は分からないが、小春はどことなく気まずそうだ。

「なあ」

俺は一人ぽつんと突っ立っている赤木に声をかけた。一昨日ぶん殴ったことで警戒しているのか、鋭い目つきでこっちを睨んできた。

「尾藤って、あの黒沢って男のこと嫌ってるのか？」

ああ、と赤木は小さな声で言った。俺なんかと話すのにハキハキ話したくないのか、それとも尾藤に聞こえないかと警戒しているのかは分からない。多分両方だろう。

「浜田に告って断られたんだ」

と赤木は言った。それじゃ確かに黒沢の存在は面白くないだろう。

「あいつも可哀想だね。ユカさんにふられて、あの子にもふられて」

「可哀想なもんかよ。最初あの子に告って、断られたら今度はユカさんの方に行くんだから。どうせ女だったら誰でもいいんだろう」

「そういう三枝はどうなんだよ」

「俺？」

「そう、三枝は——」

飯野がその後に何か言おうとしたが、結局何も言わずに黙った。多分、妹のことばっかり構わないで彼女でも作れとでも言おうとしたのかもしれない。

やがてユカの言う通り、十数分後、水色の小型のトラックがやって来ていはら荘のバンの隣に停まった。飯野や尾藤などは興味津々の顔つきでトラックに注目していたが、気がつくと理奈が正に顔面蒼白《そうはく》でぶるぶると震えていた。

「理奈！　大丈夫か⁉」

俺は思わず理奈を抱き支えるが、今にも倒れそうだ。

「理奈ちゃん！　平気なの？」

「どうしたの、低血糖？」

ユカと飯野がうろたえたように言った。

「大丈夫だ。理奈は俺が看《み》てるから、君たちはあっちに」

と俺はトラックを見やって言った。ユカは心配そうに何度もこちらを振り返りながら、トラックの方に向かった。尾藤と赤木もこっちを見ている。

「お兄ちゃん——」

理奈は呟いた。

「飴は持ってるんだろう？　ポシェットの中か？」

「違う、違うの」

「何がだ？」

理奈はまるで脅えるように、やって来た水色のトラックを見やった。

その瞬間、俺は理解した。

「――あのトラックか？」

理奈はまるで力を振り絞るように頷いた。

「そうか――」

謎の女が運転し、真司と理奈が逃がしたイルカを運んできたトラック。それが今――。

「理奈――どんな答えでも、お前はそれを受け入れるか？」

そう俺は理奈に訊いた。理奈は答えなかった。

「うわっ、すげえ！」

トラックの方から、そんな歓声が聞こえた。赤木の声だった。

トラックから降りた等々力は、少し頭が薄くなった中肉中背の男だった。どうやら赤木の歓声は、その等々力がトラックの荷台の上に被《かぶ》せたビニールシートを剝ぎ取った時に上げたもののようだ。

小春や黒沢は自分のことのように得意げな顔だ。ユカや飯野も、歓声を上げたいのはやまやまだが、俺と理奈の様子が気になるといったふうに、トラックの荷台と俺たちとを交互に見ている。尾藤でさえも。

俺は理奈に寄り添いながら、ゆっくりとトラックの方に近づいていった。そして理奈と一緒に荷台を覗き込んだ。

理奈が息を呑んだ。その音が確かに聞こえた。

荷台にはイルカがいた。イルカと聞いて想像する正にそのものだった。理奈が絵に描いたバンドウイルカだ。体長は二メートル近くあるだろう。色ものっぺりとした灰色ではなく、身体の裏側にいくにつれて白っぽく、ちゃんとグラデーションになっている。ただ単にオブジェとして見ただけでも圧倒されてしまうのに、これがラジコンで動くなんて考えがたいものがあった。

「なあ、三枝――これって」

飯野が呟いた。俺も頷いた。いきなりこれを見せられたら、誰だって本物のイルカと思うのではないか。黒い瞳はまるでガラスの玉がはめ込まれているかのように輝いている。口元に見え隠れする歯まで再現している。

「このイルカの顔、凄いリアルですけど、どうやって作ったんですか?」

「何度も水族館に足を運んだ――って言いたいところだけど、あいにく群馬県の近くにはイルカを見られる水族館はなかなかなくてね。それでも東京などに行く機会があれば、必ず時間を作って品川や八景島《はっけいじま》に足を運んだよ。それにイルカを写した環境ＤＶＤなんかを山ほど買い込んだりもしたなあ」

趣味で模型店をやっているのなら、ラジコンにも詳しいだろうし、本人にフィギュア作りの素質があることも十分考えられる。これだけリアルなイルカの造形物を作ることも不可能ではないかもしれない。

理奈はゆっくりと手を出し、イルカに触った。そのまま凍りついたようにじっとしていた。

「凄いだろ？　ここまで来るのに五年はかかったかな」

俺たちの事情をまるで知らない等々力は自慢気に語った。

「五年！」

飯野が叫ぶ。俺も理奈のように触ってみた。柔らかく、ラジコンという感じはしない。まるでビニールのぬいぐるみのようだが、ビニールにしては固く、しっかりとした感触だ。

「これ、素材は何なんですか？」

と訊いた。

「顔は発泡スチロールなんだ。それを細かいところは模型用のパテなんかで整えている。一番苦労したのは骨組みかな。小さいものはいくつか作って成功しているけど、ここまで大きいと同じ作り方をしても形が崩れるから。アルミのバーを曲げたりネジ止めしたりして形を支えている。もちろん稼働部分にはバーは入れていない。動かなくなっちゃうから。だからそこが弱いのが今後の課題だな。それで隙間には綿を詰めて、全体をクロロプレンゴムで包んでいる。ウェットスーツに使われる素材だよ」

「へえ――」

などと飯野が間抜けな感想を漏らした。だが俺とてそんな感想しか言えなかっただろう。あまりにも凄すぎて、絶句するしかないのだ。

「小さいサイズだったら一枚のゴムで包めるんだけど、これだけの大きさだと何枚ものゴムを繋ぎ合わせなきゃいけない。このゴムは防水の役割も果たしているから、繋ぎ目にはラテックスを塗るんだ。固まるとゴムと同じになるけど、いきなり厚く塗ると上手くいかないから加減が難しい。まあ僕はもう慣れたけどさ。こういう顔や口元の細かいところとかもラテックスを塗ってるんだ」

お互いの自己紹介もしていないのに、等々力は俺たちが誰かなどまるで詮索する様子も見せずに、生き生きと自分が作ったラジコンのイルカについて語った。一人で作ったのか協力者がいるのかは分からないが、とにかく自分の力でこれだけのものを作ったのだ。見せびらかしたくてたまらないのだろう。そうでなければ、昨日の今日でこういう場をセッティングはできなかったはずだ。等々力は店をほっぽり出してここに来たということになるのだから。

「最初は、ペットボトルとか、カップラーメンの空き容器とか、そういうもので作っていたんだ。形は不格好でも、色を塗って水に浮かべて泳がせれば、それだけで何となく魚っぽいから。でもそれじゃ物足りなくなってね。だんだん大きくリアルになっていって、遂にこんなことになってしまった」

そう言って、等々力は、はっはっはっ、と笑った。

「でも、説明書もなにもなしにゼロから作ったんですよね？　信じられない！」

とユカが言った。

「うん。でも、もちろん操作するプロポやサーボはラジコン用の既製品を使うよ。さすがにそこまで自作する能力はないからね」

「プロポ？　サーボ？」

「ほら、これだよ。これで操作するんだ」

と等々力は、運転席からプロポを出してみんなに見せた。本当に何の変哲もないラジコン用のプロポだ。

「ああ、コントローラのことですね」

「うん。これはラジコンヘリ用の4チャンネルのプロポだから、四つのサーボを操作できる」

「サーボっていうのはこれくらいの小さな機械でね。それをあのプロポで操作するんだ。2チャンネルならサーボ二つ。4チャンネルならサーボが四つ」

と黒沢が手振りを交えて、馴れ馴れしくユカに説明している。小春と付き合っているというのに、いけ好かない奴だ。

「確かにその説明で合っているけど、この大きさのラジコンを動かすには、小さなサーボじゃ駄目だね。このイルカには一個四万円以上する特大のサーボを使ってるんだ」

「四万円が四つで十六万！」

　小春が大きな声を上げた。確かにラジコンというと子供の遊びのようなイメージがあるが、ここまで来ると完全に大人の趣味だ。

「それだけじゃないよ。一つのサーボにそれぞれバッテリーが必要なんだ。これだけのサーボを動かすには並大抵のバッテリーじゃとても無理だから、六キロもするバッテリーが四つ入っている」

「それはいくらなんですか？」

「一個、一万五千円だ」

「四つで六万！」

「そのサーボとバッテリーが、このイルカの中にどんなふうに配置されているんですか？」

　と飯野が等々力に訊いた。

「ええと、ここと、ここと、ここと、ここと――頭と、上半身と、下半身と、尻尾《しっぽ》にそれぞれ対応しているんだ」

等々力はイルカの各部を指差した。どうやら四つのサーボはイルカの体に沿うようにして、体の真ん中に直列に四つ埋め込まれているようだった。

「これ――重そうですね」

「百キロ近くあるかな。本物のイルカよりは軽いと思うけど、一人で持ち上げるのはちょっと辛《つら》いかな。これでも何回も水に浮かべて、重りを調節したんだよ。軽すぎても重すぎても駄目。ひれと頭が水面に出てるぐらいじゃないと。実際DVDを見ると、本物のイルカもそんなふうにして休んでいるんだよ」

「大人一人と子供二人で押せますか？」

と俺は訊いた。等々力は質問の意図が分からなかったようで、え？　と訊き返してきた。

「たとえば、このトラックで川の浅瀬まで入っていって、荷台を傾けてイルカを滑り落として、そのまま押し出せるのかってことです」

「ああ――」

それでようやく等々力も、俺の質問の意図を悟ったようだった。

「その件では、うちの妻が迷惑をかけたね。まあ向こうはもう妻のつもりはないかもしれないが――」

「奥さんなんですか？」

等々力は頷いた。

「さっきこのイルカを作るのに五年かかったって言ったけど、これ一体にそれだけかけたってわけじゃないんだ。五年間で何十体も作ったよ。上手くいったのもあれば、失敗したのもあった。それでノウハウを積み重ねて、ここまで来たんだけど、人によっちゃ一銭にもならないのにとんでもない道楽だと思うだろうな。実際、一千万以上は軽く散財したからね」

「一千万！」

またもや小春が叫んだ。大人の趣味は金がかかる。

「確かに五年間で一千万だと一年で二百万だから、奥さん怒るでしょうね」

「お前、金の話ばっかりするなよ」

と黒沢。

「だって二百万よ！　二百万！」

「そうだよな。それが普通の人間の感覚だよな。でも俺は普通じゃなくて――」

そう等々力は寂しそうに語った。

「僕、生まれも育ちもずっと群馬なんだ。群馬って海がないだろう？　だから海に憧れて、結婚して子供が生まれたら海に行かせてやりたいって――海といえばイルカだ。だから僕、子供と一緒にイルカと泳ぐのを楽しみにしてたんだ。でも子供、流れちゃって――」

自分の力でこれだけのものを作り上げた男の過去を、皆、しんみりとした顔つきで聞いている。でも俺は、どこか白々しく思った。子供が流産したトラウマでイルカ作りにのめり込んだなんて取ってつけたような話だし、海といえばイルカという発想も良く分からない。

もちろん、そんなことは人それぞれの感覚で俺がとやかく言うべきではないかもしれないが、突然現れたこの男の話をすぐに信用しろというのも無理な話だ。

「でも、それでいきなりラジコンのイルカを作ろうだなんて凄い発想ですね！　もちろん模型やラジコンの知識がおありだったんでしょうけど——」

とユカが言った。

「多分僕は、子供の代わりにイルカ作りにのめり込んでいたんだろうな。でも、そんな僕をあいつは面白く思わなかった。いや、それは僕も悪いんだ。こんなのに夢中になる暇があるんだったら、もっとあいつと話をするべきだったと——でもそれに気付いた時は遅かった。あいつは家を出た。僕への当てつけに、この一つ前のイルカをトラックに積んで」

「一つ前？　じゃあ理奈ちゃんが見たのは——」

等々力は頷いた。

「そうだ。あいつは近くにいた子供たちに手伝ってもらって川に捨てたって言ってたから」

「そのイルカって、これと同じなんですか？」

「まあ、見た目は同じかな。ただ細かいところは手を抜いているけど。この大きさで作った最初のタイプなんで、やはり重心の位置を間違えて綺麗に泳がなかったんだ。あいつにとってはどっちも同じだから、適当に目に付いた物を持っていったんだろう」

「じゃあ、奥さんは等々力さんへの当てつけのために、そんなことを——」

「まあ、そういうことになるかな。たとえプロトタイプといっても自分の子供の一人だし、このイルカが上手くいったら、それを参考に直すこともできたと思うけど——今更そんなことを言っても仕方がないか」

「いつ、等々力さんはそれを知ったんですか？　奥さんから連絡が来たんですか？」

と俺は訊いた。ああ、と等々力は頷き、

「あなたの大切な子供を川に流したって、電話が来たよ。正直、その時初めて自分がそこまで彼女を追いつめていたと思い知らされたけど、もう後の祭りだ。あれからあいつは、そのまま実家に向かったらしい。流石にトラックだけは返してもらったけど——」

そこまで喋って等々力は黙った。これ以上何も語りたくない、といった様子だった。

「重心の位置を間違えたのに、良く川を流れましたね」

と俺は言った。だが等々力はそれが嫌みだとは思わなかったようで、

「あ、ああ。その時は川の流れが速かったから、勝手に流れたんだろう。上手く泳がないっ

ていうのは、操縦する時の話だから」

と答えた。

俺は理奈を見つめた。理奈は請うように俺を見上げた。ユカと飯野とも目配せして、俺たちはいったん等々力のトラックから離れた。俺たちがその場を離れても、赤木や尾藤、それに小春はトラックの荷台に目が釘付けになっていた。

「意味ない」

と一言、俺は言った。

「意味ないって？」

「だってそうだろう？　あの等々力って男の話が正しいとしても、今、あのトラックの荷台に載せられたイルカと、理奈が逃がしたイルカはまったく別物って話じゃないか。あんなものを見せられても、納得はできない」

しかし俺のその話を聞き、ユカと飯野は気まずそうにお互いを見やった。

「何だ」

「確かにそうかもしれない。僕だって、理奈ちゃんが逃がしたイルカがロボットだって聞かされても、半信半疑だったさ。でもあれを見ると――」

「お前、俺が言ったことが分からなかったのか？　あれは理奈が逃がしたイルカじゃないんだぞ」

「でも、ラジコンのイルカが実際にあるってことは分かった。あんなものがあるんだったら、二台目、三台目とあってもおかしくない。あの人はプロトタイプって言ってたけど、それでも相当出来が良いに違いない」

「出来が良い？　何でそんなことが分かる？　見てもいないのに！」

「だって、あれだけのものを自力で作った人だよ！」

ふん、と俺は言った。

「何がラジコンだよ。あんなもの本当に動くかどうか分かりゃしないぞ」

「何言ってるんだ？　動くに決まってるじゃないか！　わざわざ見せびらかすために持ってきたんだから！」

「――ちょっとケンカは止めてよ」

ユカが向こうを気にするように言った。じっさい、等々力たちは何が起こったのかと、こちらを見やっている。

「すいません！　何でもないんです！」

とユカが言い訳のように言った。それで彼らはまたイルカに興味が移ったようで、等々力は自慢話を再開した。小春と赤木は夢中で携帯で写真を撮っている。尾藤もこちらを気にしている様子だが、目が合うと暫く俺を直視した後、ゆっくりと視線を逸らした。黒沢はというと、もう俺たちには何の興味もない、といった顔つきだ。

「ねえ、理奈ちゃん」

ユカが腰をかがめて理奈に言った。

「あなたはどう思うの？　理奈ちゃんが真司君と逃がしたのは、ああいうイルカだった？」

理奈は——。

ユカを見つめて、こう答えた。

「うん。そうだよ。ああいうイルカだった。私が逃がしたイルカも、きっとあの人が作ったものだよ」

嘘だ、と思った。

「理奈——本当のことを言えよ」

「本当のことって？」

「ここで嘘をつけば、すべて丸く収まると思っているんだろう？　だから心にもないことを言っている。違うか？」

いや、違う——等々力が運転してきたトラックは、確かにあの夜、理奈が見たトラックと同じものなのだろう。それはあの時の理奈の態度を見れば分かる。しかし、そのトラックに載せられていたのは、生きたイルカではなかった。作り物のイルカだった。なら、あの時自分が逃がしたイルカも作り物だったのかもしれない。いや、きっとそうだ。そうでないとつじつまが合わない――。

理奈は自分が見たものと、合理的解釈を天秤《てんびん》にかけ、後者を選んだのだ。ずっと理奈は自分の信念を貫き通していた。イルカは生きて利根川に実在しているという信念だ。だがあのラジコンのイルカの圧倒的存在感を前にして、理奈の信念は脆《もろ》くも崩れたのだ。

事態を丸く収めるために身を引いたのではない。それならまだ俺は理奈の選択を尊重する。でも違う。理奈はあのラジコンに降伏したのだ。そんなのは許さない。認めない。五年かけようが一千万円かけようが、あんなものを理奈が本物のイルカだと思い込むなんて！

「――心にもないって？」

「理奈――分かるだろ。ああいうラジコンのイルカがあるからって、理奈が逃がしたあのイルカとはまったく別の物なんだ」

「でも――トラックは同じよ」

「ナンバーを覚えているわけじゃないだろ。同じタイプの別のトラックかもしれない」

「三枝。それはちょっと――」

飯野が俺と理奈の話に割ってくる。

「何だ？　こじつけって言いたいのか？」

「理奈ちゃんが、認めているんだから、それでいいじゃないか。どうせ明日は帰るんだし。あんな凄いラジコンのイルカがあるんだから、それを見せてもらおうよ。こんな思い出、他では作れないよ」

「私だってイルカが見つからなければ良いのに、とちょっとは思ったわ。見つからなければ、ずっと私はイルカ捜索隊の群馬支部で、理奈ちゃんとも頻繁に会えるかもしれないから。でもイルカが見つかったら目的達成ってことでしょう？　また来年の夏休みに遊びに来てよ。私、待ってるから」

俺は反論しようとしたが、何も言えなかった。当の理奈本人が認めているのだ。イルカ探しはここで終わったと。だがどうしても納得がいかない。

「そもそも、あんな実物大のイルカが二つもあるってところが怪しいじゃないか。おもちゃの会社が新製品の開発のために作ったんなら試作品が三つも四つもあって不思議じゃない。でもあれは一人で趣味で作ったイルカだろう？」

「五年間でいろんなラジコンを作ったって、あの人言ってたじゃないか。イルカを二つ作ったっていいじゃないか」

「あんなでかいイルカだぞ？　何で二つも作るんだ？　そもそも前のイルカは重心がおかし

い失敗作だって言ってたな？　重心がおかしいなら直せばいいだけじゃないか！　一からあんなものを作れるのに、たかだか重心ぐらい直せないなんて不自然すぎる。いいか？　本当はあのラジコンのイルカは一台しかないんだ。でもそれじゃ計算が合わない。理奈が逃がしたイルカも数に入れなきゃいけないんだから。だから二台あることにした」

「どうして二台？　理奈ちゃんが逃がしたイルカはラジコンだったたって話にすれば、済むんじゃないの？」

「それじゃ駄目だ。だって俺たちにラジコンのイルカを見せなきゃいけないんだから。実物大のラジコンのイルカがあるだなんて、現物を見ないと信じられないだろう？　だからあれを俺たちに見せることは絶対に必要だった」

「でも一台しかないんだったら、理奈ちゃんが逃がしたイルカがラジコンで、下流で見つかって回収されたってことにしても良かったんじゃないの？」

「確かに大きいから下流で見つかるかもしれないが、どこまで流されるか分からないし、あんなものが見つかったらそれなりに騒動になるだろう。騒がれないのはおかしいと思った

——それよりも重要なのは、理奈はイルカを見てるってことだ。それとまったく同じものだとしてあのラジコンのイルカを見せたら、そうじゃないと理奈が否定するかもしれない」

そう——理奈は尾藤が撮ったあのイルカの動画も違うと言ったのだ。ちょっとでも違った

ら、はっきりそう言うだろう。理奈が自分が逃がしたイルカはラジコンの作り物だと認めたのは、今ここにあるラジコンのイルカが、自分が逃がしたイルカとは違うからだ。同じであってはいけない。

「じゃあ三枝は、やっぱり理奈ちゃんが逃がしたのは本物のイルカだって言うのかい？」

「そうだ。今も利根川にはイルカが泳いでいる。それを知られたくない連中が、あんなイルカのロボットを持ち出してきたんだ」

「僕らを騙すためだけに、あんなイルカのロボットを作ったって言うの？　でももし本物のイルカが泳いでいたら、生き延びようが死んでしまおうが、いつかは見つかるって話をしたじゃないか」

「多分、そいつらは今も一生懸命イルカを探しているんだろう。だからイルカが見つかるまで、俺たちを誤魔化せればそれでいいと思ってるんだ。だってそうだろう？　理奈の他にイルカを見た奴は二人いる。真司と、あの等々力っていうおっさんの奥さんだ。真司は北海道で、奥さんは実家に帰っただなんて、できすぎてると思わないか？」

「ちょっと待って！　理奈ちゃんがイルカを逃がしたのは、一週間前のことなんでしょう？　たった一週間であんな大きなラジコンのイルカを作ったってこと？　私たちを誤魔化すためだけに？」

「もともと、あのおっさんが作った一台があったんだろう。それを利用した」

「じゃあ、等々力さんも、私たちを騙している仲間ってことなの？」

俺は頷いた。

「もちろんそうだ」

「そんなことがある？　イルカの実験だか研究だかをしていた同じ町に、たまたまラジコンのイルカを作る趣味を持ってた人間がいたなんて」

と飯野。

「たまたまじゃない。あいつも仲間だって言っただろう？　そのイルカの研究に、イルカのロボットが必要だったんだ。それを俺たちを騙すために使った」

ふう、とユカが息を吐いた。

「何だか、疲れたわ。次から次にいろんな理屈を考えつくのね」

「へ理屈って言いたいのか？」

「そんなことは言わない。でも、そうやってどんどん発想を飛躍させていくんだから、誰も信用できなくなるわね。私も疑われて当然だわ」

「それはすまないって謝っただろ？」

「そうじゃないの。何か怖いの、あなたが」

そんなことを言われるとは思わなかった。俺は思わず絶句した。

「あなたはきっと、理奈ちゃんが逃がしたイルカを、雄大で、光り輝いて見えるような、そんな特別なものだと想像しているんでしょう？　どんなにあのラジコンのイルカが立派なものでも、あなたの頭の中にあるイルカとは比べ物にならない。多分、理奈ちゃんが本当に逃がしたモノが見つかっても、それは違うってあなた言うんじゃない？」

「何言ってるんだ？　そんなはずないじゃないか」

「じゃあ、どうしてあのラジコンじゃないって言うの？」

「あれは理奈が逃がしたイルカじゃないからだ！」

「じゃあ、等々力さんの奥さんが理奈ちゃんに手伝ってもらって利根川に捨てたっていうプロトタイプが下流で見つかったら、あなたはそれを受け入れるの？　どうせまた、違うって言うんじゃないの？」

そんなことを言うはずがない。理奈が逃がしたイルカが見つかったら、俺はそれを素直に受け入れる。受け入れると思う――多分。

「何かを探すのは良いかもしれない。でも怖いのは、やっと探し物が見つかっても、それを否定してしまうことよ。だって見つかってしまったら、もう探すことができなくなるもの」

「怖い――？」

「そうだよ、三枝。目的があって行動するんだ。行動そのものが目的になっちゃいけない」

　違う、俺はそんな愚かな人間じゃない。ユカも理奈もラジコンには馴染《なじ》みはないだろうし、飯野はお人よしだから、あの実物大のイルカのスケールに圧倒されて誤魔化されているだけだ。俺は違う。あんなものには騙されない。決して！

　俺は理奈に問い質した。

「お前さっきあのラジコンのイルカに触ったよな。何か思ったんじゃないか？」

　理奈は今までずっと黙りこくっていたが、俺の質問におずおずと口を開いた。

「温かくなかった――」

「え？」

「イルカを一生懸命押していた時――感じたの。イルカの体温を。温かかった――」

「あのラジコンのイルカは冷たかったんだな？」

　理奈は頷く。

　体温なんてない。あれは所詮、作り物だ。クロロプレンゴムと、ラテックスと、アルミバーと、発泡スチロールと、綿で作られた紛《まが》い物だ。本物じゃない。

　理奈の話を聞いて、飯野は黙り込んだ。だがユカは、最後の確認とばかりに、理奈に話しかけた。

「理奈ちゃん。あなたが逃がしたイルカはあのラジコンじゃないって主張するのは構わないわ。私も理奈ちゃんを信じたい。でもあの等々力さんは、理奈ちゃんとはまったく逆の主張をしている。自分の主張を貫き通すってことは、反対の主張をしている人と闘うってことなの。それに多分、何の関係もない第三者の人たちは、等々力さんの意見に賛成するんじゃないかな。あのラジコンのイルカを見れば、誰だってあれが利根川にいる生物の正体だと思うわ。場合によっては、理奈ちゃんは今まで以上に嘘つき扱いされる。それでも闘う？」

確かに謎の生物が目撃された後に、その生物のロボットが公表されたら、誰だって両者が同じ物だと言うだろう。当事者ではなく面白半分で事態を見守っているやじ馬なら尚更だ。

理奈はユカを見て、等々力のトラックの方を見て、そして最後に俺を見た。

理奈はユカではなく、俺に言った。

「闘うわ」

「そう――」

とユカは頷いた。そして俺に言った。

「じゃあ、次はどんな手を打つ？　イルカ捜索隊のリーダーとしては」

俺も頷いた。

「等々力を問い詰め――」

俺がそう言った時、向こうからその等々力が、

「おーい！　君らもこっちに来て手伝ってくれないか？」

と俺たちを呼んだ。俺たちはお互いに顔を見合わせて頷き、ゆっくりと等々力の方に向かって歩き出した。

「とりあえず今は、あの人のペースに乗っかりましょう。明るい人だから、いろいろ喋ってもらったほうが情報が手に入るかも」

「ああ、分かった」

俺は頷いた。

「三枝はケンカっ早いから不安だな。くれぐれも冷静でいてくれよ」

と飯野が言った。

触ってどんなものか確かめたかったから、俺も率先して等々力を手伝った。水に濡れてもいいように、靴と靴下を脱ぎ、ズボンの裾を捲《まく》る。尾藤、黒沢も手を貸す。さすが百キロ近くあるというだけあって、ずっしりと重い。少なくとも一人で運ぶのはとても無理だろう。だが男が四人で運ぶのだから、そう難しい作業ではない。

「これ、スイッチとかはないんですか？」

「体の中にあった。お前らが話をしていた時にスイッチ入れたんだよ」

答えたのは尾藤だった。

「お前ら、さっき何の話してたんだ？」

「イルカ捜索隊は解散だって話をしてたんだよ」

と俺は嘯いた。尾藤が撮ったあの動画についても、後でこいつと話をしなければ、と思った。今問い質したいのは山々だが、百キロのラジコンを四人がかりで運んでいる時に無駄話をするのは危険だ。

荷台からイルカを運び出した瞬間に、向こうで遊んでいた子供たちが一斉にはしゃぐのを止めて、まるで凍りついたようにこちらを見つめていた。見たことのない光景が目の前で繰り広げられているので、何が起こっているのか理解できないのだ。だがすぐに、まるで一時停止を解除されたかのように、こちらに走り寄ってきた。ひっきりなしに、すげー、だとか、でけー、などと奇声交じりの感想を漏らしている。等々力はそんな子供たちに満面の笑みだ。

ゆっくりと利根川の中に足を踏み入れた。暑い夏の空気の中、川の水がひんやりと気持ちよかった。ゆっくり、慎重にイルカを川に浮かべた。沈んでいく——と一瞬思ったが、ひれと頭の僅かな部分だけを水面に出してイルカは見事に浮かんだ。実際に水に浮かべて重さを何度も調節したという言葉に嘘はなさそうだ。そしてこれが真っ直ぐ進んだら、ちょうど尾藤が撮った動画のようになるな、と俺は思った。

「ちょっとプロポを取ってきてくれないか？」

　と等々力は言った。岸にいる小春がプロポを取ってきて、黒沢に渡した。黒沢はそれを等々力に手渡す。

「さあ、行くぞー」

　と等々力は、俺たちを含めた子供たちに宣言するようにプロポを操作した。その瞬間、岸にいる子供たちの歓声が上がった。先ほどの理奈の決意を聞いたはずのユカも、小春と一緒になって騒いでいる。だが確かに、人間の身体ほどの大きなラジコンのイルカが、すいすいと水の中を泳ぐのを見ると、かなり興奮する。第三者の俺ですらそうなのだから、製作者の等々力の感動は計り知れないものがあるだろう。

　俺は、ラジコンの出来に感心するふりをしながら、等々力に訊いた。

「あれ、どうやって進んでいるんですか？　スクリューとかじゃないですよね」

「スクリューも考えたんだけどね。確かに手っ取り早い面もあるけど、やっぱり危険だから。こうやって自然の川や海で泳がせると、すぐに子供たちが集まってくる。それでいいんだ。僕は自分の自己満足だけでこういうものを作りたくはない。やっぱり子供に楽しんでもらいたいんだ」

　子供たちも遠慮なく川に入ってきて、大騒ぎしながらラジコンのイルカの泳ぎを観賞している。おい、危ないぞ、と黒沢が注意しているが、もともと川遊びをしていたのだ。まるで聞く耳を持たない。

「ああいう背びれがあるからサメと勘違いされやすいんだけど——」

思わず尾藤と顔を見合わせた。

「確かに背びれは似ているけど、まったく違うのは尾びれなんだ。分かる？　サメは尾びれが垂直で、イルカは水平なんだ」

「縦か横の違い？」

「そう！　イルカはその水平の尾びれを動かすことで推進力を得る。大きくても、小さくても、原理は同じだ。現実の生物こそ、神様が造った最も精巧な創造物だ。だからそれを模倣するのが一番手っ取り早い方法なんだよ。分かる？　だから水族館で実物のイルカを観察し、毎日朝から晩までＤＶＤを観賞した。何とかラジコンで再現したくてね」

俺は目の前で泳ぐラジコンのイルカを見つめた。尾びれを上下にばたつかせ、確かに泳いでいる。だが、一日で百キロ泳ぐにしては、随分とのろい。当然だ。これはラジコンのイルカであって、イルカそのものではない。ただこれを水に安定して浮かし、なおかつ真っ直ぐ進むように作るのには、相当な試行錯誤を繰り返しただろうな、というのは分かる。

「尾藤」

俺は呼びかけた。

「あ？」

「ちょっといいか？」

尾藤は不審げな顔をしたが、拒む理由はなかったようで、俺と一緒に岸に上がった。俺たちが川から上がっても子供たちのギャラリーがいるので、等々力は気にも留めない様子だ。

「お前が見たイルカっていうのは、あれか？」

と俺は訊いた。

「そうだ」

と呆気なく尾藤は答えた。

「さっき、お前らがあっちで言い争っている時に、あのおっさんが教えてくれたよ。試運転しているところを俺たちが見たんだろうって」

「あのイルカを？」

その俺の質問を尾藤はすぐには理解できなかったようだが、

「そりゃそうだ。古いやつは奥さんが川に捨ててどっかに行っちまったんだから」

と答えた。

俺は黙り込んだ。

「何だ？　文句でもあんのか」

「いや──お前に文句はないよ。でもおかしいと思わないか？」

「何が」

「等々力はあのイルカを大切に扱っている。そりゃそうだろう。自分の子供の代わりなんだから。だから川の流れが緩やかな時に、自分も一緒に川に入ってイルカを操作する──でも、お前が赤木と一緒にあのラジコンのイルカを目撃した時、近くに等々力を見かけたか？」

尾藤は答えなかった。

「見なかったんだな。そりゃそうだ。周囲にラジコンのプロポを持ったおっさんがいたら、真っ先にお前はあれがラジコンかもしれないと考えたはずだ。でもそんな発想はまったくなしに、お前はあれが妹が逃がした本当のイルカだと思ったんだろう？　つまりお前も赤木も、あの時、等々力を目撃してはいない。どこまであの電波が届くのか分からないけど、等々力はお前らから見えない場所で、あのイルカを操作していたことになる」

「それは俺も訊いた。等々力は俺たちをびっくりさせようと思ったって言っている。最初に驚かせて、後で実はラジコンだったと打ち明けようと。だけど、あまりにも俺らが騒いでいたので、そのタイミングを逃した」

いかにも嘘臭い説明だ。見るからに不良の尾藤たちにからまれるのが嫌で姿を隠した、と考えるほうがまだ説得力がある。しかし、やはりそれでも不自然なのだ。

「あの動画の川の流れは急だった。それに諏訪峡はこんな河原じゃなくて、もっと足場がごつごつした岩場みたいなところだったじゃないか。そんな場所で、大事な、自分の子供のようなラジコンのイルカを泳がせると思うか？」

尾藤は怪訝《けげん》そうな表情を崩さない。

「お前、何が言いたい？」

「等々力は、わざとお前たちがいる前であのイルカを泳がせたんだ。お前たちに目撃させるために。妹がイルカを利根川に逃がしたという噂を打ち消したい連中がいる。だから等々力は、お前たちにラジコンのイルカを目撃させ、やっぱりイルカはいるかもとみんなに思わせた後で、実はラジコンだったと正体を明かした。そこまですれば、妹が自分が逃がしたイルカとあのラジコンは違う、と主張したところで誰も信じない」

いったん謎をばらまいて人々の興味を煽《あお》った後で、フェイクの解答を提出すれば、もう誰も謎に夢中にはならないだろう。あのラジコンのイルカの存在感はフェイクには十分すぎる。

「どうして俺たちだけに見せた？」

「お前たちだけじゃない。昨日からユカさんがあちこちにメールを送っているが、利根川で何かの影を見たって情報は結構あるみたいだ。多分、川岸にお喋りが好きそうな若い奴を見たら、手当たり次第に泳がせて目撃させたんだろう」

「あのおっさん、そんなにフットワークが軽そうには見えないけどな」

確かにラジコンを川に浮かべるだけで一苦労だったが、理屈としては間違っていないはず。

「つまり、お前はあくまでも妹が逃がしたイルカは本物だと言いたいんだな？」

俺は尾藤の目をしっかりと見て、

「そうだ」

と言った。

ユカも小春も赤木も、子供たちも、携帯電話でラジコンの写真や動画を撮りまくっている。

「あの動画は今日中にあちこちに拡散される。今後は本物のイルカが目撃されても、間近で見ない限り、ラジコンだと思ってくれるに違いない」

「でも、死んだらどうする。死体が上がるぞ」

「だから、見つけるまでの時間稼ぎだ」

俺は昨日まで、イルカの噂を広めて世間を動かそうなどと考えてた。それがもし実現していたら、と思うとぞっとする。噂が広まれば広まるほど、後に明らかにされる偽の真相を覆すのは難しくなるのだから。

「でも、どんなにあの等々力っておっさんが胡散《うさん》臭くても、ラジコンのイルカが実際に存在するのは事実だ。本物のイルカは誰も目撃していない。お前の妹以外はな」

言われなくても分かっていることを指摘されたのが腹立たしかった。俺は尾藤の言葉を噛み締めて、何も反論できなかった。

暫く俺たちは黙り込み、イルカに投げ掛ける子供たちと女の子の歓声を聞いていた。理奈の声は聞こえなかったが。

振り向くと、理奈はつまらなそうに河原に体育座りをしていた。

「真司ってやつと、あのおっさんの嫁さんも目撃したってことだな」

唐突に尾藤が言った。

「あ、ああ。そうだ」

もちろん、イルカをトラックで運んできた女性が等々力の妻というのは、現時点で等々力自身がそう言っているだけの話なのだが。

「おじさん！」

と尾藤は等々力に呼びかけた。おっさん！　と言わないだけ、まだ尾藤にも常識というものがあるらしい。

「え？」

等々力はイルカを操作するのに夢中で、振り返らずに尾藤に生返事をした。

「おじさんの嫁さんに会わせてくださいよ」

「何？」

等々力はぎょっとしたようにこちらを向いた。俺もあまりにも尾藤が単刀直入だったのでびっくりしてしまった。

「嫁さんはこの川に、場所はどこだか知らねえけど、そのラジコンの前のタイプを捨てたんだろ？　つまり不法投棄だ。警察に通報する義務がある」

「いや、不法投棄って、あいつにそんなつもりはなかったはずだ」

「じゃあどんなつもり？　夫婦ゲンカだろうが何だろうが、それがイルカのラジコンだろうが、川に勝手にゴミを捨てたのは事実だ。誰だってそう判断するだろ？」

なるほど、不法投棄という発想はなかったが、考えれば二メートル近いラジコンなのだ。ゴミと考えれば相当悪質だ。

「しかも、現場に居合わせた子供に無理やりゴミ捨てを手伝わせている。警察に訴え出れば必ず問題になるぞ」

ラジコンの動きが止まった。等々力がプロポを操作するのを止めたのだ。

彼は身体ごとこちらに向き直って、

「どういうつもりだ？」

と言った。

「嫁さんに会わせてくれれば、不法投棄のことは黙っておいてやるよ」

「何だ？　脅して小遣いをせしめるつもりならまだ話は分かるが、妻に会いたいとはどういうことだ？　何が目的？」

「嫁さんが無理やり手伝わせたせいで、あの子は意識不明になって倒れたんだ。そうだろ？」

尾藤が同意を求めてきたので、俺は頷いた。

「こいつはあの子の兄貴だ。東京に帰れば親もいる。あんたの嫁さんはとんでもないことをしたんだぞ？　ゴミの不法投棄を病気の子供に手伝わせて、体調を悪化させたんだ。しかしこっちとしても警察沙汰にしたくない。世間体があるからな。だから当事者同士で話し合って穏便に済まそうって言ってるんだぜ。あんたが嫁さんと離婚しようがしまいが知ったことじゃないが、俺たちはあんたの嫁さんに会う権利がある」

「会って穏便に済ませる？　何だ？　やっぱり妻から金をせびり取ろうとしてるんじゃないか？　それは恐喝だぞ。君らが妻の不法投棄を警察に訴え出るなら勝手にすればいい。でも、その時は俺も出るところに出るぞ」

俺はこの等々力の対応にデジャヴを感じた。そうだ。あのキャンプ場の管理人だ。確かに今の尾藤の申し出は無礼で、眉をひそめさせるものかもしれない。だが、それにしたってこんなケンカ腰の態度はないだろう。イルカのラジコンを操作している時の等々力は温和で子供好きの印象を受けたので、余計にそう思う。

「何でおじさんそんなにキレてるの？　やましいことがあるんじゃないの？」

同じだ。あの管理人と等々力は。

「もういい！」

と等々力は叫んだ。思わず、こっちは良くない！　と叫び返しそうになった。

「警察に通報するなら通報しろ！　不法投棄はあいつがやったことだ！　俺がやったことじゃない」

しかし尾藤は、

「じゃあこっちはあんたの奥さんを訴えてやるぜ。そうすれば、嫌でも俺たちの前に姿を現すだろ」

といけしゃあしゃあと言った。

「まったく、最近の子供は――」

と等々力は呟く。俺たちのことも子供扱いしていたことが明らかになった瞬間だった。

「君らが見せてくれって頼んだんだろう？　それは協力してやったじゃないか！　それなの

に妻にまで会わせろというのはどういうことだ⁉」

と等々力は河原にいるユカと小春に当たり散らした。二人は困惑そのものといった表情を浮かべている。

「もういい、帰る。おい、ちょっと手伝ってくれ」

誰に言っているのだろうと思ったが、黒沢だった。黒沢は表情一つ変えることなく平然とした顔で、ラジコンの方に近づいていく。まるで元から等々力の仲間であるかのように。

仲間なのだろうか？

等々力は頭を、黒沢は尻尾を持ち、大切な子供のはずのラジコンのイルカを二人は乱暴に持ち上げた。大変だろうと手を貸そうとしたが、話しかけられる雰囲気ではなかった。川ではしゃいでいた子供たちも、急に俺たちがケンカを始めたのでポカンとしたような顔をしている。ただ、もうラジコンのイルカの観賞会は終わりだということは分かったようで、どこか残念そうだ。

等々力はラジコンのイルカをトラックの荷台に載せ、上からシートを被せた。そして無言で運転席に乗り込んで、来た時と同じように立ち去っていった。黒沢はここに残った。もし等々力の仲間だとしても、とにかく今は小春の恋人なのだから、一緒に帰るのは不自然だろう。それに俺たちをスパイするために残しておいたのかもしれない。

「奥さんのことを言われて、怒っちゃったのかな」

と小春が言った。そうではなく、等々力の説明を疑ったからだ、と思ったが、言わないでおいた。この小春だって、どこまで信用していいのか分からない。

俺はユカに小声で話しかけた。

「なあ、等々力って、あの黒沢って大学生の紹介なんだろう？」

「紹介って言い方はどうかと思うけど、まあそうね。もともと黒沢さんも模型とかラジコンが好きで、等々力さんのお店の常連さんみたいだから」

等々力がどこまで俺たちを騙す意図があったのかは分からないし、黒沢がその仲間なのかも定かではないが、ラジコンを一緒に運ぶ程度には親しいのだろう。

「まいったな。後でお店に行って謝らないと」

そう黒沢は、俺たちを見て当てつけがましく言った。

「どうして謝るんだ？　悪いのはあいつだ！」

と尾藤はまったく臆する様子もなく黒沢に反論した。

「奥さんがラジコンを捨てたことか？　そんなこと言ったって、等々力さんはあのラジコンを快く見せてくれたじゃないか。本当はそんなことをする義理なんて、等々力さんにはないんだよ。他人の弱みにつけ込んで、正義面して脅すの止めろよ！」

いや、等々力はそうする必要があった。理奈が逃がしたイルカはラジコンであると俺たちに思い込ませるために。

「何だあ——？」

尾藤が睨みを利かせて、黒沢に食ってかかろうとしたので、俺は慌てて止めた。

「あ？　俺はお前の味方をしてやったんじゃねえか！」

「それは感謝してる。でも、あいつは唯一の等々力との接点だ。あいつまで怒らせたくない」

「黒沢の接点ならそこにいるぞ。小春だ」

「あの子にはふられたんだろう？　とにかくあまり敵を作りたくない。たとえ黒沢が何か知っているのなら、適当に付き合って情報を引き出すべきだ」

尾藤は、ふんっ、と言った。

「まあ、お前の問題だ。俺は知らん。だがな、お前の妹が正しいことを証明したいのなら、妹と一緒にイルカを逃がした二人を捜せ。それが一番早い」

「できるんだったら、とっくにそうしている」

真司は中学生だから、自分の意思で旭川に逃げているとは考え難い。いや、本当に旭川に行っているという保証はない。あの管理人が息子と俺たちを会わせたくないなら、俺たちがいる間、息子をどこかに匿えばいいだけの話なのだから。しかし、仮にこの町に真司がいて彼の居場所を突き止めることができたとしても、逃がしたのはラジコンのイルカだと証言するのは目に見えている。

あのトラックで現場にイルカを運んできた女性だが、これは真司よりももっと捜すのが難しい。本当に等々力の妻だとしたら、イルカがロボットであるという彼の話を裏付ける結果にしかならないし、もし違う女性だとしたら、単純にふりだしに戻るだけだ。どこの誰なのかまるで分からないのだから。

「とにかく等々力は嘘をついている。妹はイルカに触った。いくら見た目がそっくりでも、血が通っているかどうかぐらいは分かる」

俺は自分に言い聞かせるようにそう言った。それから尾藤と二人で岸に上がった。川の中で立ち話をしていたので、浅瀬だったがズボンが少し濡れた。

子供たちはまだ何か起こるのではないかと、期待に満ち満ちた目でこちらを見つめている。彼らが帰ったらラジコンのイルカのことを家族や友達に話すだろう。余計に利根川の生物の正体はラジコンであるという噂を広める結果になるが、子供たちに罪はない。あんなものを見たら誰だって興奮する。俺たちだってそうなのだから。

「あの子たちには悪いことをしたわね。もっとラジコンのイルカと遊びたかっただろうに」

とユカが言った。

「なあ、まだ俺たちに付き合ってくれるか？」

とユカに訊く。

「だって明日帰るんでしょう？　ギリギリまで頑張るわ」

「そうか――」

ユカの決意がありがたかった。

「で、次はどこに行くの？」

「あのトラックを追って欲しい。等々力の模型店に行くんだ」

「行ってどうするの？」

「近所の人たちにあいつの人となりを訊くんだ。特に奥さんのことについて。実家がどこなのかぐらいは分かるかもしれない」

俺がそう言うやいなや、

「ちょっ、ちょっと待てよ君たち。そんなことするなよ」

と黒沢が予想通りの反応をした。

「等々力さんのところに行って、あんな無礼なことを言ったのを謝るのならいいよ。僕が間に入ってやる。でも、そうやってこそこそかぎ回るのは絶対にまずい。本当に訴えられるぞ」

「訴えればいいさ。困るのはあっちじゃないのか？」

と尾藤が言う。しかし黒沢はまったく引き下がらない。

「困るって何がだ？　奥さんがラジコンを捨てたことか？　もちろんそれは褒められたことじゃない。でも奥さんが勝手にやったことで、むしろ等々力さんは被害者なんだぞ！　ラジコンを盗まれたんだから」

「関係ねえ。騒ぎになればなるほど、あいつの嫁さんが表に出るだろ」

「旦那との関係に疲れて実家に戻っている女性を、そんなふうに引っ張り出すなんて絶対に良くないよ」

「――やけにあの人の肩を持つわね」

と小春が不審げに言った。

「そりゃそうだ。ここは東京と違ってそこらじゅうにホビーショップがあるわけじゃないんだ。君らが大騒ぎして等々力さんの商売がおかしくなったら、楽しみが一つ減る」

「俺たちが騒ぐと、あの人の店が潰れるって言いたいんですか？　俺たちにそんな力があると思ってるんですか？」

と俺は訊いた。

「誰もそこまで言ってないだろう？　でも、地方っていうのは保守的なところがあるから、あんまり家族のスキャンダルを言いふらされると、商売ができなくなる可能性は十分ある」

「でも、どうして、あの人はそんなにまでしてユカたちを奥さんに会わせたくないの？　不自然じゃない」

と小春も言った。

「会わせたくないっていうか、いきなり彼があんな言い方で奥さんに会いたいなんて言ったから怒っただけだろ。離婚するかもしれないから気が立ってるんだ」

「あ？」

と尾藤が呟き、黒沢を睨みつけた。さっきのこともあり、一触即発の空気が流れたが、それだけだった。黒沢はそれなりに身体がでかいので、万が一ケンカになって負けたら格好がつかないと思ったのかもしれない。何しろここには尾藤をふったユカと小春がいるのだ。

「君たちはなんなの？　等々力さんを疑っているの？」

俺たちは、この黒沢にどこまで話せばいいのか分からず、お互いに顔を見合わせた。だが誰も答えを出さなかった。小春はこの緊迫した状況の意味が分からない様子で、きょとんとした顔をしている。

「そうに決まってるだろ。あんなおっさん信用できるか」

急に尾藤が俺たちの味方をし始めたのは、この黒沢に対する反発からだな、と思った。

「何が信用できないって、嫁さんに会わせないのがおかしいぜ。どうしてあんなに俺たちが嫁さんに会うのを拒む？　やましいことがあるからだ！」

「じゃあ訊くけど、あのトラックはどう説明する？　トラックは同じだったんだろう？　それが等々力さんの奥さんが川にイルカのラジコンを捨てた何よりの証拠だ。もちろんそれは褒められたことじゃないが、疑問点はないはずだ。だって認めてるんだから！」

確かにネックはそれだ。さっきは勢いあまって同じタイプのトラックだ、などと言ってしまったが、そんな偶然があるとは思えない。

だが別に、同じトラックだからといって、等々力の説明が正しいという証拠にはならない。等々力の妻か他の誰かか、それは分からない。そいつが等々力のトラックを使って、本物のイルカを利根川に流したというだけの話だ。

「奥さんに会わせないのも、そこの彼に恐喝されると思ったからだろ！　他人を疑う前に、まず自分を顧みたらどうだ！」

さすがに尾藤も黒沢の方に向かいかけたが、さっきの俺との話を思い出したようで、寸前のところで止まってくれた。ケンカで警察沙汰になるのは拙い。特に俺たちは旅行者なのだから、どこから来たのかと根掘り葉掘り訊かれるだろう。イルカを探すために来たなどと言っても、鼻で笑われるに決まっている。利根川にイルカなんかいるはずがない。それが普通の大人の常識なのだ。

イルカがラジコンだと認めれば、それで謎はすべて解決して東京に帰れる。しかしとても納得がいかない。決して手段と目的が逆になっているわけではない。イルカがラジコンだとしたら、理奈が感じたイルカの体温はいったいどういうことなのか。また、理奈と一緒にイルカを目撃した証人に会えないのは何故なのか。

絶対に何かある、この町には――。

「イルカを探しに利根川に来るのはいい。それがどんなに荒唐無稽なことだろうと、高校時代の思い出作りとしては良いだろう。だが、他人《ひと》の家庭に首を突っ込むことだけはやっちゃいけない。人それぞれ事情があるんだから」

と黒沢はもっともらしいことを言った後、俺たちの目の前でどこかに電話した。そしてまるで俺たちに通話の内容を聞かせるかのように、はっきりした大きな口調で話した。

「あ、等々力さんですか？　まだ、先ほどの子たちといるんですが、気をつけてください。彼ら、等々力さんのお店の近所に押しかけて、奥さんのことを訊くつもりです。やはりまだ子供ですよ――それで奥さんの実家の住所が分かると思っているんですから」

「誰も住所が分かるなんて言ってない！」

と俺は叫んだが、黒沢はまったく聞く耳を持たなかった。

「彼らが奥さんに会いに行くことはまずないと思いますが、それでも気をつけてください。ご迷惑をかけることもあるかもしれませんから」

そして最後に、

「警察に相談したほうが、いいのかもしれない」

と言って黒沢は電話を切った。

「等々力さんに警告はした。小春、行こうぜ」

と黒沢は言った。小春は、でも――、と呟き、俺たちと黒沢を交互に見た。

「小春、ごめんね。せっかく等々力さんのことを教えてくれたのに、こんなことになって」

とユカは言った。確かにこれで小春と気まずくなったらユカはショックだろう。だが彼女には悪いが、俺は俺の決めたことを行うしかない。

「なあ、悪いけど、君の彼氏が何か変な様子を見せたら、すぐ知らせてくれないか？」

と俺は小春に言った。

「ユカにメールすればいいの？　でも、あなたたちがどう思っているのか分からないけど、あの人はイルカ好きのいい人よ。何かを企《たくら》むような人じゃないわ」

「イルカ好き――？」

「うん。先月、イルカと泳ぎに御蔵島《みくらじま》に連れていってくれたもの。楽しかったなあ」

「あいつはイルカが好きなのか？」

尾藤も不審げに言った。ユカは慌てたように説明する。

「あ、そのことは小春に教えられて知っていたけど、別に関係ないと思って。だって海にイルカが泳いでいるのは当たり前でしょう？　それを観光の目玉にしてるような島なんだから」

「御蔵島ってどこ？」

と飯野が呟く。

「伊豆諸島の島。いちおう東京都なのよ」

「けっ！」

と尾藤が言った。自分には彼女を旅行に連れていけるような経済力がないことが面白くないのだろう。そんな尾藤を冷たい目で見ながら、ユカと小春は言った。

「言っておくけど、尾藤君は私の元カレでもなんでもありませんからね。そもそも付き合ったっていう事実がないんだから」

「私もそう。とにかく小春と付き合ってるってだけで黒沢さんを憎々しく思うのは筋違いよ」

「けっ！」

「そんなことはどうでもいいけど、その旅行って何回目のこと？」

「初めてよ。本当に楽しかった！　また連れていってくれるって言ってたし！」

初めての旅行でドルフィンスイムに連れていくなんて、もちろん女の子は喜ぶだろうが、よほどイルカが好きなんだな、と思った。だからこそ、イルカのラジコンを作り上げた等々力と親密なのだろうが——。

「おーい！　何話してるんだ、行こうぜ」

と向こうから黒沢が小春に呼びかけた。ごめんなさい、と言って小春は黒沢と共に河原から立ち去ってしまった。

「——どうする？　等々力さんのお店に行く？」

不安げにユカが訊いた。家が客商売をしているユカは、警察沙汰になるのを怖れているのだろう。黒沢は脅し半分だろうが、確かに俺たち高校生が近所中で等々力のスキャンダルを訊いて回ったら、こいつらは何者だと俺たちの方が噂の種になるのは目に見えていた。

むしろ俺は、等々力の周辺を探られることを黒沢が快く思っていないことの方に何かがあるのではないかと思えてならなかった。そして黒沢は彼女をイルカが泳ぐ海に連れていくほどイルカ好きだ。これはいったい何を示しているのか——。

俺は頷いた。

「行ってくれ」

「本気――？　あの人、警察を呼ぶって言ってたよ？」

と飯野が不安げに呟く。ユカも同じような表情をしている。

「呼びたきゃ呼べばいいさ。厳重注意ぐらいされるかもしれないが、それが何だ。なあ？」

俺は尾藤に同意を求めた。尾藤はまったく迷う素振りを見せずに、

「そうだ」

と俺の意見に賛同した。

「大丈夫だ。聞き込みは俺がやる。君は案内してくれるだけでいいんだ」

ユカが理奈の闘うという言葉を受け入れてくれた時、心強かった。だから俺はユカが百パーセントの善意で行動してくれると信じて疑わなかった。これまでも、そしてこれからも。

でも――。

「お兄ちゃん」

今まで黙っていた理奈が言った。

「もういいよ。ユカさん迷惑そうだもの」

「ううん。迷惑じゃないわ」

と ユカが慌てたように言った。

「ほら、ユカさんもそう言っているだろ？」

するど突然理奈は、

「私たちに遠慮して言ってるのよ！　それが分からないの⁉」

と大声を上げた。

「どうした？　だってさっきお前、あのラジコンのイルカは自分が逃がしたイルカじゃないって言ったばかりじゃないか。闘うって」

「言ったわ！　でもそれは本当にケンカするってことじゃない！」

「ケンカ？」

「等々力さんよ！　せっかくあんなに凄いイルカを持ってきてくれたのに、お兄ちゃんたちが失礼なことを言うから帰っちゃったのよ！　あの子たちも可哀想よ！」

と遊んでいた子供たちの方を見やって言った。

「あいつはあのラジコンで俺たちを騙そうとしていたかもしれないんだぞ？」

「騙されていればいいじゃない。それであのラジコンで遊んでれば！」

「確かに本物のイルカじゃなくても、凄いことは凄いもんね」

と飯野がぽつりと言った。それが余計に腹立たしかった。

「俺はラジコンで遊びに来たんじゃない！　イルカを探しに来たんだ！　忘れたか？　お前が頼んだんだぞ！」

　すると理奈は、

「間違いだった」

　そうぽつりと呟いた。

「一人で来れば良かった。一人で探せば良かった。そうすれば、たとえイルカが見つからなくたって、皆と楽しくやれたのに」

「今だって楽しいじゃないか！　ユカさんも協力してくれるし」

「私たちがお客さんだから仕方なくやってると分からないの⁉」

「理奈ちゃん！　それは違うわ。私、ほんとワクワクしながらイルカを探してたもの」

「でも、等々力さんの近所で、等々力さんの奥さんのことを訊き回るのは嫌でしょう？　そんな下品なこと」

「それは――」

　とユカは呟き、その後の言葉が出てこなかった。

「下品ってどういう意味だ」

「離婚するかもしれない夫婦のことを、近所で訊いて回るのが下品だって言うのよ！　しかもそれで警察沙汰になったら、ユカさんが迷惑する！　いはら荘の娘はこそこそと他人の夫婦の問題をかぎ回っているって噂になるでしょう⁉　ユカさんのところはお客相手の商売をしてるのよ⁉」

「お前がそんな心配をすることない。民宿は観光客が泊まるもんだ。現地の人にどう思われたって関係ない。なあ？」

と俺はユカに同意を求めた。しかしユカは暗い顔をしたまま黙っていた。あちこち車を運転させても、ユカは一切、不平不満の表情は浮かべなかったのに。

「三枝――そういう言い方はないと思うよ」

と飯野までが言った。

「何だ⁉　何なんだ⁉　俺はお前のためにやってるんだ！　何が不満だ！」

「私のものを横取りするから不満なのよ！」

「横取り？　横取りって何だ⁉」

「イルカを探したいのは私よ！　お兄ちゃんじゃない！」

そんなことを言われるとは思わず、俺は絶句した。

「私のためじゃない、自分のためでしょう？　さっき飯野君が行動が目的そのものになっちゃいけないって言ってたけど、今のお兄ちゃんが正にそれよ！」

その時、俺はようやく気付いた。理奈の糖尿病を冷やかした赤木を殴った時も、理奈は激怒して一人でいはら荘に帰るなどと言った。あの時、俺は理奈の怒りを横取りしたのだ。近所で理奈を馬鹿にしたガキ共をぶん殴った時もそうだ。暴力はいけないという以前の問題だった。怒るのなら理奈が怒るのが筋なのだ。でもいつも俺は、理奈が怒る前に激怒して相手にかかっていったのだ。あくまでもこれは理奈の問題なのに。

「等々力がキレて帰ったことに怒ってるのか？」

尾藤が理奈に訊いた。

「そうなら、あいつを挑発したのは俺だ。お前の兄貴じゃない」

しかし理奈は尾藤の言葉にはまるで耳を貸さなかった。

「あのラジコンを見た時、私、ああもうこれでいいやって思った。このラジコンが私が見たイルカだってことにすれば、それですべて丸く収まるって。でもお兄ちゃんが許してくれなかった！　私、こんなふうに他人と争ってまでイルカを探したくないよ！」

そう言って理奈は突然、子供たちの方に向かって歩き出した。どうするつもりだ、と見つめていると、子供たちに自分が普段持ち歩いている飴やタブレットを全部やっていた。ラジコンのイルカで遊べなくてつまらなそうにしていた子供たちも、はしゃぎながら理奈から菓子を受け取っていた。

そしてそのまま道路に向かって歩き出した。また一人でいはら荘に帰るつもりなのだ。だが俺たちは理奈を呼び止めることもできずに、呆然とその場に立ち尽くしているだけだった。

「飯野」

俺は言った。

「――何？」

「理奈を追いかけてくれ。一人で帰すと危険かもしれないから。それでユカさんと一緒にいはら荘に帰っててくれないか」

「帰っててくれないかって、あなたはどうするの？」

とユカ。

「俺は歩いて帰る」

「歩いて帰るって、ここからじゃ一時間はかかるわ」

「いいんだ。俺が一緒じゃ、あいつは車に乗ろうとしないだろう。あまり激しい運動をさせると低血糖になるかもしれない」

と俺は言った。

「――道は分かるの？」

「分かるさ。子供じゃないんだから」

「子供よ——」

それはどういう意味だ？　と訊き返そうとしたが、ユカは俺に質問するタイミングを与えずに、くるりと背中を向けて歩き出した。飯野は少し迷っている様子だったが、結局ユカの後を追った。

「残念だな」

と尾藤が言った。

「何がだ？」

「これで本当にもう俺とは会わないんだな」

昨日、尾藤と同じような会話を交わしたような気もしたが、良く思い出せなかった。もはやすべてがどうでもいい。とりあえず、あのラジコンで理奈が語った話に説明はつくのだ。体温の問題はあるが、理奈自身がもうあれで話を終わらせて良いと言っているのだから、これ以上俺がこの町で頑張る必要はなかった。

「ああ、そうだな」

と俺は尾藤に答えた。そして目を合わさずに、その場を立ち去った。

子供じゃないなどとユカに啖呵《たんか》を切ったものの、やはり初めて来た町だから、少し道に迷ってしまった。だが焦る気持ちはなかった。むしろ、このまま彷徨い続けて迷子になれば、いはら荘に帰る時間が遅れていいと思った。

途中で群馬ローカルのファミレスのような店に入って時間を潰したりして、結局いはら荘に戻ったのは夜だった。

「いったいどこまで行ってたの？」

ユカが俺の顔を見るなり、慌てたように言った。

「心配してくれたのか？」

「当たり前じゃない。大事なお客様なんだから。理奈ちゃんのことばかり心配しているけど、あなただって十分危なっかしいわよ」

「理奈は？」

「飯野君と何か話してたけど——私もちょっと声かけづらくて」

「そうか」

「それと車の中で、明日あなたに内緒で行ってもらいたい所があるって言われた。その——」

ユカは口ごもった。

「何だよ。はっきり言えよ」

「あなたが来ると、また誰かとケンカになるから嫌だって」

「そうか――」

「早起きするから、あなたが寝てる間に連れていって欲しいって。でもそれはできないって断ったわ。ここにいる間はあなたが保護者でしょう？　理奈ちゃんはまだ小学生だもの。あなたに黙って連れていったら、下手したら誘拐よ」

俺は頷いた。

「ありがとうな。教えてくれて。でも理奈にどこかに連れていってと頼まれたなら、そうしてくれていいよ。何もこそこそ隠れなくたっていい。俺はここで飯野と待っているから」

「分かった」

とユカも頷いた。

夕食はとっくに終わっていたが、特別に俺の分だけ取り分けてくれていた。気持ちは沈んでいたが、やはりあちこち歩き回ったので腹が空いていたのは否めなかった。がらんとした大広間で、ユカと向かい合わせに食事を摂った。

「それで、あなたは明日はどうするの？」

「何もしないさ。帰るだけ」

「私を、イルカ捜索隊の群馬支部にしてくれるっていう話は？」

「さっきの理奈の話を聞いただろう。理奈がどう考えてるかは分からないけど、俺にはもう関係ない」

「そう——残念ね。あなたたちと友達になれたと思ったのに」

「また遊びに来るさ」

そうは言ったが、口先だけかな、と自分でも思った。イルカを探すという目的があれば、ユカとこれからも頻繁に連絡が取り合えるだろう。だが、理奈もキャンプを止めるかもしれないし、このまま東京に帰れば、もうこの町とは何の接点もない。何もなしに遊びに来るには、やはり群馬は東京から遠すぎる。高校生の俺には電車代を捻出するのも一苦労だ。

ユカに何か言わなければ、そう思った。でも何を言えばいいのか分からず、俺はうつむいたまま白いご飯を掻《か》き込んだ。ユカと友達になるためにイルカ捜索を続けるなんて、それこそ目的と手段を履き違えている。

「イルカを探したいと思ったのは理奈だ。それは分かる。でもそれを横取りしたつもりじゃない。俺は理奈が正しいことを証明したかっただけだ——」

そう自分に言い聞かすように呟いた。

「三枝君——」

ユカの手が、俺の手の上に乗った。その手の上に、俺はもう片方の手を重ねようとした。でも、できなかった。それでも理奈の信頼を失ったことに気付いたからなのか、やけにユカの手のぬくもりが愛《いと》おしかった。明日東京に帰れば、このぬくもりさえも失ってしまう。俺は大切なものが失われていくのを黙って見つめていることしかできない。理奈もこんな愛おしさでもって、自分が逃がしたイルカの体温を感じていたのだろうか。

ひまわりの間に戻ると飯野が、おかえりと静かな声で言った。すでに寝る準備は整えられていて、理奈は布団に潜ってそっぽを向いていた。俺が帰ってきているのは分かっているが、ふて寝を決め込んでいるのは明らかだった。

しつこく話しかけるとまた気まずくなるだけだろう。だが黙っているのも不自然だと思ったので、俺は、

「理奈」

と呼びかけた。返事はなかった。

「ごめんな」

とだけ言って俺も布団に潜り込んだ。少し早い、群馬最後の夜だった。

5

まったく寝つかれず、このまま朝を迎えるのかもしれないと思ったが、いつの間にかぐっ

すり眠っていた。隣を見やると、理奈はいなかった。既に起きたのだろう。布団はそのままだった。理奈は自分の布団は自分で畳むから、少し違和感を覚えたが、トイレにでも行ったのだろうとあまり深く考えなかった。

「おはよぉ」

あくび交じりの声で飯野は言った。

「あれ？　理奈ちゃんは？」

「俺が知ってるわけないだろ。冷戦中なんだから。お前、気付かなかったのか？」

「だって今起きたんだもの」

俺と飯野は大広間に移動した。しかし、やはり理奈の姿は見えない。

「ねえ理奈ちゃん、どうしたのかな？」

と飯野が心配そうに言った。

「俺は知らないよ。お前、昨日、理奈と一緒にここに帰ってきたじゃないか。俺より理奈のことを知っているだろ」

と俺は言った。飯野は俺など当てにできないとばかりに、立ち上がってどこかに向かった。飯野には皮肉に聞こえたかもしれない。だがもう俺はどうでも良かった。理奈のことはできるだけ考えないように、一人で黙々と朝食を摂った。理奈を心配すれば心配するほど、過保護と責められるのだ。なら最初っから何も考えないほうがマシだ。

「三枝！」

飯野が慌てた様子で戻ってきた。他の客が何事かと飯野を見やった。

「あ？」

「理奈ちゃんのポシェットがないよ！　理奈ちゃんどこかに行ったんだ！」

その言葉の意味を俺は暫く考えた。でもそれでも尚、俺には理奈が心配だとか、どこに行ったのだろうとか、そんな当たり前の感情は浮かんでこなかった。

「一人で帰ったんだろう」

「新幹線に乗って帰ったって言うの⁉　理奈ちゃん一人で⁉」

俺は黙ってみそ汁をすすった。飯野は失望したと言わんばかりの顔つきで俺を見つめ、それから再びどこかに行った。理奈を捜す気なのだろう。それでいい。俺が大騒ぎするよりも、飯野のほうがよほど上手く理奈を宥め賺してくれる。理奈も俺などより、飯野が行ったほうが喜ぶだろう。

「三枝君！」

今度はユカがやって来た。飯野が連れてきたのだ。

「理奈ちゃんがいないって本当？」

「俺は知らないよ。飯野が騒いでるだけだ」

「いつも持ち歩いているポシェットがない。布団を畳まなかったのも、隣に寝ている三枝を起こすと思ったからなんだ。つまり僕らに黙って出ていくつもりだった。行き先を知られたくないから。理奈ちゃんはドアに近い布団で寝てたんだ。こっそり外に出ようと思えばいくらでも出られる」

「名探偵だな。でもどうしてお前にまで行き先を知られたくないんだ？　俺にだけ隠しておけばいいだろ。昨日も、帰りの車の中で行ってもらいたい所があるとか言っていたそうじゃないか。俺を仲間はずれにしてさ」

ユカと飯野が顔を見合わせた。

「そこに行ったのかもしれない」

ユカが呟く。飯野が頷く。

「僕らが三枝に黙って理奈ちゃんをどこかに連れていくのに反対したから、一人で行くしかないと思ったんだ」

理奈がどこに行くつもりだったのか知りたくもないし、知ったとしてもどうしようとも思わないが、あの生意気な妹は、また俺が口を出してくると思ったのかもしれない。

ユカと飯野は俺を見た。俺は生卵をかけたご飯を掻っ込んだ。

「三枝！　どうするんだ⁉」

「放っておけばいいさ。どうせ帰りの新幹線の時間になったら帰ってくる」

「そんな暢気なことを言っていいの？　理奈ちゃん、朝ご飯食べてないんだよ？　低血糖で倒れるかもしれない」

「倒れる前に飴でも舐めるだろ」

そう言った瞬間、理奈は昨日会った子供たちに飴やお菓子を全部あげていたことを思い出した。都合よくコンビニや自販機が見つかれば良いのだが——。

理奈を心配する気持ちが湧き上がったが、俺はそれを押し殺した。病気の妹を心配しただけで過保護と言われる。頼まれた通りに群馬に来てイルカを探してやっているのに、やり過ぎだと責められる。俺はもう何もしたくない。

「理奈が心配なら、二人で捜してやってくれ。押し付けるようで悪いけど。俺が捜しにいったら、また理奈に文句を言われる」

「そんなことを言っている場合じゃないでしょう⁉　あなたの妹なのよ！　なんでそんなに冷静なの？」

「冷戦中だからだ」

「三枝——」

「お前らの方こそ騒ぎすぎだ。理奈が昨日、車の中で頼んだんだろう？　行ってもらいたい所があるって。そこにいるんだろう？　違うか？」

と俺は飯野に言った。飯野とユカは沈黙した。

「何だよ」

「――どこに行きたいのか、訊かなかった」

「何だ、どうした？　他のお客さんに迷惑じゃないか」

その時、いはら荘の主人、ユカの父親がやって来た。俺たちの声が向こうまで聞こえていたのだろう。

「――このお客さんの妹さんがいなくなったの」

とユカは父親に答えた。

「え⁉　あのお嬢さんが⁉　本当ですか⁉」

「本当です。朝起きるといなくて。いつも身に着けているポシェットがなくなっているから、外に出かけたのは間違いないんですけど。どこに行ったのかが分からなくて――」

と飯野が答えた。

「こりゃ大変だ。すぐに警察に通報しないと」

「そんなことしなくていいですよ。俺に反抗して出てっただけですから、すぐ戻ってくると思います」

「それならもちろんいいんです。何もないに越したことはないんだから」

ユカの父親は慌てて向こうに行った。どうやら本当に警察に電話するようだ。警察沙汰はできるかぎり避けていたのに、最後の最後で警察の厄介になるのは皮肉だ。

「分かるでしょう？　みんな心配しているのよ。くだらない意地を張るのは止めて、一緒に理奈ちゃんを探そうよ。ね？」

「そりゃ君のお父さんは心配するだろうな。客が行方不明になったり、事件に巻き込まれてニュースになったりしたら、この民宿の名前に傷がつくから」

ユカはショックを受けたように、俺を見つめた。そして、

「馬鹿！」

と叫んで大広間を飛び出していってしまった。飯野はその背中を見送った後、

「妹が妹なら兄貴も兄貴だよ。兄妹ゲンカでお互い意地を張るのは勝手だけど、それでみんなが迷惑する」

「――警察が来るっていうから、すぐ見つかるだろ」

「なあ、理奈ちゃんが行きそうな場所に心当たりないの？」

「そんなもんあるわけないだろ。東京ならともかく、旅先でさ」

俺は食欲があるふりをして黙々と朝食を摂った。理奈が心配で食欲がないことを悟られたくなかったから、残さず食べるしかないのだ。

本当は今すぐ飛び出していって理奈を捜したい。でも、また大騒ぎして、これ以上理奈に嫌われるのが怖かった。

食事を摂った後、俺はひまわりの間に引き返した。そして呆然と座り込んでいた。帰り支度をする余裕もなかった。荷物をまとめたって、理奈が見つからなければ帰れないのだ。

暫くして、本当に警察がやって来た。いはら荘の前に停まったパトカーを見て、何事かと他の客たちが騒然としている。理奈を心配していないふりをする強がりも、パトカーと制服警官という圧倒的な存在感を前に脆くも崩れ去った。

俺は警官に理奈がどんな女の子なのかを説明した。年齢、身長、髪形、それに服装。だが理奈がどんな服を着ていたのか漠然としか思い出せず、あんなに大切にしていたのに、俺は理奈の何を見ていたのだろうと歯がゆい思いをした。

俺が目覚めた時、もう理奈の姿はなかった。いったい何時頃出かけたのか分からないが、小学生の足でそう遠くまでは行けないはずだ。これから警察官を十人ほど動員して付近を捜索してくれるという。俺はほっと胸を撫で下ろしていたが、最後に警官が発した言葉でどん底にまで突き落とされた。

「万が一のことだけど、誘拐という可能性はない？」

誘拐という言葉の意味が一瞬、分からなかった。

「それはないと思います——自分から外に出ていったから。もし誰かがひまわりの間に入ってきて理奈ちゃんを攫《さら》ったんなら、いくらなんでも僕らが気付きます」

「うん。それはそうなんだけどね。ちょっと外に出たところを攫われちゃったって可能性もある。不安に思わせて悪いけれど、あらゆる可能性を考えなきゃいけない」

キャンプ場の管理人の顔が、等々力の顔が、黒沢の顔が、浮かんでは消えていく。あいつらが理奈を誘拐したのではないか。俺たちが一向にイルカ探しを諦める気配がないから。あいつらは俺と理奈がケンカをして、もうイルカを探す動機がなくなったことを知らないのだ。あ
真司はいない。等々力の妻とされている女にも会うことはできない。現時点でイルカを見たという証人は理奈だけなのだ。もしかしたら真司も、女も、どこかに監禁されているのかもしれない。最悪殺されているのかも——。もちろん考えすぎなのは分かる。だがこれでイルカを目撃したという三人が、全員姿を消したのは事実なのだ。

俺はそれを警官に伝えようとした。だが、言えなかった。理奈の服装以上に複雑な話だし、ちゃんと説明できたとしても荒唐無稽と一蹴されるだろう。利根川にイルカが泳いでいるという、最初の大前提がもうありえないのだ。そんな話、警察官が信じるはずがない。

警察官がいったん立ち去った後、俺は飯野にその考えを言った。呆れたことに俺はまだ、安いプライドにしがみついて理奈なんて心配していない、という態度を取り続けていた。

素直な飯野は顔面蒼白になった。

「あいつらが攫ったって言うの――?」

まるで信じられないというように飯野は呟いたが、しかし、

「そうか――あのラジコンはあいつらにとっては切り札だった。あんな凄いものを見せれば、納得して僕らが帰ると思った。でも君は黒沢にあんな啖呵を切ったから――」

と自分自身に言い聞かすように言った。俺としては飯野に鼻で笑って否定してもらいたかったのだが、余計に不安がつのる結果になった。

暫くして、ユカも戻ってきた。

「この周りにはいないみたい。結構大声で名前を呼んで捜したんだけど」

「悪いな――迷惑かけて」

「お巡りさんが来て、ようやく事態の重大さに気付いた?」

とユカは俺に皮肉っぽく言った。

「皆にメールしたわ。それらしい子を見つけたら、すぐに連絡してくれるって」

例の四十人プラスマイナス十人か。人脈が広いと、こういう時には本当に頼りになる。

「ねえ、さっき三枝が言っていたんだけど——」

飯野がユカに、理奈は誘拐されたのではという俺の推測を話した。話を聞き進めるうち、ユカは泣き出しそうな顔になっていった。理奈が犯罪に巻き込まれたら家の商売に支障があるからだろう？　などという冗談は、さすがにもう言えなかった。

その時、ユカの携帯電話が鳴った。俺たちは思わず、はっと息を呑んだ。携帯電話を手に取り、ユカは、

「尾藤だ。あいつにもメールを送ったから」

と言って電話に出た。

「もしもし？　うん——え、何？　何言ってるの？」

ユカが俺の方を見た。そして携帯を俺に差し出した。

「あいつが、あなたと話があるって」

「俺と？」

ユカはこくりと頷いた。俺はユカから携帯を受け取った。

「何だ？」

『お前か。もう俺とは会わないって言ったのに、妙な因縁だな』

「お前の方から電話かけてきたんじゃないか。こっちはそれどころじゃないんだよ」

『分かってる。お前の妹のことで散々大騒ぎしてるそうだな。俺がどこにいるのか知ってるって言ったらどうだ？』

まるで勝ち誇ったように尾藤が言った。

頭が真っ白になった。

「お前が理奈を攫ったのか！」

ユカと飯野が息を呑む声がはっきりと聞こえた。

尾藤は電話口でケラケラと笑った。

『そう思いたきゃ思えばいいさ。ただお前の妹はお前に会いたくないって言ってるから自力で捜すんだな。ヒントはやる。お前たちは何のためにここに来た？　イルカを探すためだろう。まだ探していない場所が一つだけある。そこにお前の妹はいる。以上』

そう言って通話は切れた。

「あの野郎！」

俺は絶叫した。思わず携帯電話を床に叩きつけようとしたが、ユカの携帯であることを思い出し、寸前で堪えた。

「何⁉　どうしたの⁉」

「あいつは理奈の居場所を知っている！　管理人も等々力も黒沢も関係なかった。あいつが理奈を攫ったんだ！」

「尾藤もあいつらの仲間だったってこと？　でも、あんなに等々力を挑発してたのに――」

演技だったのか、それとも連中とまったく別の理由で理奈を狙っているかだ。

「俺たちがまだイルカを探していない場所に理奈はいるそうだ」

「まだイルカを探していない場所――？」

飯野は呟いた。

「でも、なんであいつは僕らが今までどこに行ったのか知ってるんだろう」

「私、あいつにあなたたちがイルカを探しに来たことを話しちゃったから、私の行動をだいたい把握しているのかもしれない――」

「そうだな。あるいは理奈が自分で言ったかだ」

そうだ。理奈は俺への反発からイルカ探しを諦めると言っただけで、本心では未練があったのだ。だから明け方こっそり出かけていった。まだイルカを探していない場所に――。どうやって尾藤と連絡を取り合ったのか分からないが、考えてみれば俺の仲間ではなく、尚かつこの町を知っていて協力してくれそうな人間としてはうってつけだ。

「俺たちがまだ探していない場所。俺たちがまだ探していない場所。俺たちがまだ探していない場所。俺たちがまだ探していない場所――」

俺はぶつぶつと呟きながら、檻《おり》の中の熊のように部屋の中を歩き回った。さっきまで自分が理奈なんか心配していないという態度を取り続けていたことなど、今は綺麗に忘れていた。

「警察に——」

飯野が呟いた。その瞬間、

「ちょっと待って！　警察は！　まだあいつが攫ったって決まったわけじゃない！　下手したら捕まっちゃう！」

「攫ってないなら捕まることはないだろう」

「でも疑われる。もともと警察の厄介になってるんだから、捕まらなくても世間の目はもっと厳しくなる」

「でも、そんなの仕方がないだろう。僕らのせいであいつが警察に取り調べを受けたら、君が後であいつに復讐されると思っているの？」

「そんなことは思わない。でも——これであいつの人生が狂っちゃったら可哀想で——」

「そんなこと言ったってさ——」

「あいつが理奈ちゃんをどうにかすると思ってるの？　小学生の女の子を？」

「どうにかするかもしれないじゃないか。なあ三枝、やっぱり警察に——」

その瞬間、俺は無意識のうちに、

「キャンプ場だ」

と言っていた。

「キャンプ場がどうしたの？」

「イルカをまだ探していない場所だ」

「キャンプ場にイルカがいるって言うの？　泳ぐ場所なんかないじゃない」

「違う！　理奈はキャンプ場のバンガローから夜中に抜け出して利根川に行ったんだ。そこでイルカを逃がした！　俺たちはまだそこに行ってない！」

「あっ！」

とユカと飯野が同時に叫んだ。逃がした場所にいつまでもイルカが留まっているはずがない、という先入観があったのだろうが、理奈にしてみればイルカを目撃したその場所に戻りたいという気持ちが捨てきれなかったのではないか。ましてや今日、俺たちは東京に戻るのだ。俺の目を盗んでキャンプ場まで行くには、俺が寝入っている時に出かけるしかない。

「行ってくれるか？」

ユカは返事をする前に飛び出していった。俺と飯野も慌てて後を追った。ユカが運転するバンに飛び乗る。

「歩いてキャンプ場まで行ったのかな」

飯野が呟いた。

「多分そうだろう。自転車もないし、タクシーに乗る金もない」

「――朝ご飯食べてないはずだから、血糖値が低くなってなきゃいいけど」

「理奈ちゃんがイルカを逃がした河原ってどこ？　車、入れるよね？」

「イルカを積んだトラックが入れたからね。でも、どこだろう――」

「キャンプ場から行ったってことしか分からない」

こんな事態になって、自分たちの情報不足が恨めしかった。

キャンプ場にはほどなく到着し、ユカは駐車場にバンを停めた。そしてカーナビをあれこれ操作していたが、ここからほど近い車が入れる河原、程度の漠然とした情報ではナビに表示されないようだった。

「ここまで来たんだ。ここに車を停めて歩いていこう」

「――そうね」

俺たちはお互い頷き合い、車を降りた。そして足早にキャンプ場の中に入っていく。一分、一秒がもどかしかった。

「あ、あんたらまた来たのか！」

あの管理人が俺たちを見つけ、慌てたように駆け寄ってきた。しかし今は相手にしている余裕はなかった。

「息子さんのことで来たんじゃないんです。ちょっとここを通らせてください！」

とユカが叫ぶ。

「駄目だ。部外者は立ち入り禁止だ！」

勝手なことをして、後でいはら荘に責任が降りかかったらどうしよう、などという考えも今の俺にはなかった。勝手な人間だとどれだけ責められても構わない。とにかく理奈を見つけたい。それでまたケンカになっても、あるいは無視されたとしても構わない。無事でいるところを一目見られればそれでいい。

管理人はまだ何か言っていたが、俺たちがまるで聞く耳を持たないことに気付くと、諦めたように立ち去った。もしかしたら警察を呼びに行ったのかもしれない。

キャンプ場には宿泊客と思《おぼ》しき子供たちが遊んでいて、川はどっちに行けばいい？　と訊くと、あっちだよ、と教えてくれた。その先には、うっそうとした森の中に続く一筋の細い道があった。俺は急ぎ足でその道を通って、森の中に足を踏み入れた。森を進むと、徐々に道というのは名ばかりになっていって、やがて完全に森と同化した。しかし迷うことはなかった。向こうから、ざあざあと川の流れる音がひっきりなしに聞こえてくるからだ。軟らかい土や、石ころに足を取られそうになりながらも、俺は森を突っ切った。

急にさあっと視界が開けて、雄大な利根川がその姿を現した。森の中は見通しが悪かったこともあって、まるで違う場所にワープしたかのような錯覚を覚えた。昨日の河原は、この上流の方だろうか。しかし昨日よりも川の流れは急だ。俺は土手を駆け降り、河原を踏みしめ、そして大声で叫んだ。

「理奈！」

理奈の名前は、木々に反響してこだました。しかし反応はない。俺はもう一度叫んだ。

「理奈ー！」

その時、背後の木々がざざっと揺れる音がして、思わず振り返った。

ユカと飯野だった。二人ともぜぇぜぇと息を吐いている。

「待ってって、言ってるのに、どんどん先に行っちゃうんだから」

そうユカは非難がましく言った。二人の声などまったく聞こえなかった。

俺は三度、理奈の名を呼んだ。しかし、まるで反応がない。

「ここなのかな」

飯野が不安そうに辺りを見回す。キャンプ場から行ける場所なのだから、この近辺であることは間違いないだろう。だが車が乗り入れられるような場所はない。森を抜けることばかりに気を取られて、違う方角に抜けてしまったのかもしれない。

「とりあえず手分けして捜しましょうよ。三枝君はあっち、私と飯野君は——」

言いかけたユカの言葉が止まった。俺は何気なく、ユカの視線を方を向いた。そこに赤木が立っていた。俺たちは突然彼が現れたのであまりのことに驚いて声も出せなかった。赤木も黙ってこちらを見つめている。まるで様子を窺っているかのようだ。

俺は弾《はじ》かれたように赤木に飛びかかっていった。

「三枝君！」

「暴力は駄目だよ！」

俺は赤木の襟首をつかんで、大声で問い質した。

「尾藤はどこだ！」

「放せ！　放せったら！　放したら教えてやる！」

赤木がばたばたしながらわめくので、仕方なく俺は赤木を突き放した。赤木は乱れた襟元を整え、そして、

「あっちだ」

と言うとその場でくるりとUターンし、向こうの方へまるで逃げるように小走りに走っていった。俺たちも河原の石を踏みしめながら、赤木の後を追った。赤木のいるところには尾藤もいるのだから、遂に理奈も見つかったと考えて間違いないだろう。そう思うと安心より

先に、皆に心配をかけさせた怒りの方が先に立つ。

「理奈ちゃん！」

ユカが叫んだ。向こうに体育座りをしている理奈の姿が目に入った。その近くに尾藤が立っていて、ユカの声で二人同時にこちらを向いた。

俺は脇目も振らずに尾藤に近づいた。理奈の顔を見ることはできなかった。どんな目をして俺を見ているのか確認するのが怖かったからだ。

「また会ったな」

といけしゃあしゃあと尾藤は言った。

「お前が理奈を連れ出したのか？」

そうではない、ということは分かっていた。飯野も言っていた。俺たちを起こさないように理奈を攫うのは不可能だ。ただ、この場に尾藤がいるのは事実だ。

「俺がどうしてお前の妹を連れ出す？　あいつが騒いで——」

そう言って尾藤はユカの方を見やった。

「お前の妹が消えたってあちこちにメールを送った。俺も受け取った。お前らがここに来て何をしたのかは、だいたいあいつから話を聞いている。だから、このキャンプ場近くの河原にいると思って見に来ただけだ」

面白くなかった。ここに理奈がいるかもしれないことは、冷静に考えれば分かりそうなものだ。だが理奈の心配なんかしない、という意味のないプライドと、理奈が攫われたのかもしれない、という不安が綯《な》い交《ま》ぜになって、冷静な判断ができなかった。

「じゃあ何であんな電話をよこしてきた。はっきりここにいるって教えてくれればいいのに」

「電話してやっただけ感謝してもらいたいぐらいだぜ。だってお前の妹はお前に会いたくないみたいだったから。ここにいるってことを教えないでって頼まれたんだぜ。でもほっとくわけにはいかないだろう。だからクイズ形式にした。それなら発見者の義務も果たせるし、お前の妹の頼みも聞いたことになる」

「理奈——」

　俺は体育座りをしている理奈に近づいていった。

「どういうつもりだ？　今日は帰るんだぞ？　見つかったからいいようなものの、もし見つからなかったら新幹線に乗れなくなるところだった」

　理奈は答えない。黙って、利根川の水面を見つめている。理奈の肩に手を触れようとした。

　その途端、

「触らないで！」

と手を振りはらわれた。

「一人で来れば良かった。だから、そうするの」

と理奈は言った。

「どういう意味だ――」

「お兄ちゃんも、飯野君も関係ない。私一人でイルカを探すの。だからここに残る」

「残るって――帰らないつもり⁉」

飯野が叫んだ。俺は大きくため息をついた。

「そんなわがまま言うんじゃない。一人でどこに泊まるんだ？　ユカさんのところに泊まるお金はないぞ。あったとしたって、他の人の予約があるんだ」

「私のところは、部屋は空いているけど――」

とユカは言った。ユカが恨めしかった。ここは、予約が詰まっているから帰りなさい、と嘘を言って欲しかった。でもその後に、

「理奈ちゃん。あなたがここに残ることはないのよ。だって私が群馬支部としているんだから。とにかくお兄ちゃんと飯野君と一緒に東京に帰りなさい。お母さんも心配しているわよ」

と言ってくれたのはありがたかった。

「ユカさんのところには泊まらない」

「じゃあ、どこに泊まる気だ？」

そこで初めて理奈は顔を上げて俺を見た。少し泣いていた。それからゆっくと尾藤の方を見た。理奈が何を伝えたいのか悟った瞬間、俺は言った。

「それは駄目だ。絶対に駄目だ」

「何が駄目だ？　俺のところはしょっちゅう仲間が出入りしているんだ。子供が一人増えたところで、どうってことない」

と尾藤が言った。

「そんな物騒なところに理奈を預けられるか！」

尾藤のところに理奈を寝泊まりさせるなんて、考えただけでもぞっとする。ましてや、こいつの仲間などどんな奴だか分からない。取り返しのつかないことになったら、いったい誰が責任をとるのか。

「理奈ちゃんがどこに泊まるつもりだろうと、いったんは僕らと一緒に帰らなきゃ駄目だ」

と飯野が言った。

「旅行だからインスリンは余裕をもって持ってきたんだろうけど、それでもその分がなくなったらアウトだ。打たなきゃいけない時にインスリンがなかったら命にかかわる。近くの病院に行ったって、かかりつけのお医者じゃないんだから、すぐにインスリンを処方してくれるかどうか分からないじゃないか」

「そうだ。理奈は普通の身体じゃないんだ」

「糖尿病だとわがままも言えないの⁉」

「そうだよ！」

「じゃあ、死ぬ！　死んだほうがマシよ！」

理奈は立ち上がって、どんどん向こうに歩いていく。

「理奈！　お前は何が気に入らないんだ⁉」

「もう私の好きにさせてよ！」

昨日の続きだ。そう思った。俺も理奈にわだかまりがあった。同じように理奈も俺に対してわだかまりがあった。一晩寝ればチャラになるなんてものではなかった。理奈は昨日、ユカに連れてきて欲しいところがあると頼んで断られた段階で、既に今日のことを計画していたのだ。さっさと布団に入ったのも、早起きをするためだったのかもしれない。

「一人で来れば良かった！　一人で来れば好きなだけあの子を探して、探すのを止めるタイミングも自分で決められたのに！」

「あの子？　イルカのことか？」

「知らない！」

理奈はそっぽを向いて歩き続けている。俺から逃げたいだけで、向こうに何かがあるわけではないのだ。だから追っても逃げ続けるだけというのは分かっていた。それでも追わずにはいられなかった。

「理奈——俺は一生懸命イルカを探した。それがお前のためだと思って。確かに行きすぎた面はあったかもしれない。でも全力を尽くした。それは分かってくれ。イルカは見つからなかった。もう仕方がない。だからユカさんとも連絡を取り合って、また冬休みにでも来年の夏休みにでも来よう、な？」

するど、理奈は——。

「それじゃ遅いかもしれない」

と涙交じりの声で言った。

「あの女の人はイルカを逃がそうとしていた。きっと私たち以外にもイルカを探している人がいるはず。だから今、見つけないと、私一人で」

「理奈。分かるけどもう無理だ。帰るんだから。予定を延ばしてもう少しここにいたって、飯野が言ってるようにインスリンの問題がある——」

その時、ふと俺は理奈の足下を見やった。そして気付いた。

真っ直ぐ歩いていない。

「理奈――お前」

そう言った途端、理奈はまるで逃げるように走り出した。間違いない、低血糖だ。自分でも分かっているのに、強がって何でもないふりをしているのだ。

「理奈、待て！」

ごつごつした岩場に理奈は飛び乗った。俺は叫び出しそうになり、考えるより先に走り出していた。あんなところを低血糖の状態で歩くのは危険すぎる。

「理奈！　血糖値は測ったのか⁉」

俺も理奈のように岩場に飛び乗った。理奈は立ち止まり、俺に背を向けたまま、言った。

「途中で何か買えば良いと思った――。でも朝だからお店は閉まってるし、コンビニも自販機もなくて――」

そうだ。昨日、ラジコンで遊べなくなったからと、持ち歩いていた菓子類は全部子供たちにやってしまったのだ。

「理奈。とにかくここから降りよう。それで、いはら荘に戻ろう。警察まで呼んだんだ。皆がお前のことを捜している」

「私が呼んでくれって頼んだわけじゃない！」

「理奈！」

俺は理奈の腕を強くつかんだ。そして理奈に手を上げかけた。

「放して！」

俺が理奈の腕をつかんだのと、同じ力で理奈は俺の手を振りほどこうとした。もちろん小学生と高校生、しかも女と男なのだから、体力に差があるのは当然だ。それでも理奈は驚くほどの力を出して、俺から逃れようとした。俺はそれに怯んで、思わず理奈の腕をつかんだ手の力を緩めてしまった。

それが、いけなかった。

理奈が足を滑らせた。危ない！　と叫ぼうとした。

でも、遅かった。

理奈がゆっくりと、流れる利根川の中に落ちていく。俺はそれをどこか、一度観たことのある映画を観ているかのような感覚で見つめていた。そうだ、こうなることを俺はずっと分かっていたんだ。過保護に理奈に付きまとうと、理奈は反発し、いつか悲劇的な結果を迎えると。だから俺は理奈がいなくなっても、冷静でいようとした。現に、理奈は尾藤が見つけていた。俺に電話をせずとも、少なくも置き去りにするようなことはしなかっただろう。そうだ。俺がいなくたって、理奈は戻ってきたはずなのだ。それなのに——。

理奈が落ちたコンマ数秒の瞬間、俺はそんなことを考えていた。でもユカの絶叫で我に返った。そして気がついたら、俺も川の中に飛び込んでいた。冷たい水が全身に纏《まと》わりつく。鼻に、口に、侵入してくる。足が立たないほどの深さではない。しかし理奈は低血糖で意識が朦朧としているのだ。

水中で目を凝らし、俺は理奈を捜した。見つけた。やはり意識を失っているようで、為す術もなく川の流れに漂っている。俺は必死にそちらに向かって泳いだ。でも思うように身体が前に進まない。ぐっしょりと濡れた服が動きを邪魔しているのだ。

それでも俺は無我夢中で手足をばたつかせ、少しずつ理奈の方に近づいていった。そして手を伸ばし理奈のポシェットのベルトを――つかんだ！　やった！　俺は心の中で快哉を叫んだ。そしてそのままポシェットを引っ張った。まるで理奈の身体ごとたぐり寄せるように。

それが、いけなかった。理奈の身体はするりとポシェットをすり抜けて、瞬く間に向こうに流されていってしまった。

俺はポシェットのベルトを握りしめて、水面に上がった。そして、

「そっちに流された！　捕まえてくれ！」

と叫んだ。しかし俺に言われるまでもなく、既に尾藤は自分の服が濡れることも顧みず、川に足を踏み入れて理奈の救出を試みていた。だが川の流れが速く、尾藤も立っているのが

やっとの様子だった。

俺も、ほとんど流されかけていた。だが岸に戻る気にはとてもなれなかった。理奈を置いて帰ることはできない。絶対に！

「理奈ちゃん！」

ユカがばちゃばちゃと水を蹴りながら、川の中に入ってきた。

「来るな！　お前も流される！」

その尾藤の一喝で、ユカはまるで何かに貫かれたように立ち尽くした。

「赤木！　子供が流された。１１９だ！」

わ、分かったと上ずった声で答えながら、赤木は携帯電話を操作した。飯野はまるで力が抜けたかのように、その場に跪《ひざまず》いた。

そして、

「三枝！　あそこ！」

と大声で叫んだ。俺は飯野が叫んだ方を見やった。何か白い物が岸の近くに引っ掛かるようにして浮かんでいた。俺は一目散にそちらに走り寄った。だが尾藤の方が近くにいたので、彼がそれを拾い上げた。

俺は呆然と理奈のポシェットを持って、尾藤の方に近づいていった。

尾藤は拾い上げたものを見つめ、ゆっくりと俺に差し出してきた。

それは理奈が普段から首に下げていた、糖尿病カードだった。持ち主が糖尿病であること、倒れた場合携帯している菓子を食べさせて欲しいこと——。

俺はそのカードを握りしめ、両手で顔を覆い、嗚咽《おえつ》した。

「意味ない——何の意味もない——こんなの——」

母さんの顔が頭に浮かんだ。俺を理奈の保護者として信頼してこの旅行に送り出してくれた母さんの顔が。ポシェットをつかんだ時、引っ張るようなことはせずそのまま理奈のところに行っていれば。理奈が岩場に飛び乗った時、腕をつかむようなことはせず言葉で言い諭していれば——。もう決して取り返しのつかない、数分前の行動が脳裏を過《よぎ》る。

数分前だけじゃない。

理奈とケンカなんかしなければ。あのラジコンで諦めて納得していれば。そもそもここにこの町に来たいなんて言い分を聞かなければ——理奈を救うチャンスはいくらでもあったのだ。でも俺はそのすべてのチャンスを逃した。いや、理奈がこうなる結末に向かって歩いていたのだ。そうとしか思えない。

「消防隊が来るってー!」

赤木が大声で叫んだ。だが何の気休めにもならなかった。俺は泣きながら理奈への謝罪を繰り返すだけだった。そんなことをしても何の意味もないのに。

「理奈――ごめんな――ごめんな――ごめんな――」

「下は諏訪峡だ。観光客がいる。きっと見つけて――」

と尾藤が言いかけて黙った。

「今――何かの影が見えた。お前の妹かと思ったけど――」

「あっ！」

ユカが叫んだ。

「あそこで水が跳ねたよ！」

「どこだ？」

と尾藤。

「ほら、あっち！」

ユカが指差したのは、理奈が流された場所からそう離れていない地点だった。見間違いだ。そう思った。この川の流れの速さで、まだあんなところに留まっているとは考えられない。

その時――。

奇妙な音がした。今まで聞いたことのない音だ。ガラスを引っ掻いたようにも聞こえるが、あんな不快さはない。もっとまろやかな音だ。川のどこから聞こえてくるのかも、何の音なのかも分からない。

理奈の居場所を教えてくれる音だ。瞬間的に俺はそう思った。理奈は防犯ブザーのようなものを持っていただろうか？　記憶になかった。だがきっと持っていたに違いない。そのブザーを、理奈は今鳴らしているのだ——その時、俺はそう思った。

「理奈！」

俺は川の中央の方に向かって歩き出した。

「おい、行くな！　お前も危ない！」

尾藤が叫んだ。だが俺は尾藤に言い返す。

「お前には聞こえなかったのか⁉　あの音が！」

「音？　何の音だ！」

「理奈の音だよ！」

俺は走り出した。いや、走り出したつもりだった。だが実際は下半身が水に浸かった状態でのろのろと歩いているだけだった。

「行くな！」

と尾藤は再び叫んだ。だが自分の身を危険にさらしてまで俺を止めるつもりはなかったようで、尾藤はその場に立ち止まっていた。

俺はひたすら前に進んだ。

「理奈——理奈——理奈——理奈——」

うわごとのように妹の名前を連呼しながら。

また、あの音がした。まろやかで、鋭く、どこか優しい音が。

「理奈ぁ！」

のどが張り裂けるほどの大声で、俺は叫んだ。

その次の瞬間、目の前で起きたことを、俺は生涯忘れることはないだろう。

理奈が。

水中からまるで持ち上げられるようにして飛び出してきた。

水しぶきを上げながら。

理奈を持ち上げたものが何なのか、俺はまるで認識しなかった。

水のように、空気のように、そこに存在して当たり前のものだから。その時、確かに俺はそう感じたのだ。

ただ俺の目は理奈以外の何物にも向けられてはいなかったのだ。

そして理奈はゆっくりと水面に全身を浮かべた。

俺は必死に理奈に近づき、抱き上げた。そしてそのまま川を出て、一目散に岸に向かった。

河原にずぶ濡れの理奈を横たえる。

「理奈！　理奈！」

必死で呼びかけると、理奈は呻き声を上げた。生きている！　だが意識が朦朧としている。川に落ちる前、理奈は明らかに低血糖の症状を示していた。ジュースを飲ませたり、歯茎に砂糖や蜂蜜を塗るなど対処の方法はいくらでもある。でも問題は、ここには血糖値を上げる食べ物など何もないということだ。

俺は無我夢中で理奈のポシェットを開けた。そして中から携帯用のグルカゴン注射器のキットを取り出した。真っ赤なプラスティックのケースに注射器とバイアルが入っている。インスリンの注射器はペン型で、痛みも少ない細い針で、一見注射器とは思えない可愛らしい形をしているが、グルカゴンのそれは注射器以外の何物でもない。

あくまでも非常事態用のものだから、理奈がグルカゴン注射を打ったことは今まで一度もないはずだ。ましてや俺が打つなんて！　だが戸惑っている余裕はなかった。ケースの裏蓋には、グルカゴン注射の方法が簡単な図で説明されている。やるしかない。

バイアルに注射器を突き刺して、注射器の中の溶液をバイアルに注入する。そしてバイアルを振り、粉末のグルカゴンを完全に溶かしてから、再び注射器で吸い上げる。理奈の服をめくり上げ、腹を露出させた。そしてごくりと唾を呑み込んでから、おもむろに理奈の腹に針を突き刺し、ゆっくりとグルカゴンを注射する。

「理奈、分かるか。理奈！」

注射器を投げ捨てるように放り、俺は理奈の頬をペチペチと叩いた。

理奈はゆっくりと目を開け、

「お兄――ちゃん」

と呟いた。

良かった。本当に良かった。そう言葉に出さずに呟いた。

理奈はゆっくりと腕を上げた。理奈の視線は俺の方を向いていなかった。俺の背後を向いていたのだ。そしてゆっくりと理奈は川の方を指差し、

「いたよ――」

と言った。その時初めて気付いたのだが、こうして理奈が助かったのに、誰一人こちらに駆け寄ったり、理奈を心配する声を上げる者はいなかった。理奈が川に落ちた瞬間、絶叫したユカでさえも。

俺は理奈が指差すほうに振り返った。

尾藤も、ユカも、飯野も、凍りついたようにその場を動かずに、川を見つめていた。赤木も憑《つ》かれたように携帯のカメラを向けている。俺たちの方に意識を向けている人間は、一人

もいなかった。

「お兄ちゃん――向こうに連れていって」

「また川に入るのか？」

「大丈夫――もう溺れない。お兄ちゃんが一緒だから」

俺は頷き、意識を取り戻したばかりの理奈を抱きかかえた。そしてユカと飯野の間を抜けて川に入り、尾藤の横を通り過ぎて、理奈を助けてくれたものに近づいていった。

理奈の言う通り、あのラジコンよりもずっと色が白かった。どんなに精巧に着色しても敵わない、自然が生み出した色だった。理奈がゆっくりと手を触れた。そして微笑《ほほえ》んだ。俺も理奈を真似て、手をやった。ゴムのような感触がした。そしてそれは、とても温かかった。あのラジコンの冷たさとはまるで違った。呼吸しているのか、頭に空いている穴が静かに脈動していた。生きていた。

俺は理奈を抱きかかえたまま、まるで祈りを捧《ささ》げるように頭を垂れ、自分の額をその体に押し当てた。

「ありがとう――本当にありがとう――」

まるで俺の言葉に呼応するように、あの優しい鳴き声が発せられた。俺はゆっくりと振り返った。飯野も携帯をこちらに向けている。

尾藤が言った。

「お前の妹は正しかった」

俺は頷いた。それから、まだ凍りついているユカを見た。俺と目が合うと、ユカは引きつったような笑みを浮かべ、やがてそれは満面の笑みへと変わり、やはり携帯で写真や動画を撮り始めた。

「正しかった！　理奈ちゃんは正しかった！」

尾藤の口調を真似て、まるで子供のようにユカははしゃいだ。

「やった！　やったよ！　三枝！」

飯野も高らかに叫んだ。

俺はもう一度、理奈を助けてくれたものに向き直り、そしてその瞳を見つめた。その黒い瞳に、俺と理奈が映っていることを、俺は確かに感じた。


すべてが終わった後、ようやく赤木が呼んだ消防団員たち、そして幾人かの警察官が訪れた。警察官たちは、俺たちが勝手に敷地内に入ってきたので管理人が通報したのだろう。しかし理奈が行方不明になって皆が捜していたことはすでに彼らも知っていたらしく、理奈の姿を見ると無線機であちこちに連絡していた。

仮に俺たちの行動が軽犯罪法に引っ掛かるとしても、理奈が見つかったことでうやむやになるだろう、と俺は考えた。むしろ、理奈はこのキャンプ場の常連なのに、何故捜索に協力してやらなかったのか、と逆に管理人の方が不審な目で見られていた。

これがきっかけになって管理人の背景が調べられて、何らかの陰謀の存在が明らかになれば良いのに、と思わなくもない。だが、すべてはもうどうでもいいことだ。

何もかもが終わったのだから。

消防団員たちに、理奈が糖尿病で低血糖が原因で溺れたがグルカゴン注射で回復したと告げたら、彼らは露骨に嫌そうな顔をした。赤木は子供が溺れたと通報しただけで、理奈が病気を持っていることは言わなかったのだ。グルカゴン注射を打った直後は専門医の診察を受けたほうがいいとされているが、ここは旅先で、理奈のかかりつけの医者は東京にいる。もちろん群馬県の救急車は東京まで行ってはくれない。県内限定だ。他の病院にかかっている患者に手を出して、万が一何かあったら訴えられるかもしれないとどの病院も考える。たらい回しになるパターンだろう。

仮に診てくれる病院があったとしても、ここから何十キロも離れた群馬の端の病院に連れていかれるという可能性も十分ある。どうせ今日東京に帰るのだから、そのままかかりつけの病院に自分たちの足で行ったほうが話が早いと説明すると、彼らはほっとしたような顔をした。面倒な仕事をしなくて済んだと思ったのだろう。

尾藤はあれこれ警察官に訊かれていた。髪の色などから、一目で要注意人物と思われたようだ。しかし俺は、尾藤は一緒に妹を捜してくれただけだ、と彼を庇った。理奈の居場所を素直に教えなかったりして、その態度に腹を立てたこともあるが、今となってはもう——。

「これで本当にお前とはお別れだな」

と俺は尾藤に言った。尾藤は笑った。

「何が可笑しい？」

「その台詞を何回聞いたか！」

違いない、と思って、俺も笑った。

「今度は本当だ。分かるだろう？」

「——ああ、そうだな」

握手でもしようと思ったが、あまりにもわざとらしくて止めた。尾藤と赤木は俺に背を向けて、呆気なく去っていった。

俺たちが勝手にキャンプ場に入ったことについては、東京に戻ってからももしかしたら二、三訊くことがあるかもしれない、などと言われたが、恐らくこれっきりだろう。こんな些細な軽犯罪をいつまでも調べるほど警察は暇ではないはずだ。第一、管理人が訴え出ない限り罪には問われない。

　その管理人も全身ずぶ濡れの理奈を見つめ終始無言だったので、もしかしたら理奈を憐れんでいたのかもしれない。思えば彼が発した数々の言葉も、みんな俺に対してのものだった。彼と理奈は顔なじみだ。ましてや理奈は、以前もこの場所で倒れたのだ。彼は彼なりに理奈を心配していたはず。そう信じたい。

　俺たちは理奈を連れてキャンプ場を後にした。濡れた俺たち兄妹にシャワーぐらい貸してくれてもいいのに、と思ったが、宿泊客でもない俺たちにキャンプ場の設備を貸すわけにはいかないのだろう。彼も雇われ管理人だ。勝手なことはできない。

　ユカが運転するバンに乗って、いはら荘に戻った。会話はなかったが、不思議な充実感があった。多分、ユカも飯野も、そして理奈も同じ気持ちだろう。理奈とのわだかまりも、小早川を見返してやりたいというプライドも今は綺麗に消えていた。もちろん謎は残った。何故この町の一部の人々が、俺たちに非協力的に見えたのか。あのラジコンは何だったのか。真司は本当に旭川に行ったのか。そしてあれは、誰が、何の目的で利根川に放したのか——。

　でも、すべてはもうどうでもいいことだ。理奈は正しかった。俺たちは思い出を作った。誰にも汚されない、かけがえのない思い出を。それだけで十分だ。

　いはら荘に戻ると、ユカの父親がほとんど泣き出さんばかりに理奈の帰りを喜んでくれた。

ユカと仲の良い理奈のことを、彼は自分の娘のように思っていたのかもしれない。彼が出してくれた一杯のオレンジジュースを美味そうに飲み干した後、俺と理奈は風呂に入って着替えた。濡れた服もいはら荘側で洗濯して乾燥機にかけてくれた。そこまでしなくてもいいのにと思ったが、客を濡れたまま帰すわけにはいかないとユカたちは頑なだったので、好意に甘えることにした。

「お客さんをより好みしちゃいけないけど、あなたたちのことは一生忘れないと思うわ」

とユカは言った。尾藤や赤木と同じように、もう彼女と会うこともないのかもしれない。もちろん理奈がキャンプを続けようが続けまいが、今度の冬休みや、また来年の夏休み、いくらでもこの町を訪れることはできる。そうしたい、と今は思う。でも、もうこれでお終いだという予感があった。利根川に落ちた理奈が助けられた瞬間、理奈が正しかったことが分かった瞬間、すべては終わったのだ。

目的が達成できなければ、またこれからもユカに会えると思った。東京に帰ってからもブログで情報を公開しようと皆で話し合ったこともあった。今思うと、それがとても微笑ましい。あれが俺たちの目の前から去っていった時、捕まえようだとか、もったいないだとか、誰かを呼ぼうだとか、そんな考えは一切俺には浮かばなかった。そしてそれは正しかったと今では思う。大切な一瞬は、この手で捕まえることなく目の前から去っていく。そして思い出になっていく。この町も、ユカも、あのイルカも——。

それでいい。

それでいいんだ。

水上駅からバスに乗るつもりだったが、ユカは上毛高原駅まで送ってくれるという。

「東京駅まで送ってあげてもいいぐらいよ」

「いや、いくらなんでも若葉マークの君にそこまでさせちゃ悪い」

と俺は言った。ユカは唇をとんがらせて不服そうな顔をした。

「今度はユカさんが東京に遊びに来てよ。私の家に泊まれば良いよ。ね、お兄ちゃん」

「そうだな——」

理奈が行方不明になり、無事に助かったことが、よほどユカの父親には印象に残ったのだろう。走り去るバンに向かって、彼は何度も何度も手を振っていた。理奈も手を振り返していた。彼が理奈を娘のように思っているように、理奈はユカの父親に、自分と同じ病気で死んだ実の父親を見ているのかもしれなかった。

上毛高原駅につくと、ユカは入場券を買って、俺たちをホームまで見送ってくれた。理奈は泣いていた。帰りたくないのかもしれない。そしてユカも少し、泣いていた。

俺たちは仲間だった。あの尾藤と赤木も仲間なのだ。あの時、あのイルカを目撃した者たちなのだから。あの思い出があれば、俺たちはどこにいてもお互いのことを忘れず、繋がっていられる——そう思った。みなかみ町で過ごした四日間が、俺たちの人生を永久に変えてしまうことなど、想像すらせずに。

6

「敦士！　敦士ー！」

その日、俺は母さんの怒鳴り声で目覚めた。

帰ってきてから、俺はどこか抜け殻のように毎日を過ごしていた。母さんの作った料理を食べ、ぷらぷら表を出歩き、テレビを観る。その繰り返し。理奈と話すことがあっても、みなかみ町のことはほとんど話題に上らなかった。何となく、口にしてはいけないもののように思ったのだ。どこで誰が聞いているか分からないし、たとえ誰も聞いていなくても、やはり俺も理奈も、あれは果たして本当の出来事だったのだろうか、という気持ちが強くあった。

信じられなかった。しかしみんなで同じ幻覚を見ることは普通はない。実際にあったことだ。だから俺と理奈は自分の記憶を持て余し、あの思い出から逃げるように話題にすることは避けていたのだ。

実際は、寝ても覚めても、あの時のことばかり考えていた。雄大で、光り輝くような、そうあれは——。

母さんの怒鳴り声で目が覚めたのは、そんなある日の朝だった。

「何だよ」

俺はぶっきらぼうに言った。確かに、もう十時近いが、今は夏休みなのだ。寝坊ぐらいいいではないか。

母さんは俺の枕元に座り込んだ。説教をするスタイルだ、と思った。俺は上半身を起こし、目覚めたばかりの目を擦った。

「あんた、旅行から帰ってきてなんて言った？」

「——なんて言ったって？」

「理奈には変わりなかったって、言ったじゃない！」

母さんは怒鳴るように俺に言った。確かに戻ってきて真っ先に母さんが尋ねたのは、理奈が低血糖の発作など起こさなかったか、ということだった。やはり母は頼りない俺などに理奈を任せるのが不安だったのだろう。俺は一瞬口ごもったが、すかさず理奈が、

『何もなかった！　お兄ちゃんとの旅行、とっても楽しかったよ！』

などと嘘を引き受けてくれたので、俺が特に何かを言うことはなかった。母さんは目頭を

拭っていた。泣くほど俺と一緒に行かせるのが心配だったのかと憤ったが、それだけではなく、兄妹で旅行に行って無事に帰ってこられたことが嬉しかったのだろう。糖尿病に限らず、病気の子供を抱えている親は、自分の子供が当たり前の日常生活を送り、当たり前に成長するだけで感激するものだ。

そう、俺は母さんに何も言っていない。しかし理奈の言葉を否定しなかったのだから俺も同罪だ。あの日、理奈の体調も血糖値もすっかり回復したので、結局かかりつけの医者にも行かなかった。悪気はなかった。母さんを心配させたくなかっただけなのだ。

「理奈に訊いたのか？　グルカゴンのこと」

グルカゴンは緊急用の注射だから滅多に使わない。それなのにグルカゴンのキットがなくなっていたら、母さんは不審に思うに違いない。きっと理奈を問い詰め、白状させたのだ。

しかし、予想外の反応が返ってきた。

「グルカゴン？　あんた、理奈にグルカゴンを使ったの⁉」

俺は目を擦りながら舌打ちをした。母さんはグルカゴンのことを知らなかったらしい。わざわざ言うことはなかった。でも、だとしたらどうして母さんは――。

「今まであんな注射、打ったことなかったのに――」

「いいだろ！　無事だったんだから！」

母さんは俺を見つめ、

「あのイルカは何？」

と訊いてきた。

「イルカ——？」

母さんが何を言っているか分からなかった。母さんはあの場にいなかったのだから、あの時起こったことを知らない。仮に理奈が真実を話したところで、冗談か、あるいはグルカゴンを打つほどの低血糖状態なのだから、幻覚を見たで済ませるに決まっている。最初に理奈がイルカを見たと言った時も、皆が皆、そう決めつけたではないか。

その時、携帯電話が鳴った。飯野からだった。出ようと思ったが、母さんが睨みつけているので、保留にした。

「お兄ちゃん——」

理奈が俺の部屋にやって来た。まるで余命を知らされたかのように深刻な顔をしている。

「何なんだ？　どうした？」

「さっきテレビで——」

「あ？」

「テレビに映った——私たちが」

「は？」

「あの時の、私たちが――」

「あの時って、あれのことか？　でもどうしてテレビに――」

その時、俺はあることに気付いて息を呑んだ。俺は理奈を助けるのに無我夢中だったが、飯野と、ユカと、赤木はあの時、現場の状況を携帯のカメラで撮りまくっていた。

俺は立ち上がり、今かかってきた飯野の携帯にかけ直した。

「敦士！　まだ話は終わってない！」

母さんがまだ何かぐちゃぐちゃ言っているが、もう聞く耳は持たなかった。

『あ、三枝！　大変だよ！』

「動画が流出したのか？」

『うん！　あの時の動画だ！』

俺は頭を抱えた。

『言っておくけど、僕じゃないからね』

飯野は言い訳がましくそう言った。確かに飯野よりも動画をマスコミに売るのに相応《ふさわ》しい人間はいる。

尾藤だ。

あいつはもともと、あのラジコンを本物の未確認生物と思い込んでマスコミに売ろうとしていた。そのために俺たちに近づいたようなものなのだ。尾藤の取り巻きの赤木は最初から最後まで携帯のカメラをこちらに向けていたではないか。

「どんな動画だった？」

『三枝が理奈ちゃんを抱きかかえて、イルカの方に近づいていって体におでこをつけるところとか、僕らの声とか、イルカが泳ぎ去っていくところとか、まるまる全部放送してた』

「顔は？　俺たちの顔は写っていたのか？」

『三枝の顔と、尾藤の顔は写ったり写らなかったりで、はっきりとしてない。理奈ちゃんの顔にはぼかしがかかっていた』

なら、理奈のプライバシーは保たれると安心しかけた。しかしそう簡単にはいかない。母さんはその動画に写っているのが俺たちだと気付いたのだから。

「飯野、ちょっと待っててくれ。母さん、どうして理奈だって分かった？　顔にぼかしがかかってるって飯野は言ってるけど」

「飯野君も見たんだ——」

と理奈が呟いた。

「お母さんの子供だよ？　一人ならいざ知らず、二人一緒に写っていて、しかも見憶えのある服着てるんだもの」

「お兄ちゃん、ごめん——私が、テレビに釘付けになっていたから、お母さんの注意を引いたみたいで——」

「場所もちゃんと出てましたからね。群馬県みなかみ町って。さあ教えなさい。あなたたち何をしに群馬まで行ってたの？」

「そんなことより、理奈に謝ったのか？」

「謝る？」

と母さんが言った。

「あの動画を見れば分かるはずだ！　イルカが写っていただろう⁉　理奈が逃がしたってイルカだよ！　理奈は正しかったんだ！　そうだよ！　俺たちはイルカを探しに行ったんだ！　理奈が正しいことを証明するために！」

母さんは愕然《がくぜん》とした顔をしていた。こんなものだ、と思った。理奈が何を訴えても聞く耳を持たなかった。それどころか、自分が理奈を信じなかったことすら忘れてしまっているのだ。怠慢以外の何物でもない。

母親なのに。

「敦士——」

「あの小早川をうちに呼べ！　理奈を信じなかったあいつを！　理奈に謝らせてやる！」

「お兄ちゃん——もういいよ」

良くない！　と叫びそうになったが、過保護は止めたことを思い出して黙った。それから再び飯野と話した。

「飯野。また付き合ってくれるか？」

『付き合うってどこに？』

「群馬だよ！　尾藤をぶん殴ってやる！」

『どうして尾藤を？』

「赤木が撮った動画を売ったからに決まってるだろ！　バイクを買うために！」

『あっ、そうか！』

誰が撮った動画が流出したかなど、飯野は考えてもいなかったようだった。

「お兄ちゃん！」

電話を聞いていた理奈が叫んだ。

「ぶん殴るって、そんなことしないで！　私は何とも思ってないから」

俺は携帯電話を握りしめた。力を入れすぎて壊してしまわないようにするのに必死だった。

理奈がそう言うのであれば、俺は堪えるしかない。理奈の問題なのだから。

『もしもし？　どうしたの？』

「――飯野、今のは取り消し、いや、保留だ」

『保留？　そりゃ、僕はケンカになるのは嫌だから良いけどさ。だけど、良くあの動画を売ろうって気になるね。僕なんかバチが当たるんじゃないかと思っちゃうよ』

その飯野の素朴な意見は侮れなかった。あの時、俺たちは確かに特別な場所にいて、誰かに遣わされた神々しいモノと対峙しているかのような気持ちにすらなった。イルカというのはそういうものを人に感じさせる雰囲気を確かに持っている。そこが本来イルカがいるはずのない場所なら尚更だ。

俺はいったん、電話を切って理奈に訊いた。

「理奈――お前はどうしたい？　俺はもう自分から何もしないから」

すると理奈は、

「何もしなくていい」

と答えた。

「あれで良かったのよ。みんなが利根川にイルカがいることを知ったから。きっとみんな大騒ぎしてイルカを探す。きっと見つかるわ。そうすれば、水族館で保護するとか、海に逃がすとか、してくれる。どっちにしても利根川より環境は良いと思うから」

「そうだな――」

理奈の言うことには一理あった。そもそも俺たちも噂を広めて世間にイルカの存在を認めさせるというやり方で、イルカを探そうとしたこともあったではないか。確かにイルカを保護するという視点から考えると、この状況は決して悪くはない。

だが、俺たちのイルカ探しを邪魔した連中がどう思っているのか分からない。そんな連中が本当にいるのかどうかは分からないが、少なくとも、あのイルカは最初別の場所にいた。イルカをトラックで運んで、川に逃がした女がいるのは厳然たる事実だ。

トラックは等々力のものだという。女は等々力の妻だと。そしてイルカはラジコンだと。だがこれで、理奈が逃がしたのは本物のイルカであると証明された。もちろん等々力の言っていることが正しいという可能性もまったくないとは言わない。しかし妹を贔屓《ひいき》していることを差し引いても、利根川に本物のイルカが泳いでいるのは事実なのだから、それが理奈が逃がしたイルカだと多くの人々が判断するのではないか。

尾藤だけではなく、あの等々力にももう一度会って問い詰めなければならない。

だが俺はすぐに群馬に舞い戻りはしなかった。本心では行きたいという気持ちを強く持っていたが、理奈が何もしないことを望んでいたからだ。これは理奈が決めることだ。俺が決めることじゃない。

ただユカにメールを入れて、動画が流出したことは伝えた。尾藤に動画のことを伝えて探りを入れて欲しい気持ちはあったが、尾藤はユカにストーカーじみた付きまといをしていたという前科があるので、そういうことをさせたくなかった。だから結局、何を頼むでもなかったが、こんなことになって黙っているのも不自然だと思ったのだ。

ただユカは返信で、あのイルカの動画が流出してから、明らかに観光客の数が増えている、と伝えてきた。

嫌な予感がした。

あの動画がどこで撮られたものなのかは特定されているのだろう。それは別にいい。尾藤が赤木の撮った動画をどういう経緯でテレビ局に持ち込んだのかが気になったが、とにかく持ち込んだ段階で、いつ、どこで撮られた動画なのかは明らかにするはずだ。その際、場所だけではなく、動画に写っている者——特に抱きかかえられている少女が誰なのかテレビ局側に教えているかもしれない。もし教えていたとしたら面倒なことになる。尾藤は俺と理奈の名前も良く覚えてないだろうし、当然住んでいる場所も知らないはずだ。だがそれはみんなユカが知っている。マスコミの連中は、ユカのところに行く。取材とはそういうものだ。

俺はユカが、客の個人情報をあちこちに売るような人間だとは考えたくない。しかし、絶対に教えないという保証はない。しつこく付きまとわれたら根負けしてしまう可能性もある。

もしそんなことにでもなったら――理奈の顔のぼかしは剝がされてしまう。あのイルカのように、見せ物になってしまう。それだけは絶対に避けたかった。もちろん理奈の自主性に任せるべきだ。だが妹の自主性を尊重しつつ、妹を守ることは決して不可能ではないはず、俺はそう決意した。


俺たちが慌てず騒がず事態を静観しようとするのと反比例するように、テレビは連日あの動画を流し続けた。インパクトのある動画には違いないから、視聴率が稼げるのだろう。

『ありがとう――本当にありがとう――』

そう呟きながら額をイルカの体に押し当てる自分の姿は、こうやって客観的に見せられると恥ずかしい以外の何物でもなかった。テレビから聞こえる自分の声は、普段自分が感じている声とは全然違うこともあり、お前は他人からこんなふうに見られているんだと、二重の意味で恥ずかしかった。

信じられなかったのは、

『正しかった！　理奈ちゃんは正しかった！』

『やった！　やったよ！　三枝！』

というユカと飯野の声もちゃんと録音されていたことだ。鮮明な声ではないが、ちゃんと聞き取れるレベルだ。顔にぼかしを入れたって、これじゃあ本末転倒だ。

テレビではどこぞの大学の教授や海洋学者が動画にコメントを寄せていた。そのほとんどが、イルカは魚じゃないとか、淡水では浮力の問題で上手く泳げないだとか、そんな俺にとっては今更な知識を披露しているものだったので、さして得るものはなかった。どの学者も、利根川にバンドウイルカが自然生息していることはありえないので誰かが逃がしたのだろうという意見で一致していた。稀に趣味で飼っていた猛獣が逃げ出したなどというニュースが世間を騒がしているので、今回もその類《たぐ》いではないかと。イルカを個人で飼っているなど前代未聞だが、そうとでも考えなければこの動画は説明できない。

肝心の動画の出所だが、偶然利根川にいた高校生たちが撮影したもの、という漠然とした情報しか番組からは伝わってこなかった。驚いたのは、理奈がまるで死んでいるように水面を漂い、それをイルカがつついている場面まで撮られていたことだ。イルカに理奈が水中から持ち上げられた直後のことだろう。俺は慌てて理奈に駆け寄り、画面から消える。岸でグルカゴン注射をするためだ。とにかくカメラはイルカだけを写している。それからまた理奈を抱きかかえた俺が戻ってきて、例の場面になるわけだ。

やはり尾藤だ。そう思った。この場面を最初から最後まで撮っていたのは尾藤の取り巻きの赤木だけだ。ユカは突然現れたイルカにびっくりして、ずっと凍りついていた。ユカが携帯のカメラで動画を撮り始めたのは、例の場面の後なのだ。飯野も同じようなものだ。さすがに理奈が水中から飛び出してきた瞬間は撮り損ねたようだが、あの場面まで写っていたら、今以上の話題になっただろう。

母さんはワイドショーやニュース番組を片っ端から録画して、暇さえあれば観ていた。特に理奈が水中から浮かび上がった直後の場面には、もう号泣せんばかりだった。確かに理奈の水死体をイルカがつついているようにも見え、こうしてテレビの画面で観るとかなりショッキングだった。その後、俺が理奈を抱きかかえてイルカのもとに戻るシーンで助かったことが分かるが、それがなかったらたとえイルカが写っていても、迂闊に放送できないレベルではないか。

溺れた少女をイルカが助けた。しかもその舞台はイルカなど泳いでいるはずのない利根川なのだ。テレビが連日放送するのも頷ける。

テレビは動画を放送するだけではなく、現地にまで行ってレポーターが中継していた。忘れることなどできない、理奈がイルカを逃がし、そしてイルカに助けられた、あの河原だった。今はあの時のように川の流れは急ではなく、とても穏やかだ。イルカは現れるべくして現れたのかもしれない。そう俺は思った。そしてもう決して現れない——多分。

レポーターは現地の人間にマイクを向け、利根川を泳ぐイルカに心当たりはあるか、と訊きまくっていた。ニュース番組の司会者が、このイルカに助けられた女の子にもぜひ話を聞いてみたいですね、などと呟いたのを聞いて、俺は嫌な予感がした。イルカを探すよりも、理奈を捜す方が遥かに簡単なことに、マスコミの連中が気付かないとは思えなかった。

その日、俺は理奈を連れて駅前のファミレスで飯野と会った。会話の内容を他人に聞かれたくないから、俺の家で話そうと思ったが、母さんの目が気になったのだ。飯野は俺の友人にしては真面目ないい少年ということで母さんもお気に入りだったが、しかし動画が流出して以降はあまり良くは思っていないようだった。連帯責任で、理奈を危険な目にあわせた責任を飯野も取るべきと考えているようだ。まあ、母さんが飯野をどう思っていようが、どうでもいい。それより問題は、あの動画だ。

俺たちが入っていくと、飯野はにこやかな顔でこちらを見た。相変わらずメロンソーダを飲んでいた。話の内容が内容だからか、店の一番奥に座っている。

「言っておくけど、僕じゃあないからね」

と飯野は真っ先に言った。

「それは分かってる。あれは間違いなく赤木が撮った動画だ。それにもしお前だったら、ネットの動画サイトにアップするだろう？　そっちの方が簡単だ」

「テレビ局に動画を送るなんて、ちょっとやり方が古いもんね」

「古いかどうかは知らんけど、赤木といえば尾藤だ。尾藤はバイクを買いたがっていた。ネットに上げてもギャラは手に入らない。テレビ局に流したほうが金になる」

「でも、本当にそうかな——」

と理奈が呟いた。

「もしあの人がそんなことをしたなら、あの後、沢山人が来たでしょう？　管理人さんとか、お巡りさんとか、消防団員の人とか」

「うん」

「その時に、イルカが私を助けてくれたって、本当のことを言ってもいいんじゃないかな」

「そんなことを言っても信じない——ああ、そうか」

理奈がイルカを逃がしたと言った時とは状況が違う。イルカの姿を収めた動画があるのだ。その場で見せれば、誰もが納得するはずだ。

「でも、誰もそんなことをしなかった。何となく、言ってはいけない雰囲気がなかった？」

「まあ、確かにね」

あれは俺たちだけの特別な思い出だった。言いふらしたりしたら、思い出の価値が失われてしまうような気がしたのだ。それはあの時、俺たち全員が共有していた感覚のはずだ。

「そんな雰囲気なんて、あいつには関係ないんだろう」

確かにバイクが欲しいという気持ちは分かる。だとしても、俺たちに一言断りを入れてもいいはずではないか。俺たちの連絡先など、ユカに聞けば分かるのだから。

「なあ、三枝――僕たち、近いうちに、もう一度群馬に戻ったほうが良いんじゃないか？もうすぐ学校が始まるだろ。理奈ちゃんだってそうだ」

「戻ってどうするんだ？」

「それは分からないけど、僕らがこうして話し合っているように、向こうの三人も交えてこれからのことを相談したほうが良いと思うんだ。マスコミは凄いよ。あの尾藤が僕たちのことを黙ってくれていたって、きっと理奈ちゃんが誰だか突き止める」

「どうやって突き止めるって言うんだ？」

「動画を撮った場所とか日付なんかは、携帯のカメラだから正確だろ？　デジカメと同じなんだから。テレビじゃ理奈ちゃんの顔にぼかしが入っていたけど、オリジナルには当然そんなのない。動画を持って聞き込みに回れば、僕らが誰だかすぐに分かるんじゃないの？」

「あの管理人さん――」

理奈が呟いた。

「あのキャンプ場は河原からとても近いもの。私は子供だし、お兄ちゃんもまだ若い。私たちがキャンプ場の宿泊客だと考えるんじゃないかな？　実際は違うけど、管理人さんに聞けば、私たちのことはすぐ分かっちゃう」

「仮にマスコミがあの管理人に接触しても、俺たちのことは黙っているだろ」

「どうして？」

「だって、あいつはイルカのことを隠したいんだから。そうだろ？」

「――まあ、そうだと決まったわけじゃないけどね」

　と飯野が呟いた。

「そうに決まってるだろ？　都合よく真司を北海道に旅行させるんだから」

　そういえば、真司が理奈を襲った落とし前は、まだつけていなかった。理奈はもう良いなどと言うかもしれないが、やはり真司と会ってどういうつもりで理奈を襲ったのか話をしたかった。そのためにも、やはりみなかみ町に戻ることは必要かもしれない。でも――。

「聞き込みをしてるんなら、余計に向こうに行くことはできないな」

　飯野の言っていることは正しかった。もうマスコミが現地入りしているのだ。それで何も聞き込みをしていないというのは考えられない。

「そうだね――あ！　この三人だ！　って気付かれるかもしれない」

「ユカさんも入れたら四人だ。向こうに行ったら、当然またユカさんと会うだろう？　俺たちは四人であちこち移動してたもんな。しかもユカさんは現地の人間だ。元から知っている奴があの動画を見たら――」

小春の顔が脳裏に浮かんだ。

「ユカさんの友達だと気付くんじゃないだろうか。もうユカさんの元にもマスコミが行っているかも」

そう言ってすぐに、俺は携帯のメールでユカに連絡した。そっちにマスコミが来てないか、と訊いたのだ。その返事いかんによって、これからのことを考えなければならない。

「イルカを見つける前は、イルカ捜索隊の群馬支部なんて冗談で言っていたけど、もう向こうの方が本丸だ」

「本丸って？」

「戦略上の拠点ってことだよ。表現が古いよ、三枝」

「どうだっていい。とにかくこっちから向こうに乗り込んでいったら、余計に理奈の身元がばれる危険があるだろ？　確かに俺も尾藤と会ってどういうつもりか問い詰めたいよ。でもそれはもう少し事態が落ち着いてきてからの方が良い」

「そうだね――」

と飯野は呟いた。理奈は少し残念そうな顔をした。またいはら荘に泊まってユカに会いたいのだろう。

「ユカさんたちがこっちに来てくれれば良いのに」

「そうだな」

俺はあしらうように理奈の頭を、ポンポンと叩いた。

その時、先ほどユカに送ったメールの返信が来た。動画が話題になって観光客が増えたけど、でもいはら荘にマスコミの人たちが来ることはない、とのことだった。

良かった、と思うより先に違和感を覚えた。何となく、他人行儀というか、事務的な文章のような気がしたのだ。だが俺はその違和感の正体が分からず、あまり深く考えることはしなかった。

「とりあえず、ユカさんのことはマスコミにはばれてないみたいだ」

「僕ら以外に、あの女の子の正体が理奈ちゃんだって、知っている人はいるのかな？」

俺は理奈と顔を見合わせて、

「母さんだ」

と言った。

「ああ、そうだね。お母さんなら、顔にぼかしがかかってても自分の娘のことは分かるよね。

ましてや君も一緒に写ってるんだから」

確かにあの動画を見た母さんは、当初涙に暮れていた。だが、ひょっとして毎日のように、イルカと助けられた少女が神秘的にテレビに取り上げられているのを観て、どこか鼻を高くしているのではないか。何しろ、日本中があの少女の正体を知りたがっているといっても過言ではないのだ。そしてそれは自分の娘なのだ。誰かにうっかり話しても不思議ではない。いや、もう話しているかも。

「私のこと、イルカ少女だって」

「テレビでそう言ってたの？」

「そうよ。嫌だなあ、イルカ少女なんて」

「いいじゃない、可愛くて」

「嫌よ。おばけみたいじゃない。ヘビ少女とか、ああいうやつ」

もし理奈の正体が知れたら、また理奈を冷やかす連中が現れるだろう。奴らの嘲りが聞こえてくるようだ。糖尿病のイルカ少女！　もしそんな嘲りを理奈が受けたら、また俺はそいつらをぶん殴ってしまうかもしれない。

理奈と一緒に家に帰ると、母さんが深刻な顔でリビングのテーブルに座っていた。テーブルには何かカードのようなものが置いてあって、それをじっと見つめている。

俺たちに気付くと、母さんは顔を上げて、力のない視線を返してきた。俺は思わず息を呑んだ。父さんが死んだ時も、母さんはこんな目をしていたような気がする。

「何かあったの？」

理奈も同じことを思ったようで、そう母さんに訊いた。

母さんは再びテーブルの上のカードを見つめながら、

「さっき記者が来たわ」

と言った。その言葉の意味を理解するのに数秒かかった。

よくよく見ると、テーブルの上のカードは、どうやら名刺のようだった。

『映像制作株式会社エー・エージェンシー　第一制作事業部　小山達也』

とそこにはあった。

俺は大きくため息をついた。いつか来ると思っていたが、こんなに早いとは思わなかった。

「どこで理奈のことを知ったと？」

「何か、模型屋さんのご主人から情報提供を受けたって。あなた心当たりある？」

等々力だ。それがどういう意味を持つのか、今の俺には良く分からなかった。とにかく突然すぎて考えがまとまらない。

「嫌がらせで、そんなことをしたのかな」

　と理奈が呟いた。

「嫌がらせって？」

　と母さん。

「ラジコンを見せてくれたんだけど、ケチをつけたんだ。俺がじゃない。動画に写っていた現地の子だ。それでその等々力っておっさんがキレてケンカ別れしたんだ」

　ラジコンのイルカであることは説明が面倒で黙っていた。

「等々力さんは、この小山《こやま》さんって人以外にも私たちのことを言ったのかな」

「多分、言ってないでしょう。小山さんに独占で取材させて欲しいって頼まれたから」

　等々力、小山、そして三枝家。あれだけ大きくテレビで報道されているわりには、あまりにも細い繋がりを通じて見つかった、という印象だ。俺はてっきり、あの動画の少女が理奈だと分かった途端に、何十人ものマスコミの連中が大挙して我が家に押し寄せてくると思っていたのだ。

　だが、いずれそうなる。たとえそれがたった一人でも、見つかってしまったのだ。

「でも等々力はここの住所までは知らないはずだ。いはら荘に泊まってるってことしか――」

ユカか、もしくはユカの父親が俺たちを売ったのかもしれない。そんな考えが浮かんだ。仲間のユカや、優しい彼女の父親がそんなことをしたとは考えたくないが、等々力が最初のきっかけに過ぎないのは厳然たる事実だ。他にも協力者がいなければ——。

「さあ、詳しくは訊かなかったけど、散々調べ回ったみたいよ」

「つまり、理奈を見せ物にしたいんだな」

「見せ物だなんて、そんな言い方——」

「でも、その小山って奴の申し出を断ったって、また他の連中が来るんだろう？」

「小山さんは、私たちが取材を断っても、腹いせにそれをあちこちに言いふらすようなことはしないって言ってたの」

それはそうだろう。たとえ取材ができなくたって、特ダネは特ダネだ。小山はイルカ少女の正体をつかんだ。いくらでも書きようがある。

「私たちが取材を断っても、じゃない」

と俺は言った。

「理奈が取材を断っても、だ。最終的には理奈が決めることだ。な？」

と俺は理奈に言った。理奈は、

「私、見せ物になるのは嫌よ」

と答えた。それでこの話は終わりだった。

「聞いただろ？　理奈は嫌だってさ」

俺がそう言っても、母さんは表情を変えず、何も言わず、黙ったままテーブルに座っていた。まるで理奈がそう答えることを予想していたかのようだった。

「私、部屋で休んでる――」

そう言って理奈は暗い顔をして、自分の部屋に戻った。やはり遂にこの家をマスコミ関係者が突き止めたショックは大きかったのだ。

母さんも同じような顔をしている。俺も部屋に戻っても良かったが、その母さんの態度に、何か異変を感じたのは事実だった。

「どうしたの？」

と俺は母さんに訊いた。母さんはすぐには答えなかったが、答えを促すように見つめ続けると、おもむろに口を開いた。

「きっと、あんたは軽蔑するでしょうね。母さんのことを」

と言った。一瞬、意味が分からなかったが、すぐに嫌な予感がした。

「まさか――もう小山に取材を受けるって答えたのか⁉　理奈が決めることなのに！」

「違うわ。考えさせてください、とは言ったけれど、取材を受けるとは言っていない。断ることもできるわ」

「考えさせてください？　何を考えるんだよ、速攻で断れよ！」

母さんは、本当に恐る恐るといった様子で、俺の顔色を窺うように言った。

「謝礼を出すって言ったわ。小山さん――」

「謝礼？　まさか金をもらえるから取材を受けさせるって言うのか？」

「だから、受けさせるとはまだ決めてないわ。でも、心が動いたのは事実」

「そんな、微々たる金で、嫌がってる理奈を無理やり――」

「微々たる金じゃないわ」

「え？」

母さんは小山に提示された金額を言った。取材の謝礼の相場なんて、俺には分からない。でも、パートで俺たちを養ってくれている母さんの年収より多いのは確かなように思えた。

「海外にも売れるニュースだって言うのよ。向こうの人は、日本のイルカ漁に反対したりするでしょう？　イルカに特別な感情を抱いている人が多いから、イルカに助けられた女の子なんて、凄くニュース価値があるって」

「でも、いくら大金だって――」

それ以上言葉を続けられなかった。もちろん俺は、いくら金を積まれようと、理奈を見せ物にするのは反対だ。しかし、母さんの気持ちは痛いほど分かった。

三枝家の主な収入は、母さんのパートの給料と、父さんが死んだ年にもらい始めた遺族年金だ。それで生活するのはもちろん、理奈が病院にかかってインスリンやグルカゴンを処方してもらうのにも金がかかる。現時点で、理奈の糖尿病が治る見込みはない。理奈は死ぬまで糖尿病の医療費を払い続けなければならないのだ。一回一回は大したことはなくとも、死ぬまで続くとなったら大変な負担だ。

もちろん、俺が社会人になったらこの家に金を入れるつもりだし、理奈だって血糖値にさえ気をつければ働くことはできる。だが、それはある程度の先の話だ。もらえる金があるのなら、今すぐにでももらいたいのが本音だろう。

「私だって嫌よ。お金欲しさに理奈をテレビカメラの前にさらすなんて！　でも――時々怖くなるのよ。今はパートも順調だけど、何の保証もないから。仕事ができなくなったら、理奈をどうやって助けてあげればいいんだって。インスリンを買えなくなったら、理奈は死ぬのよ――？」

俺はこれ以上母さんを責めることはできなかった。理奈が毎日打っているインスリンも、あの河原で俺が打ったグルカゴンも、母さんが働いて手に入れたものだ。そんな母さんに、金儲《かねもう》けは卑しいなんて偽善的な態度はとれない。

その時——。

「いいよ」

と理奈の声が聞こえた。俺は驚いて振り返った。

まるで悟ったような顔の理奈がそこにいた。先ほどまでの不安げな表情はなかった。

「私、その人の取材を受けるわ」

「理奈——無理することないんだぞ」

「どうして？　さっきお兄ちゃん、言ったじゃない。最終的には理奈が決めることだって」

それはそうだ。だが俺は理奈のその表情を一度見ている。等々力にラジコンのイルカを見せられた時、理奈はあれが自分が逃がしたイルカだと言った。だがもちろん嘘をついていたのだ。そう言えばすべてが丸く収まるからと。その時の表情と、同じだった。本心は違うのに周囲を気づかって、嘘をついていたのだ。

だが俺はそれを理奈に指摘できなかった。たとえ嘘をついているとしても、理奈はそう決断したのだ。ならそれを尊重しなければならない。ここで俺が、ああしろこうしろなどと言ったら、以前の俺に逆戻りだ。

「理奈——本当にいいの？」

と母さんも訊いた。

「うん。その代わり、その謝礼のお金は全部私のものだよ。私の口座を作って、そこから治療費を出すようにして。それでいいでしょう？」

「ごめんね——嫌な思いばかりさせて——」

遂に母さんは泣き出した。先日、溺れている理奈をテレビで見て泣くほどショックを受けたのに、今度はその動画で理奈の治療代を稼ごうという自分が不甲斐《ふがい》ないのだろう。

「ううん。私は今の自分が大好きだよ。お母さんの子供で良かったと思ってる」

そして俺の方を向き、

「もちろん、お兄ちゃんの妹で良かったとも思ってるよ」

と言った。できすぎた妹だと、俺も理奈と母さんに気付かれないように、少し泣いた。


てっきりその小山という男がもう一度家を訪れて取材をするのかと思っていたが、そうではなく俺と理奈に再びみなかみ町に戻って欲しいのだという。しかも飯野までも。あの時、現場にいた全員に、同じ場所で話を聞きたいのだと。つまり、ユカと尾藤と赤木もだ。

飯野にそれを話すと、僕には断る理由はないからと、みなかみ町に戻ることを約束してくれた。もっとも飯野はあの動画には写っていないのだから、彼自身テレビの視聴者同様、どこか他人事のように思っているのかもしれない。

みなかみ町の三人だが、ユカはともかく尾藤と赤木は俺たちには協力してくれないだろう。別にそれで困るのは小山だから俺の知ったことではないが、約束の報酬がもらえなくなることにでもなったら嫌だな、思った。

ユカに、再びそっちに行くことになったとメールすると、絵文字を使いまくって喜びを表現したメールを返してくれた。以前、マスコミが来なかったかとメールした時は、事務的な返信だったのに比べると大違いだ。それほど理奈に会えるのが嬉しいのだろう。イルカ騒動以降、観光客が増えたのは事実のようだったが、何とか部屋を確保してくれるとのことだった。金は小山持ちだから一番良い部屋を頼むよ、と俺は冗談交じりのメールを返した。

その小山とは、母さんが連絡を取り合っていた。理奈と旅行していた時は俺が理奈の保護者だったが、東京では当然、母さんが俺と理奈の保護者なのだ。面白くなかったが、みなかみ町に戻れば俺が理奈の保護者の立場に返り咲くことができる。小山と直接交渉することもできるのだ。

もちろん新幹線のチケットも小山持ちで、彼とは現地で落ち合うとのことだった。どんな取材を受けるのか不安には違いなかったが、相手は小山一人だけなので、マスコミの連中に取り囲まれてマイクを向けられるようなことにはならないだろう。俺はそれほど気を張ることなく、あの時と同じように東京駅から飯野と理奈と共に新幹線に乗った。飯野はやはりキヨスクで買う弁当に迷い、新幹線の中で美味そうにぱくついていた。

以前は上毛高原駅で降りて、そこからバスでみなかみ町まで向かったが、ユカは例のいはら荘のバンで迎えに来てくれるという。悪いなと思ったが、好意に甘えることにした。

駅につくと、既にユカは俺たちを待っていた。初めて彼女と会った時は散々待たされたことを思い出し、俺はあの四日間を懐かしく思った。あれからせいぜい十日ほどしか経っていないのに。

「ユカさん！」

理奈はほとんど駆け出さんばかりにユカに近づいていった。

「理奈ちゃん！」

二人は軽くハグをし合っている。そんな二人を見て、

「本当の姉妹みたいだね」

と飯野が言った。

「本当の姉妹なら、あんなことしないだろ。他人だからこそだ」

「なるほど。三枝と理奈ちゃんは本当の兄妹だから、そこんとこは良く分かってるんだね」

飯野はわざとらしく頷いた。

「久しぶり。元気だった？」

「ああ、おかげさまで。でも久しぶりは久しぶりかもしれないけど、こんなに早くまた会うとは思わなかったよ」

「動画が流出したおかげだね」

と飯野がまた余計なことを言った。やはり飯野にとっては他人事なんだな、と思った。

「マスコミはどう?」

「やっぱり利根川沿いに結構いる——。もともと観光地だけど、テレビなんかたまに旅番組のロケが来るぐらいだったから、観光協会の人たち、みんな舞い上がっちゃって——」

メールでも感じたが、マスコミの話になると、ユカは少しだけ暗くなった。観光客が大勢来るのはもちろん喜ばしいことだけど、やはり理奈が見せ物になるかもしれない可能性に心を痛めているのだろう。ユカにしてみれば複雑な心境かもしれない。

「で、その小山さんって人は?」

「今夜、いはら荘を訪ねてくるみたいだ。こういうのって、現地集合現地解散なんだな。まあその方が気楽で良いけど。どうせ費用は全部向こう持ちなんだし」

「じゃあ、どうする? このまま、宿に向かう?」

「そうだね。なんか、あんな動画が出た後だと、みんなに指差されそうな気がするな。自意識過剰かな」

「そうよ。だって飯野君はほとんど写ってなかったじゃない。私ばっかり」

そう言って理奈は苦笑いした。

「じゃあ、宿に行こうか。そこで夜まで待機ね」

とユカは言った。今回みなかみ町に来たのは観光目的ではなく、純粋に取材を受けるためという場の流れになっていた。理奈にせよ、もうイルカを探すという目的は達成できたし、ユカと会えるだけで嬉しいので、それでいいのだろう。

しかし、俺は不満だった。取材がどう進むのか分からないが、今日の夜に小山が俺たちの元に来るということは、明日から本格的に取材をするつもりなのだろう。理奈はあちこち連れ回され、写真やビデオに撮られ、インタビューにも応じなければならない。俺たちが自由に動けるのは今日一日だけなのだ。

「なあ、悪いけど、せっかく来たんだから、理奈の取材が始まる前に、ちょっと調べてみたいことがあるんだけど」

「調べる？　調べるって何を？」

「等々力だ。小山が俺たちを見つけたのは、等々力が小山に情報提供したからだ。でも、それだけでは俺たちのところまで辿《たど》り着けないだろう。もちろん小山と会ったら問い詰めるつもりだけど、一度等々力とも話をつけておきたい。あのラジコンのこともあるからな」

「そういえば、あれ、何だったんだろうね」

と飯野も呟いた。動画が流出したことはもちろん良くはないが、しかし利根川にイルカが泳いでいることが日本中に知れ渡ったことに、胸がすっとしたのは事実だ。あの小早川はもう理奈に合わせる顔がないだろう。いい気味だ。

ラジコンのイルカを初めて見た時は、俺たちにイルカ探しを諦めさせるために、あんなものを持ち出したのではないと考えたこともあったが、実際にイルカの存在が確認できた今、その可能性は高くなったといえるのではないだろうか。実際にイルカが泳いでいる川で、ラジコンのイルカを泳がせていた人間がいるのだ。何もないと考えるほうがおかしい。

「本当？　でも等々力さんが動画が流出する最初のきっかけを作った人だとしたら、お店にマスコミの人がいるかもしれない――」

とユカが呟いた。あまり行きたくなさそうだった。

「嫌なのか？　店の場所は知ってるんだろう？」

ユカはイルカのラジコンを俺たちに披露する前に、既にあのラジコンを見ていたようだった。実際に動いているのを見たのは初めてだったようだが。

俺がそう言うと、ユカは微笑んで、

「知ってるわ。じゃあ行きましょうか。何かあったらすぐに車で逃げればいいし」

と言った。無理に笑っているように思えたのは気のせいだろうか。だがそれを指摘して機嫌を損ねたらまずいと思って、俺は何も言わなかった。

「逃げたとしても、ナンバープレートで分かるかもね」

と飯野が言った。

「わざわざそんなことしなくても、バンのドアにいはら荘ってあるから丸分かりだろ。まあ、どうせ遅かれ早かれマスコミの前に姿を出さなきゃいけないのは同じなんだ」

俺のその言葉で、今日何をしにみなかみ町に戻ってきたのかを思い知らされたように、理奈は重たい顔になった。

ユカのバンに乗って、等々力の模型店に向かった。観光客が増えたと聞いていたので、俺はみなかみ町が渋谷や新宿のような賑《にぎ》わいを見せているのかもしれない、と一瞬想像したが、そんなことはなく、前回の旅行でここを訪れた時と、あまり変化はないように思えた。

マスコミ関係者の姿なども見えないが、恐らく川でイルカを探しているのだろう。俺たちがカメラの前にさらされるのは仕方がないと思うが、あのイルカが見つからないで海に逃げてくれればいいな、と思った。あのイルカの思い出は俺たちだけのものにしておきたかった。

車は模型店があるという商店街に入っていった。主に地元の人が利用する商店街のようだが、やはりあちこちに土産物を売っている店が目に付く。東京ではシャッター商店街が珍しくないが、観光地ではまだまだ活気は失われていないようだ。

だがしかし、肝心の等々力の模型店だけはシャッターが下ろされていた。俺はずっと等々力の模型店と呼んでいたが、正式な名前は『とどりき模型店』らしい。

「今日は休みなのかな？」

と暢気に飯野が言った。だが、俺たちがこの町に戻ってきたその日が、たまたまとどりき模型店の定休日などという偶然があるだろうか。

理奈に頼んで、車を路肩に停めてもらい、俺たちは外に出た。理奈だけは車で待っているほうが良いかと思ったが、やはりここにもマスコミらしき人間の姿は見当たらなかったので、結局全員でクルマを降りた。

シャッターには店の電話番号が、ご用の方はこちらへどうぞ、というメッセージと共に書かれていた。俺は携帯でその番号にかけたが、誰も出る気配はなかった。

ユカは店の周りをうろうろしている。

「何を探してるの？」

と理奈が聞く。

「あのイルカを運んできたトラック、どこに停めているのかな、って思って。裏かな」

「あのイルカを僕らより先に見たんだろう？」

「うん。お店の中に案内されて、作業場みたいなところで。ねえ、三枝君。どうする？」

不安げな顔でユカが訊いた。俺もどうしようか迷ったが、せっかく等々力の店の前まで来て何の収穫もなしに帰るのはしゃくだった。何かないかと辺りを見回すと、模型店の向かいの雑貨屋の中から店主と思しき中年の女性が、こちらをじっと見つめていた。そして何か言いたそうな表情をしている。

俺は店に近づき、女性に、

「すいません。とどりき模型店は今日は休みですか？」

と訊いた。

「ああ、若い人だからもしやと思ったけど、やっぱり等々力さんに用があるのね」

俺たちの様子を見て、プラモデルでも買いに来たと思ったらしい。

「等々力さん、最近、店閉めてるよ」

と女性は言った。

「いつから閉めてるんですか？」

「さあ――四、五日前からかな」

イルカの動画が出始めた頃からかもしれない、と俺は思った。ユカたちもこちらに近づいてきて、女性と俺の話を聞いている。

「今、どちらにいるのか知りませんか？」

「さあねえ――もちろんお向かいさんだから仲良くしていたけど、私も等々力さんが何しているか全部把握しているわけじゃないから」

「あのすいません。等々力さんの奥さんのご実家がどこだか、ご存知ありませんか？」

とユカが俺と女性の会話に入ってきた。

「奥さん？」

「ええ。離婚の話し合いの最中って言っていたんで、もしかしたらそちらに今行っているかもしれないと思って」

「奥さん――？」

もう一度女性は、自分に言い聞かすように同じ言葉を呟いた。それから、俺たちを見返し、信じられないことを言った。

「あの人に奥さんなんかいないわよ」

唐突に告げられた事実に、俺はすぐに反応ができなかった。ユカも同じようだった。

「あの、それって、離婚して今は独身だってことなんですか？」

と飯野が訊いた。

「ううん。ずっと独身だと思ってたけど。何？　あの人結婚してたのにそれを隠してたってこと？」

俺たち四人はお互いに顔を見合わせたが何も言えなかった。あまりのことに言葉が出なかったのだ。

「あ、あの、すみません。等々力さん、トラックに乗ってましたよね。小型で、水色の」

「トラック？　さあ——見たことないわねえ」

さすがに免許は持っているだろう。自分でトラックを運転して、あのイルカのラジコンを運んできたのだから。だがあのトラックは彼の店のものではないかもしれない。

「等々力さんのラジコンを見たことありますか？」

今度は理奈が訊いた。

「いや、私はそういうの詳しくないから」

「イルカのラジコンです。あんなのを自分で作ったんなら、かなり有名だと思うんですけど」

「イルカのラジコン？　さあねえ、聞いたことないわ」

「子供のお客さんが買い物に来たりすることは？」

「ああ、あんまりないわね。お客さんはあなたたちみたいな若い人や、あと等々力さんと同い歳《どし》ぐらいの男性が多いかしら。売ってるのは車とかヘリコプターとか船のラジコンばかりだから。子供には専門的すぎるんじゃないかしら。でもイルカのラジコンっていうのは初めて聞いた！」

女性はまだまだ等々力の噂話をしたがっていたが、俺たちは早々にその場を後にした。バンに乗り込んで、暫く無言だった。

「やっぱり、等々力もイルカを逃がした奴らの仲間だったんだ」

俺はそう呟いた。

「どこからか、あのラジコンのイルカを手に入れて、それを俺たちの前で泳がしてみせた。俺たちをこの町から帰らせるために。でも動画が流出して、嘘がばれたから逃げたんだ。子供の流産がきっかけでイルカにのめり込んだって話も全部嘘なんだろう。ふざけやがって！」

「じゃあ――。黒沢さんも」

とユカが呟いた。俺はユカと顔を見合わせた。あんなラジコンのイルカは噂になっていない。にもかかわらずユカが等々力の存在を知ったのは、小春の彼氏の黒沢が等々力を知っていたからだ。ということは、つまり――。

ユカは携帯電話でどこかにかけていた。

「あ、もしもし？　ちょっと黒沢さんに会いたいんだけど――」

小春だ。

「え、何？　どうしたの？　私？　私は知らないわよ！」

何か言い争いをしているようだ。何を話しているのかは分からないが、どうやら小春はユカからの電話を歓迎していないようだ。

「ね、今度会おう？　それで話し合おう？　ね？」

まるで理奈を宥めるような口調で、小春と話している。通話を終えたユカは、大きくため息をついて、ステアリングに頭を打ちつけんばかりにうなだれた。

「どうした？」

「どうしたと思う？」

とユカは訊き返した。

「まさか、黒沢とも会えないとか？」

「小春、黒沢さんと別れたんだって。向こうから一方的に別れようって」

やはり、という気持ちと、まさか、という気持ちが交錯した。

「い、いつ？」

飯野が上ずった声で訊いた。

「いつだろう――泣いていたから良く訊けなかったけど、別れてから何日か経っているのは間違いないわ」

「じゃあ、あの動画が流出してから別れたんだな？」

「うん、多分——小春ったら、私が黒沢さんを誘ったなんて言うのよ。酷いでしょう？　私、あんな人タイプじゃないのに！」

そんなことより、理奈が逃がしたイルカがラジコンであると強硬に主張した者たちが、イルカの動画が流出した途端に失踪した——少なくとも俺達の前から——事実の方が重要だ。やはりあれは、俺たちを納得させるためのパフォーマンスだったのは明らかではないか。

等々力にいたっては離婚の危機どころか独身だったのだ。

「電話で別れ話を切り出されて、それっきり会ってないんだな？」

「うん、向こうはそう言っている。酷い話よね」

「あいつ、僕らを騙すためだけに、ユカさんの友達と付き合い始めたってことはないよね」

と飯野が呟いた。しかしそれはないだろう。黒沢は純粋にプライベートに小春と付き合っていたのだ。そこに偶然、ユカのメールが回ってきて、黒沢に俺たちの存在が知られたのだ。だから知り合いの等々力と協力して、ラジコンのイルカで俺たちを騙す作戦に出た。彼らにとって、その作戦がいかに重大なものだったのかは良く分かる。ばれた途端に元から付き合っていた小春と別れるほどなのだから。所詮、その程度の付き合いだったのだろう。あるいは黒沢にとって、あのイルカが恋人などよりもよほど重要な存在だったか。

黒沢は小春と一緒に、伊豆諸島の島に旅行に行き一緒にドルフィンスイムをしたという。彼はそれほどイルカを愛していたのかもしれない。人間の女の子よりも、ずっと――。

「じゃあ――」

その時、理奈が恐る恐るといったふうに呟いた。

「――あの管理人さんも」

恐らく会えないだろう、と思った。俺たちがイルカを見つけては都合が悪いであろう人間が二人もいなくなった。なら三人目もいなくなるのは当然のように思えた。

「どうしよう――キャンプ場に行く？」

もちろん、今すぐに行って確かめたかった。しかし駅前や商店街にマスコミ関係者がいなくとも、キャンプ場はどうだか分からない。何しろ、あの動画が撮られた場所と目と鼻の先なのだ。俺と飯野だけならともかく、今の段階では理奈を連れていくのはどうだろう。もし、小山に会う前に、他社に理奈の存在を気付かれたら、取材の話はなかったことにされてしまうかもしれない。どうせ金のためだと割りきってこの町に舞い戻ってきたのだ。約束の謝礼は理奈の今後の治療費のために、ちゃんと受け取らなければならない。

「それは後にしよう。マスコミの連中がいるかもしれない。それよりも、尾藤に会わせてくれないか」

「そうだ、尾藤だよ。あいつがテレビ局にあの動画を売ったんだ。裏切り者だよ」

「うん――」

その時、理奈が、

「あの人と会ってどうするの？」

と言った。

「また殴るの？」

「殴りはしない。ただ話し合うだけだ」

「私、怒ってないよ。あれでイルカがいるってことを皆に証明できたし、取材を受けて治療費も稼げる。それに――ユカさんともこうしてまた会えたもの」

「理奈ちゃん――」

感動したようにユカは呟いた。しかし、それは結果論だろう。尾藤が理奈を世間の目にさらしたのは厳然たる事実だ。明日から取材を受けるのだから、会える時に会っておかないと尾藤と話ができないまま東京に帰る事態にもなりかねない。

「理奈の言うことは分かる。でも、尾藤には会っておかなきゃいけない」

「どうして？」

　俺は言った。

「尾藤のバイクを見ようぜ。イルカと引き換えにしたんだ。さぞ立派なバイクなんだろう」

　その俺の言葉に、三人とも呆れたように黙り込んだが、やがて、

「そんなこと言って！　本当は尾藤に文句を言いに行くんだろう」

　と飯野が言った。

「もちろん文句は言う。奴は勝手なことをしたんだからな。ただ、やっぱりバイクは欲しいだろうけど、あいつ、本当にそれだけのために動画を売ったんだろうか？」

「――どういうこと？」

「理奈だって言っていたじゃないか。何となくイルカのことを他人に言っちゃいけない雰囲気があったって」

　確かに尾藤が平気で動画を売るような人間なら、何故理奈が助けられた直後に到着した警察官や消防団員に、イルカのことを黙っていたのか、という問題は解決していない。多分、尾藤も実際にあのイルカの光景を目にし、いくらバイクが欲しいからといって、簡単に売り渡してはいけないものだと思ったのではないか。しかし結局、彼はバイク欲しさに売った。その心境の変化をぜひ訊いてみたかった。尾藤は等々力や黒沢とも一悶着あった。彼らの失踪と何か関係しているのかもしれない。

「まあ、それはあんな光景を見たら、誰だって放心するでしょう？」

とユカは言った。何となく、尾藤に会いに行きたくなさそうだった。やはりストーカーのように付きまとわれていた過去があるからだろうか。しかしそれにしては、イルカを探している時には結構普通に会っていたと思うが。

「君が会いたくなかったら別にいいよ。俺だけで会うから」

「ううん。いいのよ、あなたが行きたいなら。案内するわ、どうせまたあの喫茶店にいると思うから」

ユカの態度を、俺はいつか見たような気がした。デジャヴか？　と思ったが違った。等々力にイルカのラジコンを見せられた直後、俺たちはイルカ探しの方針を見失い、理奈とケンカをした。思えばあのケンカが理奈を危険にさらした原因だった。そう、その時、俺はユカにこの模型店に連れていってくれと頼んだのだ。その時、ユカは口では行ってくれるようなことを言ったものの、明らかに嫌そうだった。同じ自営業同士、トラブルを起こしたくなかったのだろう。

その時の態度と同じだった、今のユカは。

でも俺は、

「そうか。じゃあ、頼むよ」

とユカの気持ちを分かっているにもかかわらず頼んだ。あの時だって、余計なことを考えずユカにここまで連れてきてもらえば良かったのだ。そうすれば等々力が独身であることはすぐに分かっただろう。だからこそ黒沢はわざとらしく等々力に電話したりして俺たちを牽《けん》制《せい》したのだから。黒沢の策略にまんまとはまってしまった形だ。

「また尾藤に付きまとわれているのか？」

と俺は訊いた。

「え？　どうして？」

「いや、何か行くのが嫌そうだったから」

するとユカは慌てたように、

「別に、そんなことないよ。ただ、またケンカになったら嫌だなって思って」

「ケンカはしない。約束する」

「本当？」

と理奈が訊いた。

「ああ。誓うよ」

もちろんケンカはしないに越したことはない。だが俺は、ユカがケンカが嫌だから俺と尾藤を会わせないようにしているなんて、これっぽっちも思っていなかった。

何かあるのだ、ユカと尾藤の間には。

もしかしたら、よりが戻ったのかもしれない。イルカの件では、尾藤も協力してくれた。理奈の居場所を一番最初に見つけたのもあいつだ。好感度を上げるには十分だろう。

ユカはゆっくりとバンを走らせた。ここに来た時よりも、遥かに遅いスピードだった。それが尾藤と俺とを会わせたくないとユカが思っている何よりの証拠だった。

みなかみ町は車の往来が少なく、のろのろ走っていても特に問題にはならなかった。むしろ若葉マークなのだからスピードを落としてくれたほうが安全で良かった。

あの喫茶店の駐車場にバンを停めた。ユカは暫く動かなかった。

「ユカさん——どうしたの？」

理奈が心配そうに訊いた。

「私、ここで待っているわ。尾藤君と話してきて」

とユカは言った。

「ユカさん——どこにも行かないよね」

「え？　どういう意味？」

「何だか——このまま車でどっかに行っちゃいそうな気がして」

ユカは振り返って、にっこりと笑った。

「大丈夫。逃げたりしないから」

「そう——」

理奈もユカの態度を不審に思ったようだが、それ以上何も言わなかった。俺と理奈と飯野は車を降りた。バイクを探したが、それらしいものはなかった。

「嫌だなあ、あいつなんか怖そうだもんなあ。僕、後ろの方でじっとしてるよ」

と飯野が言った。

「嫌なら、バンでユカさんと待ってろよ」

「ユカさんも様子変じゃん。二人っきりで何を話したらいいんだ。理奈ちゃん、僕と一緒にバンで待たない？　あいつに会いたいのは三枝だけなんだから」

「私は別に、あの人怖くありませんから」

としれっと理奈は言った。結局飯野も俺たちの後について、喫茶店の中に入っていった。ドアを開けると、当たり前のように尾藤がいたので何だか俺は笑ってしまった。赤木もいる。尾藤も俺が現れても、まったく意外そうな顔をせず、ただ、

「確かもう会わないって聞いた気がするが、あれは空耳だったたか」

と言った。

「そうだ。今日はお前に訊きたいことがあって、はるばる東京から戻ってきたんだ」

「何がだ？」

適当に飲み物を注文して、俺は尾藤と向かい合わせに座った。飯野は後ろの方に座ると言っていたが、理奈が尾藤の隣のテーブルに座ったので、飯野もこわごわとそこに座った。

俺はおもむろに訊いた。

「ひょっとして、ユカさんと付き合っているのか？」

「お兄ちゃん――」

理奈は言った。そんな可能性は考えもしていない様子だった。

「何でそう思う？　確か俺はもうユカには付きまとわないんじゃなかったっけ？」

と尾藤はぬけぬけと言った。

「ユカさんが、俺とお前を会わせたくなさそうだったからだ」

「仮に俺とユカが付き合っていたとしても、どうしてお前と俺を会わせたくないとユカが思う？　お前はユカの何なんだ？」

「俺のことはどうでもいい。質問に答えろ。イエスであれ、ノーであれ、俺には関係ない。ただ、知りたいだけだ」

尾藤は、まるでガンを飛ばすかのように俺に顔を近づけ、

「ノーだ」

と言った。

「じゃあ何で、ユカさんは俺とお前を会わせたくないんだ？」

「知るかよ！　またケンカするとでも思ってるんじゃねえの？」

暫く黙った。

俺の考えすぎかもしれない。ユカも車の中で尾藤とまったく同じことを言った。その説明で納得しなかったのは、俺が勝手にユカと尾藤の関係を疑っているからだ。そもそも二人の関係を疑ってもどうしようもないのだ。俺とユカの間には何もないのだから。そう俺は自分に言い聞かせた。

「まあ、それはどうでもいい。本題じゃないしな」

ふん、と尾藤は鼻で笑って、

「イルカだろ」

と言った。

「ああそうだ。お前、どういうつもりだ」

「どういうつもりって、何がだ」

「お前のせいで、理奈がマスコミに追い回されるかもしれない。俺たち家族は迷惑してる」

「は？」

「私は別に迷惑はしてない。取材を受ければお金ももらえるし」

と理奈。だからそれは結果論だ、と言おうとしたが、

「でも、あのイルカをそっとしておいてあげたかったな」

と理奈は言葉を続け、黙った。

尾藤は、俺と理奈を交互に見て、

「何だ?」

と言った。どういう意味で言っているのか分からなかった。

「何で俺のせいなんだ?」

「お前が、あの動画をテレビ局に売ったんだろう? バイクを買うために」

暫く尾藤はぼけっとしたような顔で俺を見つめ、それから、

「俺がやったって言うのか⁉」

と声を荒らげた。この期に及んで誤魔化すのか、と俺は思った。

「確かに証拠もなしに疑うのは悪いと思う。でも、あなたは偶然撮影したイルカの動画をテレビ局に売ろうとしてたじゃない。それは結局ラジコンだったけど、その後に本物のイルカの動画が撮れたんだから疑われても仕方がないと思う」

と理奈が尾藤に理路整然と言った。

「そ、そのお金でバイクを買ったんだろう？」

と飯野も、上ずった声で言った。

「そもそも、お前らが撮った動画が流出した。まず撮った奴を疑うのは筋だろう？」

「俺は動画なんか撮っていないぞ」

「そこの赤木が撮っていた」

と俺は赤木を指差した。赤木は凍りついたようになっていた。やはりこいつだ。

「赤木が撮った動画が流出したっていうのか？」

「あの時、動画を撮っていたのは、赤木と、飯野と、ユカさんの三人だ。飯野のは明らかに違う。ユカさんのもテレビに映った動画と同じものだとは思えない。結局、流出したのは赤木の動画だ」

「つまり赤木が犯人だってことだろう？　どうして俺を追及する？　いつも一緒にいるからって、共犯者にされちゃたまんねえよ」

「あいつが勝手にやったって言うのか？」

「少なくとも、俺は関係ない」

「お前が動画を売ったのか？」

と俺は赤木に訊いた。赤木は顔面蒼白のまま、俺の質問には答えなかった。

「どうなんだ？　黙ってると犯人にされるぞ」

やはり答えない。埒《らち》が明かないので、俺は再び尾藤に訊いた。

「お前もテレビであの動画を見ただろう。こいつの撮ったものだと疑わなかったのか？」

「俺はお前みたいに頭良くないんでな。そもそも誰が撮ろうが売ろうが知ったこっちゃない。動画を売って何が悪い？　お前は金が欲しくないのか？」

その尾藤の言葉に反論ができなかった。俺たちだって、理奈への取材の謝礼金が目当てでこの町に戻ってきたのだ。お前は単にバイクが欲しいんだろうが、こっちは理奈の治療費だ。妹の命がかかってるんだ——などと言っても仕方がない。価値観は人それぞれだし、水掛け論になるだけだ。そもそもこいつらが動画を流出させなければ、理奈への取材もなかったのだから。彼らの行動に怒りを覚えるが、その結果、こうして理奈の治療費が稼げるのだから、ジレンマというほかかない。

その時、

「違う——俺じゃない」

赤木が呟いた。

「赤木、誤魔化しても仕方ねえぞ」

「違う！　確かにあれは、俺の携帯で俺が撮った動画だ！　でも俺はマスコミに流したりなんかしないぞ！」

「じゃあ誰が流した？」

その尾藤の問いかけに、赤木は驚くべき答えを返してきた。

「井原だ」

一瞬、誰のことだか分からなかった。井原といえば、俺たちにとってはいはら荘だ。

飯野が呟く。一瞬、俺の脳裏にユカの父親が浮かんだ。もちろん彼にも動機はある。イルカの動画が流出したおかげで、この町に観光客が押し寄せたのだから。いはら荘の客も増えただろう――。

「井原って誰？　いはら荘の人？」

しかし、次に赤木が発した言葉で、俺の頭は真っ白になった。

「知らねえのかよ！　お前らといつも一緒にいる井原だよ！」

「えっ！　ユカさんが⁉」

理奈が叫んだ。俺は言葉を失った。しかしそう考えれば、ユカが俺を尾藤に会わせたくなかった理由に綺麗に説明がつくのだ。それにユカとメールでやりとりしていた時、話題がマスコミのことになると、急に文面が事務的になったような気がする。穿《うが》った見方もしれないが、そのことについてはあまり触れたくなかったのかもしれない。

自分がマスコミを呼び寄せた張本人だから。

「ユカさんがやったっていう証拠はあるの？」

と飯野が訊いた。

「証拠なんてない！　でもあいつしかいねえよ！　俺はやってないんだから！」

「おい、赤木。そりゃどういうことだ？」

と尾藤が赤木に問い質した。

「井原からメールが来たんだ——例の動画を送ってくれないかって。自分で撮ったのは鮮明じゃないからって。だから——」

「送ったのか？」

赤木は頷く。

「どうして断らなかった？　何か見返りがあると思ったのか？」

赤木は答えない。もし赤木もユカに気があったとしたら、好きな女の子の頼みは断れなかっただろう。だが彼を責めるのは酷だ。まさかユカがテレビ局に動画を売るとは、赤木は想像もしていなかったに違いない。ユカは俺たち側の人間だからだ。それに飯野や理奈が言った通り、あの時、あの場には特別な雰囲気があった。だからこそ、尾藤も赤木も動画を売らず、ユカに動画を送ったところでそれが流出するとは考えもしなかったのだ。

俺は立ち上がった。

「理奈、飯野とここで待っててくれ。ユカさんと話してくる」

「お兄ちゃん――」

理奈も立ち上がった。一緒に来たそうだった。

「待っててくれ。みんなで責めると、ユカさんも本当のことを言いづらいかもしれない」

「うん――でも、お兄ちゃん。感情的にならないでね」

と理奈は言った。俺は女にまで手を上げるような乱暴者だと妹に思われているらしい。

大丈夫だ、と告げて俺は店を出た。そして駐車場のバンで待っているユカの元に向かった。

俺は無言でバンの助手席に乗り込んだ。俺の態度を見てユカは覚悟を決めているようだった。

「赤木に聞いたよ」

「そう――」

「君の家にお客を呼ぶためか？」

「違うわよ――」

ユカはほとんど泣き出しそうだった。しかし、それで誤魔化されるわけにはいかない。納得のいく説明を聞かなければ。

「どうしてわざわざ赤木の動画を送った？　たとえ鮮明じゃなくても、自分で撮った動画を送って携帯からは動画を削除すれば、君がやったとばれなかったかもしれないのに」

「私の動画には、あなたが理奈ちゃんを助けるところが写ってなかったから」

そうユカは言った。

「まさか——マスコミに理奈を取材させるためか？」

「そうね。そうとも言えるわね」

「確かに取材で謝礼が出れば、理奈にとっても助かる。現に、だから俺たちはまたこの町に戻ってきた。でもまさか、そのために動画をマスコミに流したのか？」

ユカは、

「そうよ——」

と俺を見ず、前の方を向いたまま、言った。

「理奈の治療費を稼がせてくれるのは嬉しい。でもそういうことをするんだったら、前もって言ってくれよ。取材で嫌な思いもするかもしれないんだから」

「違うわ——」

「何が？」

「理奈ちゃんの治療費のためじゃない。もちろん理奈ちゃんは心配だし、病気に負けないで生きていって欲しいと思う。でも、そのために動画を送ったんじゃないわ」

「じゃあ、何のためだ？」

ユカはゆっくりと俺の方を向いた。涙が一筋こぼれた。

「私がやったとすぐにばれると分かっていたわ。でも、それでも良かった。またあなたに会えたから――」

まさか、と思った。

「理奈じゃないのか？　俺なのか？」

「動画がテレビで流れれば、きっと理奈ちゃんのところにマスコミの人が行くと思った――そうなったら、私のところにもマスコミの人が来て、またあなたとの繋がりができるかもしれないって――。でも、ああいう動画って、顔にぼかしがかかるのね。私、そんなことぜんぜん知らなかった」

でも、結局、小山は理奈を突き止めた。

「小山は最初に、等々力から俺たちのことを聞いたと言っていた。そこからどうやって俺の家に辿り着いたのか疑問だったが、そうか、君が教えたんだな。馬鹿正直に宿泊帳にちゃんとした住所を書くんじゃなかった」

と俺は皮肉交じりに言った。しかしユカは、

「え――何？」

と俺が今言った言葉の意味が分からない様子だった。

「私、小山なんて人知らないよ」

この期に及んで、ユカが嘘を言っているとは思えなかった。まあ、それは些細な問題だ。俺たちの住所をどこで突き止めたかという問題は、後で小山に訊けばいいのだから。

「でも、どうしてそんなことをしたんだ？　今年の冬休みにでも、来年の夏休みにでも、また来るって言ったじゃないか」

しかしユカは力なく笑った。

「今まで、いろんなお客さんたちが来たわ。あなたたちみたいな同い歳くらいのお客さんが来て仲良くなったこともあった——。みんな言うのよ。また来年になったら違う友達連れてくるって。でも、そのうちの半分以上が口だけで、もう来ないのよ。やっぱり民宿よりもホテルの方が気兼ねしなくていいんでしょうね」

「俺たちもそうなると？　でも残りの半分は、常連になるんだろう？」

「何回か来るってだけよ。それでだんだん来る間隔が空いていって、それっきり。常連さんとはいえないでしょう？」

「俺たちはそんなふうには——」

ならない、とは言えなかった。もしあの動画が流出しなかったらどうなっていただろう。

そりゃ、一度や二度は、またいはら荘に遊びに来るかもしれない。しかし俺も飯野も高校生で、進路を真剣に考えなければならない時期だ。そう何度も群馬に旅行に来る余裕はないかもしれない。

来たところで、もうイルカを探すという目的は達成した。普通に観光ということになるだろう。ユカはあちこち案内してくれるに違いない。しかし、それらの観光名所を、イルカを探すのと同じ情熱で楽しめるのか、と問われれば難しいだろう。

飯野も夕食を食べながら、ユカの父親に他の友達を連れてくる、と言っていた。その言葉も単なる愛想に過ぎない。そしてそのこともユカの父親は十分分かっていただろう。すべてはその場限りの楽しい会話。何の保証もない。

俺も理奈もユカに何度も、またここに来るよ、と言った。でもユカはそれらの言葉をどれだけ本気にしただろう。俺達も、どれだけ本気で言っただろう？　旅先で偶然出会った民宿の娘と、今後もずっと友達関係を続けると、本気で思っていただろうか？

イルカによって繋がった友達なのだから、イルカがもう関係なくなったら、繋がりは徐々に薄れていくのは仕方がないのかもしれない。俺も、飯野も、理奈も、東京に帰ればそれぞれの友達がいるのだ。だからユカは――。

「別に俺たちがいなくたって、君にも現地の友達が沢山いるんだろう？　あんなに沢山の友達にメールを送っていたじゃないか」

四十人プラスマイナス十人の友達。小春もその一人。

「あんなの、メールアドレスを知ってるってだけだから。一回何かの集まりで会えば、メールアドレスを交換するでしょう？　それだけの知り合い」

「君は――世間がイルカで騒いでいるうちは、俺たちと友達でいられると思ったのか？」

実際そうなった。俺はまたこの町に戻ってきたのだから。

「あなたたち、じゃないわ。あなたよ――」

そうユカは呟いた。

「理奈ちゃんはいい子よ。私、自分の妹みたいに思っていた。飯野君も穏やかでいい人――でも、私はあなたに会いたかった。あなたのことを、好きになったから――」

それから俺たちは暫く無言だった。

「でも動画を流出させたりなんかしたら、俺が君のことを嫌いになるとは少しも思わなかったのか？」

「思ったわ――でも、あなたの大勢の友達の中の一人になって、そのまま他の思い出に埋もれるぐらいだったら、嫌われたほうがマシよ。そうすれば、あなたは一生私のことを覚えているだろうから。それに――それほどあなたのことが好きだと伝えられるから」

ユカと手と手を重ね合った時、俺は彼女のことを好きになったのかも、と思ったこともあった。好きになったのだろう、多分。そしてその気持ちは今も変わることはない。しかしユカへの憤りの方が強かった。上手くはめられた、という理不尽な想い。つまり、俺の安いプライドが影響していた。騙されたとしても、ユカが俺のことを好きになってくれたことを喜べばいいではないか、と心のどこかで声がした。しかし俺は自分のプライドの方を優先した。

「動画を売るなら一言相談してくれれば良かったのに」

「――売ってなんかないわ、匿名で送っただけ」

「金儲けのためじゃないから許してくれってことか？」

「許してもらえなくたっていい。これで嫌われても――。あなたに告白できたから」

「――考えさせてくれ。ちょっと店に戻る。どこにも行かないでくれ」

俺はそう言って、ユカの返事を聞く前に店に戻った。俺がドアを開けると、待ちかねたように飯野と理奈が質問を浴びせかけてきた。

「お兄ちゃん、どうだった!?」

「やっぱりユカさんが犯人だったの!?」

俺はその質問には答えずに、真っ直ぐに四人がいる方に近づいていった。そして立ったまま、言った。

「告られた」

俺がまさかそんなことを言うとは思わなかったようで、飯野、尾藤、赤木の三人の男たちは、ぽかんとした顔をした。真っ先に意味を理解したのは理奈だった。

「え！　本当！」

その瞬間、理奈の頭の中からは、ユカが本当に動画を流出させた犯人なのか、などという問題は綺麗に消え去ってしまったようだ。

「ねえ！　ＯＫしたんでしょ！」

「——考えさせてくれ、って答えた」

「何で！　考えることなんかないじゃない！　ぐずぐずしてると、ユカさん、この人に取られちゃうよ！」

と理奈は尾藤を指差した。俺はその指先を見つめ、

「お前はいいのか？」

と尾藤に訊いた。

「いいのかって何だ」

「お前もユカさんのことが好きなんだろう？」

尾藤は笑った。

「俺はもうユカには付きまとわないと約束させられたんじゃなかったっけ？」

俺は尾藤にユカを奪われてしまったほうがどんなに楽だろうと思った。そうなれば、ユカと付き合おうかどうしようか悩む必要もないのだ。

ユカはいい子だと思う。あの夜、重ねた手の温かさは今でも残っている。しかし、彼女が勝手なことをしたのは厳然たる事実だ。

確かにユカは金をもらっていないのかもしれない。しかしそれが何だというのだろう。この町に観光客が押し寄せ、結果としていはら荘も潤う結果になったのだから。もし俺たちにばれたら、好きだとか付き合ってだとか誤魔化せばいい。どうせ遠距離恋愛だ。自然消滅したという形で上手いこともっていけばいい。

最初っからユカがそれを狙っていたとしたら？

ユカは勝手に動画を流出させた。思えばこの尾藤にイルカの話をしたのもユカなのだ。もちろんユカのそれらの行動がなかったら今の俺たちはなかった。しかしそんな結果論でユカの行為を許して良いのだろうか？

これから何が起こるにせよ、これ以上ユカと一緒にいると、また勝手なことをやらかすかもしれない。ましてや付き合い始めたら、余計に図々《ずうずう》しくなって、どんどん俺たちのことに首を突っ込み始めるに決まっている。

俺は力なくイスに座った。そして理奈に言った。

「俺は東京。ユカさんは群馬。長続きはしない。ましてや進路がどうなるか分からないんだからな」

「お兄ちゃん――」

「別に俺とユカさんが付き合わなくたって、何かが変わるわけじゃないだろう？」

「そうだけど――」

残念そうに理奈は呟いた。

「ユカさんは――ずっとイルカを探していたいんだ。俺たちと一緒にいるために。別に俺とユカさんが付き合わなくたって、俺たちはイルカで繋がっていられるじゃないか」

「うん――」

「その繋がりってやつには、俺たちも含まれるのか？」

と尾藤が訊いてきた。俺は頷いた。

「あの時、イルカを目撃した俺たち六人だ。マスコミに騒がれれば、きっと俺たち六人は一緒くたに扱われるだろう。それをユカさんは狙っていたんだ」

「あ、なるほど！　頭良いね、ユカさん」

と飯野が能天気な声を上げた。仮に告白されたのが飯野だったら、きっと何の迷いもなくユカと付き合うだろう、と思った。

その時、ユカが店の中に入ってきた。ユカは俺たち五人を見回してから、ゆっくりとこちらに近づいてきた。

「ユカさん！」

理奈が言った。

「お兄ちゃんと付き合ってよ！　そうすれば私もユカさんと一緒にいられるから」

「理奈、止めるんだ」

「だってお兄ちゃん、迷ってるし――」

「理奈ちゃん――」

ユカは理奈に諭すように言った。

「お兄ちゃんが迷って当然よ。だって私、勝手なことしたんだもの。ごめんね」

「謝ることないよ。だってそのおかげで、インスリンを買うお金が浮いたんだもの」

「また、お兄ちゃんに会いたかったから――理奈ちゃんにも」

理奈は立ち上がってユカに抱きついた。ユカは理奈の頭を優しく撫でている。

理奈は言った。

「ユカさん、お兄ちゃんと結婚してあげてよ。そうしたら、私、ユカさんの妹になれるから」

「そうね——考えておくわ」

　とユカは言った。

「何だ。俺に黙って勝手に話を進めるなよ」

「いいじゃないか。結婚しちゃえば。ご祝儀はちゃんと送るから」

　とへらへらと笑いながら飯野が言った。飯野は俺が冗談を言っていると思ったようだが、そうではなかった。車の中で二人っきりで話をしている時には少し心が揺れ動いたが、今ははっきりとユカに対する不信感が募っている。理奈はユカを慕っているし、飯野も穏やかというか、自分の我を強く主張しない男だ。二人はユカが動画を流出させたことを、大した問題だとは思っていないだろう。むしろ再びユカに会えて嬉しいとすら思っているはずだ。

　つまりユカは、一瞬で理奈と飯野を仲間に付けた。多数決なら俺の負けだ。全部ユカは分かってやっているのだ。

「三枝君——」

　まるで何かを訴えるように俺を見た。妹の理奈ちゃんもこう言っているからとりあえず結婚を前提にお付き合いしましょう、と言い出すのではないかと気が気ではなかった。でも違った。

「小山さんから連絡があったそうよ」

「何？」

「小山さんからの電話を父が受けた。キャンプ場に行ってて欲しいって。そこで撮影をしたいそうよ。さっき父から携帯にかかってきた」

「夜にいはら荘に来て、取材は明日からなんじゃないのか？」

「さあ――分からないわ。私には」

何か変だと思ったが、深く考えることはなかった。ただ、予定より早く理奈の取材が始まることに、ほっとしている自分がいた。さすがに結婚は冗談としても、ユカとの交際問題はいったん保留にできるからだ。

俺は尾藤に、

「これで本当に、お前とも、もう会うことはないだろうな」

と何度目かの台詞を吐いた。

尾藤は、あのニヤリとした笑みを浮かべ、

「お前とは長い付き合いになりそうだぜ」

と返してきた。

俺たちは店を出てバンに戻った。ユカが動画を流出させたと分かった時は、今後ユカと一緒に行動するのは気まずくなるだろうな、と予想したが、そんなことはなかった。理奈も飯野も楽しそうにユカと語らっている。金が入るし、またこの町に来られたし、何より理奈がいいと言っているのだから問題はないかもしれない。だが、ユカが勝手なことをしたという不信感は消えない。何より、飯野と理奈が完全にユカに心を許しているのが面白くない。

「キャンプ場にはマスコミの連中がいるかもしれない」

と俺は呟いた。だからこそ、すぐに管理人に会いに行くのは保留にし、尾藤の方を先に済ませたのに、そんなこと三人はもう忘れてしまっているようだった。

「大丈夫だろ。僕らのことはその小山って人しか知らないだろうから」

などと飯野は言った。

「それにその人が来てくれって言ってるんだから、断れないじゃないか」

「そうねえ」

などとユカも暢気に相づちを打った。理奈は、

「私はどうでもいいよ。お兄ちゃんとユカさんが仲良くしてくれるなら」

などと言うので余計に腹が立った。ユカを好きだという感情はあった。しかし彼女に裏切られたという思い、それに飯野や理奈の冷やかしで、ユカを好きだという感情が、まるで足かせのように重く身体に纏わりついてきた。

三人の明るい声と、俺の重苦しい思いを運び、バンはキャンプ場の駐車場に到着した。以前訪れた時と特に変わった様子はなかったが、ただ停まっている車の数はケタ違いに多い。バンを停めるのに空いたスペースを探さなければならなかったほどだ。やはりあのイルカの動画の経済効果は絶大なようだ。

「キャンプ場のどこで落ち合うって？」

「さあ、それは聞かなかったなあ。来れば分かるって」

その暢気なユカの言い方が余計に腹立たしかった。

「来れば分かるって、分からないじゃないか」

「お兄ちゃん、ユカさんだって困るわよ。そんなふうに訊かれちゃ」

俺は理奈の文句を無視して、もう一度車の中から外の様子を窺った。大丈夫そうだが、油断はできない。

「ちょっと、ここで待っていてくれ。俺が一人で様子を見に行ってくる」

「心配性だなあ、三枝は」

「もし誰かに見つかって騒がれたら、俺の帰りを待たずに戻っていいから」

と俺は言ってバンを降りた。敷地の中に入った途端に、あの管理人がやって来ると思ったが、そんなことにはならなかった。管理人棟まで行く手間が省けたのに、と俺は思った。もちろん、そうなったとしても、また勝手に敷地に入るなと文句を言うばかりで話にならないのは目に見えているが。

今更、あの管理人から何か情報を訊き出そうというつもりはない。しかし利根川でイルカが見つかった件について管理人が、そして息子の真司がどう思っているのか、それだけでも訊きたかった。

しかし、管理人には会えなかった。

管理人棟にいたのは、あの中年の管理人とは似ても似つかない若い男だった。二十代前半だろうか。俺を見ると、キャンプ場の利用客と思ったようで、どうしたの？　と愛想良い声をかけてきた。

「あの、前にいた管理人さんはどうしたんですか？」

「前の管理人？」

「中年の男性で、真司っていう息子さんがいる――」

しかし彼はやはりピンと来ていない様子だった。

「知らないなあ。ごめん、僕、一昨日からここで働き始めたばかりだから」

「一昨日――」

またただ。またしても、イルカの動画が流出してから、俺たちのイルカ探しを邪魔した人間が消えた。

「どこに行ったか分かりませんか？　仕事を辞めた経緯とか」

「ごめん——本当に分からないんだ。会社の方に直接訊いてもらえるかな」

そう言って、彼はこのキャンプ場を運営している会社の問い合わせ先を教えてくれた。所在地は地元ではなく神奈川県の川崎市らしい。いちおう携帯に番号を入力したが、実際に問い合わせるかどうかは分からなかった。イルカの動画が流出した途端に一斉に姿を消すような連中が、電話で問い合わせて簡単に分かるような足取りを残しておくとは思えなかった。

「君も、あのイルカが目当てかい？」

と訊かれたので、思わず言葉に詰まった。

「結構マスコミとかが来るよ。いや、別に僕はこの仕事を希望したわけじゃないんだ。でも仕事をより好みはできないだろう？　あの動画が撮られた場所はこの近くだっていうから、嫌な予感がしたんだけど、案の定だよ。転職した途端にマスコミ対応に追われるなんてついてないよなあ」

新管理人は訊いてもいないのにべらべらと喋った。若干うるさくはあるが、裏表はなさそうで知っていることは何でも話してくれるかもしれない。しかし、逃げ出した前管理人の穴埋めで雇われたのなら、大した情報は持っていないだろう。

その時、新管理人は急に俺をじっと見つめ始めた。もしかしたら、俺があの動画に写っている人物だと気付かれたのだろうか。しかし、俺の顔は写っていなかったし、服装だってあの時とは違うのだが。

しかし、彼は言った。

「ねえ、君、ひょっとして三枝さん？」

やはり前管理人から何か言付《ことづ》かっていたのかもしれない。仮に俺と動画に写っていた人間が同一人物だと気付かれたとしても、名前までは分かるはずがないからだ。

「どうして俺の名前を？」

「小山さんって人から、頼まれたんだ。君が来たら、案内して欲しいって」

ちゃんと小山が管理人に話を通していることが分かって、俺はほっと胸を撫で下ろした。しかし、俺が管理人に会いに来なかったらどうするつもりだったのか。

「どこにいるんですか？」

「このキャンプ場に泊まってるんだ」

なるほど、それが一番効率のいいやり方かもしれない。イルカを逃がした川が目と鼻の先にあるバンガローで、理奈の話を聞くということか。

「他の子たちは？」

と新管理人が訊いた。理奈たちのことだろうか。

「一応、全員そろって連れてきて欲しいって言われてるんだけど」

俺は舌打ちしそうになった。いろいろ条件が多いくせに、連絡は雑だ。しかも、ここに来るまでまだ俺は一度も小山と会ったことがない。全員と言われても、またわざわざあの喫茶店に戻るのも面倒だし、尾藤と赤木が協力してくれる保証もない。

「二人いないんですけど」

「君の妹は？」

「います」

「なら大丈夫。三枝って男の子の妹さんだけは絶対に案内してくれって言われているから」

尾藤はともかく、赤木はいいのだろうか。何しろ赤木はあの動画の撮影者なのだ。優先順位から言ったら、理奈の次に重要な人間ではないのか。まあ、小山が決めることだし、明日以降も取材は続くだろう。俺は尾藤が言った、長い付き合いになりそうだ、という言葉を思い出し、まったくその通りだとほくそ笑みそうになった。

携帯電話を取り出した。ユカにメールしようと思ったが、少しためらった後、飯野に電話した。事情を話し、みんなで車を降りてキャンプ場の敷地の中に入ってきてくれ、と伝えた。

「大丈夫そう？」

「ええ、大丈夫です」

俺は気持ち早足で、今来た道を戻った。バンガローに続く道で三人と合流した。新管理人を見て理奈が、

「この人が小山さん？」

と訊いた。

「いや、この人は新しい管理人さんだ」

「新しい？　じゃあ、前の管理人さんは？」

「等々力や黒沢と同じだよ」

「逃げたの？」

と飯野が訊いた。

「多分、そうだろう」

「真司君は？」

俺はゆっくりと首を横に振った。

「本当に北海道に行ったのか、それとも行ったふりをして隠れていたのか、これで永久の謎

になったな」

と俺は言った。

「――何の話をしているの？」

状況がまったく呑み込めていないであろう新管理人が訊いた。だが俺はその質問に答えることなく、バンガローの方に向かって歩き始めた。若い夫婦や、子供たちの姿が目立つ。俺たちが来た時は好きな宿を選べたが、観光客が増えた今は難しいかもしれない。その一切合切すべて俺たちのせいだと考えると、何か不思議な気持ちがした。イルカ探しという極めて個人的な行為が、世の中まで変えてしまったようなそんな気持ちだ。

向こうにテレビカメラを抱えたニュース番組のスタッフの姿が見える。小山の仲間なのか、それとも関係ないのかは分からなかったが、俺たちはこれから理奈をあのカメラの前にさらそうとしているのだと思うと、本当にこれで良かったのかと自分に問いかけた。ちやほやされるだけではない。誹謗《ひぼう》中傷も受けるだろう。それこそ、糖尿病！　イルカ少女！　なんていう罵倒を日本全国から受けるのだ。

しかし、今更後には引けなかった。

新管理人に案内されながら、俺たちは一軒のバンガローの前に立った。新管理人がバンガローのチャイムを押す。しかし応答はない。

「あれ――変だな」

それから何回かチャイムを押したが、応答がないのは同じだった。新管理人はバンガローのドアに手をやった。そして呟いた。

「開いてる――」

恐る恐るといったふうに新管理人は、ドアを薄く開けた。

「小山さん、いらっしゃいませんか？」

部屋の中に呼びかけても応答はない。

「いないみたいだ――」

「どういうことなんですか？　ここで小山って人が僕らを待ってるんでしょう？」

と飯野が言った。

「いや、どうしたんだろう――でも僕は、三枝さんって兄妹が来たら、このバンガローに案内してくれって言われただけだから」

などと新管理人は要領を得ない。まさか小山の悪戯だったのか、と一瞬思う。だが、家まで来て母さんに名刺を渡したのは事実だし、ここまでの旅費も出してくれた。悪戯でそこまでするとは思えない。それともマスコミはこんないい加減な対応が普通なのだろうか。

「どうするの？」

理奈が不安そうに呟く。

「ちょっと待ってれば、そのうち来るんじゃないかな」

などと飯野が言ったが、待つことなどできなかった。俺は母さんから預かった小山の名刺を出し、そこに書かれているエー・エージェンシーの電話番号に携帯でかけた。すると信じられないメッセージが聞こえてきた。

おかけになった電話番号は現在、使われておりません。

母さんは俺たちをここによこす前に、小山と連絡を取り合っていた。当然、この名刺の番号にかけたはずだ——でも、今は繋がらない。

急に倒産してしまったのだろうか。それとも——。

その時、キャンプ場の客だろう、小さな女の子がノートとペンを持って俺たちに近づいてきた。何だろうと思って見ていると、女の子は理奈にノートとペンを突きつけた。そして、

「あの、サインください」

と何の悪気もない様子で言った。

まるで意味が分からなかった。理奈も困惑している。

「サインってどういうこと？」

腰をかがめ、女の子をあやすようにユカは訊いた。

「有名人だから、サインをもらって来なさいって。イルカ少女だから」

思わず我に返って、周囲を見回した。キャンプ場の客たちが、こちらを見てこそこそと話をしている。

はめられた、そう思った。

「おい、あんた！」

俺は新管理人に怒鳴った。だが彼は状況をまるで理解できない様子で、あたふたしている。俺がなぜ怒鳴っているのかも分かっていない様子だった。彼は何も知らないのだろう。ただあの管理人が逃げた後で雇われたに過ぎない。

「理奈、飯野。今すぐ戻るぞ」

「いはら荘に？」

「違う、東京だ。ここにいちゃいけない」

飯野は一瞬不満そうな顔をしたが、ただならぬ状況を察したのか反論しなかった。理奈も同じだった。小山が提示した謝礼の金額を母さんから聞かされた時におかしいと思うべきだった。取材への謝礼の相場など分からないといっても、いくらなんでも額が大きすぎた。そもそも取材に謝礼など出るだろうか。買収して証言させたのではないか、という問題も出てくるのではないか。

小山は何らかの理由で、俺たちをこの町に戻らせたのだ。その理由が何かは分からない。ただ、それが敵の狙いなら、この町からは一刻も早く離れなければならない。

その時、キャンプ場の客たちの半数が、携帯のカメラを俺たちに向けているのに気付いた。

頭がカッとなった。その瞬間、

「え？　もう東京に戻るの？　そんな、来たばっかりなのに——」

とユカが言った。いけない、と理性が訴えたが、もう自分が抑えられなかった。次の瞬間、俺はほとんど無意識のうちに、ユカに罵声を浴びせかけていた。

「ふざけるな！　お前があの動画をテレビ局に送ったからこんなことになったんじゃねえか！　裏切り者！」

次の瞬間、我に返ったが、もう遅かった。理奈も飯野も、そしてもちろんユカも、信じられないと言いたげな顔で俺を見ていた。

終わった、と思った。すべてが。俺は今すぐ東京に帰って、この町には二度と戻ってこないだろう。そしてユカとも二度と会えない。

「理奈、来るんだ。今すぐ帰ろう」

俺は返事を待たずに、理奈の腕を強く引いた。ユカの顔は見られなかった。

「お兄ちゃん、酷いよ。ユカさんに、あんな言い方——」

理奈は泣きながら俺を責める言葉を吐いた。

「言いたいことは帰りの新幹線の中で聞く。とにかくここから帰るんだ」

向こうにいたマスコミの連中も俺たちに気付いたようで、わらわらとこちらにやって来た。テレビで見たことのあるレポーターがいた。彼らにキャンプ場の客たちも気付いたようで、余計に騒ぎが大きくなった。子供たちは俺たちが誰だか分からず、ただ俺たちを写しているカメラに向かってピースサインを繰り出している。この子、あのイルカ少女だよ！　と余計なことを言う子供もいる。

レポーターやテレビ局のスタッフと思しき男が、俺たちにしきりに話しかけてくる。だが俺は完全に無視を決め込み、ひたすらキャンプ場の出口に向かって歩いた。

「あの、すいません。まだ何も話せないんです」

人の善い飯野はそんな連中の質問にいちいち律義に答えている。

「――飯野！」

俺は小声で飯野を呼んだ。そして近づいてきた飯野に耳打ちした。

「――一言も喋るな。少しでも変なことを言ったら、そこだけ切り取られて放送される」

「――でも、ずっと追っかけてくるよ」

「――放っておけ、虫が集《たか》っていると思えばいい」

カメラは理奈ばかり撮っていた。俺は理奈を脇に抱くようにして歩き、決して顔を撮られないようにした。

いったい小山の目的は何なのだろう。取材と偽って俺たちをこの町に呼び寄せたのは明白だ。だがなぜ、俺たちの正体がキャンプ場の客たちにばれたのだろう。小山が漏らしたのか？　だが結局、それで他のマスコミに俺たちが取材されるはめになるのだ。何の意味もない。

とにかく、今すぐにこの町を離れたかった。俺は理奈と共に足早に駐車場に向かった。呆れたことに、キャンプ場の客はまだ俺たちを追ってきている。百歩譲ってマスコミの連中が俺たちを追うのはまだ分かる。彼らもそれが仕事なのだろうから。だが、マスコミの連中がいるからだろうか、一般市民の好奇心には歯止めが利かなかった。

俺も彼らのような人間なのだろうか。そう思うとたまらなかった。イルカを探したあの情熱と、彼らが面白半分に理奈を写真に撮るのとは、果たして同じ根を持つことなのだろうか。もしそうだとしても、信じたくなかった。

ほんの少しだけマスコミの連中を引き離せたような気がした。諦めてくれたのか。だがそうではなさそうだった。携帯でどこかに連絡している。イルカ少女が見つかったことをあちこちに伝えているのだろう。とにかく今がチャンスだ。

無意識のうちに、いはら荘のバンに近づいている自分に気付いて、俺ははっとした。もうあの車には乗れない。俺はバンから離れ、車道の方に向かった。

「——どこに行くの？」

不安げな顔をした理奈が訊いた。

「タクシーを拾う」

「どうして？　ユカさんに送ってもらえばいいじゃない！」

「おい、三枝、待てよ！　何でそっちに行くんだよ！」

後ろから飯野が声をかけてきた。大きな声で名前を呼ぶな、と俺は心の中で飯野に文句を言ってから、振り返らずに口に出して叫んだ。

「お前も早く来い！」

「どうして？　タクシーすぐに捕まるの？」

確かに往来に車は少なく、都合よくタクシーが走ってくる保証もなかった。

「タクシーが捕まらなかったら、歩いて駅まで行く」

「本気⁉　きっと、あの人たちずっと追っかけてくるよ！」

きっとそうだろう。でも、もうユカの運転する車には乗れない。

「待って！」

その時、ユカの声がした。俺は歩きながらそちらを向いた。

ユカがバンの前に立って、泣きながらこちらを見つめていた。

「ごめんなさい」

ユカはそう言った。

「本当にごめんなさい。私が馬鹿だった。でもせめて駅まで送らせて。それで許してなんて言わないから！　駅まで歩かせたら、理奈ちゃんまた低血糖になっちゃう！」

「うるさい黙れ！」

その俺の言葉で、理奈は弾かれたように俺から離れた。俺は思わず、理奈の腕をつかんだ。

「放せ！」

「わがまま言うな！」

だが理奈はその場で暴れ回り、あまりのことに俺は思わずつかんだ腕を放してしまった。

「お兄ちゃんなんか嫌いだ！　私はユカさんと行く！」

そう言って理奈は、すたすたとユカがいる方に歩いていく。

「理奈！」

俺は理奈を追おうとした。その時——。

駐車場に停まっていた一台の車が突然動き出し、理奈の方に走ってきた。

「危ない！」

理奈は走ってきた車の方を見つめると、まるで凍りついたように立ち尽くした。俺は理奈を助けようと走り出した。だが間に合わない！　轢《ひ》かれる！

次の瞬間、向こう側からユカがこちらに駆け寄ってきた。そして理奈を思いっきり突き飛ばした。大人の身体のユカに突き飛ばされて、まだ身体の小さい理奈は宙を飛んだ。

その光景と、溺れた理奈がイルカに助け出され、川から飛び出してきた瞬間の記憶とがオーバーラップした。でもここは水面じゃない。下はアスファルトの地面だ。

俺は無我夢中で滑り込むようにして理奈をキャッチした。そしてそのまま地面に尻餅をついた。

「理奈、理奈――」

俺は理奈に呼びかけた。

理奈はゆっくりと目を開けた。

「お兄ちゃん――」

「大丈夫か？　怪我してないか？」

「うん、大丈夫――」

そう言いかけた理奈は、顔を上げた瞬間、絶叫した。

「ユカさん！」

そしてすぐさま俺から身体を離して、車の方に駆けていった。

ユカがアスファルトの地面に倒れていた。微動だにしなかった。理奈はユカに駆け寄って、

「ユカさん！　ユカさあん！」

泣きながら呼びかけた。

「理奈ちゃん、揺すぶっちゃ駄目だ！」

すぐさま飯野もユカの方に駆け寄った。俺は——。

呆然と立ち上がり、理奈たちの方に近づいた。

ユカは目を閉じ、力なく手足と、そしてポニーテールにした髪を地面に投げ出し、死んだように動かない。いや、死んでいるのかもしれない。

ユカの耳から、真っ赤な血が流れて、白い首筋を汚していた。俺は身体の力が抜けたように、アスファルトの地面に膝をついた。放心したようにハンドルを握りしめたまま動かない、ユカを轢いた女性のドライバーも、理奈が泣きわめく声も、倒れているユカにカメラを向けているテレビ局のスタッフも、救急車だ！　救急車を呼べ！　と叫んでいるどこかの誰かの声も、まったく理解できなかった。

『うるさい黙れ！』

ユカは俺たちに協力してくれたのに。俺のことを好きと言ってくれたのに。

俺は。

『お前があの動画をテレビ局に送ったからこんなことになったんじゃねえか！』

俺は。

『裏切り者！』

頭の中には、ユカに投げつけた言葉がリフレインしていた。ユカにぶつけた言葉が、そのまま俺に返ってきて、俺から何もかもを奪っていった。考えることも、行動することも。ただ、ユカに復讐されていると思った。ユカは身をもって俺に復讐しているのだと。

違った。

俺に復讐しているのは、ユカではなかった。俺がユカにぶつけた言葉そのものだった。俺は一生、この言葉を忘れることはないだろう。そして自分を責め続けるだろう。俺が理奈を助ければ良かった。俺が理奈の代わりに轢かれれば良かった。それ以外に、あの言葉から逃れる術はなかったのに。

でも、もう遅い。

すべては遅すぎた。

7

ユカは死ななかった。

だけど、それだけだった。

結局、小山は現れなかった。もう今となってはどうでもいいことだけれど。

車を運転していたのは、テレビ局の新米のアシスタントディレクターで、俺たちを追おうと慌てて車を出してユカを轢いてしまったらしい。

俺は小山の陰謀を感じ、東京にトンボ返りしようと思ったが、ユカが轢かれたことでみなかみ町に少なくともその日一日は滞在することを余儀なくされた。でももう、小山の陰謀が不気味で恐ろしいから早く帰りたいなんて気持ちは綺麗に失《う》せていた。その陰謀とやらがたとえどんなものであっても、車に轢かれて耳から血を流すことに比べればマシだとしか思えなかった。

群馬の警察には、すべて本当のことを話し、小山の名刺を渡した。エー・エージェンシーなどという制作会社が存在しないことは、すぐに明らかになった。名刺に記載されていた電話番号は実在していたが、ユカが車に轢かれたちょうどその日に引き払われていたという。

すべては俺たちを再びみなかみ町に呼び寄せるための工作であることは明らかだった。だが、どこまで警察が捜査するのかは疑問だった。轢いたアシスタントディレクターはすぐに逮捕されたし、これがただの事故であることは明白だ。冷静に考えれば、俺たちがこの街にやって来た理由は事故と何の関係もない。ましてやイルカのことなんて、それがどんなに不思議で神秘的なことでも、警察は眼中にないようだった。

ユカの両親が病院に駆けつけてきた。ほとんど号泣せんばかりだった。俺は申し訳なくて、彼らとほとんど目を合わせられなかった。ただ祈るような思いでユカの手術が終わるのを待った。もしこのままユカが死んでしまったら、俺はもう生きてはいけない。

緊急手術は半日かかった。手術が終わって、ストレッチャーで運ばれるユカはまるで別人のようだった。頭を包帯でぐるぐる巻きにされている。もしかしたらギプスなのかもしれない。ユカは頭を開いて脳を手術したのだ。彼女はチャームポイントの可愛らしいポニーテールを奪われ、その代わりに一生残る頭の傷を与えられた。

俺のせいで。

俺たちはストレッチャーで運ばれるユカをちらりと見ることが許されただけだった。ユカは回復のめどが立つまで集中治療室で過ごすが、そこは家族しか面会が許されない場所だ。民宿の娘と宿泊客という関係でしかない俺たちは、ユカと会うことはできなかった。

その日は、特例で病院が家族用の宿泊室に泊まらせてくれた。いはら荘に部屋は用意してもらっているが、またそこで世話になるのはあまりにも心苦しかった。俺はユカの意識が戻って集中治療室から出るまで、それこそ夏休みが終わる最後の日までみなかみ町に滞在したかったが、理奈のインスリンの問題でいつまでも帰らないというわけにはいかなかった。

ユカが集中治療室から出る気配はなかった。意識が戻るかどうかもはっきりしないという。ユカに酷いことを言った詫びを入れたいと思ったが、そのチャンスは訪れなかった。

俺は妹の身代わりになってユカが大怪我をしたことへの謝罪と、これから東京に帰るということをユカの両親に言ったが、彼らは俺のそんな言葉などほとんど上の空で聞いていた。理奈がいなくなった時、まるで実の娘のように心配してくれたユカの父親だが、やはり俺も理奈も彼の子供ではないという当たり前の現実を思い知らされた瞬間だった。

理奈はずっと泣いていた。手術中も、手術が終わった後も、宿泊室で眠る時も、ユカが集中治療室から出るのを待ち続けている時も、ずっと。食事もほとんど食べないので、低血糖にならないように俺が無理やり食べさせなければならないほどだった。

「私があの時、死ねば良かった」

帰りの新幹線の中で理奈は言った。溺れた時のことか、車に轢かれそうになった時のことを言っているのか分からなかったが、その両方かもしれない。

飯野ともほとんど喋らなかった。何を話せば良いのか分からなかったからだ。

俺は家に帰ってきてからすぐに、本屋で手紙の書き方の本と、便箋と封筒を買った。ユカの父親にユカを俺たちのトラブルに巻き込んだことに対して改めて謝罪するためと、近いうちにもう一度見舞いに行かせて欲しいことを伝えるためだ。手紙など書いたことがなかったから何枚も失敗した。それでも何とか最低限の体裁の手紙らしきものが仕上がったので、いはら荘に送った。

群馬の警察から家に連絡が来るかも、と思ったがそんなものは一切なかった。やはり小山の件はユカの交通事故とは無関係として処理されるようだった。そもそも、小山は高額の謝礼をちらつかせたものの、こちらから何らかの金品を奪ったわけではない。みなかみ町への旅費だって、ちゃんと小山が出したのだ。小山の行為に犯罪性はなかった。

母さんとしては、相手はこちらの住所を知っていることだし、不気味だから捜査して欲しいという気持ちはあったようだが、わざわざこちらの警察署に相談するまではいかなかったようだ。何となく不気味というだけでは被害届は出せないし、運良く迷惑防止条例等の法律で捜査してくれることがあったとしても、他の多くの事件に埋もれてしまうのがオチだろう。

ユカが轢かれて以降、例のイルカの動画はテレビでは流されなくなった。それに呼応するように、ネットの動画サイトなどの盛り上がりも下火になった。ユカが例の動画をネットに投稿するのではなく、真っ先にテレビ局に送ったのは正しい選択だと思った。ネットに詳しくなかったという理由ももしかしたらあるかもしれないが、所詮、まだまだネットはテレビに追従しているのだな、と実感した。ネットだけで話題になるニュースもあるかもしれないが、それが本格的に全国区で話題になるのは、やはりテレビで取り上げられてからだ。

テレビ局のスタッフが取材中に地元の女子高生を轢いたというのが少し問題になってニュースで報じられた。だが自分たちは身内や同じ業界の問題も正々堂々と追及するんですよ、というアピールに過ぎなかった。現場にいた女子アナは目に涙を浮かべてユカに謝罪していたが何も心に響かなかった。彼女はヘラヘラ笑いながら逃げる理奈にマイクを向けていたのだ。人前に立つ職業なのだから、涙を浮かべるぐらいのパフォーマンスはお手のものだろう。

夏休みが終わり、抜け殻のような秋が過ぎ、そして冬休みになった。俺はユカの見舞いにみなかみ町に行きたかったが、送った手紙への返事がなかったこともあり、それはためらわれた。行ったところで会わせてはくれないかもしれない。理奈もまた、ユカに再会するのが怖いようだった。俺は理奈がユカさんに会いたい、などと言い出さないのが寂しかったが、どこかほっとしていた。もしユカが障害を負うようなことになっていたら、きっと理奈はまた自分を責めるだろう。

理奈には心を痛めたり、自分の選択を後悔したりして欲しくはなかった。ユカがあんなことになった責任はすべて俺にあるのだから。飯野も本格的に受験勉強を始め、迂闊に旅行に誘えるような雰囲気ではなかった。

みなかみ町にイルカが現れたことや、群がったマスコミによって現地の女子高生が大怪我を負わされたことを世間が忘れ始めた頃、ユカを轢いたアシスタントディレクターに判決が下ったというニュースが舞い込んできた。業務上過失致傷罪で、執行猶予がつくという。

ユカを直接轢いたそのアシスタントディレクターが憎いというよりも、俺は理奈を追い回したマスコミすべてが憎かった。しかし俺たちも、いくら小山という男に騙されていたとはいえ、金目当てで理奈に取材を受けさせようと思っていたのだ。たとえ理奈が望んで取材を受けたとしても、正体を明かしたらあんなふうにマスコミの連中に取り囲まれることは分かっていたはずだ。

俺に他人を責める権利はない。ユカをあんな酷い言葉で罵倒した俺になど。

翌年、理奈は無事に中学生になり、飯野は受験勉強を続け、俺は看護の専門学校の資料を集めていた。別に看護師になりたいという強い意志があったわけではないが、俺とて進路を決めずぷらぷらしているわけにはいかない。医療関係の仕事は、身近に理奈という糖尿病を患っている人間がいるから、以前から意識していただけだ。だがもしかしたら、ユカのことが頭にあったのかもしれない。もしユカが障害を負ってしまっていたら、看護師になってユカの生活のサポートをしてやりたいと。

でも俺はそんな考えを振り払った。看護師になったからといって、好きな患者の看護ができるわけではないのだから。それにユカが障害を負ってしまっているという前提でそんなことを考えるのは間違っていると感じた。ユカは今でも元気にバンを運転して、いはら荘の仕事の手伝いをしているだろう。そう信じたい。

そして、再び夏休みを迎えた。管理人が消え、等々力が消え、黒沢が消えても、サマーキャンプは例年通り行われるようだった。しかし理奈はキャンプには行かなかった。俺も母さんも、理奈の意思を尊重しその理由をしつこく問い質しはしなかった。ただ、もう理奈にとってあの思い出は過去のものなんだな、と思った。みなかみ町も、利根川も、キャンプ場も、イルカも、そしてユカも——。

ただ俺はやはり、一年前の記憶を消し去ることはできなかった。ユカにあんな酷い言葉を投げつけてしまったという後悔を抱えているのはもちろんだが、それだけではなく、俺の元に一通の手紙が届いたからだ。

ユカの父親からだった。一年前に出した手紙への返事だった。手紙を出したことを忘れたわけではもちろんないが、返事が来なかったことから、やはり彼は俺たちを許してはくれないのだな、と半ば諦めていたのだ。

手紙は、俺の手紙への返事が遅れたことに対する謝罪から始まっていた。ユカの見舞いや看病に追われて、なかなか手紙を書く余裕がなかったからだという。それは別に良かった。たとえ一年経ってからでも、返事が来ただけで嬉しかった。

ユカは意識を失ったまま回復せず、アメリカで考案された新しい脳外科手術の被験者になったのだという。回復の見込みのないまま病室のベッドを占拠していても、病院からは迷惑がられるし治療費だって賄えない。だがその治験に参加すれば、少なくとも経過観察という名目で、生きている限りは費用や病室は保証されるらしい。ユカの家族に選択肢はなかった。

その手術で、ユカは意識を取り戻した。どんな手術だったのか、今のユカの状態はどんな具合なのか、手紙では一切触れられていなかった。意識を取り戻したのなら会いに行ける、一瞬そう思った。だが、その後に続く、あんな状態で目覚めるぐらいだったらあのまま死なせてやれば良かったという一文で、俺の喜びは呆気なく打ち砕かれた。

どうか娘のことは忘れてください。娘も仲の良かったあなたに、今の自分の姿を見られるのは望まないでしょうから——手紙はそんな文章で終わっていた。

手術は、ユカを目覚めさせるという意味では成功したのだろう。だが以前の彼女のまま目覚めさせることには失敗してしまったのだ。

どんな姿になっていたとしても、俺はユカに会いたかった。でも、ユカの父親から届いた手紙は、俺のユカに会いたいという気持ちをくじくのに十分だった。

ユカに会うのが怖かった。

ユカが今、どんなふうになっているか分からないからこそ、今のユカの状態を突きつけられるのが怖かった。どんな状態であれ、それは確実に俺のせいでそうなったのだ。俺の至らなさの、未熟さの、ユカは犠牲になった。そんなユカに会いたくない。俺はユカから逃げ続けるかもしれない。俺のことを好きになってくれた女から——。

俺は誰にも知られないように嗚咽し、手紙は机の引き出しの奥にしまい込んだ。それきり俺は記憶を封印した。理奈があの思い出を過去のものにしたように、俺もすべてを忘れようとした。みなかみ町も、利根川も、キャンプ場も、イルカも、ラジコンのイルカも、ユカも、そしてユカに投げつけた言葉も——。

でも、忘れることなどできない。

飯野はとある大学の経済学部を受験し、合格した。理奈も入れた三人で、食べ物や飲み物を持ちより、ささやかな合格祝いのパーティーをした。ユカのことやイルカのこと、あのみなかみ町のことを誰も口に出さなかった。あの思い出を口に出した途端に、俺たちのささやかな日常が崩れてしまうかもしれない、それを皆怖れていることは意思の疎通など図らなくとも分かっていた。

しかしもしかしたら、理奈は本当にあの夏のことを忘れ始めているのかもしれない。

理奈も昨年、中学生になった。環境が大きく変わったといえるだろう。その環境に自分を合わせるためには、古い環境で培った習慣を捨てなければならない。しかもユカとのことは所詮観光地での思い出なのだ。いつまでもこだわってはいられないだろう。

飯野だって大学生になれば、新しい環境が待っている。俺とも疎遠になるかもしれないのだから、ユカのことをいつまでも気にしているとは思えなかった。そして俺も看護の専門学校に入れば——。

今ではユカがイルカの動画を流出させた理由が痛いほど分かる。ユカはこうなることを分かっていたのだ。東京に帰って、新しい生活が始まれば、旅先で出会った自分のことなど忘れてしまうと。だからこそ、利根川にイルカがいることを日本中に知らしめて、俺たちと繋がっていようとした。

小山という男が俺たちをからかう目的であんなことをしたとしても、実際に理奈はマスコミに追い掛け回されたのだから、あのまま彼らの取材に応じていれば、理奈はテレビカメラの前にさらされ、一躍有名人になっただろう。俺も、飯野も、ユカも、尾藤も、赤木も、マスコミの取材を受けたに違いない。そういう状況が続いている間は、少なくともユカと俺たちとは友達でいられるのだ。あの時俺が落ち着いて行動していれば、もしかしたら今頃――。

でも、今更後悔しても遅い。すべては終わったことだ。

だが飯野やユカと楽しくはしゃいでいても、ユカを忘れた日はなかった。今頃彼女はどうしているだろう。こうやって食事を楽しんだり、友達と楽しく話し合ったりするようなことが、彼女にはあるだろうか。病室の冷たいベッドの上で、一人孤独に、泣いているのではないか。それが気掛かりで気掛かりでならなかった。

俺は横浜の看護の専門学校を受験して、合格した。専門学校など名前さえ書ければ合格すると心ない人間から揶揄《やゆ》されることもあるが、それでも飯野と理奈は俺の合格を祝ってくれた。嬉しかった。

高校を卒業すると、専門学校での新しい生活が始まった。そして予想していた通りのことが起こった。俺の記憶の中から、みなかみ町の、あのイルカの、そしてユカの思い出が少しずつ色あせていったのだ。もっともショックだったのは、ユカに暴言を浴びせた罪悪感に苦しまなくなったことだ。時は傷を癒やしてくれると良く言うが、正にその通りになった。信じられないことに、俺はユカをあんな目に合わせたのに、苦い青春の一ページとしてしか考えられない人間になっていたのだ。

そんなことではいけないと思う。ユカのことに生涯心を痛めるのがユカに対する贖罪《しょくざい》だとずっと思っていた。でも人はいつまでも過去の過ちを悔いることのできる生き物ではなかった。傷口が塞がるように、人は過去の失敗を乗り越えていける。ユカは俺に傷つけられたことで今でも苦しんでいるかもしれないのに。

一般教養の授業も少しはあるが、専門学校は完全に就職のための学校と言っても過言ではなかった。特に看護実習は実際に老人ホームや在宅介護をしている家にお邪魔して、丸一日かけて相手をする。学生を快く受け入れてくれる人なら良いが、やはりまだまだ至らない学生に看護されるのを快く思っていない患者もいて、いやみを言われたりするのは辛かった。

男のくせにこんな仕事をしているのか、などと悪びれる様子もなく言ってくる高齢者もいる。確かにもう男の看護師も珍しくないが、まだ女の方が多いから珍しいことは珍しいのかもしれない。だが何故俺が看護学校に入ったのか、その理由を知りもしないくせに、という憤りは少なくなかった。

学校はやはり女の子が多くて、俺は忙しい勉強や実習の合間を縫って、食事や遊びに出かけた。人並みに恋をし、失恋もした。飯野よりも学校の友達と付き合うほうが圧倒的に多くなっていた。そんなものだ。高校時代の親友とも疎遠になるのだから、ユカの記憶が薄れるのも仕方がなかった。

でも、ユカは心の片隅にいつもいて、俺は彼女のことを完全に忘れることはなかった。

二十歳になり、成人式の会場で久しぶりに飯野と再開した。スーツを着た飯野はさすがに大人びてはいたものの、温和で落ち着いた性格は変わっていないようだった。

「学生生活を満喫しているようだな」

と俺は言った。

「まあね。でも三枝だってそうだろう？」

俺は苦笑いした。

「看護学校は三年制だからな。飯野よりは満喫できる学生生活が一年少ないよ」

「へえ、そうなんだ。専門学校ってどうなの？　やっぱりもう就職活動とかしてるの？」

「なんだよ、やっぱりって」

「いや、就職に特化した学校ってイメージがあるから」

「まあそうだな。二年になると勉強もほんと看護のことばっかりだし。ほら、中坊の頃、数学なんてやって何の役に立つんだ！　なんて言ってただろう？　でも、役に立つことしか勉強しないのも考えものだぜ。なんか、余裕がないって感じがする」

「いいじゃないか。兄貴が看護師なら、理奈ちゃんだって安心だろう？　それに——」

「ん？」

「いや——あの子だよ」

「あの子？」

「あ、あの子って言うのはおかしいか。一コ上だもんね」

「ああ、ユカさんか」

と俺は言った。昔は彼女の名前を考えるだけでも心が痛んだのに、今は平気で口に出せる。飯野にとっても、ユカは、あの子、という他人行儀な表現で言い表せるほど、過去の女性になってしまっていた。

「ユカさん、あの病院の集中治療室に運ばれて、それっきりだもんな。三枝は何か聞いてる？」

「いいや」

と俺は嘘をついた。

「いはら荘に問い合わせをしようとしたんだけど、何か勇気がなくてね——」

飯野はそう呟き、俺たちは少し黙った。

「それにしても意外だな。飯野があの時のことを憶えているなんて」

「忘れるわけないだろ！　あんな体験したんだから！　まさか三枝は忘れたの？」

「忘れないさ――」

ユカのその後は分からない。あの手紙を最後にいはら荘から俺に連絡が来ることはなかったからだ。ユカがどうなったか確かめなければ、ユカは回復し、みなかみ町で元気で暮らしていると妄想することもできた。たとえ実際はあの事故のせいで人生を永久に狂わされたとしても――。

「理奈ちゃんとはユカさんのことは話さないの？」

「ああ――あいつも高校受験を控えてる。余計なことを思い出させて、気を散らさせたくないからな」

「そうか――僕は理奈ちゃんとユカさんのこと、話すよ」

「え？　何でだ？」

今では彼とも距離ができてしまったし、理奈が俺を飛び越えて飯野と話をするとは考え難いものがあった。

「なあ、この後何か予定ある？」

「予定はないけど」

「じゃあ、後で二人で話さないか？　久しぶりに会ったんだから」

「ああ、そうだな」

それから感慨深げに飯野は呟いた。

「あの理奈ちゃんも、今年は高校生か。あの時の僕らと同じだね」

「ああ——」

あの時の理奈は、俺が抱きかかえられるほど小さく、儚《はかな》げだった。だが今は背が伸び、まだ中学生ではあるが、これから大人の女性になるのだという確かな予感を周囲に振りまいていた。もちろん俺は看護師を目指しているのだから、ちょっと大きくなったところで抱きかかえることは可能だ。しかしそんなことは理奈はもう絶対にさせてはくれないだろう。

でも、どうして飯野は理奈のことばかり話すのだろう？

その答えは、成人式の後に明らかになった。

飯野と一緒に会場近くの喫茶店に行った。コーヒーショップではなく、みなかみ町で尾藤達が散々入り浸っていたような、昔ながらの喫茶店だった。東京にもこんな店があったのか、と物珍しく思いながら店内に入ると、何とそこには理奈がいた。

「待った？」

と飯野が訊いた。

「ううん、ぜんぜん！」

「ちょっと待て。どういうことだ？　何で理奈がここにいる？」

飯野は俺の質問にすぐには答えず、理奈の隣の席に座った。必然的に、俺が二人と向かい合わせの席に座ることになった。

「二人の成人のお祝いに来たのよ。別に悪くないでしょう？」

「だけどお前は今年受験じゃないか」

そう自分で言いながらもおかしな理屈だと思った。受験生だって気晴らしに喫茶店に入るし、兄の成人式を祝ったりもするだろう。違う。俺はほとんど分かっているのだ。何故理奈がここにいるのか。でもそれを認めたくなくて、何だかんだと理奈の言葉の揚げ足を取ろうとしているのだ。

「――言おうと思っていたけど、なかなか言えなかったんだ。でも今日は良い機会だから」

言うな！　聞きたくない！　俺は心の中で叫んだ。だが、飯野は理奈の手の上に自分の手を重ねて、言った。

「――僕たち付き合ってるんだ」

何故かその時、ユカのことを思い出した。きっと飯野と理奈の手と手が重なったそのさまが、あの夜、いはら荘で遅い食事を出してくれたユカをイメージさせたのだろう。そう、あの時も、ユカは俺の手に自分の手を重ねた。ユカの手のひらのぬくもりを感じた。

でもそんな過去のイメージは、自分の妹が友人と付き合っているという、衝撃的な事実の前に、一瞬で吹っ飛んでしまった。

「付き合ってる⁉　本気か⁉　理奈はまだ中学三年だぞ！」

「――声が大きいよお兄ちゃん」

周囲の視線が気になるのか、理奈は声を潜めて抗議した。

「冗談じゃない、淫行じゃないか！　訴えるぞ！」

「話を聞いてよ。まだそこまでしてないから、ねえ？」

と理奈は飯野に同意を求めた。すると飯野は、

「うん。まだAしかしてない」

といけしゃあしゃあと答えやがった。

「この野郎、表に出ろ！　ぶん殴ってやる！」

俺は立ち上がって飯野の襟首をつかんだ。飯野は、ひぃぃ、と声を上げた。その声が、こんな軟弱な奴に理奈が惚《ほ》れたのか、という思いを余計に強め、俺はほとんど本当に飯野を殴りかけた。

「あの！　どうされました⁉」

俺たちの様子を見たウェイトレスが、慌ててこちらに駆け寄ってきた。

「大丈夫！　大丈夫です！　新年会の帰りでじゃれてるだけですから！」

理奈が慌てて叫んだ。新年会、という言葉で、ウェイトレスは納得したように、他のお客様もいらっしゃいますのでほどほどに、などと言って向こうに去っていった。成人式後、毎年のように会場近くのあちこちの店で新年会が行われ、新成人が騒ぎを起こしている。同じ類いだと思われたのだ。だがそんなくだらない騒ぎと一緒にされてはたまらない。飯野は俺の妹に手を出したのだ。

「三枝——君が怒るのも分かるよ。でも信じてくれ。遊び半分の気持ちで付き合ってるわけじゃないんだ。僕だって来年は本格的に就職活動を始めるし、理奈ちゃんの将来のこともちゃんと考えてる」

「——本当か？」

「そうよ！　お兄ちゃんだって、私がどこの誰だか分からない男の人と付き合うより安心でしょう？　私の糖尿病のことだって良く分かっているし」

俺は気持ちを落ち着かせるために、コーヒーを一口すすった。どうせすぐ別れるさ、と心の中で呟いた。そして言った。

「穏やかでいい人、か——」

「え？」

「飯野のことをそう言っていたんだ。ユカさんが——」

「ああ――」

理奈が遠い目をして呟いた。

「飯野とユカさんのこと、話すのか？」

「たまにね。一度ぐらいお見舞いに行けば良かったねって――」

それから理奈は何かを言おうとしたようだが、考えがまとまらなかったようで、結局黙った。よほどユカの父親から手紙を受け取ったことを話そうかと思ったが、すんでのところで堪えた。理奈は、あれから時間が経ちすぎているから、何かきっかけがないと今更会いには行けないと思っているのだろう。ユカの状態が今どうなっているのか分からないことも、理奈がみなかみ町に戻ることに二の足を踏んでいる原因のようだ。

それでいいと思った。そのままユカのことを忘れて、理奈は自分の人生を生きてくれれば。俺だけが理奈の分までユカを憶えていれば、それで十分だ。そう思うと、理奈が恋をすることも理奈が自分の人生を生きているという証《あかし》なのだから、それを尊重しなければならないという気にもなった。たとえその相手が飯野であっても。

「でも、不思議だね」

飯野が言った。

「何がだ？」

「ユカさんのことはこうして思い出して理奈ちゃんと話すけど、あのイルカのことはまったく話さないなって思って」

「あ――」

思わず呟いた。確かにあのイルカのことなんて今の今まで忘れていた。

「そうだね――あんなに夢中になったのに」

「理奈はあのイルカに助けられたよな」

「うん」

そう呟いて、理奈はまた遠い目になった。

やはりあの四日間の冒険は、遊びというか、レクリエーションのようなものだったのだな、と俺は今更ながらに思った。結局あの四日間、俺たちを突き動かしていたものは、イルカが利根川を泳いでいたら面白いから見つけたい、というある意味、子供っぽい情熱だった。今、ああいうことをやろうとはなかなか思わないだろう。それぞれ勉強や就職活動に忙しいし、四月から高校生になる理奈は、イルカよりも飯野との恋に夢中になっている。

寂しいな、とは思う。でもそれが大人になるということなのだ。

あのイルカは俺たちの前に姿を現して以来、完全に姿を消した。もちろん謎はまだ沢山残っている。でもどれも些細なことだ。ユカが車で轢かれたことに比べれば。

そしてその大事なユカのことも、過去の思い出になっていく。忘れることはない。しかし、すでにユカは俺の長い人生の一コマにしか過ぎない存在に成り果て、やがては俺がユカのことで自分を責めることもなくなるだろう。いや、もうそうなり始めているのだ。

それが人生。

「もし、ユカさんがあんなことにならず、私たちがちゃんとイルカについての取材を受けられていたら、私たちは今でもユカさんと仲良くできていたかな？」

と理奈が言った。

「そりゃできていたさ。だってユカさんはそのために動画をテレビ局に送ったんだから」

と飯野が言った。

お前が、ユカが動画を流出させたことを許していれば、今、ユカもここにいて一緒に成人を祝ってくれていたかもしれないのに——。そう二人に責められているような気がして、さすがに少しこたえた。だが、それだけだった。

それから俺たちは飯野が予約したというレストランに移動し、ファミレスよりも少し高い料理を食べた。三人でいろいろなことを話し、話に花が咲いた。理奈の受験のこと。俺たちの就職活動のこと。俺の過去の恋愛話。看護実習先の様々な患者さんのこと。飯野の大学の偏屈な教授のこと——俺と飯野の高校時代のことも話した。理奈が小学生だった頃のことも。

だが、ユカとイルカの話題は一度も出なかった。

就職活動は早ければ早いに越したことはないと言うが、入学当初はもちろん、二年次になっても勉強や実習で手いっぱいで、なかなか他の学生を差し置いて就職活動を始めるということは難しかった。それにどの病院も新卒の看護師を欲しがっているので、就職先に困ることはないと、就職活動に重きを置いていなかった面もある。

俺が活動を始めたのは多くの学生と同じく、三年次直前からだった。同時に看護師国家試験の勉強も行わなければならない。合格率は毎年90パーセント以上だが、万が一国家試験に落ちたら就職活動が成功してもすべてが水の泡なので、受験対策も疎《おろそ》かにはできなかった。

そして三年次になるとほとんど毎日が看護実習で、学校にはあまり通わない生活が始まる。一年次や二年次の時も看護実習は行ったが、三年次のそれは比べ物にならないくらい本格的だった。意地の悪い看護師や患者にいびられて、実習途中でやめていく学生もいた。俺も男というだけで何度も不愉快な思いをした。子供の頃はむかついたら殴り合いのケンカをすれば気が晴れたが、時間の流れはそういう子供の手段が使えない場所にまで俺を運んでいた。

半年間を俺は病院で過ごした。飯野に、四年制大学よりもこっちは一年早く卒業するから、学生生活が一年短い、などと話したが、実際はもっと短かった。ほとんど病院にいるのだから三年次は学生生活の雰囲気はまるでない。しかし休みの時間は、同じグループの友人たちと意地の悪い看護師や患者の悪口を言い合って憂さ晴らしをしたり、他のグループと情報交換をして実習している病院の棟を居心地が良い順にランキングしたりしたので、そういう部分はいかにも学生のノリだったかもしれない。

看護実習が終わり、国家試験にも無事合格したので、俺はある病院の求人募集に願書を送った。面接で、何故、看護師に？　と訊かれたので、俺は妹が糖尿病で低血糖で倒れる場面を何度も見ているから、そういう時に助けられるような仕事を選びました、と素直に答えた。

「でも東京出身の君がこんな地方の病院に？」

その質問にも正直に答えた。

「高校生の頃、この町にその糖尿病の妹と一緒に旅行に来て、泊まった民宿の娘さんと仲良くなりました。井原ユカというのが彼女の名前です。以前、利根川にイルカが泳いでいると話題になっていたことがあって、それを取材しようと集まったマスコミの車に、私の目の前で彼女は轢かれたんです。そして御院に入院しました。それっきり彼女がどうなったのかは分かりません。ただ、昨日、入院センターに問い合わせると自宅看護に切り替えられたので、四年前に退院されたと言われました。その足で、彼女の実家の民宿に向かいましたが、彼女が退院した後ほどなくして宿を畳んでどこかに引っ越してしまったそうです。行き先を誰にも言わなかったそうですから、もう私の力では彼女を捜し出すのは無理でしょう。御院を希望したのは、もしかしたら彼女がまだ入院していて、彼女の看護ができるかもしれないと思ったからです。でも、その夢は叶《かな》いませんでした。入院センターに問い合わせるのは明日にすれば良かったと心から思います。そうすれば、彼女の看護をするという夢を持ってこの面接の場にいられたでしょうから」

俺は合格した。

正直、ユカがいないのだからこの病院で働く理由はなかったが、こんな群馬の病院を希望するんじゃなかった、と後悔はしなかった。正直、薄々思っていたのだ。ユカはもうここにはいないと。現実問題、同じ病院に五年近くも入院しているケースはあまりないだろうから。

それでもここに願書を送ったのは、やはりユカがどうなったのか知りたかったから、そしてあの四日間を過ごした思い出の場所で、彼女がかつてそこに存在していたという空気に触れたかったからだ。前者は結局分からなかったが、後者の目的は果たせた。

群馬の病院で働くことになったと言うと、母さんは一言、そう、と呟いただけだった。だが少し泣いているようにも見えた。よりもよって何故群馬なんかに、と思っているのだろう。

そして受験に無事成功しそれなりの高校に進学していた理奈は、お兄ちゃん私がいなくてもちゃんとやっていける？　などとませたことを言うので、俺は笑ってしまった。鬱陶しい過保護の兄がいなくなってせいせいした、ぐらいの態度をとられると思ったのだが。

病院の寮に引っ越し、俺は働き始めた。目の回るような忙しさだったが、都内の病院は単純に人口が多いから、ここよりもっと忙しいかもしれないとぼんやりと思った。ただユカの思い出だけは、どんなに忙しくても決して手放さないでいよう、と俺は心に誓った。たとえこの町で恋人を見つけ、結婚したとしても、骨をうずめるその日までは、俺はユカのことを憶えていなければならない。それが恐らくもう二度とユカに会わないであろう俺ができる、唯一の彼女に対する贖罪なのだから。

その俺の予想を覆したのは、働き始めて三年後に俺の前に姿を現した、あの小早川だった。


看護師は土曜日曜祝日などという世間の休日とはまったく縁のない職業だ。かといって、この看護師は毎週何曜日が休み、だとか決まっているわけでもない。年間の休日数は一般企業とそう変わることはないが、それを病院の状況に応じて不定期に割り振るという形になる。休日と言っても、やはり群馬は東京と比べて遊べるような店や娯楽施設が少ないから、家でゴロゴロしていることが多い。金を使わなくていいので却《かえ》っていいと思っている。実家に仕送りをしなければならないのだから。

それなりの高校に進学した理奈は、それなりの大学に進学した。パートと遺族年金の収入しかない母にとって理奈の学費は負担だ。一応、奨学金をもらってはいるものの、卒業したら返還しなければならないから油断はできない。

飯野は大手の出版社に就職し、理奈が大学を卒業したら結婚するなどとほざいている。二人が付き合っていることを打ち明けられた成人式の日、どうせすぐ別れるさ、などと思ったが、結局、飯野は理奈の将来をちゃんと考えているといった言葉を律義に守ったのだ。

飯野が俺の弟になるのは何だか不思議な気持ちだが、そんなことより理奈ももう大学生になったのだから、飯野とA以上のことをしているんだな、と思うと飯野に対する殺意が抑えられない。

その日、俺は客が来たことを告げるインターホンで目が覚めた。夜勤明けだったので、俺は昼まで寝ていたのだった。

ドアを開けると、そこには小早川がいた。もちろん、最初は彼だと気付かず、その風体から何かのセールスかと思った。もっとも病院の看護師寮に入り込んでモノを売りつけるセールスマンなど聞いたことがないが。

「久しぶり」

と彼は言った。俺は何も言えずに黙って彼を見つめていた。

「憶えていない？　小早川だよ、いつも妹の理奈ちゃんのキャンプに同行していた——」

と言われても、やはりすぐには思い出せなかった。何しろユカのことすら、憶えていようと意識しなければ、するっと思い出から滑り落ちてしまいそうになるのだ。小早川のことなんて、今の今まで完全に忘れていた。

「――家に来た？」

「そう。その時、一度だけ会ったね」

「イルカを逃がしたって言う理奈を信じなかった――」

「ああ、そうだよ」

イルカの話を出したのは別に小早川を責めるためではなく、自分の記憶を確認するためだ。彼が理奈の話を信じず疑ったのは事実だが、彼を思い出したからといって憤りの気持ちまで思い出したわけではなかった。もうどうでもいいというのが本音だ。理奈にしろ、小学生の頃の悔しい気持ちを今更どうこうしようとは思わないだろう。

だが小早川は罪悪感を覚えて俺に謝罪しに来たのだろうか。でも謝罪するなら俺ではなく理奈にだろう。それにどうして今頃――そんなあれこれを考えたが、もちろん小早川はイルカのことで謝罪をするつもりでここに来たのではないことはすぐに明らかになった。

俺は小早川を部屋に上げ、適当にインスタントコーヒーを淹《い》れて出した。

「俺のこと、理奈に聞いたんですか？」

「いや、理奈ちゃんとも、イルカの件で君の家に伺ってから一度も会っていない」

「キャンプ止めちゃいましたものね」

と俺は言った。当時はそういうことで怒ったりケンカしたりしたことを思い出すと、なんだか微笑ましかった。イルカがいようがいまいが、キャンプに行こうが行くまいが、理奈が飯野と結婚するほうが今の俺にとっては重大な問題だった。

「じゃあ、どうしてここが分かったんです？」

「あちこち捜し回ったからね」

としれっと言った。そんなことをしなくても理奈に訊けば俺がどこにいるのかすぐに分かっただろうに、と思った。多分、彼も理奈に合わせる顔がなかったのだろう。平気そうに見えても、やはり彼は彼なりに理奈に対する罪悪感を抱えているようだ。

「で、何です？　理奈を飛び越して、俺に会いに来たっていうのは？」

小早川はコーヒーを一口すすり、

「今日は大事な話があって来たんだ」

そう言って、名刺を差し出した。俺は一瞬、用件を聞く前に自分の名刺を渡して良いのかと悩んだのだが、もう寮の部屋まで知られている以上、看護師の身分を明かしたところで事態が悪くなることはないだろうと思い、名刺を手渡した。小早川は看護師さんも名刺を持っているんだね、などとむかつくことを言った。

俺は小早川の名刺を見つめた。社会人ということしか知らなかったが、川崎の萩原《はぎわら》重化学工業という企業に勤めているらしい。

「大事な話ってなんです？」

すると小早川は嫌らしい笑みを浮かべ、

「今のお給料には満足しているかい？」

と言った。

「俺の給料があなたに何の関係があるんですか？」

と俺は訊き返したが、小早川は答えない。俺の返事を待っている。

「そりゃ今は多いとはいえないけど、まだ三年目だから。もう三年働けば大分楽になると思います。給料は上がるだろうし、仕事にも慣れるし」

すると小早川は、

「今すぐに給料が上がると言ったら？」

と訊いてきた。意味が良く分からなかったので返答に困っていると、小早川は更に言った。

「はっきり言おう。僕は君をヘッドハンティングしに来たんだ」

俺は思わず笑った。

「冗談は止めてください」

社会人になって三年経ったといっても新人に毛が生えたようなものだ。そんな人材をヘッドハンティングするなんて話は聞いたことがない。何のためにそんなことをするのかは分からないが、小早川は俺をからかっているんだ——そう思った。

しかし小早川はどこまでも真面目だった。

「萩原重化学工業系列の阿部《あべ》総合病院に君をスカウトしたい。所在地は萩原重化学工業と同じ、川崎だ」

小早川は俺が阿部総合病院に移った場合の月給を提示した。今の給料の三倍はあった。

「もちろん、もう三年働けば、もっと収入は上がる」

と小早川は先ほどの俺の言葉を真似て言った。

やはりからかわれている、そう思った。どこにそんなうまい話があるだろう。これは何かの詐欺の類いだと真剣に思った。

「それで、向こうと話をつけるためにいくらか包んでくれって言うんでしょう？　五十万？　百万？　それをあなたに渡した途端、あなたは雲隠れする。俺だって子供じゃない。それくらいは分かる」

小早川は、俺のその言葉を予期していたようだった。

「君を特別待遇で迎え入れるのは、これが君にしかできない仕事だからだ。阿部総合病院に来たら、君にはサポートチームのリーダーになってもらう。そういう立場なら、今提示した金額にも納得できるだろう？」

笑った。笑うしかなかった。

「看護師になってまだ三年の俺をリーダー？　馬鹿言わないでください」

「馬鹿を言っているわけじゃない」

と小早川は真面目な顔で言った。

「いいや、馬鹿だよ。まあ、休日に聞く笑い話としては傑作だ！　後で理奈にあなたが来たって伝えますよ。それでまた兄妹で笑わせてもらいます」

「最初は理奈ちゃんに訊こうと思ったんだよ。君の居場所を」

小早川が声を少し大きくして、理奈の名前を出したので、俺は口をつぐんだ。

「だが、そんなことをしたら、きっと理奈ちゃんは僕に何故君を捜しているのか訊くだろう。君と僕が会うより先に、君に余計なことを言われたくはなかったからね」

「理奈が何の関係がある？」

「理奈ちゃんは聡明な子だ。仮に黙っていたって、僕が看護師の兄を捜しているとなったら、すぐに感づくだろう」

遠回しに俺は聡明ではないと言われているようにしか思えなかった。だが小早川が言いたいのはそれだけではないはずだ。いったい——。

「君をスカウトしたのは、別に君の看護の技術を買ったわけじゃない。ただ彼女を知っている人間で、看護師なのは君だけだからだ。今までは彼女とは赤の他人が看護をしていたから失敗した。今度は顔なじみだ。上手くいくかもしれない」

そう小早川は自分に言い聞かすように言った。

彼女を知っている人間——。

看護師なのは俺だけ——。

顔なじみ——。

「まさか」

と俺は呟いた。

「ようやく分かったようだね。井原ユカさんだ」

俺にとって小早川は、あくまでも理奈の知り合いというだけに過ぎなかった。そんな彼が、どうしてユカの居所を知っているのだろう。物凄《ものすご》い偶然のような気がするし、必然のような気もまたする。とにかくその時の俺は、唐突に小早川が口にしたユカの名前に意識が釘付けになって、何故彼がユカのことを知っているかなんて、関心の埒外《らちがい》に追いやられていた。

「彼女は今、川崎の阿部総合病院にいる。彼女が一生あのままなのか、いずれ回復し社会復帰できるのか、それは分からない。もちろん僕らは社会復帰することを望んでいる。しかしそれが実現するまでには長い年月がかかるだろう。生活の一切合切に付き添ってサポートしてくれる人材が必要だ。君以外に適任者はいない。どうだい、やってもらえないか?」

絶句した。

もうユカには会えないかと思った。会えないから諦めようと思っていた。それなのに、向こうからこうして俺を見つけに来るだなんて。

何も言えなかったが、小早川は俺の返事を促すように俺を見ている。俺は必死に絞り出すようにして声を発した。

「どうして——あんたがユカさんを?」

「井原ユカさんはある手術の被験者になったという話は聞いていないかい?」

「聞きました——」

ユカの父親から送られてきた手紙に、確かそんな一節があった。

「それで井原ユカさんの命は助けられた。だが、人間性を取り戻すことはできなかった。もちろん、あの状態から目覚めたというだけでも大成功なんだ。でもやはり社会復帰させてやりたい。そのために今、萩原重化学工業と阿部総合病院は全勢力を注いでいる。井原ユカさんの人間性を取り戻すことに成功したら、医学の歴史が変わると言っても過言ではない。多くの失われていたはずの命を助けることもできるかもしれないんだ」

「だから俺に？　ユカさんが俺を憶えているかもしれないから」

「ああ、そうだ。以前から井原ユカさんと仲が良かった人間と面会させて、彼女の反応を見たいと思っていた。しかし手術自体が特許などの問題で秘密の部分があるから、迂闊に第三者に井原ユカさんを会わせるわけにはいかなかった。でもそんな折りに君の存在が浮上した。もともとユカさんを看護する人間を探していたこともあるし、この役割に君ほどうってつけの人材はいない」

今すぐ、イエスと答えたかった。この町を俺は心地よく思っていたが、それはユカとの思い出があるからだ。だが川崎に行けば、思い出ではない、ユカそのものがいるのだ。

「俺は阿部総合病院に転職するという形になるんですか？」

「もちろんそうなる。ただ特別なプロジェクトに参加してもらうだけだ。福利厚生も完備している。阿部総合病院の寮はここよりも広いよ。迷う理由はないと思うが」

俺は迷った。そして言った。

「まず一度、ユカさんに会わせてください。話はそれからだ」

休み明けに有給休暇を取って、俺は川崎に向かった。看護師長には散々嫌みを言われたが、俺は表情に何が何でも有休を取るんだ、という意志を込めて交渉に臨んだ。急に有休を取られると、誰かが穴埋めをしなければならない。それは分かるのだが、有休を消化するのは働く者の権利だ。誰にも邪魔はさせない。

ユカに会わなければならないのだから。

川崎といっても東京の隣だから都内のようなものだった。久しぶりに実家に顔を出そうかと思ったが、何となくためらわれた。理奈がいるだろうから。理奈は何の用でこっちに戻ってきたのか俺に訊くだろう。何か理由がなければならないが、俺自身状況を完全には把握していないのだから、何て答えればいいのか分からなかった。

実家に顔を出すかどうか決めかねたまま、俺は東京駅に降りたった。それから川崎駅に向かい、駅前からバスに乗った。川崎は東京や横浜に比べると労働者の街というイメージがあったが、こうして駅に降りてみると、駅前も軒を連ねる店々も小綺麗で、人の数も物凄く多く、普段群馬の風景を見慣れている俺にとっては十分大都会という印象だ。こういう街で理奈と飯野はデートをするのだろうか、と俺は考えた。

バスに暫く乗ると、駅前の小洒落《こじゃれ》た雰囲気は影を潜め、海の向こうに沢山のパイプがのたくった工場が見えてきた。パイプの奥には何か工場の本体のようなものがありそうだが、良く見えなかった。何となく俺は心臓の周囲を守るように取り囲む血管を連想した。工場は広大で、陽が落ちてから眺めると、また違った趣がありそうだ。実際、夜間の工場見学のクルージングが人気だという。だがこれからユカに会うのだと思うと、工場の風景がどんなに雄大であろうと、楽しむ気分にはなれなかった。

阿部総合病院は一階にはまるでショッピングモールのように、見知ったコンビニやコーヒーショップ、高級そうなレストラン、郵便局や銀行が入っている。俺は自分が勤めている群馬の病院と比べてしまい、ああ都会の病院はこうなんだ、と東京出身のくせに思った。

「やあ、済まなかったね。ここまで呼び出して」

「仕方がないです。ユカさんをみなかみ町まで連れてくることはできないんでしょう？」

「そうだな。生まれ育った町の風景を見せれば症状が改善するかもしれないが、リスクの方が大きい。迂闊に旅行させて、また誰かに怪我をさせないとも限らない」

「怪我？」

俺は訊き返したが、小早川は答えなかった。

「後で新幹線の領収書をくれないか。後日代金を支払うから。それとホテルの領収証も。あ、実家に泊まるの？」

「分かりません。実家には何も言わずに来たから。秘密がどうとか言っていたでしょう？

宿はどこか探します」

「そうか――だが今から探すのも面倒だろう。何なら病院に泊まっていけばいい。患者家族用の宿泊施設があるから。先月、銀座に本店があるレストランが出店してね。そこで夕食をご馳走《ちそう》するよ」

ユカが車に轢かれたあの日も、俺と理奈と飯野は病院に泊まったな、とそんなことを思い出していた。

小早川に案内されて、俺はエレベーターに乗り込んだ。最上階のボタンを押す。特別病棟だ、と俺は思った。

「治療費は、ユカさんのお父さんが出しているんですか?」

と俺は訊いた。

「もちろん違うさ」

と小早川は答えた。

「いつからここに?」

「群馬の病院を退院してすぐだ」

在宅看護に切り替えるという話は、嘘だったのだな、と俺は思った。あの病院の入院センターが俺に嘘をついたのか、それともユカの父親がそういう口実でユカを退院させたのか。

やはりユカが現在受けている治療は秘密にしておかなければならない類いのものなのだろう。七年間も入院治療を受けているのなら、治療費は膨大なものになる。ましてや特別病棟ともなれば、一日あたりの患者負担額が十万円、二十万円がざらの世界だ。大富豪ならまだしも、七年も闘病生活を続けている一般人の患者がずっと特別病棟にいるとはちょっと常識では考えられなかった。

それほど、ユカが受けた手術というのは画期的なものなのだろうか。

最上階に到着すると、エレベーターは俺たちを狭いエントランスのような場所に吐き出した。分厚いガラスのドアがある以外には何もない部屋だ。小早川はクビから下げているＩＤカードを、ドアの横にあるセンサーにかざした。ドアのロックが解除され、小早川はおもむろにドアを開けた。

「特別病棟に入院させているのは、ここが一番セキュリティ的に安全だからだ」

俺は頷いた。特別病棟は主に企業の社長や政治家等の要人が利用する。ゴシップ誌その他のマスコミの記者等が入り込まないとも限らないからだ。

阿部総合病院の特別病棟は、まるでホテルのように瀟洒《しょうしゃ》な造りだった。何も説明されずにここに連れてこられても、決して病院とは思わないだろう。

フロアはひっそりとしていた。誰の声も聞こえない。

「他の患者さんは？」

「この下の階も特別病棟だから、一般の患者さんはそっちに移ってもらっている。ここに来て以来ずっと、ここはユカさん専用の病棟だ」

大企業の社長や会長よりも、有名な政治家よりも、ユカの方が重要だということか。俺は給料を提示された時、あまりの高額に驚いたが、何年もこの特別病棟まるごとユカ一人に占拠させることに比べれば、まったく微々たるものだった。

その時、静かだったこのフロアの空気を切り裂くように、突然、まるで動物の鳴き声のような奇声が聞こえてきた。俺は思わず立ち止まった。

「今のは——何です？」

小早川に訊いた。彼は俺の質問には答えず、こう言った。

「久しぶりの再会で感動するだろうが、くれぐれも近づいたり、触ったりはしないでくれ。今、僕の言ったことを破って何か起こっても、こちらでは一切責任はとれない。いいね？」

俺は唾をごくりと呑み込んだ。この病棟には、今現在ユカしかいない。だとしたら、今聞こえてきた奇声はユカが発したものにほかならない。大丈夫だ、俺はそう自分に言い聞かす。今まで騒いで暴れる認知症の患者の相手を、何人もしてきたじゃないか。俺は看護師だ。久しぶりに再会した女の子が同じような状態になっていたとしても、冷静に対処できるはずだ。

「どこまでなら近づいていいんですか？」

「少なくとも、僕より前には出ないでくれ」

俺は頷いた。

「分かりました」

「よし」

と小早川も頷き、再び歩き出した。目的の病室に近づくにつれ、先ほどまでの奇声は聞こえないものの、荒い息遣いや、鼻息のようなもの、呻き声が断続的に聞こえるようになった。

「このフロアには普段、ユカさんの他に誰がいるんですか？」

「スタッフが常駐しているが、皆、手を焼いている。今日は君が来るので、全員席を外してもらった。久しぶりの再会だから遠慮したんだ。それに――」

それに。

「今現在のユカさんを見てショックを受けている自分を、赤の他人に見られるのは嫌だろうと思ってね」

と小早川が言うのと同時に、ユカの病室に到着した。

開け放たれた病室のドアの向こうから、先ほどから聞こえている奇声が、ひっきりなしに流れてくる。新人に毛が生えたといっても、俺は三年間も看護師を続けている。こんな声で怯んだりはしない。そう思った。だがその声を発している人物の元気な姿を知っているだけに、冷静に対処できない自分に俺は気付いていた。

会うのを諦めた彼女との久しぶりの再会だということも。

ユカ。

俺は小早川について病室の中に入った。病室とは思えない、まるでホテルの一室のような部屋だった。だが豪華な病室の様子を細かく観察している余裕など、俺にはなかった。

ベッドの上に一人の女性がいた。両手両足をベッドに拘束され、まるで逃れようとしているかのように、身体をうごめかしている。髪は伸びるままに任せたといった感じで、乱れに乱れて顔を覆っているので、事前に言われなければ彼女がユカだとは絶対に気付けなかっただろう。頭が少し大きく見えるが、髪の量が多いせいかもしれない。

身体がうごめくたびに、長い髪と、豊かな胸がゆらゆらと揺れた。女性の象徴を誇示しているようにも見えて、余計に哀れを誘った。

脳裏に、駐車場で耳から血を流して倒れているユカの姿が浮かんだ。俺はユカのことは忘れてないと思った。でも日々の忙しさにかまけて、ユカのことに心を痛めることもなくなっていた。それは忘れているのとどう違うのだろう？

ユカは七年前のあの事故によって人生を破壊され、こうしてベッドに拘束される人生を余儀なくされているのに――。

「ユカさん――」

俺は泣きそうになりながらベッドに近づこうとした。しかし小早川に制止された。

「それ以上近づいちゃ危険だ」

「危険？　何が危険なんです？」

「もう彼女は、君が知っている彼女じゃないんだ！」

「だって拘束してるんじゃないですか！　その拘束、精神保健指定医の指示がなければ違法ですよ。ちゃんと適切に行われた行為ですか？」

身体拘束は非人道的な行為として撤廃を求める団体もあるが、少なくとも現時点では、たとえば自傷行為などを繰り返す患者や、認知症などの患者を治療のために拘束するのは、法律的に認められた行為だ。確かに患者を虐待しているイメージがあるが、そうしなければ治療ができないのだから仕方がないと割りきり、今まで俺は暴れる患者などをどんどん拘束してきた。しかし人間とは勝手なものだ。自分の知り合いの女の子が拘束されている姿を見ると、なんて惨《むご》いと感じてしまうのだから。

「それは君に言われずとも分かっている。適切な行為だ」

とむっとしたように小早川は言った。

「せめて顔が見たい。髪の毛を払うだけでも――」

「それは駄目だ！」

　小早川は絶叫する。

「そんなことをしたら指を嚙み切られるぞ！」

「指を嚙み切る？　何言ってるんですか？　犬じゃあるまいし」

「君は分かってないんだ！」

　俺は黙った。いつから小早川がユカにかかわっているのかは分からないが、少なくとも俺よりはユカの現状を知っているのは確かだ。それにしても指を嚙み切られるなんて。嘘で脅すにしてはあまりにも子供っぽい。

　まさか本当にユカに指を嚙みちぎられた人間がいるのだろうか。

「じゃあ、どうすればいいんですか？　ここから彼女を眺めていろと？」

　彼女は見せ物じゃない――思わず、そう言いかけた。俺だって普段の仕事では、冷徹に患者のデータしか見ていない面もある。一人一人の人間として付き合わなければ、と思うが、それがちゃんとできている自信はなかった。知り合いを多くの患者の一人と考えられない自分は、まだまだ看護師として未熟なのかもしれない。

「――呼びかけてみればいい。何か反応するかもしれない」

俺はベッドの上のユカを見つめ、ささやくように言った。

「ユカさん」

彼女の身体のうごめきが、少し止まった——ような気がした。

「俺だよ。分かる？　三枝だよ。いはら荘でお世話になった。一緒にイルカを探した——」

その瞬間。

ユカがまるでカラスのような甲高い奇声を発した。さっきから聞こえていたのはこれだった。そして拘束されているにもかかわらずのけ反って、ぶんぶんと首を左右に振った。そのたびにまるで大量の髪の毛がそれぞれ意志を持った生き物のように、宙を舞った。

やがて首を振るのを止め、ユカは俺の方を向いた。俺はユカの顔をはっきりと見た。それは確かにユカだった。しかし俺の知っている彼女ではなかった。まるで斜視のように両の黒目がてんでバラバラの方を向き、薄く開けた口からは涎《よだれ》と呻き声がひっきりなしに溢れている。

その瞳は確かに俺の方を向いているのに、その瞳には俺の姿は映っていなかった。

決して。

そしてもう一度、激しく絶叫し、身体をばたつかせながら首を振り始めた。今度はそれが止むことはなかった。俺は呆然としながらユカのそのさまを見つめていた。認知症で暴れる高齢者などは珍しくないが、ここまでのことはなかった。

「行こう――」

そう小早川が言って俺の肩を叩いた。

「行く？　どこに行くんですか？　こんな状態なのに放っておくんですか？」

「いいから」

そう言って小早川はドアに向かった。しかし俺は暫くその場に立ち止まって、髪を振り乱しながら暴れるユカを見つめていた。

七年間、ずっとこんなふうに？

俺が看護学校の女の子と暢気にデートしたり、理奈と飯野が付き合うかどうかで気を揉《も》んでいる間にも、ユカは自分を取り戻せないまま、こうしてベッドの上に拘束されてのたうち回っていたのだ。

ユカは理奈を助けてくれた。理奈の身代わりになってこうなったのだ。ユカがいなかったら、理奈がこうなっていた。しかし俺は彼女のことを憶えていさえすればそれが贖罪になると勝手に思い込み、ユカのことに心を痛めることもなく――。

小早川がいなければ、俺は多分、泣いていただろう。

彼は俺の後ろにいるのだから、ユカに近づく絶好のチャンスだった。しかし、俺は足が棒のように硬直して動けなかった。自分のせいでこうなったユカと対峙するのが怖くて。

そうだ。あの時、俺にも理奈を助けるチャンスはあった。俺がトラックの前に飛び出して理奈の代わりに轢かれれば良かったんだ。そして俺がユカの代わりにこうなれば良かった。

小早川と二人、ユカの病室を出て、ラウンジに向かった。規模はもちろん小さいものの、たとえばここの写真を撮って誰かに見せたら高級ホテルのラウンジだと思われるのではないか。病院、それも入院棟のラウンジだとは決して思われないだろう。しかし断続的に響いてくるユカの呻き声が、ここが病院であることを否応《いやおう》なしに認識させた。

小早川がコーヒーを淹れて持ってきてくれた。インスタントではないだろうな、と思ったが味わっている余裕などなかった。ただ打ちのめされた衝撃を流し込むように、俺は熱いコーヒーをがぶがぶと飲んだ。

「他の患者さんを移してまで、ここをユカさん専用の病棟に仕立てたのは、セキュリティ的に安全だからという話でしたけど、誰かが入り込むのを防ぐためではなかったんですね」

小早川は無言でコーヒーを飲んでいた。彼の態度を、俺は肯定のサインだと受け止めた。

「ユカさんが逃げるのを防ぐためだ」

「どちらの理由もあるが、確かにどちらかというと後者かな」

と小早川は言った。それから俺の前に一冊のファイルを置いた。

「——何ですか、これ？」

「ユカさんの治療記録のほんの一部だ。全部は膨大なものになるが、もし看護を引き受けてくれるなら、すべてに目を通してもらう必要がある。とりあえず今はその一冊を読んでくれ」

俺はページをパラパラとめくった。どうやら今までユカの看護にかかわった人々のファイルのようだった。もし俺がここで仕事を始めるとしたら、このファイルに俺の情報も組み込まれるということだ。

いきなり切断された二本の指の写真が目に飛び込んできたのでギョッとした。一目で鋭利な刃物で切断されたのではなく、嚙みちぎられたものだと分かる。何もなしにこの写真を見せられたら、動物に嚙まれたものだと思うに違いない。でも、先ほどの小早川の説明を聞いた後では——。

「左手の人さし指と中指だ。第二関節の上から井原ユカさんが嚙みちぎったんだ」

人間が人間の指を嚙みちぎるようなケースに俺は今まで遭遇したことはなかった。

「いったい——どういう状態で？」

「先ほどのような状態になった時、あわてて口にタオルを詰めようとしたんだ。舌を嚙むと思ったんだろう。代わりに自分の指を嚙みちぎられた」

「タオルを詰める?」

俺は思わず訊き返した。

「痙攣で舌を嚙みちぎるようなことはほとんどありません。口に異物を押し込んでも、口の中が傷ついたり、嘔吐《おうと》を誘発して最悪の場合は窒息してしまう。ちゃんとした看護の教育を受けているのなら、そんなことはしないはずだ」

「ちゃんとした看護の教育を受けていないからさ」

としれっと小早川は言った。

俺はページをめくり続けた。ガラスの花瓶で殴打されて腕を骨折した者。もちろん大変な事故だが、その程度で済んで良かったと思わなくもない。顔半分が血で真っ赤になっている女性の写真もあった。頰の肉を嚙みちぎられたらしい。失明した者もいる。

「これを——全部、ユカさんがやったんですか?」

「そうだ。ここに来てもらう前に、そのことを言うべきだったと思う。それは謝る。でも、言っても君は信じなかっただろう?」

俺は事態を自分に理解させるように何度も何度も頷いた。モンスターペイシェントという言葉も出てきているくらい、近年、医療関係者に暴力を振るい暴言を吐く患者の存在が問題になっている。だが、ここまで酷い例は見たことがない。

しかもそれを、あの穏やかで優しかったユカがやったとは。

「いったい、ユカさんに何をしたんです？」

「それはまだ言えないんだ。井原ユカさんは脳挫傷によって硬膜下血腫を併発しほぼ絶望的な状態だった。それを我々が救ったことだけを理解してもらえばいい」

違法薬物か何かの類いを治療に使ったのだろうか。あるいはまだ認可されていない薬を。いくら人命を救うためとはいえ、死ぬのを待っていたユカを、人体実験の材料にしたのは紛れもない事実だ。だがもちろん、彼らのその行為を責めることはできない。そのおかげで、俺はユカと再会できたのだから。

「頭が少し大きく見えたけど――」

髪が多いせいだ。そうに違いない。

でも、そうではなかった。

「事故で脳がぐちゃぐちゃになってしまったから、頭蓋骨の大部分を人工頭蓋に取り換えたんだ。頭が大きく見えるのはそのせいだ」

俺は思わず目を閉じた。可哀想に、と声に出さずに呟いた。

「ユカさんのご両親は――」

「川崎市内に我々がマンションを提供して、そこに住んでもらっている。最初は、この病棟に寝泊まりしてもらっていたんだ。どんな姿になっても生きていてくれればいいとおっしゃっていたが。さすがにあの姿を見ていたたまれなくなったんだろう。ご両親のことも誰だか理解できていないようだし――」

　自分の両親の顔も分からない状態なら、俺のことなど理解できるはずがない。

「このファイルの被害にあった人たちは、今どうしてるんですか？」

　中には一生残る障害を負わされた人もいる。阿部総合病院側を訴え出る者が出てもおかしくないと思うが、そういう話は聞かない。テレビのニュースなどで大きく報じられなくとも、訴訟沙汰になったら同業者の俺にとっても他人事ではないのだから、噂が伝わってきても良いはずだ。だが、そんな話は知らない。

「ユカさんに被害を負わされた場合、一生を通じて金銭的な保障を約束している。その代わり阿部総合病院の雇用契約書とはまた別の、刑事でも民事でも告訴はしないでくれとの契約書にサインをしてもらっている。労災の申請もしないと」

「その契約書自体が無効だという訴訟は？」

「そういう者はいない。そういう訴訟も認めないということは事前に何度も説明している」

　それでも訴訟や労災申請に踏み込むような者がいたとしても、これだけの大病院なら揉み消してしまうこともないとは言えないな、と俺はぼんやりと考えた。

「これは君にしかできない仕事だ。だが無理に働けとは言わない。そんなことはとても言えない。今すぐに返答しろとも言わない。何日でも納得がいくまで考えて、答えを返してくれれば良い。僕はいつまででも待ってる」

と小早川は言った。

「もし断ったら、僕は殺されるんですか？　秘密を知ってしまったから」

小早川はずっと真剣な顔をしていたが、その俺の言葉で少し笑った。

「そんなことがあると思うか？　万が一、もし君がこのことを言いふらして、マスコミがここを訪れることがあっても、どうにだって対応できる。阿部総合病院と萩原重化学工業の広報は伊達《だて》じゃないんだ。君を殺すまでもない」

顔は笑っていたが、冗談なのか本気なのか良く分からなかった。まあ労災申請の揉み消しぐらいは平気でやるのかもしれない。ここに限った話ではない。

「もし僕が断ったら、ユカさんは――」

小早川は病棟を見渡して、言った。

「また彼女の看護を引き受けてくれる人を探す――それだけのことだ」

「そんな人の候補がいるんですか？」

「候補はいる。金のためなら、何だってする人間はそこらじゅうにいるからな。だが、いちいち怪我を負わされるたびに固く口止めして金を払って遠くにやるのは効率が悪い。何が正解かは分からない。でもいろいろ試さないと。だから君を呼んだ」

俺はコーヒーを飲み干し、そして言った。

「サインします」

「え？」

あまりに唐突に言ったので、小早川は呆気にとられたようだった。

「いや、ちょっと待ってくれ。まだ全部説明したわけじゃない。まだ君に説明しなければならないことが沢山あるんだ。せめてあのファイルに全部目を通してから判断して欲しい。さっきも言った。返事はいつでもいいんだ。何ヶ月先でも、場合によっては何年先でも」

俺は思わず笑った。

「何年先でも――か。小早川さんも俺が承諾するってことを前提に話をしてるんでしょう？群馬に帰っても、俺は今日のことを頭の片隅に残したまま生活するんだ。どうせ回答の期限はない。三日後でも三ヶ月後でも三年後でもいいんだ。いつか俺があなたの申し出を受け入れると、あなたはちゃんと分かっている。なら早いほうがいい」

「そうか――」

何故か、諦めにも似たような声を、小早川は出した。それが何だか腹立たしかった。即答は予想外だったかもしれないが、遅かれ早かれ俺がこの仕事を受けると彼はちゃんと分かっている。自分の読み通りになって内心喜んでいるのだろう。所詮、単純な男だ、などと俺のことを思っているのかもしれない。それを悟られたくないから、わざとそんな声を出す。くだらない。

「この病棟には普段、誰がいるんですか？」

「誰かがいたり、いなかったり、まあそんなところだ。いたとしてもそう数は多くない。誰もが彼女を持て余しているから。近づこうとする者さえいない」

「もし何か異変があったら？」

「彼女の病室には監視カメラがあるから、別のフロアで24時間監視している。そちらの方が人数は多いぐらいだ」

俺は小さく笑った。

「偉い人は危険な現場には近づかず、遠くから観察ですか。それなら小早川さん、お願いがあるんですけど」

「何だ？」

「サインをする前に、彼女に近づいてみたい」

「それは駄目だとさっき言っただろう」

「分かってます。でも拘束されているんでしょう？　花瓶を振り回して看護師の腕を折ったとさっきのファイルにはありましたが、まさか縛られてるベルトを引きちぎることはないでしょう」

　すると小早川は、

「絶対にないとは言えないぞ」

　などと言った。

「引きちぎったんですか？」

「いや、まだそこまでの事態にはなっていないが、何があるか分からないからな」

　俺は笑った。

「考えすぎですよ。あれはちぎれないようにできてるんです」

「まあ、だと良いけどな。だがサインをする前に彼女に近づくのは許さない」

「いや、ユカさんに近づけないのであれば、サインはしません。そもそも雇用契約書とはまた別の契約書なんでしょう？　雇用契約書より前にサインしたとしても、そんなものは有効かどうかは分からない」

　その契約書を見ない限り正確なことは分からなかったが、俺ははったりを言った。とにかく俺が看護師であり、かつユカと面識があることは、絶対的なアドバンテージのはずだ。彼らはどうしても俺にサインをさせたいはずだ。多少の無理は通るはず。

小早川は小さくため息をついた。

「近づくだけか？　本当にそれだけなのか？」

「いえ、それだけじゃなく――」

「何だ？」

「手を、触ってみたいんです」

小早川は不思議そうな顔をしたが、俺が何故そんなことをしたがるのか、特に質問してはこなかった。渋々といった顔で、仕方がないな、と呟いた。

再びユカの病室に引き返した。初めて入った時は、豪華な病室、そして寝ているユカに気を取られて気付かなかったが、確かにこの病室には花がなかった。つまり花瓶がない。それだけじゃなく、コップや置き時計のような、投げつけられるようなものは皆無だ。

ユカは俺が近づくと、弾かれたように首だけ動かし、俺を見た。そして奇声を発した。いいですか？　と小早川に訊こうと思ったが、いちいち彼に許可を得るのもおかしいと思って、無言でユカの方に近づいていった。

「本当に触るのか？　親しくない人間に触られるのを嫌がるんじゃないかと考えた者もいる。

だがご両親に触られた時も彼女は暴れ回った。もうどうしようもない」

俺は彼女と親しかった。親しかったはずだ、そう考えた。

あの夜を思い出した。理奈とケンカし、一人でいはら荘に歩いて戻った夜。がらんとした食堂で一人で食事を摂った夜。ユカの手が、俺の手の上に乗った。どうしてその手の上に、俺はもう片方の手を重ねられなかったのだろう。どうして好きだと言えなかったのだろう。あの時は、ユカにそんな感情は抱いていなかったのだろうか。二度目にみなかみ町に舞い戻ってきた時好きだと言われたから、俺も彼女のことを好きだと思ったのだろうか。それでは何故、あの時、俺はユカにあんな酷い言葉を投げつけてしまったのだろう。俺があんなことを言わなかったら、もしかしたらユカは轢かれなかったかもしれないのに。

分からなかった。自分が何を望んでいるのか、何が本当だったのか。思い出そうとしても、過去は、ユカと過ごしたあの四日間はあまりも遠かった。

でも今、手を伸ばせばユカはそこにいる。

「ユカさん」

そう呼びかけた。

伸びた髪の向こう側から、ユカと目が合った。

俺はそっと、拘束されているユカの手を触った。あの時、ユカが俺の手を触ったように。

痙攣したようにうごめいているユカの身体が静まった。そして呻くのを止めて、じっと俺の顔を見つめてきた。

「また、会えたね」

と俺は言った。

またユカは呻いた。でもそれは先ほどの奇声とは違っていた。

俺のことを憶えているんだ——そう感じた。

そういえば、ユカはこんなことを言っていた。

『イルカは良いわね。利根川を下って東京にも行けるんだから』

東京に憧れた、群馬で暮らす少女の台詞だった。俺は、東京に来られたな、と声に出さずに呟いた。本当はここは東京の隣だけれど、少なくとも群馬に比べれば遥かに近い。

病院に泊まればいいという小早川の申し出を断り、その日、やはり俺は実家に帰った。突然現れた俺を、母さんも理奈もびっくりした顔で迎えてくれた。転職のためにこっちに戻ってきたんだ、というと更にびっくりした。母さんはまだ勤めたばかりなのに、などと言ったが、三年間は短いようで長い。それなりのキャリアだ。転職を真剣に考えてもおかしくはない時期だ。

　事前に連絡を入れないでいきなり帰ってきたことを理奈は不審がっていたようだが、それだけだった。

「じゃあ、お兄ちゃんこっちに帰ってくるの？」

「ああ、そうなると思う」

「実家から通うの？」

「さあ、どうなるだろう。向こうは住まいを用意してくれるっていうから、もしかしたらまた寮生活かも」

「でも敦士、大丈夫なの？　三年っていったら、ようやく仕事に慣れた頃じゃないの？　それなのに転職なんかして大丈夫？」

　と心配性の母さんが言った。突然俺が帰ってきたので、何かなかったかしら、と台所を漁《あさ》りまくっている。

「いいよ、別に気を使わなくても」

「だって久しぶりに帰ってきたんじゃない、ご馳走作らなきゃ。何か買ってくるわ」

「いいって。寿司《すし》でも取ればいい。俺が出すよ」

「やった！」

　と理奈が叫んだ。

「転職先は給料が良いんだ。俺もそうやって少しずつステップアップしていかなきゃな。家に入れる金が増えれば、母さんだって楽できるだろう」

「ありがとうね――」

と母さんはしみじみ言った。名実ともに、俺はやはり理奈の父親代わりなんだな、と思った瞬間だった。

「でもほんと、前もって言っておいてくれたら飯野君も呼べたのに」

「別にいいよ、呼ばなくたって。それより理奈、まだあいつと付き合ってるのか？　いい加減別れろよ」

「馬鹿！」

と理奈は俺に罵声を浴びせかけて自分の部屋に戻ってしまった。いい気なものだ。そうやって大学生になり、恋にかまけていられるのも、陰で皆が支えていてくれたからなのに。母さん、父さん、もちろん俺も、そしてユカ――。

ユカを絶対に回復させよう。そう思った。もちろん俺は医療の知識はあるが医者ではない。ましてやユカはそれを秘密にしておかなければならないほどの最新の脳外科手術を受けたのだ。俺がどうこうできる問題ではない。その手術が何なのか今の段階では分からないが、俺もチームの一員になって実績を残せば、自ずと知ることができるだろう。

ユカに手を触れた瞬間、彼女は人間性を取り戻した。少なくとも俺はそう思った。医学のことは専門の学者に任せよう。ただ俺は、彼らがユカを支障なく治療できるようにサポートに回る。それが俺の仕事だ。そのために俺は看護師という職業を選んだのだとすら思った。

ユカのことはまだ理奈には言えない。あんな状態のユカを理奈に会わせるのはあまりにも辛い。何故ならユカは、理奈の身代わりになってああなったのだから。だがユカはきっと良くなる。そしてきっと俺や理奈や飯野のことを思い出せる。その日まで頑張ろう。理奈とユカを再会させられる、その日まで。

8

川崎の阿部総合病院に転職して、四年の月日が流れた。

一年前、理奈は大学を卒業してすぐに飯野と結婚した。そして女の子を出産した。飯野は本当に俺の義弟になり、俺は飯野の娘の伯父になった。不思議な気持ちだ。飯野が弟になろうと、俺が伯父さんになろうと、個人個人の人格は別に何も変わらないのに。

母は文字通り泣いて喜んだ。ただ孫ができたというだけではなく、糖尿病の理奈が結婚できて、子供まで産めたことが嬉しくてたまらないのだろう。仕事で忙しく、俺はすぐには姪に会えなかった。だけど本当は、理奈が飯野と結婚したことを受け入れたくなく、二人に子供ができたという現実から逃げ回っていただけなのかもしれない。いくら忙しくとも、姪の顔を見る時間ぐらい作れる。

永遠に逃げ回ることもできず、俺が姪と初めて会ったのは出産から一ヶ月後だった。二人の結婚が面白くないといっても、まるまると太った生後一ヶ月の姪はやはり愛らしく、この子がこの世に誕生したのなら、理奈と飯野が結婚して良かったのかもしれない、と考えた。

人さし指で姪の手のひらを擦ると、姪は俺の指をゆっくりと握り返してきた。

「名前は決めたのか？」

と姪に指を握られたまま訊いた。

飯野も理奈もすぐには答えなかった。

俺はどうしたのかな、と思いながら顔を上げて二人を見た。

理奈はおずおずと、まるで俺の反応を窺うように、こう言った。

「ユカ、よ」

俺は信じられない気持ちで理奈を見つめた。その反応が意外だったのだろう、飯野は

「ほら、三枝、憶えてない？　群馬にイルカを探しに出かけて、その時出会った民宿の女の子。あれからどうしているのか分からないけど——」

などと言った。俺が忙しさにかまけて、彼女を忘れてしまっていると思っていたのだ。

「あの時、ユカさんが私を助けてくれたから、この子が生まれた。ユカさんがこの子を授けてくれたようなものよ。だから飯野君とも相談して、この子にユカさんの名前をつけるのが一番良いって——」

そう理奈が言い終わる前に、俺は号泣していた。恥も外聞も捨て、こんなに声を上げて泣いたことは今までなかった。俺の方こそ、二人はもうユカのことなど忘れていると思っていたのだ。でも、そうではなかった。二人の心にユカはちゃんといて、理奈はユカに助けられたことをずっと感謝していたのだ。

「ごめんな——ごめんな——」

俺は泣きながら謝罪を繰り返した。二人は、もしかしたら俺がユカに酷いことを言ってしまったことを謝っていると思っているのかもしれない。違った。俺はユカがどうなったのか、今どこでどうしているのか、四年前から知っていたのだ。でもユカが完全に回復するまではと、理奈にも飯野にもそのことを隠し通していたのだ。きっと理奈はもう二度とユカに会えないと思っているに違いない。だからこそ、理奈は自分の娘にユカという名前をつけたのだ。

どんなに理奈に告げようとしたか、俺は今、病院でユカさんを看護しているんだと。でもすんでのところで思いとどまった。ユカは少しずつ人間性を取り戻している。だがまだ理奈に会わせるのは早すぎる。四年前、俺がユカと再会したときショックを受けたように、理奈も今のユカを見たら、やはり衝撃を覚えるだろう。そして自責の念を強めるかもしれない。せめて、普通に会話が交わせるようになるまでは、そんな日が来るか分からないが、せめてその日を信じて。

「お兄ちゃん――」

理奈が俺の元に近づいてきた。そして背中を丸めて泣いている俺を抱き、

「お兄ちゃんは悪くないよ。お兄ちゃんは正しかった。あの時も、そして今も――」

と言った。理奈も少し、泣いていた。

正しくなんかない。

耳から血を流して倒れているユカが、ベッドの上で拘束されてわめき散らしているユカが、二、三歳児程度の言葉しか喋れないユカが、脳裏に浮かんでは消えてゆく。

あの時、俺は間違っていた。だからせめて今は、正しい選択をするしかない。それは一生をかけてユカの治療をサポートし、そしてユカと理奈を再会させることだ。

姪のユカとも、会わせてやりたい。

顔を上げると、泣いている兄妹を見つめることしかできない飯野と目が合った。飯野はにこりと笑った。その飯野の瞳にも涙が光っているように見えたが、でもそれは俺の気のせい

だったのかもしれない。

四年間、ユカのことを理奈や飯野に秘密にしていることは、まったく難しくなかった。彼らが川崎に出てくることがあっても、駅近辺で待ち合わせをするから、妹夫婦が俺の職場にやって来ることはまずない。彼らだって、俺の職場を見たいなどと子供のような駄々は捏ねないだろう。

あの特別病棟の一室が俺用に割り当てられた。病室といっても高級ホテルの一室と変わりはないから、居心地は悪くなかった。どうせ四六時中ユカの様子を看なければならないのだから、そこで暮らしてもよかったのだが、現住所が病院だと困るというもっともな理由で、病院から少し離れたマンションをあてがわれた。小早川の口ぶりから寮に入れられると思ったので意外だったが、病院の寮は当然、他の住人も阿部総合病院で雇用されている者ばかりなので、彼らに俺が何の仕事をしているか訊かれるのは困るのだろう。

マンションの部屋は冷たく、殺風景で、またいちいち阿部総合病院に向かうのにバスに乗らなければならないので、病棟で寝泊まりすることの方が圧倒的に多かった。生活用品も一階まで降りれば大抵のものは買える。食事をすることだって。

マンションは、とりあえず俺はここに住んでますよ、というアリバイ作りのために存在しているといっても過言ではなかった。阿部総合病院で働き始めた当初、母さんが息子がどんな部屋に住んでいるか見に来た時は助かった。当時俺はもう二十四歳だったが、母さんにとっては子供はいつまでも子供なのだろう。過保護は止めてくれと言う勇気はなかった。俺も散々理奈を心配したのだから。

生活感がない部屋ね、と言われた時はドキッとした。まさかほとんど病院の特別病棟で寝泊まりしているとは思っていないだろう。時々帰って適度に汚したほうが怪しまれないかと思ったが、来るかどうか分からない母さんのために、わざわざそんなことをするのも馬鹿馬鹿しく特に何もしなかった。飯野と理奈もマンションの部屋に来たことはない。独身の兄が暮らす部屋なんて何の興味もないのだろう。それでいい。

ユカの身の回りの世話をしていると、だんだん俺に対してだけは呻き声を上げないようになった。俺は彼女に花瓶で殴られることも、頬や指を食いちぎられることもなかった。

小早川はこの結果に満足していた。やはり俺を選んだのは正解だったと。ユカを社会復帰させるためには、あらゆる分野の学者が彼女を診なければならない。俺はユカと彼らのパイプ役だった。俺に対してだけユカが心を開くのなら、まるで動物を調教するように俺がユカを彼らに診させなければならない。俺は四六時中ユカに付きっきりだった。理奈が生まれたばかりの自分の娘の育児をしなければならないように、俺は幼児に退行してしまった彼女を、大人に戻すように努力した。どちらもユカだな、と思うと運命の皮肉を笑うしかない。

もちろんユカがこんなふうになってしまったのは悲しい。俺のせいともいえるのだから尚更だ。しかし心の奥底では、この環境を好ましく思っていたことは認めなければならない。

俺は看護師として誇りを持っているが、医者に比べれば専門的な知識はない。だからユカが回復するように努力しろと言われても、どうしていいのか分からず、途方に暮れるしかなかった。だが身の回りの世話をするだけで、だんだんとユカが俺に心を開いてゆくのを感じた。少しでも人間性が戻れば治療もやりやすくなる。俺はただ、真心を込めてユカの看護をするだけでよかった。

一緒にいればいるほどユカは俺に懐いてくれる。群馬の病院にいた頃は複数の患者を相手に忙しかったが、こちらは四六時中ユカに付いていなければならないとはいえ、一人の患者だけに集中できる。そしてこんなに広い特別病棟を、俺とユカだけで占拠できるのだ。

実際は、ユカが少なくとも俺といる時は暴力的な行動をとらなくなったと判断されてから、医者や学者が次から次にやって来たので、常に二人っきりというわけにはいかない。でも気持ちの上では、まるでここが俺とユカの家で、一緒に暮らしているかのようなものだった。

実際はここはユカの家ではなかった。ユカ一人だけの特別病棟だった。ユカ一人にこのフロアを使わせているといっても、他の部屋を遊ばせているわけではない。どうやって持ち込んだのだろう、と思わずにはいられないCTスキャンやレントゲンなどの機器が置かれた部屋。血液検査機器が置かれた部屋。透析機器まであった。また手術ができるように改装された部屋もあり、何があっても対処できる態勢が整えられていた。文字通りユカはこのフロアから一歩も外に出ないのだ。

ユカが歩けるようになると、リハビリ用のトレーニングマシンが入れられた。俺も一日中ここにいることが多かった。ユカがベッドの拘束から逃れられるのは俺と一緒にいる時だけだった。俺がいない時でも暴力的な行為に走ることはほとんどなくなったと言っていたが、それでも安心はできないようだった。もう拘束は止めてくれと言いたかったが、万が一何かがあったらと思うと言い出すことはできなかった。俺がマンションにあまり帰らず、ここで寝泊まりするようになったのも、それが一番大きな理由だった。

その日、久しぶりにマンションに帰った俺は、川崎駅まで出て買ったアニメのソフトを持って出勤した。子供向けのディズニーアニメが大半だった。今はネットでのダウンロード配信が主流だが、それをユカの治療のプログラムに導入しようと提案しても却下されるだろう。恐らくユカはアニメを観せても内容は理解できない。それでも画面から流れ出る音楽や映像に接すればユカの認知に何らかの影響を与えるかもしれないが、それなら普通にテレビを観せておけばいい。映画である必要はないと一蹴されるのは想像に難くない。それでなくとも、もともと彼らは俺の意見になどほとんど耳を貸さないのだから。

必要な物があれば、申請すると職員が下の売店で購入し特別病棟の前まで持ってきてくれる。使いっぱしりにしているようで気が引けたが、どうしても手が離せない時は利用させてもらっている。買い物をしてくれる職員もこの病棟で何が行われているのかは、恐らく知らないだろう。映像ソフトは下の売店でも売っているだろうが、やはり数が限られているし、専門店で選びたかったので、今回は自分で買ってきたのだ。

ユカに映画を観せようと思ったのは、俺がユカと一緒に観たかったから。ただそれだけの理由だった。こういう映画を理奈と一緒に、時には飯野も連れて観に行ったな、と懐かしく思った。この手のアニメ映画は毎年のように新作が公開されるから、理奈はまた飯野と一緒に観に行くのだろう。だがもうそこには、多分俺はいない。姪のユカが一緒なのだから。俺は所詮、親戚の伯父さんで彼らの家族ではない。

しかし仲間はずれにされて悲しいという気持ちはない。俺にもユカはいるのだから。

病室に入ると、ユカはゆっくりとこちらの方を向いた。叫び声を上げたり、暴力を振るうようなことがなくなったのはいいが、目に見えて分かる喜びの感情を表に出すことはまだなかった。だが、七年ぶりに再会したあの日に比べれば、大分良くなっているのは明白だった。

「さあ、向こうの部屋に行こう。今日は映画を観るんだ。映画だよ。映画、分かる?」

「エイガ――エイガ――」

「そうだよ。面白い奴だ」

「エイガ――オモシロイ、エイガ――」

ユカはうわごとにように呟いた。俺はユカの手を取って、ベッドから床に降りさせた。少し前までは移動に車イスを使っていた。今も俺が手を取らないと、足取りがおぼつかない。だが、できる限り歩かせるようにしている。できるだけあちこち歩かせたほうが運動にもなるし、寝たきりにさせると認知症が進んでしまう可能性もある。実際、ベッドから降りている時間を増やせば増やすほど、ユカが良くなっている実感がある。

少なくともユカは四年前よりは遥かに回復している。ユカは車に轢かれた結果こうなってしまった。つまり頭部外傷性認知症だ。血腫によって脳が圧迫されている場合など、原因を取り除けば症状が改善される場合もある。だがユカの事故は、もう十年以上前のことなのだ。もしユカがそういうケースなのであれば、とっくに症状の改善が見られてもいいはずだ。

アルツハイマー性認知症などを完全に治療する方法は未だ確立されていない。もちろんユカの症状とひとくくりにはできないが、治療が困難な認知症のケースという点では同じだ。

もし、ユカが受けている新しい治療が認知症の改善に繋がるものであるならば、ここまでの費用をユカにかけるのも納得がいく。

何度も、もう無理だと諦めたこともあった。だが阿部総合病院はとてつもない大金をかけて救ったユカを、むざむざと死なせるわけにはいかないと考えているようだった。恐らくユカが完全に回復した暁には、学会の壇上に連れ出されて多くの研究者の見せ物にされるのだろう。可哀想だとは思うが、それでユカの命が助かったのだから、阿部総合病院には感謝しなければならない。

「一人で歩いてみるか？」

俺はそう訊いた。俺の言っていることが分からないのだろう、キョトンとしたような顔をユカはした。俺はゆっくりユカの腕から手を離し、静々とユカから離れていった。もちろん倒れた時にすぐに受け止められるように準備しながら。

ユカは初めて立った幼児のように、ぷるぷると足を震わせながら立ち尽くしていた。まるで請うような目で俺を見た。どうしていいのか分からないのだ。

「おいで——こっちに」

「コッチ——コッチ——」

俺の言葉をおうむ返しに繰り返しながら、ユカはゆっくりと震える足を動かして、こちらに近づいてきた。

「よし――いいぞ。上手いぞ」

はあはあ、と荒い息を吐きながら、ユカは歩き続けている。思えば寝たきりにもかかわらず、ユカは看護師の指や頬を噛みちぎったり、花瓶を投げつけて怪我をさせたりしたのだ。俗にいう火事場の馬鹿力というやつなのかもしれないが、ユカには潜在的な体力が眠っていると思えてならない。なら俺の仕事はその体力を上手に引き出すことだ。

俺はユカを連れて会議室まで移動した。主にここで医者たちがミーティングをする。俺は蚊帳《かや》の外に置かれていることが多いので、何を話しているのかは分からない。俺はユカの生活をサポートするだけの役割だから、それ以外のことは何も知らされないのだ。下で必要な物を買ってきてくれる職員と同じだ。ユカにはあらゆるレベルで様々な人々がかかわっていて、俺もユカに付きっきりなのだからかなり上のレベルにいるのだろうが、それでも更に上で何が行われているのかは決して知らされないのだ。

会議室まで連れてきたのは、そこに置かれているモニターが一番大きいからだ。

俺はユカをイスに座らせた。

「上手くここまで来れたな。よし、ご褒美だ」

俺は買ってきたアニメのソフトをプレイヤーにセットし、モニターで再生した。賑やかな音楽と、色とりどりのキャラクターが活躍するアニメをユカは食い入るように観ていた。

時々、今まで聞いたことのない叫び声を上げるのも俺には嬉しかった。

笑っているのだ。

ユカは時折、アニメのキャラクターを指差し、

「ダーレ？」

などと言うので、俺もアニメの内容に集中しキャラクターの名前を覚えなければならなかった。時折、俺も同じ質問をユカにした。大抵は上手く答えられなかったが、時々正解することもあり、そういう時、俺はユカが確かに回復していることを実感し、とても嬉しかった。

アニメ観賞は、ユカのお気に入りの日課になった。中でもユカがお気に入りだったのは『塔の上のラプンツェル』というアニメだった。悪い魔女に攫われて、何年間も高い塔の上で幽閉されたお姫さまが、初めて外に降り立って冒険するという物語。ユカは他のアニメには目もくれず、何度もそのアニメを俺にねだった。俺は心が痛くなった。そして見せるアニメの選択を間違えたかもしれない、と考えた。そのアニメの内容は、ユカの今の生活を暗示しているように思えてならなかったからだ。俺はユカに、何気なく見せたアニメで外の世界という概念を教えてしまったのだ。

もちろん、この病棟の外に広大な世界が広がっているということが分かるのであれば、それだけユカが人間性を取り戻しているということだ。俺は十分に阿部総合病院が望む役割を

果たしていることになる。

ユカは毎日のように、俺に『塔の上のラプンツェル』をせがみ、そして自分の病室の、会議室の、ラウンジの窓を指先でつつき、

「ソト――ソト――」

とうわごとのように呟くようになった。俺は医者たちに、ユカを外に散歩に連れ出してやりたいと頼んだのだが、拒否された。取りつく島もなかった。彼らとしては、ユカが迷子になることや、最悪誰かに怪我を負わせることを怖れているのだろう。そのために、わざわざセキュリティの行き届いた特別病棟を一フロア、ユカのために使っているのだから。それは十分分かるのだが、病棟を歩き回ったり、アニメを観たりするだけで、ユカの症状が良くなってきているのだから、外の刺激にもっと触れさせたほうが、ユカの回復は早くなるように思えてならない。

「ソト――ソト――ソト――」

そのユカの呻き声と、彼女の指先が窓ガラスを叩く音は、まるで何かの音楽のように俺の耳には響いた。

(みんな外を歩いているのに、どうして私だけ外に行っちゃいけないの?)

そうユカが訴えているようにも聞こえた。

ユカが俺に懐いていてくれるのは嬉しかったが、それがたまらないこともあった。

ユカの髪は俺が切っていた。できれば専門の美容師に切ってもらいたかったが、ユカのことは秘密だから部外者を立ち入らせるわけにはいかないし、刃物を扱うからユカが暴れては危険ということで、結局俺がやるしかなかった。

面倒だからやりたくないのではもちろんなく、上手に切ることができないのでユカが可哀想だった。今のユカは自分がどんな髪形になっていたって気に留めないだろうが、やはり綺麗でいさせてやりたい。

それでも四年も髪を切っていれば、それなりに上手くなるものだ。髪が長いと邪魔だから切ってしまえ、という医者もいる。ベッドに縛りつけてどんなに髪が伸びても放っておいたのに、扱いやすくなると途端にそんなことを言うのだ。腹が立ったが、医者に逆らうわけにはいかない。ユカの治療に差し障るのは困る。

初めて会った時、ユカはポニーテールの髪形で、俺の前ではずっとそれを通していた。俺はあの髪形が忘れられなくて、ユカの伸びた髪を後頭部の高い位置でまとめてやったこともあるのだが、今のユカの大きな頭を誇張させる結果にしかならなかった。

試行錯誤の上、残念だがやはり髪は短く切り、ふっくらとしたボブヘアーのような髪形に落ち着いた。これならば少し頭が大きく見えても、こういう髪形なんだと思ってもらえるだろう。

もともと髪は小まめに切っていたが、来客の際には念入りに髪形を整える——その存在自体が秘密のユカにとって、会うのが認められるのは二人だけだった。

ユカの、両親。

娘がこうなってしまった心労で、母親は身体を壊して、ここではない別の病院に入退院を繰り返しているのだという。改めてユカの事故が彼女の両親の人生を一変させてしまったのだな、と思わずにはいられない。

俺が来る前にユカの父親自らが看護を申し出たこともあるようだが、ユカは彼のことが分からず、やはり暴力を振るったらしい。もしその現場を母親が見ていたら、心労で倒れるのも致し方ないかもしれない。だが両親でさえも駄目だったのに、ほとんどあの四日間しか思い出のないユカが俺に懐くのは、なんだか不思議な気がした。それほどユカは俺のことが好きだったのだろうか。もしそうだとしたら嬉しいが、両親の気持ちを思うと複雑だった。

だが、ユカも日に日に良くなってきているのだから、自分の家族のことをきっと思い出すだろう、との考えから定期的に父親に面会させている。

今日も、その日だった。

何度会っても、彼は俺にとっていはら荘の主人だった。ラウンジで待っていた彼は、俺たちが近づくと、いつものように立ち上がってこちらにやって来た。

「ユカ」

そう呼びかけた。だがユカは意味が分からないようで、きょとんとした顔をしている。

「ユカさん。お父さんだよ」

と俺はユカに言った。彼が来るたびに、俺はユカにそう説明しているのだ。

「ユカさん。お父さん、って言ってごらん」

「オトウサン――オトウサン――オトウサン――」

「そうだ。いいぞ」

俺に褒められたのが嬉しかったのだろう。ユカは、

「オトウサン、オトウサン、オトウサン、オトウサン、オトウサン」

と俺に向かって連呼した。

「俺じゃない。お父さんはこの人だ」

とユカを父親の方に向かせた。だがユカは彼に向かって、オトウサン、とは決して言わないのだった。

その時、ユカは突然父親の方に向かって歩き出した。彼は軽く手を広げて、娘を迎える仕

草をした。だがユカは彼の横をすっと通り過ぎて、ラウンジの窓に向かった。そしてまた、窓を指で叩き、

「ソト、ソト、ソト――」

と繰り返し呟き始めた。

「外に出たいみたいです。今の段階では、まだ許可できませんけど」

と俺は父親に説明した。そうか、と彼は一言呟いた。

俺はユカの元に近づいた。

「ユカさん、お父さんだよ。君のことをずっと心配しているんだ」

と言って窓ガラスからユカを引き離した。そして父親の方に向き直させた。

ユカは、自分の父親を指差し、

「ダーレ?」

と言った。アニメのキャラクターの名前を尋ねるような、まったく軽い口調で。これにはユカの父親も少なからずショックを受けたようだった。

「仕方がないよな――全部こちらの病院に任せて、たまにしか顔を見せない親だ。誰だか忘れてしまっても仕方がない。あなたがずっと看護しているんだ。あなたのことを父親だと思っているんでしょう」

その彼の言葉が、胸に響いた。

「あなたが妹さんといはら荘に泊まりに来た時のことは良く憶えてます」

と彼は言った。責められると思った。だが違った。

「あの時のユカは本当に楽しそうでした。うちの民宿は、家族連れや、高齢者のお客さんが多かったですから。ユカは東京に憧れていたし、あなたたちみたいに若者だけで泊まりに来るお客には声をかけやすかったんだと思います。あなたたちが帰った後、私、この民宿継いでも良いよ、なんてことを言って——今までそんなこと一度も言ったことはなかったのに」

ユカの父親は目に涙を浮かべていた。

「結局民宿は畳んでしまいましたが、どうでもいいんです。ユカが生きていてくれさえすれば。たとえユカが私のことを忘れてしまったとしても——」

俺は何を言っていいのか分からず、彼を見つめることしかできなかった。俺のせいでユカはこんなふうになってしまい、贖罪のための看護と言っておきながら、俺はユカのこの生活をどこか楽しんでいる。ユカは俺だけを慕っているのだから。そして彼女は自分の父親のことも思い出せない——。

俺は彼に罵倒されても仕方がないのだ。しかし彼はあくまでも紳士的な態度を崩さない。それが辛かった。いっそ俺のことを殴って欲しい。それで罪悪感が軽くなるわけではないが、自分の罪を実感できる。

「妹さんはこちらにいらっしゃらないんですか？　お友達も——」

理奈と飯野。二人は結婚して、生まれた子供にユカと名付けた、ということを彼に教えようと思ったが、結局言えなかった。あんな事故にあわなかったら、ユカも今頃結婚して、彼は孫を抱いていたかもしれないのだ。もし、今の二人の近況を教えたら、俺たちが彼らの幸せをすべて奪ったと思うのではないか。

「ここは部外者は立ち入れませんから。ユカさんのことも誰も知りません。ユカさんの治療に携わっているチーム以外の人間で、ここに来るのを許されるのはお父さんだけです。あなたにはその資格がありますから」

ユカは廊下に座り込んで、まるで何かの儀式のように、ゆっくりとした動作で首を振っている。彼はそんな娘のありさまを暫く眺めてから、俺の方に近づいた。

「娘を、どうかよろしくお願いします。私は所詮老いぼれだから、別にどうだっていいんです。娘に忘れられたって。でも娘は幸せになって欲しい。お願いです。どうか娘を幸せにしてやってください」

そう手を取られて、何度も頭を下げられた。俺は、努力します、と毒にも薬にもならない言葉で答えるのが精一杯だった。

それからユカの方に行き、自分も廊下に座り込んだ。そして唐突にユカの身体を抱いた。いきなりそんなことをしたら暴れる！　と焦ったが、意外にもユカは父親に身体を抱かれても、まるで彼のことを認識していないように、儀式のような動きを続けていた。

身近な人間であると気付いたのか、それとも俺と親しげに話しているので敵ではないと思ったのか。

「さよなら。もうお父さんは帰るぞ。でもお前は幸せになるんだ。あの人に幸せにしてもらうんだ。分かったな」

「シアワセ——シアワセ——シアワセ——」

とユカは身体を動かしながら呟いた。

「そうだ、幸せだ」

と彼は言った。

俺は思った。彼は俺に呪いをかけたのだと。彼はユカに言うのではなく、後ろで話を聞いている俺に言っていたのだ。何故、彼は俺のことを、あの人、などと言ったのだろう？　三枝さん、ではあまりにも直接的すぎるからだ。彼は遠回しに俺に言っていたのだ。娘がこうなったのはお前の責任だ。だからお前が責任をとれと——。

瞬間的に脳裏に、理奈と飯野と、生まれたばかりの姪っ子の姿が浮かんだ。俺にとっては、正にそれが幸せの象徴だった。

俺は——。

二年ほど何事もない日が続いた。俺はいつものようにユカの身の回りの世話をし、廊下を歩く運動をさせ、一緒にアニメを観た。やはりユカのお気に入りは『塔の上のラプンツェル』で、それこそ一日中食い入るように何度も観ていた。時々別のアニメを観せようとするのだが、そのたびにユカは俺を制して、

「ン！」

という強い声を出しながら、俺にラプンツェルのソフトを差し出した。いろんなことをさせたほうがユカの回復に役に立つと思ったが、ユカが望むのだから何かあるのだろうと、検査がない時は好きなようにやらせていた。それにソフトのケースが判別できるのだから、これは考えようによっては凄い進歩だ。

破局の前触れは食事の時に訪れた。当初は流動食ばかりだった食事も、かなり普通のものが食べられるようになってきた。スプーンですくったり、フォークで差したりして自分で口に運ぶのはまだ上手くいかないが、それが食事の道具だと分かっているだけで十分だ。

それに一人でユカが食事ができるようになったら、俺がこうして彼女に付きっきりでいる

必要もなくなってしまう。ユカの父親には娘を幸せにすると約束をした。でも、ユカが一人で何でもできるようになれば、俺はお払い箱だ。

理奈と飯野と姪っ子が脳裏に過った。最近、何故だか三人のことばかり考える。ユカが社会復帰したら、果たしてユカは俺と結婚してくれるだろうか、と考えた。役目が終わった後もユカと一緒に暮らすには、そうするしかないのだ。

何でも食べられるといっても、喉に詰まる可能性がある食べ物を与えることはできないので、やはり高齢者用のようなメニューになってしまう。スープやおかゆ、ゼリーやムース状のもの、良くて柔らかい肉団子やハンバーグなどだ。俺はスープをすくってユカに食べさせた。ユカはポロポロとスープを零《こぼ》しながら、美味そうにすすっていた。

その時、ユカは俺が持つスプーンに手を伸ばしてきた。

「どうした？　自分で食べるのか？」

ユカは俺の手からスプーンを引ったくり、デザートのプリンに上からガシガシとスプーンを突き刺した。そしてぐちゃぐちゃになったプリンをスプーンですくった。俺はそのまま自分の方に持っていくのかな、と思った。でも、そうではなかった。

ユカはゆっくりと、プリンをすくったスプーンを俺の方に突き出してきた。そしてアニメのソフトを差し出すように、

「ン！」

と言った。食べろと言っているのだ。

躊躇した。看護師の仕事をしていると、常に院内感染の危険と隣り合わせだ。患者の血液、排泄《はいせつ》物、体液等は適切に扱い処理をしなければならない。その患者が実際に感染性の病気であるかどうかとは、まったく別の問題だ。もちろん患者と触れ合う仕事なのだから、たとえば咳《せき》をした時に飛んだ唾が顔にかかってしまうこともあるだろう。だが、それはアクシデントだ。自分から患者が先ほどまで使っていたスプーンに口をつけることはできない。

もちろん俺はユカを大切に思っていた。だがそういうプライベートな感情と、看護師としての心構えとの折り合いが、俺はつけられなかった。その意味では、まだ看護師として未熟なのだろう。いや、六年もたった一人の患者を相手にしているから、看護師としての感覚が鈍ってしまったのかもしれない。ましてやその患者は元からの知り合いなのだ。

俺はこちらに差し出されたユカのスプーンを持つ手をつかみ、そっとユカの方に押した。

「食べなさい」

刺激をしないようにできるだけ笑顔で。その時――。

ユカがスプーンをテーブルの上に落とした。だから一瞬、それに気を取られて、こちらに迫ってくるユカを避けることができなかった。

ユカが顔をぬっとこちらに突き出してきた。はっとした次の瞬間、俺はユカにキスをされていた。唇と唇が重なったその瞬間、俺の脳裏に、あの四日間の元気なユカの姿と、この六年間の子供に戻ったユカの姿がフラッシュバックした。

キスをされていた時間はほんの数秒だっただろう。しかし、俺にとっては、長い長い時間だった。四日間の記憶を取り戻すのに六年の歳月が流れた。ユカは唇を俺から放し、にっこりと微笑んだ。

その笑顔はとても美しかった。

だがすぐにユカは赤ん坊のような弛緩した表情になり、スプーンで食事をぐちゃぐちゃとかき回す作業に戻った。

俺は暫く、動けなかった。

瞬間的に、ラプンツェルのアニメのせいだ、と思った。あの映画でも塔の上から盗賊に助け出されたお姫さまが、盗賊とキスをするシーンがある。ラプンツェルだけではない、プリンセスのキスシーンはこの手のアニメでは定番だ。ユカが外の世界という概念を理解したように、異性とのキスという概念も憶えてしまったことは想像に難くない。

破局の前兆はそれだけではなかった。

俺の今の生活はこの病棟とユカを中心に動いていた。そうはいっても俺はユカのようにこの病棟から一歩も外に出ないというわけではない。マンションに戻ったり、理奈たちと外で会って一緒に食事をすることもある。

飯野は俺と同い歳にもかかわらず、もうマイホームを持っていた。少し都心から離れた、小さな家だった。それでも飯野が手に入れた城には変わらない。そこで年に何度か集まって、ちょっとしたホームパーティーのようなものを開く。もちろん楽しかったのだが、酒を飲んでも、皆と笑い合っても、ここにユカを加わらせてやりたいという思いが邪魔をする。でも、それはできないのだ。ユカはその存在自体が秘密なのだから。

しかしそれでも、姪のユカはやはり愛らしく、彼女を相手にしている時だけ、俺は病棟のユカのことを忘れることができた。携帯のカメラで姪の写真を撮り、病棟のユカに果たして未来はあるのだろうかと不安になるたびに、姪の写真を見て心を慰めた。完全な自己満足だが、そういうわがままな希望でもなければ、この閉塞感に耐えられそうもなかったのだ。

そうだ。俺は破局を望んでいたのかもしれない。給料もいいし、ユカも自分に懐いてくれる。だが不満はあった。最大の不満は、医者たちが俺にユカの治療の内容をまるで教えてくれなかったことだ。俺がいなければ、ユカは今でもベッドに縛りつけられて、近づく人間に怪我をさせていたかもしれないのだ。俺が最大の功労者のようなものだ。それなのに、蚊帳の外に置かれているという疎外感は否めない。

ユカをここから連れ出したかった。どこか田舎でユカと暮らし、ユカを看護しながら過ごす自分を想像した。それはとても夢のような毎日に思えた。六年間、ユカはここから一歩も外に出なかった。あっという間の六年間だが、幽閉される期間としてはやはり長すぎるだろう。どんなに一流ホテルのような造りであっても、牢獄には変わりない。俺は外に出ることを許されている。そして外の空気を吸うたび、開放的な気持ちになる自分に罪悪感を抑えきれない。ユカはこんな気持ちを感じることなどできないのに。

俺は鬱々とした気持ちで、自分の部屋のテーブルに座り、タブレットで姪の写真を見ていた。姪は二歳になった。ユカの精神状態も同じようなものだろう。同じ名前で、同じ心を持っているのに、姪は未来に溢れ、こちらのユカは未来があるかどうかも分からない。それがとても不公平に思え、やり切れない気持ちに襲われる。

その時、ユカが部屋に入ってきた。仮眠を取る時などは別にしても、俺はあまり自分の部屋のドアを閉めなかった。病院では病室のドアは基本的に閉めないので、もともと病室のこの部屋にいる時もその習慣が出てしまっているのかもしれない。それに、万が一ユカの様子がおかしくなった時、すぐに異変に気付けなければならない。

俺はタブレットの電源を切ってテーブルの上に置いた。

「どうした？」

ユカは断続的に呻き声を上げながら、こちらに近づいてきた。跪き、イスに座っている俺の太股《ふともも》に顔をこすりつけるような仕草をした。構って欲しいのだろう。

やがてユカは立ち上がり、呻きながら、俺の机の上を引っかき回した。最初は微笑ましく思いながらその行為を見ていたが、病院から支給されたノートパソコンに手を触れた時はさすがに焦った。脈拍などのデータや、食事のさい何を食べて何を残したか、今日は何をしたのか、何にどんな反応をしたのか、そんな些細なことでもメモを取り、一週間ごとに提出しなければならない。ユカにキスをされたことは書けなかったが。

とにかく、万が一パソコンを壊されたりしたら困る。第一、ユカが何か暴力的な行為をしたら、みんな俺のせいにされてしまうのだ。

それでも認知症の患者を叱ったりするのはやってはならないとされているので、俺は努めて平静にユカを宥めた。

「遊ぶのか？　でもこのパソコンは駄目なんだよ。そうだ、こっちならいい」

と俺はタブレットをユカに差し出した。もちろん壊されていいとは思わないが、私物だからまだマシだ。データはバックアップをとってある。

ユカはその長方形の四角い物体に一瞬で意識を奪われたように、タブレットをひっくり返したり、いろんな向きで持ち替えたりしている。長方形の石板が、人類の祖先の猿人類に知能を授けたSF映画があったな、と思った。ユカを猿扱いするのはいくらなんでも酷いかもしれないが、こういう最先端の機械がユカの知性を蘇《よみがえ》らせるきっかけになればいいのに、と思わずにはいられない。

偶然タブレットのスイッチを押してしまったらしく、光を放ち出した石板にびっくりしたように、ユカはタブレットを放り投げた。俺は慌ててキャッチした。

ユカは俺の手の中のタブレットの画面に目が釘付けになっていた。そこには、先ほどまで俺が見ていたユカの写真が映っていた。

「これは俺の姪っ子だ。分かるか？　めいっこ」

「メイ――メイ、メイッ」

どうやら上手く言えないようだった。

「飯野と理奈の子供だ。分かる？　君が助けた理奈の子供だ」

「リナッ！」

とユカは叫んだ。

「リナッ、リナッ、リナッ、リナッ、リナッ！」

と激しく連呼した。俺も思わず叫んだ。

「そうだ！　理奈を憶えてるんだな⁉」

「オボエテ――オボエ――オボエテル――」

　そしてユカは、一瞬、あの表情をした。俺にキスをした直後、まるで四日間の記憶を取り戻したかのようににっこりと笑った。美しい笑顔。

　俺はタブレットを操作し、次々に理奈の家族の写真を画面に表示していった。

「憶えてるか？　理奈だよ。大きくなっただろう。もうお母さんなんだぜ」

　理奈ももう二十五だ。だが十二歳の頃の彼女の面影は、確かに残っている。ユカは理奈の写真を見ると、楽しそうにはしゃいだ。そして、リナ、リナ、と妹の名前を連呼した。

　思えば六年間も一緒にいたのに、理奈の写真を見せたのは今日が初めてだった。ユカのことは理奈には秘密だという思いが強すぎて、理奈のこともユカには言わないようにしていたのかもしれない。あるいは言っても無駄だと思い込んで。こんなにいい反応を示すのだったら、もっと早く見せてやれば良かった、と思った。

「これは飯野だ。分かる？」

「イーノ、イーノ」

「そうだ。飯野だよ」

　姪に反応を示されたらどうしようと思った。同じ名前だから混乱するのではないだろうか。

　しかし不思議とユカは、姪にはさしたる特別な反応を見せなかった。ただタブレットの画面に理奈と飯野が映るたびに声を上げた。特に理奈には凄かった。

理奈と飯野は憶えているのだろう。姪にさしたる反応を見せないのも、ユカは姪と会ったことがないからだ。

会わせたい。

そう強く思った。

もちろん今の段階で外出させるのは無理だ。理奈と飯野にこっちに来てもらうのも難しそうだ。ユカの父親がここに来ることさえ望ましいことではないと思っている医者もいた。驚くべきことに、ユカが特別病棟に来る前に死んだことにすれば良かったのに、などと言う者までいるのだ。

初めてのことでスタッフ間の意思の疎通が完全でないこともあったからねえ、でも死んだことにするためには偽の死体を用意しなきゃならないから——などと言って彼らは笑い合っていた。良くそんな冗談が言えるものだ。ユカを父親から引き離し、実験動物のように扱いたいと思っている気持ちがどこかにあるのだろう。そうでなければ、あんな冗談は言わない。

俺は休みのたびに理奈の家に遊びに行き、タブレットで妹家族の動画を撮りまくった。撮りたいのは理奈と飯野の動画だったが、さすがに怪しまれると思ったので、姪の動画も沢山撮った。だが、

「お兄ちゃん、何でそんなに撮るの？」

と理奈に訊かれたので、怪しまれることは同じだった。

「幸せな妹の家族を動画におさめて、いったい何がいけないって言うんだ？」

「だって、お兄ちゃん。普段は、そんなに携帯で写真撮ったりしなかったじゃない」

そう呟いてから、

「あのイルカを見つけた時だって、お兄ちゃんは結局最後まで写真撮らなかったでしょう？　私もだけれど、そんな余裕、なかったから」

と言った。イルカの話が理奈から出たのは久しぶりだった。ユカの話も出てきたらどうしようと俺は思った。今度こそ観念して今現在ユカの看護をしていることを言ってしまうかもしれない、と思った。

「いいじゃないか。姪が生まれて、やっと三枝も伯父の自覚に目覚めたんだろう？」

などと飯野が言った。

「でも心配だな」

「何だよ。心配って」

「三枝、理奈のこと凄く可愛がっていたからね。でも流石に理奈にはもう構ってもらえないから、今度はユカのことを可愛がるようになるんだろう？」

「げ！　ちょっとお兄ちゃん、それは止めてよ！」

そう言って理奈は、俺から姪のユカを取り上げてしまった。

「そんな、いきなり態度変えることないじゃないか。姪っ子を可愛がって何がいけないんだ」

「ユカがお兄ちゃんに過保護にされたらたまらないもん。ねえ、ユカ？」

姪のユカは、会話の内容を分かっているのかいないのか、きゃっきゃっ、と陽気に笑った。

ユカの話題は、一度も出なかったので、俺はほっとすると共に、どこか残念な気持ちになった。彼らにとってユカはもちろん自分の娘のことであり、いはら荘で世話になったあの民宿の娘ではもうないのかもしれない。

彼らが娘をユカと名付けたことを知った時、俺は涙を流した。彼らもユカのことを忘れていなかったと思ったからだ。だが二人にとっては、むしろいはら荘のユカを忘れるための儀式だったのかもしれない。特に理奈にとっては、自分の身代わりになってユカが大怪我をしたという罪悪感を捨て去りたかったのだろう。確かに申し訳ないと思う。でも人間はいつまでも過去を背負って生きていくことはできないのだ。

それでも、彼らを元気になったユカと再会させたいという気持ちは、俺の中に、拭いがたく存在していた。もしそんなことが可能なのであれば、それ以外に彼らがユカを忘れていくことへの抵抗はできないかもしれない。

特別病棟に戻ると、ユカと向かい合わせに座り、テーブルの上に置いたタブレットで理奈や飯野の動画を見せてやった。ユカは夢中になって見ていた。時々、姪の動画も見せるのだが、やはり反応は薄かった。

「リナ、リーナ、イーノ」

そうタブレットをつつきながら、ユカは呟いた。

「ソト──ソト──」

ユカにとっては病室の窓も、タブレットの画面も、大きさは違えど同じものだった。同じ、外の世界を映し出しているのだから。姪には興味はないと思ったが、それでも理奈や飯野と一緒に映っている時だけは、まるで小動物を狙う獣のような目で姪を見ていた。理奈や飯野の言動に反応するこの生き物はなんだ？　といった感じだ。

「あの時、ユカさんが理奈を助けてくれたから、理奈はこうして幸せな家庭を築くことができたんだ」

と俺は言った。

「シアワセ──シアワセ──」

「そう、幸せだ。次はユカさんが幸せになる番だ。君のお父さんに、そう頼まれたから

──」

ユカはシアワセ、シアワセ、と呟きながらタブレットの画面を指でつついた。

「そうだよ。この理奈と飯野とユカが、幸せだ」

俺はタブレットの画面に映る飯野家の人々をユカと同じように指で差し示した。そうして初めて、ユカの意識が姪っ子の方に向いたようだった。

「ユカ──ユカ──ユカ──」

「そうだ。ユカだ。君が理奈を助けてくれた。だからこの子を授かった。だからこの子はユカなんだ」

ユカが混乱するかもしれないという考えは、何故だか今は浮かばなかった。

「君のために六年かけたんだ。だからあと何年だってかける。何年かけても、君は絶対に幸せになるんだ」

ユカはタブレットから顔を上げて、俺を真っ直ぐに見据えた。

そして言った。

「アリガトウ──ホントウニ、アリガトウ──」

俺は自分の耳を疑った。

それでもユカは、俺の目を見て呟き続ける。

「アリガトウ――アリガトウ――アリガトウ――」

ユカが俺に対する感謝の言葉を述べたのは、もちろん今が初めてだった。俺は立ち上がってユカの背中の方に回り、ユカを後ろから抱きしめた。そしてユカのように、うわ言のように呟いた。

「ユカさん――ユカさん――ユカ――ユカ――。ごめんな、あの時酷いこと言って。あの時好きって言ってくれたのに、君の気持ちに応えられなくて――」

脳裏に、あのみなかみ町で過ごした四日間が浮かんでは消えていく。ユカの笑顔、揺れるユカのポニーテールの髪、ユカが運転するいはら荘のバンの振動。あの四日間が、とてもとても懐かしかった。あの頃に戻れるのであれば、俺は何だってするだろう。この命を捨ててもいい。そして、ユカに好きだと告げるのだ。ユカを幸せにするんだ――。

俺は声を出さずに静かに泣いた。ユカは振りむいて、何も言わずに、その俺の顔をじっと見つめていた。

タッチパネルを、窓ガラスを、トントンと叩いていたユカの指先が、俺の頬に触れた。そして俺の涙をそっと拭った。俺は何も言わずに強く、強くユカを抱きしめた。

「俺もユカが好きだ」

あの時言えなかった言葉を、俺は今、彼女に告げた。ユカは、アリガトウ、アリガトウ、と呻くように言った。

その夜、ユカは俺の部屋で眠りについた。

9

一週間ほどは何もなかった。

過ちを犯したのは一度だけだったから、俺とユカの関係に誰も気付いていないのかもしれない、と考えた。医者が、他のスタッフが、俺とユカをまるで汚わしいものを見るような目で見ているような気がしたが、気のせいだと俺は自分に言い聞かせた。

でも、やはりそうではなかった。

ある日、病棟に小早川がやって来た。そして俺の顔をじっと見つめた。六年前、ここに俺をスカウトした時の人当たりの良さは今は微塵もなかった。

「話があるんだ」

と彼は言った。

「何ですか？」

「二人っきりで話したい」

俺は頷き、会議室に向かった。ドアを閉め、彼は俺に言った。

「何で来たのか分かってるな？」

「分かりません」

と俺は嘯いた。

「やはり顔なじみの君に看護をさせるということに反対する声もなかったわけじゃない。だが君は良くやってくれた。それは感謝している。でもやりすぎた」

俺は黙っていた。こうなることは分かっていた。俺は一線を越えた。看護師免許を剝奪されても仕方がない行為だ。

「監視カメラが井原ユカの病室だけにしかないと、君はそう思っていたのか？　カメラはこのフロアすべての部屋に設置されている。もちろん君の部屋にもだ。君などどうでもいいが、井原ユカの行動は二十四時間観察し、記録しなければならない」

俺の部屋も監視されていたのだろうか、それともユカが立ち入った時だけ、俺の部屋のカメラに切り替わるという意味なのだろうか。疑問に思ったが、もうどうでも良かった。

俺とユカは、あの時、確かに心が繋がっていたのだ。その事実さえ確かなら、小早川にどう誤解されようと構わない。たとえ俺がユカを無理やり犯したと決めつけられようとも、それで告訴されようとも。

　現実問題、告訴はないだろう。彼らはユカの存在を隠し通したいはずだから。看護師免許がどうなるのかも分からない。ただ確かなことは、今日を最後に、俺はユカの看護から外されるということだ。

　そしてもう、二度とユカとは会えない。

「訊いてもいいですか？」

　小早川は答えなかった。肯定のサインだと、勝手にとらえた。

「もしユカが回復し、社会復帰できたら、俺はユカと結婚できましたか？」

「結婚だって？」

　そんなことを訊かれるとは思わなかったようで、小早川は目を丸くした。それから、ふんっ、と鼻で笑った。

「彼女の治療にどれだけの金がかかっていると思っている。つぎ込んだ費用は一生かかっても井原ユカから回収させてもらう。普通の女性の人生が送れると思ってもらっては困る」

「あなたは――ユカが社会復帰できると――」

　小早川は再び鼻で笑った。

「それは言葉の綾というもんだ。十三年間、この病棟を彼女一人のために使った。いくらかかったか君には想像もつかないだろう。あの状態の井原ユカが、たとえ社会復帰してどこかの企業に就職したとしても、それだけの金を稼げると思うのか？」

「この病棟に閉じ込めたのは、あなたたちだ。ユカの意思じゃない」

「君に抱かれたのだって、ユカの意思じゃないだろうさ」

その時、ゴン、ゴン、ゴン、と何かがドアにぶつかる音がした。

「な、なんだ？」

と小早川はびっくりしたようにそちらを見やった。俺は立ち上がり、ドアを開けた。ユカがそこにいた。

「ン！」

ユカはラプンツェルのソフトを俺に差し出してきた。

「観たいのか？」

「ン！」

俺はユカからソフトを受け取り、デッキに入れて再生した。ユカは会議室の床に座り込んで、テレビに釘付けになっている。

「このアニメ観たことありますか？」

と俺は小早川に訊いた。

「いいや」

「閉じ込められるんですよ、お姫さまが——高い塔のてっぺんに。ユカはちゃんと分かってるんですよ。まるで今の自分のようだと。だから何度も観たがるんです。それで夢見ている——このお話のように、誰かが助けに来てくれるのを」

「それが、君だと？」

俺は答えなかった。

「確かに彼女はお姫さまだよ。姫君だよ。それくらい重要な女性という意味では。だから分かるだろう？　君は一介の看護師に過ぎない。彼女と釣り合うような人間じゃない」

看護師の仕事を馬鹿にされているように思ったが、今更腹を立てる気にもならなかった。こうなることは分かっていたから、ユカを抱いたことに後悔の気持ちはなかった。今日を最後にユカと会うことはできなくなるだろうに、俺の心は平静さを保っていた。ただ、このままユカの看護を続けても、ユカと一緒になれないことを改めて知らされ、俺はもう心残りはなかった。

俺はユカと結婚したかった。それ以外に、俺はユカを幸せにする方法を知らない。そのユカの父親との約束が叶わないことが分かった今、俺にはもうここにいる理由はない。

「もう一つだけ教えてください。俺がいなくなったら、だれがユカの看護を？」

「候補は決めている。今日、こっちに来てもらうことになっている」

すぐに俺を追い出さなかったのは、一週間、俺に代わる人材を探していたからか。

「仕事の引き継ぎは？」

「やらなくていい。こういう形で仕事を終えるのは、君にとっても忸怩たる思いのはずだ。冷静に引き継ぎができるとは考えられない」

それに、たかが看護に引き継ぎも何もいらないだろうしな、と呟いた。看護が何なのか理解していない、愚かな発言だった。結局、小早川は、ユカの身の回りの世話をさせる使い捨ての人材が欲しかっただけなのだろう。使い捨ての分際で、ユカという姫の婚約者の地位を狙った。だから俺は追放されるのだ。このユカの王国から。

これでもうここに二度と足を踏み入れることが許されないのであれば、どうかユカにとって最善のことをしてください——そう小早川に頭を下げようと思った。でも、できなかった。そんなことは俺に言われなくたって向こうも分かっているだろうし、ユカを抱いたことが彼女にとって最善であると、胸を張って言えない自分に気付いていたからだ。いけないことをしていると分かっていた。だからこそユカを求める気持ちは止めどなく溢れた。

でも、もうどうでもいいことだ。

「今すぐ出ていけとは言わない。だが今日中にだ。再就職先はこっちで世話してやる。そして分かっていると思うが、この六年間のことは他言無用だ。面接で職歴を訊かれたら、阿部総合病院に勤めていたとだけ言えばいい」

「もし言ったら、あの海に沈めるんですか？」

と俺は窓の方を見やって訊いた。京浜工業地帯の海が視界いっぱいに広がっている。

「ああ、そうだ」

と小早川は真顔で答えた。俺は苦笑いした。

俺と小早川が何の話をしているのか、まったく理解していないのであろうユカは、モニターに釘付けになって、何十回も観ているアニメに夢中になっている。

俺はユカに近づいた。そしてユカの隣に座った。

ユカの手を取った。ぬくもりを感じた。暖かかった。

「今日でお別れだ。六年間、俺に付き合ってくれてありがとう」

「アリガトウ――」

とユカはモニターを観ながら呟く。

「新しい人が来ると思うけど、暴力なんか振るっちゃ駄目だぞ。ちゃんと言うこと聞くんだぞ。いいな？」

「ボウリョク、フルウ――イウコト、キク――」

覚悟はしていたものの、やはり涙がこぼれそうになった。六年間の思い出が脳裏に蘇っては消えていく。あの四日間に戻りたいと願ったように、いつかはこの六年間を懐かしく思う日が来るのだろうか。きっと来るのだろう。

もう、そうなっている。

「ユカ——ありがとう。本当にありがとう」

その俺の言葉で、ユカはこちらを向いた。最後のキスをしたかった。でも小早川の手前、それはとてもできなかった。ユカの瞳は俺に、どうかここから助け出して、と訴えているように思えた。でもそれは、俺の気持ちを勝手にユカに投影しているだけなのだ。実際は何も考えていないかもしれない。

それでいいのだ。俺がいなくなることでユカが過剰に混乱でもしたら、新しい看護師の仕事に支障をきたす。やはり俺でなければ駄目だと分かるから、また怪我人が出るまでユカが暴れ回ればいいのに、とは思わなかった。どんな事態になっても、俺抜きで処理するだろう。彼らにとって俺は、ユカを強姦《ごうかん》した男だ。そんな人間をチームに呼び戻すとは思えない。

俺は身の回りの整理をした。俺の部屋は六年間も使っているから、結構な私物があった。マンションの部屋よりも物が多いくらいだ。荷物は後でまとめて送るから、などと小早川は言ったがとても信用できなかった。だが俺はユカと過ごした六年間を失うのだ。これ以上何を失っても、大した問題ではなかった。

医者たちはユカに行う治療の内容を教えてくれないので、あまり好きではなかったが、六年もいればそれなりに仲良くなったスタッフもいる。せめて彼らに別れの挨拶をしたかったが、そんな時間はないようだった。皆、何故俺が追い出されるのか分かっているのだろう。汚いものを見るような目で見たし、今この場にいないスタッフには挨拶のしようもなかった。

でも、仕方がないんだ。

最後の最後に、もう一度ユカに別れの挨拶をしようと思ったが、未練がましいと思って止めた。別れが辛くなるだけだし、さっきユカには感謝の言葉を伝えた。それで十分だった。

でも——。

俺は荷物を持ち、特別病棟とエレベーターのエントランスを隔てるガラスのドアを開けた。そして外に出た。だがガラスのドアを閉めることができなかった。恐らく、もう俺のＩＤカードは使えなくなっているだろう。このドアを閉めた瞬間、俺は本当の意味で、もうこの病棟とは関係のない人間になるのだ。

もうここにはいられない。分かっている。分かってはいるけど——。

その時、ユカが廊下の向こうに姿を現した。いったい何をやっているのだろう、という顔で俺を見ている。俺はユカに微笑みかけた。そして先ほどはあえて言わなかった言葉を、声に出さずに呟いた。

サヨナラ、と——。

そしておもむろにガラスのドアを閉めた。

それでも俺はすぐにエレベーターに乗らず、暫くガラス越しにユカの姿を見つめていた。

とことこと、ユカがこちらにやって来た。俺の目の前に立つと、指先で俺とユカとを隔てるガラスをつっつき始めた。ガラスに遮られているのだが、それでも俺には、ソト、ソト、という、ユカの声がはっきりと聞こえるのだった。

俺はユカに微笑みかけ、そして彼女に背を向け、エレベーターのボタンを押した。俺はエレベーターに乗り込み、もう一度ユカの方を向いた。もうこれでお別れだということを悟ったのだろうか、ユカはガラスをつつくのを止めていた。

そしてユカは俺ににっこりと微笑んだ。キスした時と同じように、美しい笑顔だった。

その時、俺は心の底から後悔した。小早川に土下座してでも、あの病棟に留まらせて欲しいと請うべきだったのだ。ただ俺はユカを抱いた後ろめたさもあり、小早川に抵抗することなくこの病棟を出ていくことが潔い大人の態度だと、そう決め込んでいたのだ。あのユカの笑顔が俺にとって一番大切なものなのに。決して手放してはいけなかったのに。

それなのに——。

そのことに気付いた瞬間、エレベーターのドアは無慈悲に閉ざされて、俺の一番大事なものを視界から一瞬で、奪い去ってしまった。

エレベーターという密室で一階に運ばれながら、俺は声を上げずに慟哭《どうこく》した。四日間のユカも、六年間のユカも、どちらもかけがえのないものだった。何故なら、どちらも同じユカなのだから。ユカがいる過去に戻るためなら命を捨てても良いと思った。そうだ。死にたい、死んでしまいたい。

エレベーターから一階のフロアに吐き出された俺は、頭の中で舞い踊るユカの思い出を噛み締めながら歩いた。フロアには大勢の人々がいた。医者。患者。患者の家族。見舞い客。店々の店員。医療品メーカーの営業員。そして看護師。ここにいるほとんどが、この病院という塔のてっぺんに美しい姫が幽閉されているのを知らないのだ。俺はそれを知っている数少ない人間の一人なのだ。

もう、何の意味もないけれど。

入院棟の正面玄関を出て、さっきまで自分がいた塔のてっぺんを見上げた。果てしなく高く思えた。俺はもうあそこには上れない。

空はどんよりと曇って、まるで何かの前触れのようだった。もちろん、何の前触れでもない。ただ曇っているだけだ。俺の心理の投影。何の意味もない。

歩き出そうと、見上げていた顔を下に向けると、スーツ姿の男と目が合った。俺たちはお互いをしげしげと見つめた。どこかで会ったような気がしたのだ。でも誰だか思い出せない。向こうも同じような様子で、俺の顔をじっと見つめていたのだが、やがて我に返ったように、俺を無視して入院棟の中に入っていった。スーツを着ていたし、彼も出入りの業者か何かなのだろう。

だが、その時——。

俺は思わず、その場で、あ！　と叫んだ。誰だか思い出したのだ。俺は慌ててUターンして入院棟に戻った。そして叫んだ。

「尾藤！」

皆、忙しそうにロビーを行き来しているが、中には立ち止まって怪訝そうに俺を見る者もいる。その中に、彼もいた。

髪は黒くなっているし、スーツを着ているが、間違いなく尾藤だ。現に今、名前を呼んだら、彼は立ち止まったではないか。

俺はゆっくりと彼に近づいていった。何故ここに、という驚きと、そうか彼か、という納得が同時に胸に去来した。

それでもまだ彼は俺に気付いていない様子だった。だから俺は言った。

「憶えてないか？　高校生の時、みなかみ町でイルカを探した――」

尾藤は不審げな顔をしたまま、

「糖尿病の妹がいる？」

と訊き返してきた。俺は何度も何度も頷いた。

「久しぶりだな」

と言って、尾藤はそこでようやく警戒心を解いたようで、うっすらと笑みを見せた。

「まさかこんなところで会うとはな」

「意外だ」

「ああ、俺が最後にお前になんて言ったか憶えてるか？」

「さあ――なんて言ったっけ？」

「お前とは長い付き合いになりそうだ、って言ったんだよ。でも、あれっきりお前とは会わなかったから、さすがに俺の予想も外れたと思ったけど、やっぱり正しかったな」

「そういえば俺、お前にもう会うことはないだろう、って毎回言いながら、しょっちゅうお前に会いに行ってたよな」

そう言って俺たちは軽く笑い合った。ユカを失った悲しみを覆い隠すほどではないけれど、久しぶりの友人との再会は、ほんの少しだけ心が温かくなった。

「就職の面接か？」

と俺は訊いた。尾藤は再び表情を硬くさせた。

「何で分かる？」

病院で知人と偶然会うことがあっても、スーツを着ているからさすがに入院患者ではないだろうが、受診しに来たのか、それとも誰かの見舞いに来たのか、あるいは医療関係の仕事をしているのかと思うのが普通だろう。にもかかわらず俺は、尾藤がこの病院に就職活動のために来たと言い当てた。尾藤が不審がるのも分かる。

彼はユカの同級生、つまり俺より一コ上のはずだ。大学生ならリクルートスーツですぐに就職活動していると分かるが、さすがに尾藤にはそこまでの初々しさはない。それなりに人生経験を経たのだなあ、という貫禄のようなものが漂っている。

小早川たちは、ユカの記憶に残る人間、つまりユカの知人に彼女を看護させようと思っている。たまたま看護師だったから俺がヘッドハンティングされたが、本来はもっと親しい地元の人間に白羽の矢が立っても良かったはずだ。俺がユカの看護に相応しくない人間と判断されたから、小早川たちはこの一週間で尾藤を見つけ出したのだろう。

「多分、俺の仕事の後を継ぐからだよ。引き継ぎができなくて残念だけど」

「え——」

流石の尾藤も、絶句したような顔を浮かべた。

「看護師の資格はあるのか？」

「なくても大丈夫だと言われた」

資格がなくても働ける看護助手の扱いになるのだろう。もちろん、資格を持った看護師も常駐させるだろうが。看護助手はあくまでも看護師をサポートする役割で、患者に対して何もしてやれないのだ。尾藤が側《そば》にいるだけで、ユカの回復に役立つという判断がなされたに違いない。

「仕事の内容は聞いてないのか？」

「詳しい話はこっちに来てから説明するって言って呼び出されたんだ。詐欺じゃないかって小春は言ったけど、足代も宿も全部向こうで用意するって言うから」

「小春？」

「忘れたか？　ほら、イルカのラジコンを一緒に見た――」

「ああ！　あの子か」

そうだ、と尾藤は頷いた。

「あいつ、あの時、黒沢っていう大学生と付き合っていただろう？　でも捨てられて泣いてたし、ユカも事故にあって遠くの病院に行っちゃうし、なんとなくそのまま<ruby>くっついて――

結婚したんだ」

尾藤が小春と結婚したことに対して、さしたる驚きはなかった。それよりも尾藤の口からユカの名前が出たのがたまらなかった。彼もユカがどうなったのかも知らないのだ。ましてや今から彼女と会うことになるなど。

「お前も知ってるだろ、ユカが事故にあったこと。イルカの取材の最中にとろいADに轢かれたんだってな。今頃どこでどうしているんだろうな。生きていてくれればいいけど――」

その尾藤の言葉がだんだんと小さくなっていく。俺の表情で、すべてを察したのだろう。

「おい――お前何か知ってるのか?」

俺は答えられなかった。どうせすぐに知ることになるのだ。

「まさか」

尾藤が息を呑んだ。

「ここに?」

その時だった。

病院のロビー中に響き渡るほどの奇声が聞こえてきた。俺の尾藤への呼びかけに足を止めなかった人々も、その奇声で一斉に足を止めて声が発された方を見やった。もちろん、俺と尾藤も。しかし俺はそちらを見ずとも、その声を誰が発しているのか分かっていた。

六年前、初めて特別病棟に足を踏み入れた時に聞いた声と、同じだった。

立ち止まる人と人の間に、揺れ動きながら近づいてくるユカの姿があった。

信じられなかった。ユカが特別病棟以外の場所にいるはずはないのだ。人々もまるで畏怖するかのような目でユカを見つめている。同じだ。あの日、利根川に現れたイルカと。そこにいるはずのないものを目撃した人々は、こうして畏怖し、立ち尽くすほかないのだ。

「ユカ!」

俺は叫んで走り出した。ユカも俺の方に向かって走ってきた、いや走ろうとした。しかしあの特別病棟ではランニングマシンで走る真似事のようなことしかやっていなかったから、ユカは足をもつれさせ派手に転倒してしまった。

「大丈夫か⁉」

俺は慌ててユカを抱き起こした。頭は打っていないようなので、俺はほっと胸を撫で下ろした。ユカは頭部外傷性認知症だ。同じ過ちを二度と繰り返すことはできない。

しかしほっとしたのはほんの束の間だった。ユカはまるで吸血鬼のように口の周りを血で真っ赤に染めている。ユカが来ているパジャマにも、その血が転々と垂れている。両手も血まみれで、あちこちの爪が割れていた。

どうやって外に出たかなど、考える余裕はなった。ユカは無理やり外に出たのだ。そしてどうして外に出たのかは明白だった。

俺の後を追うために――。

俺はうわ言のように呟き続けるユカを立ち上がらせた。

「ソト、ソト、ソト――」

「分かってる。外に行こう。な？」

周囲を見回すと皆、一人残らず俺とユカを凝視していた。大丈夫ですか？　と向こうから走ってくる職員もいる。

「大丈夫です！　看護師です！」

俺はもうとっくに使えなくなったＩＤカードを振り回しながら正面玄関に向かった。尾藤は呆然として俺とユカを見つめている。イルカを目撃したあの日のように。

『お前の妹は正しかった』

あの日、尾藤に言われた言葉が脳裏にこだました。

（ユカなのか？）

と尾藤のその目が問い質しているようだった。だから俺は、

（そうだ）

と唇の動きだけで、彼に伝えた。

そのまま尾藤の横をすり抜けて正面玄関を抜けた。明らかに異様なユカを、行き交う人々は一瞥《いちべつ》し、そしてかかわり合いになりたくないと言わんばかりに目を逸らした。

歩いて逃げるわけにはいかない。バスも人目が気になる。タクシーを拾うしかない。でもマンションに戻るのは捕まりに行くようなものだ——。

そんなあれこれを考えたが、しかし考える余裕などなかった。

後ろの方で、誰か、その二人を捕まえてくれ！　という声が聞こえた。振り向いた。小早川が発した声だった。そして文字通り血相を変えてこちらに走ってくる。小早川の背後にも特別病棟のスタッフの姿が見える。

このまま身体の不自由なユカと一緒に走っても、すぐに捕まる。俺は無意識のうちに駐車場の方に向かった。自分の車があるわけではなかったが、車の陰に隠れて追っ手をまけるかもしれないと考えた。阿部総合病院の駐車場は大きく、沢山の車が停まっていた。

「背を低く！」

俺はユカの頭に手をやって叫んだ。ユカも素直に俺の指示に従った。でも、どうすればいい？　何の考えもなしに駐車場などに入ってしまった。もしかしたら一瞬だけ、車の間に身を隠して向こうに抜ければいいという愚かなアイデアが浮かんだのかもしれない。だが、向こうに抜けたところで、そこは海なのだ！

俺は地べたに座り込んだ。自分は駄目な人間だとつくづく思った。せっかくユカが外に出られたのに、俺はユカと逃げるチャンスを生かせなかったのだ。

その時、病院前の停留所にバスが停まっているのが見えた。始発だから、すぐには発車しないはずだ。だが、間に合わないかもしれないし、ここから出たらすぐさま小早川たちに見つかってしまうだろう。ただ、ここにこうしていても見つかるのは時間の問題なのだ。成功する確率は低いが、やるしかない。

ユカはまるで子供のようにあどけない顔で俺を見つめている。俺は唐突にユカにキスをした。ユカも嬉しそうにキスを返してきた。

「これで本当にお別れかもしれない。分かるか？」

「オワカレ――オワカレ――」

「でも最後の最後に、抵抗しよう。あっちに向かって走り出そう。捕まるかもしれないけど――でも俺は一生懸命やった。一生懸命やったんだ」

そう、まるで俺は自分に言い聞かせるように言った。そしてゆっくりとユカの手を取り、駆け出す準備を始めた。

「いくぞ――イチ、ニ、サン！」

俺は一気に駆け出した。しかしやはりユカは俺の言ったことが良く呑み込めなかったようで、走り出すタイミングが遅れて、地面に膝をついてしまった。俺は慌ててユカを立ち上がらせようとした。その時——。

一台の車が俺たちの方に走ってきた。瞬間、脳裏を過ったのは、耳から血を流して倒れているユカの姿だった。俺は咄嗟《とっさ》に、車の方に背中を向けユカを抱きしめた。ユカは理奈を救ってくれた。今度は俺がユカを守るのだ。そして車に撥《は》ね飛ばされる衝撃を覚悟した。

でもそんな衝撃はなかった。

「三枝！」

俺ははっと顔を上げ、振り向いた。

尾藤だった。

「早く乗れ！」

俺は弾かれたように立ち上がり、ほとんどユカの手を引っ張るようにして尾藤の車に乗り込んだ。車のドアを閉める瞬間、

「いた！　あそこだ！」

小早川の声が聞こえてきた。構わず尾藤は車を発進させた。小早川は全速力でこっちに走ってきた。だがやはり車に追いつくはずもなく、彼の姿はどんどん小さくなってゆく。

俺は安堵《あんど》のため息をついた。鬼ごっこでもしていると思ったのか、ユカはきゃっきゃっと

笑った。

「尾藤、すまない。面接があったんだろ？」

「冗談じゃない。仕事ってユカの看護だったのかよ。そういうことはこっちに出てくる前に知らせて欲しいもんだ」

尾藤はフロントミラーごしに、ちらちらとユカを見ている。真っ直ぐ前を見て運転してくれ、と言いたかったが、しかしやはり久しぶりにユカと再会して、衝撃は隠せないのだろう。そのくらい、ユカは変わってしまったのだから。

「群馬から車で来たのか？　足代がどうとか言ってたから、新幹線で来たのかと思った」

「ガソリン代だ。車なら乗り換えの必要もないし、家から目的地まで一歩も歩かずに済む」

そういう考え方もあるのだろう。もちろんそのおかげで俺とユカは窮地を脱したのだから、感謝しなければならない。

「お前が今までユカを看護してたのか？」

「ああ。もともと面識があるし、俺、看護師になったから、これ以上の適任はいないと思ったんだろう。それで六年間、ずっと上手くいってたけど、クビになった」

六年間——絶句したように、尾藤は言った。

「でも六年間もユカを看護していたのに、どうして突然クビになったんだ？」

俺は黙った。嘘は言いたくなかったが、本当のことも言いたくなかった。尾藤に軽蔑されると思ったから。

「——俺がミスをした。それ以上は、今は訊かないでくれ」

「そうか——」

尾藤がそれ以上追及してこなかったのがありがたかった。

「可哀想になあ——たった一回の事故で、こんなになって」

と尾藤はフロントミラーに映るユカを見ながら言った。尾藤は恐らくユカが轢かれた時の状況を詳しく知っていないだろうが、俺はまるで自分が責められたような気持ちになり、何も言えなくなった。

暫く続いた沈黙を破ったのは尾藤だった。

「それで、これからどこに行くんだ？　今、適当に走ってるんだけど」

もっともな質問だった。逃げるのに必死で、どこに逃げるかも考えていなかった。

「俺が泊まってるホテルは危険だと思う。阿部総合病院が用意した部屋だから。今頃手が回っているだろう」

その理屈で言うと、もちろん俺のマンションも危ない。

考えた末、俺は言った。

「理奈の家に行ってくれないか」

「理奈？　お前の妹か？」

「そうだ。飯野と結婚して、最近建てた家だ。そこなら病院も把握してないだろう」

「飯野って、あのちょっと背が高い、ぼんやりしてそうな奴だろう？　そうか、お前の妹はああいう奴がタイプだったのか」

と納得したように尾藤が言った。

「赤木は今、どうしているんだ？」

スーツを着ていても、髪の色が黒くても、尾藤本人の印象はそう変わらない。ただ尾藤はいつも赤木と一緒にいたというイメージがあるから、あれから十三年経っているといっても、一人でいるほうがよほど違和感を覚えた。

「あいつは東京の大学に行って、それっきりだ。大分前に、なんとかっていう情報処理の検定の一級に合格したって聞いたな。それを持ってれば、就職にも相当有利だって。まあ、要領良くやってるようだ。思えば昔もそうだった。俺はあいつを守ってやってるつもりだったけど、実はあいつに利用されてたんだ。共生ってあるだろう？　カクレクマノミとイソギンチャクみたいなやつ」

カクレクマノミはイソギンチャクの側にいて敵から身を守り、その代わりにイソギンチャクの身体についているゴミを食べる、といわれている。十三年前は俺も飯野と同じような関係だった。そして今はユカと──。

「苛《いじ》められていたあいつを助けてやったから、あいつは俺の子分になった。俺が無理やりそうしたんじゃねえぞ。あいつからそうしてくれって頼んだんだ。なのに東京に未来があると分かると、簡単に地元を捨てて俺とも会おうともしない。まあ、人間関係なんて、そんなもんかもしれないけど」

俺はユカを見やった。しかし俺とユカの関係は、そんな損得勘定だけで成り立っているものではないはずだ。ユカは、俺が彼女のために六年間を費やしたことに対して、ありがとう、と言ってくれたではないか。他人に対する感謝の気持ちが芽生えるだけ、ユカは回復している。そう思えてならない。

尾藤に理奈の家の住所を伝えた。尾藤がカーナビに住所を入力している間、俺は念のため理奈に電話しようかと考えた。だがためらわれた。病院側が、既に理奈に接触している可能性はゼロとは言えないからだ。

「尾藤──悪いな。お前まで巻き込んで」

「俺がお前の後釜として呼ばれた時点で、俺ももう巻き込まれてる」

と尾藤は言った。そして彼は、

「――就職先はいくらでもあるけど、ユカは一人しかいない」

と自分に言い聞かせるように呟いた。

「でもどうして逃げてる？　あの病院でユカが酷い治療でも受けているのか？」

「分からないんだ。詳細は一切、教えてくれない。でもありとあらゆることをやっている。レントゲンや心電図はもちろん、便や尿や血も毎日調べてる。脳波も採るし、時々、人工透析、生検もやっている」

「生検？」

「針で身体を突き刺して、臓器の一部を採って、顕微鏡なんかで詳しく調べることだよ」

「針で突き刺す⁉　そんなことやるのかよ。逃げ出して当然だな」

「いや、生検自体は珍しいものじゃないし、もちろんちゃんと麻酔もする。時には針じゃなくて、外科手術のようにメスで患部を切り取ることもある。他の検査で病気の原因がはっきりしない場合の、最終手段といえるかもしれないけど」

「病気にはなりたくないもんだな」

と尾藤は言った。

珍しいものじゃないといっても、ユカはこの六年間でほとんどすべての臓器の生検を受けていた。特に手術した場所が場所だから仕方がないのかもしれないが、脳の生検は二回も受けている。まるで一生をかけて、ゆっくりと身体を切り刻まれているような気がして、ユカがとても不憫《ふびん》だった。

しかし、それは仕方がないのだ。本当ならユカは死んでもおかしくないほどの怪我を負ったのだから。それを阿部総合病院の医師たちがここまで回復させてくれた。もちろん俺のサポートがあってこそだ、という自負はあるが、やはり医師の存在は必要不可欠だろう。

俺を空気のように扱う医師たちに理不尽だと文句を言いたい気持ちはもちろんあったが、でも仕方がないと割り切れば、それ以外の不満は実は一つもないのだった。

酷いことはされていない。むしろ、ユカ一人に特別病棟を十三年間も占拠させ、阿部総合病院は最善を尽くしているといっていい。では何故こうして逃げているのか——。

ユカのためだ。そう思った。ユカは俺に会いたい一心で特別病棟から逃げ出してきたのだ。そうとでも考えなければユカの行動の説明はつかない。確かにユカの看護師をクビになって、俺は泣いた。しかし仕方がないと諦めた。自分は看護師として、やってはならないことをしたのだから。

でもユカにとって最善のことをしてやりたい。ユカはこうして俺と離れたがらないのだから、できるだけ一緒にいてやりたい。それを阿部総合病院が、小早川が、許さないのであれば、やはりユカと一緒に逃げるしかないのだ。

理奈たちの家に到着した頃には、そろそろ日が暮れ始めていた。車が停まる音が聞こえたのだろう。二階の窓に現れた理奈は、不審そうにこちらを見下ろしていた。俺が車を降りて窓を見上げると、少し安心した顔をしたが、やはり警戒心はまだ残っているようだった。車が見慣れなかったからだろう。それに俺以外にも誰かが乗っていそうだ。

「どうしたの？　連絡もしないで。あの人まだ帰ってないわよ」

玄関のドアを開けた理奈は、開口一番そう言った。飯野のことだ。彼にもちゃんと話をしておきたい。

「理奈、重大な話があるんだ。家に上げてくれないか」

「何？　その他人行儀な言い方」

その時、理奈の視線が俺の後ろに向いた。俺もその視線を辿るように、振り向いた。尾藤が後部座席から、手を取ってユカを外に降ろしてやっていた。一瞬、いけない！　と思った。迂闊に人に触られるのをユカは嫌がるのだ。しかしユカは大人しく、尾藤にされるがままになっていた。尾藤は知らない人間ではない。ユカはそのことをすぐに思い出したのだろう。

「理奈――あの二人を憶えているか？」

しかし理奈は、二人が誰であろうと、なぜ女の方があんな格好をしているのか、それを知りたがっているようだった。

　もっとはっきり言うと、怖れていたようだった。

　ボブヘアーの髪を振り乱し、口元と着ているパジャマを血で染め、小学生のような上履きを履いている、成人の女性——。

「何——？　何なの？」

　理奈は呟いた。思い出すことを拒否しているかのようだった。

　尾藤はユカの手を取りながらこちらに近づいてきて、

「いい女になったな」

　と理奈を見て言った。

「憶えてないか？　君を見つけてすぐに三枝に連絡すれば良かったのに、クイズ形式にしたせいで危うく君を殺しかけた、尾藤だ」

「いつも喫茶店にいた——」

　と理奈は呟いた。

　尾藤は笑った。

「あの店は、実家だ」

　しかし、理奈の視線は尾藤ではなく、やはりユカに向いていた。ユカは呻き声を上げながら、ゆっくりと首を左右に振っている。

「その人、誰？」

「ユカさんだ」

しかし俺のその答えを聞いた理奈は、一歩後ずさって言った。

「――違うわ。ユカさんはそんな人じゃない」

「理奈――」

その時、

「リナッ、リナッ、リナッ、リナッ！」

とユカが連呼しながら、尾藤の手を振り払い、理奈に迫っていった。理奈はほとんど絶叫しながら後ずさった。

「大丈夫だ、理奈。俺たちにはなにもしない」

ユカは割れた爪以外は、怪我をしている様子はなかった。だとしたら口元や服についた血は、ユカのものではないということになる。しかし、そのことを理奈に言うのは止めておいた。余計に警戒させるだけだ。

だがユカの勢いはまるで理奈につかみかからんとするようで、何もしないという言葉にはまったく説得力がなかった。俺は必死にユカを宥めた。

ようやく理奈も目の前にいる女性がユカであることが分かったようだった。しかし懐かしさだとか、ましてや再会できて嬉しい、なんて感情は理奈にはないようだった。目を見れば、それが分かった。

「知ってたの？　ユカさんがこうなったってこと——」

「ああ、そうだ。俺が川崎の病院に転職したのは、ユカさんの看護のためにヘッドハンティングされたからだ」

「それを教えると、私がショックを受けると思っていたから、今まで黙っていたの？」

「教えたら、きっとお前、ユカさんに会いたがると思ったから——」

「じゃあ、どうしてずっと黙っててくれないのよ！」

「理奈——」

「私、知りたくなかった。ユカさんがこんなふうになったなんて——会いたがるのが駄目って言うなら、どうしてわざわざ連れてくるのよ！」

その言葉はあまりにも勝手なように思え、俺はほとんど理奈を怒鳴りかけたが、いきなり押しかけたのはこちらの方なのだ。理奈を責めることはできない。理奈も今の言葉は言いすぎたと思ったようで、暗い顔になってうつむいた。

「ちょっと、上がらせてくれないか？」

「うん――」

理奈は少しためらっていたようだが、俺たち三人を家に上げてくれた。突然の訪問に、姪のユカが、おじさん、おじさん、と言いながらこちらに近づいてきた。

「姪っ子か?」

と尾藤が訊いた。

「ああ、ユカっていうんだ」

一瞬尾藤は驚いたような顔になり、次に愛おしそうに目を細めて、姪を見つめた。

「こんにちは。おじさんのお友達だよ」

と尾藤は姪に言った。姪は嬉しそうに笑った。

「オジサン、オジサン、オトモダチ」

とユカは言った。姪は弾かれたようにユカの方を向き、そのまま目が釘付けになった。

「オトモダチ、オトモダチ、アリガトウ」

「大丈夫だ。暫くここで休ませてもらおう?」

「リナ、リナ、リナ、リナッ」

「違う。理奈はこの子のお母さんだ」

「オカアサン、オカアサン」

「そうだ。この子はユカだ。君と同じ名前」

「ユカ、ユカ、ユカ、ユカ」

「そうだ。君もこの子もユカだ」

理奈は娘を、まるでユカから遠ざけるように抱いた。そして、

「お兄ちゃん。転職して何年経つっけ？」

と訊いた。

「六年だ」

「六年ずっと看護してたの？」

「そうだ」

「六年間ずっとこうなの？」

「いいや。六年前はもっと酷かった」

理奈のスウェットを借りて、ユカを着替えさせた。血で汚れた顔を拭いて、口を濯《すす》がせた。割れた爪は皮膚科に連れていくわけにはいかないので、応急処置で軟膏《なんこう》を塗ってから絆創膏《ばんそうこう》を貼った。ユカの身体には、それ以外に怪我はないようだった。

ユカ自身はともかく、特別病棟から脱出するのに、彼女は何人に怪我を負わせたのだろう。重傷でなければいいのだが。

尾藤は姪をあやしている。理奈はこちらをちらちらと見やりながら、夫に電話をかけている。みなかみ町で出会った友人たちとの久しぶりの再会を喜んでいる、といった電話ではなさそうだった。

「今、ちょうど出先だから、こっちに回ってくるって。お兄ちゃん、どうする気？」

通話を終えた理奈は言った。

「ユカさんを病院に戻さなくていいの？」

俺は答えられなかった。がむしゃらに逃げたのは良いが、行くあてなどないのだ。

「病院をクビになったんだ」

「どうして⁉」

「俺はユカの看護のためだけに雇われた。六年間上手くやっていたから、このままずっと続けられると思っていた。でも駄目だった。クビになったらもうユカと会えない。だから――」

「何⁉　連れ出してきたの⁉　誘拐じゃない！」

「それは違う。俺も一緒にいたから分かる。ユカが病室を逃げ出してきたんだ。それを俺たちが助けてやった」

と、どこか得意げに尾藤は言った。

「助けたんなら、どうして病院に戻さないの⁉　戻したらもう会えなくなるから？　でも、それってお兄ちゃんのエゴじゃない！」

その通りだ。でもそれを認めたくなくて、俺は自分を正当化する理屈を繰り出した。

「ユカはあの病院にいたくなかったんだ。俺はユカが望むようにしてやりたい」

「ここに来るのをユカさんが望んだって言うの？　こんな状態のユカさんの意思が、どうして分かるの？」

「お前には分からないだろう。でも俺には分かるんだ。六年も看護してたんだから。それに、せっかく外に出たんだから、ユカさんをお前に会わせたかったんだ。病院にいる限り、簡単には会えないから」

「私が会いたかったのは、ちゃんと治ったユカさんよ！　こんなユカさんだったら会いたくなかった！」

俺はため息をついた。これでは議論は堂々巡りだ。

尾藤は姪と遊んでやろうとしているようだが、姪は尾藤のことなどまるで関心を示していないようだった。ユカがいるからだ。ユカは姪をじっと見つめている。そして、指を差し、ユカ、ユカ、ユカ、と自分の名前と姪の名前を連呼した。姪はそんなユカから視線を逸らせない様子だった。

尾藤は姪を抱きかかえて、ユカと目線が合うように持ち上げ、言った。

「お前の名前はこの人からもらったんだぞ。名付け親みたいなもんだぞ」

姪はユカの口調を真似て、

「ユカ、ユカッ」

と名前を連呼し、笑顔を見せた。

ユカは姪に両手を差し出した。まるで尾藤から姪を受け取ろうとするかのように。

「ん？　何だ、抱いてみるか？」

そう言って、尾藤はユカに姪を手渡そうとした。その次の瞬間、

「止めて！」

と理奈が絶叫した。瞬間、空気が凍りついたような気がした。姪でさえ、異変を感じて笑うのを止めた。何も感じていなさそうなのは、ユカだけだった。

理奈は弾かれように立ち上がり、慌てて尾藤から姪を引ったくった。驚いたのか姪が火がついたように泣き出したが、理奈は構わず、姪を抱いたままリビングのユカから一番離れた場所に移動してしまった。

「いつまでいるの？」

座り込んで、俺にそう訊いた。その時、俺は思い知らされた。理奈が望んだのは、あの懐

かしい四日間のユカであって、今のユカではないことを。理奈を責めるわけにはいかない。俺だって、ずっとユカの看護をしていたから、六年前よりも遥かに回復していると分かるが、今のユカにいきなり会ったら、やはり理奈と同じようなショックを覚えるだろう。

ここに連れてこないほうが良かったのかもしれない、俺はそう思い始めた。

「お前の旦那と、ちょっと話がしたい」

別に話したいことなどなかったが、次に行く場所を決めるまでの時間稼ぎのつもりだった。

「あの人もユカさんを見たがってたわ。見ないほうがいいって言ったけど」

その時、

「群馬に来るか？」

と尾藤が言った。

「地元に戻れば、知り合いが沢山いる。きっとユカを歓迎してくれるはずだ。お前も来ればいい。やっぱり六年もユカと一緒にいたんだから、そういう人間がいてくれたほうが心強いからな」

「――ユカがみなかみ町の生まれだってことは病院側も把握しているはずだ。捜しに来るかもしれない」

尾藤は不敵に笑った。

「群馬県民を舐めてもらっちゃ困る。東京の奴は田舎者田舎者と馬鹿にするけど、その分、結束力は半端ないからな」

「そうね。田舎のヤンキーってそういうところがありそうね」

と理奈が冷めたように言った。

「俺とユカのことを隠し通してくれると？」

「そんなことぐらいわけないさ。何しろ、あのユカなんだ。みんな守ってくれるはずだ」

俺はうつむいて、これからのことに思いを馳せた。まるで逃亡者のような生活だが、ユカと一緒ならそれもいいかもしれない。阿部総合病院に勤める前、俺は群馬の病院で三年働いた。ユカとの四日間の思い出を嚙み締めながら、一人であの町を歩いた。またユカと再会したいと願いながら。

俺はユカを取り戻し、またあの町に戻る。それがもし実現するのなら、もう何も望まない。

だが、その時、

「お兄ちゃん、本気なの？」

とユカが言った。やはり兄妹同士、お互いが考えていることはうっすらと分かる。

「本当に群馬に行くの？　私もお母さんも置いて？」

と理奈が言った。確かに逃亡者の身だから、今までのように家族や友人と会うというわけにはいかない。場合によっては群馬に骨を埋める覚悟で臨まなければならないだろう。

母さんや妹夫婦と会えなくなるのは寂しいが我慢しなければならない。でも、姪のユカと会えなくなるのは流石に辛い。

「一生をユカさんを看護して送るの？　分かるわ。あの時、ユカさんに酷いことを言ってしまったから、罪悪感があるんでしょう？　でもそれが一生をかけて償わなければならないようなことなの？　お兄ちゃんの人生はどうなるの？　お兄ちゃんだっていつかは結婚するんでしょう？」

俺は呟くように答えた。

「──ユカと結婚したって良いと思っている」

「本気⁉　あの人と⁉　あんな状態で結婚なんかできるわけないじゃない！」

「どうしてだ？　誰だって結婚する権利はあるぞ」

と尾藤は言った。

「そりゃ、あなたは所詮他人だからよ！」

と理奈は言った。

「お兄ちゃん。あの人が私のお姉さんになるの？　あの人がユカの伯母さんになるの？　あの人を実家に連れてって、この人と結婚するんだって、お母さんに、お墓のお父さんに紹介できるの？」

俺は唇を嚙み締めた。実の妹といえども、ユカに対する酷い侮辱だと思った。姪は、あの人おばさん？　と理奈に訊いた。理奈も、俺たちも、姪の質問に答える者は誰もいなかった。

「お前は──俺とユカさんがそうなることを喜んでくれると思ったのに。俺がユカさんに告白された時、とても喜んだから」

「そんな昔のことをまだ言ってるの⁉　確かにユカさんが私のお姉さんになってくれたら素敵だな、と思ったこともあったわ。でもそれはあの時のユカさんよ！　確かに私だって、ユカさんに感謝してるわ。あの時、私の身代わりになってこんなことになってしまったんだから。だからといって、一生私はその罪悪感に苦しまなきゃいけないの⁉」

理奈の機嫌が悪い理由を、俺は十分理解できる。俺がまるで、お前もこうなっていたかもしれないぞ、と知らしめるためにユカをここに連れてきたと思っているのだろう。俺は六年もの歳月をユカへの贖罪に費やしたのだから、お前も一生罪悪感に苦しめと。俺は──そんなつもりでここに来たんじゃないのに。

俺たちの険悪な空気を感じ取ったのか、姪のユカが泣き出した。尾藤はゆっくりと姪の方に近づいて、変な顔をしたりしてあやしてくれた。

「上手いな」

「慣れてるからな」

などと尾藤は言った。しばらくリビングには、ぶつぶつと何かを呟いているユカと、笑っている姪と、姪と遊んでいる尾藤の声が響いていた。

俺は理奈と何を話していいのか分からなかった。結婚してから、特に娘が生まれてから、理奈の周りにはまるでバリアーが張り巡らされて、兄の俺は容易に立ち入れないような気がする。ユカのことは措いても、確実に俺は理奈の世界から遠ざけられている、そう思われてならない。

その時、ユカが立ち上がり、ウーウーと呻きながら、リビングじゅうを歩き回り始めた。

俺も慌てて立ち上がった。

「今度は何⁉」

「理奈。ユカのおむつはどう処理してる？」

「何。ユカさん、おむつしてるの？」

「向こうのユカじゃない。そっちのユカだ」

と俺は姪を指差した。

「おむつなんかとっくに外れたわよ」

「でも、おむつ用のゴミ箱がまだ残っていたら出してくれないか。それと尾藤、頼みがある」

「何だ」

「近くにスーパーがあるから、そこで大人用の紙おむつを買ってきてくれないか。コンビニじゃ売ってないかもしれない。金はちゃんと後で返すから」

「領収証は阿部総合病院でいいか？」

などと言って尾藤は笑った。

「やっぱりおむつしてるんじゃない。いいわよ。あの人もうそろそろ帰ってくるから、途中で買ってきてもらう」

「そうか。あ、清拭《せいしき》用のナプキンがあったら、それも貸してくれないか」

「お尻拭きってことね」

と理奈は呟いて、向こうに行った。どこかに電話している。こっちに向かっている飯野に、ついでにおむつを買ってきてくれと頼んでいるのだろう。

「俺は何かすることはないのか？」

と尾藤が訊いた。

「そっちのユカと遊んでいてくれ。お前は才能がある」

「嬉しいね」

こっちのユカを風呂場に連れていき、おむつと汚れたナプキンをおむつ用のゴミ箱に入れた。トイレの練習をさせたこともあるが、まだおむつは外せない。特別病棟では排泄物を検査した後、医療廃棄物として捨てている。ユカには感染性の病気などないのだから、一般ゴミとして捨てても問題ないはずだ。もし病気を持っていたら、俺はとっくに感染している。

ユカは大人しく、されるがままになっている。

「悪いな。飯野が替えのおむつを持ってくるまで、我慢してくれ」

「アリガトウ――ホントウニ、アリガトウ」

「どういたしまして」

ふと気付くと、脱衣所に理奈がいた。

「そうやって六年間ずっと、ユカさんの世話をしていたの？」

「そうだ」

「これからも一生、世話をするつもりなの？」

「ああ、そうだ。尾藤の申し出に乗るよ」

「――お兄ちゃん。いくらお兄ちゃんがボランティアだっていっても、お金はどうするの？　紙おむつ一つ買うのにもお金がかかるのよ？　それにお兄ちゃんの生活費は？　そりゃあの人は匿ってくれるかもしれないけど、ずっと続くわけじゃないわ。あの人は赤の他人なのよ？　ユカさんだって」

そう——理奈は俺の身内だ。飯野も理奈と結婚して身内になった。俺とユカとを繋ぐ社会的な関係はなにもない。

でも、そんなのはいらない。

「俺はユカを幸せにしなきゃいけないんだ。そうユカのお父さんに約束したからだ」

理奈の方を見ず、俺はそう言った。

「お兄ちゃんは、そうやってずっと過去の自分の言葉に縛られて生きるの？」

ユカの父親にした約束も、あの時、ユカに投げつけた酷い言葉も、すべて過去のもの。たとえ忘れることがなくても、いずれ苦い思い出として色あせるもの。理奈の言うことは良く分かる。過去はもう存在しない。俺たちにあるのは今、この時しかない。ならば考えなければならないのは、今のこの時をどうすればより良い未来に繋げられるかしかない。

ユカの言う通り、群馬に行って、それでいつまでユカとの生活が続けられるのか。ユカにしても、回復が遅れるだけではないのか。体調がおかしくなったら、どうするつもりなのか。俺には看護の知識と経験があるが、医者ではない。病気を治すことはできない。あのままずっと阿部総合病院の特別病棟にいたほうが、少なくともユカにとって良いのは自明のことではないか。

でも、そんなことは関係なかった。俺はユカを愛していた。彼女との生活が続けられなくなったら、心中しても構わなかった。たとえそれが俺のエゴであったとしても。

その時、玄関のドアが開く音がした。飯野が帰ってきたのだ。

「理奈。悪いけど、飯野から紙おむつをもらってきてくれないか？」

「わかった――」

まだ理奈には何か言いたいことがあるようだったが、理奈は素直に向こうにおむつを受け取りに行った。

「ユカ――人の気持ちっていうのは、変わるんだよ。理奈はあんなにユカを慕ってたのに。まるで本当のお姉さんのように――」

俺はそうユカに言った。理解はできないだろうが。

「リナ、リナ、リナッ、アリガトウ、リナ――」

拒絶されているのに、それでもまだ請うように理奈の名前を呼ぶユカに、涙が出た。俺はその涙を指先で拭いながら、

「俺の気持ちは変わらない。絶対に変わらない。誓うよ」

俺がユカに投げつけた言葉、ユカの父親に約束した言葉に継ぐ、第三の言葉だった。

理奈が持ってきてくれた紙おむつを穿《は》かせ、俺はユカを連れてリビングに戻った。飯野は

暫く絶句してユカを見つめていた。

「ユカ。この人は誰だ？」

と俺は飯野を指差してユカに訊いた。

「イイノ、イイノ、イーノ」

「そうだ。良くできたな」

姪が笑いながら、イイノ、イイノ、とユカの真似をして自分の名字を連呼した。

「本当にユカさんなの？」

などと飯野は言った。

「もう顔を忘れたのか？」

「いいや、忘れたわけじゃないけど――」

「人工頭蓋を入れて頭の形が変わっているからな。もしかしたら人相も変わっているのかもしれない」

理奈はまるですべてを諦めたかのように、目を閉じた。

「三枝。事情は理奈から聞いた。いろいろ話もあるだろうけど、一番重要なことを訊くよ。これからどうするんだ？」

飯野も理奈と同じだ、と思った。迷惑なことをしているのは分かる。ユカと再会できて素直に喜べ、と言うつもりはない。でも、俺たちはあのイルカを共に探した仲間なのだ。何か他に言うことはないのだろうか。

ないのだろう。

だからこそ、俺は、

「群馬に行くよ。あの町に——」

と答えた。ここにはもう俺の居場所はない。

「勝手にそんなことをするのか？　彼女のご両親の許可も得ず？」

「ユカの父親にもちゃんと説明する。きっと分かってくれるはずだ。ユカを幸せにするって約束したんだ」

「それはお兄ちゃんと一緒にいるってことなの？」

そうだ、きっとそうだ、と俺は思った。あの言葉で、彼は俺に呪いをかけたのだから。

「三枝。悪いことは言わない。病院に戻したほうがいい。クビになったのは残念だけど、仕方がないじゃないか」

「何でクビになったのか訊かないのか？」

そう訊くと、飯野は気まずそうに目を伏せ、

「理奈が、こんなことをするような人だから、きっと今までも何かしたんだろうって——」

と言った。俺は鼻で笑った。確かにその通りだ。

「三枝がユカさんを攫ったとは言わない。病棟から逃げ出したユカさんを助けてあげたんだろう？　なら、まだ間に合う」

「間に合うって？」

「今ならまだ事情を話せば分かってもらえるかもしれないってことだ。このまま群馬に逃げたら、本当に誘拐罪になる。絶対に捕まるぞ。いくら地方の人の結束力が強いっていっても、みなかみ町は山の中の集落じゃないんだよ。観光地なんだ。地域のイメージが落ちるようなことは、絶対に嫌がるはずだ」

「なら山の中に逃げればいい」

と尾藤はひょうひょうと言った。

「山小屋の一つや二つ、どこかにあるはずだ。そこでユカを看護すればいい。食料や看護で必要なものは俺たちがサポートする」

「そんな子供みたいなこと言ったって仕方がないだろう⁉」

飯野が怒鳴った。俺は飯野と付き合いが長いが、彼のそんな怒鳴り声を聞いたことなど今まで一度もなかった。

「三枝、ユカさんと結婚するそうだね。でも三枝が考えてる結婚ってどういうこと？　攫った女の子と山奥で二人で暮らすのが結婚なのか？　三枝がユカさんを想っているのは分かる。彼女と一緒にいたいという気持ちも。でもね、どうにもならないこともあるんだ。僕は理奈と同じ気持ちだ。君とユカさんの結婚に反対する」

「ユカがこんな状態だからか？」

と尾藤は言った。

「違う！　無理やり病院から攫ったからだ。結婚するっていっても、逃げてるんだから婚姻届も出せないんだろう？　ままごとと一緒だ。子供みたいなことは止めてくれ」

「お兄ちゃん、良く考えて。ユカさんを病院に戻してあげて。この子のためにも」

そう言って、理奈は娘のユカを、俺の姪のユカを、見やった。

「お兄ちゃんは、私たちを犯罪者の家族にしたいの？」

「――結局、それか。お前らは俺とユカのことなんて考えてないんだ。自分たちのことしか頭にないんだ」

俺は吐き出すように言った。

「三枝だってそうだろ！　ユカさんと逃げることと、ユカさんを病院に戻すことと、どっちが彼女のためだと思う⁉　ユカさんのお父さんに頼まれたって言っているけど、それも含めてみんな三枝の自分勝手な理屈じゃないか！」

そうだ。俺のエゴだ。そんなことは飯野に言われなくたって、分かっている。でも言わずにはいられなかった。

「ユカは俺といたいはずだ。俺でなきゃ駄目なんだ。クビになった俺を追いかけて病棟を逃げ出してきたんだから。それに俺の来る前のユカは今よりももっと酷い状態だった。歩けないし、喋れない。それを俺が看護してやっとここまでになったんだ」

「自画自賛ね」

と理奈がしれっと言った。

「本当だ。そうなることを見越して、ヘッドハンティングされたんだから。小早川の読みは正しかった」

「小早川？」

「そうだ。お前は良く憶えてるだろ。お前がイルカを逃がしたことを信じなかった、あいつ。萩原重化学工業ってところに勤めているらしい。阿部総合病院の親会社だ」

「小早川さんが、偶然私たちとかかわり合いのあったユカさんを担当したってこと？」

「多分、そうだろ」

「ふうん――」

理奈は何か言いたそうだったが、そのことについてはそれ以上何も言わなかった。理奈とかかわり合いのある男にユカの看護を頼まれたということに、何か運命的なものを感じて、余計に俺はユカを幸せにしなければならないという気持ちを強めたのかもしれない。

「俺がクビになったから、尾藤が呼ばれた。ユカがこうなる前に面識のある人間じゃなきゃ駄目ってことらしい。俺は偶然看護師だった。これ以上の適任はない」

いつかユカの看護をしたいという夢でもって、看護師を志望したのだから、決して偶然ではないのだが。

「尾藤君も看護師なの？」

「俺は違うけど」

「看護助手なら資格はいらない」

「資格が関係ないんだったら、ユカさんの両親が看護すればいいのに」

と理奈が言った。

「ご両親のことは分からないみたいなんだ。だから幸せにしてやってくれと頼まれた」

「どうして？　面識のある人間なら看護できるんでしょう？　矛盾してるんじゃない」

「それは俺にも分からないよ。脳の認知に関しては、一概にこうだとは言えないんだろう」

「どうでもいいわ」

と理奈は吐き捨てるように言った。

「幸せ幸せって言うけど、ユカさん、今が一番幸せなんじゃない？　こんなふうに、私たちが話し合っているのに、まったく理解できていないんだから」

ユカは天井の方を見上げて、何かを捕まえるような仕草をしている。まるで子供が虫を捕まえるように。蠅《はえ》一匹飛んではいないのに。

「そうだよ。あの人にとっては、ちゃんとした施設に入れるのが一番幸せなんじゃないか？　三枝もユカさんの幸せを本当に考えるのなら、身を引くべきだ」

「俺は――」

表で車が停まったような音が聞こえたが、はっきりとは聞き取れなかった。ただこの薄情な二人に何か言ってやらなければと思った。

「もう会えなくなるから、お前たちにユカさんを会わせてやりたかった。それだけなのに――会いたいだろうと思ったから」

理奈は、姪を抱き上げ、

「私たちにとってユカはこの子よ」

と言った。

すべて間違いだったと思った。ここに来たのも、彼らが姪にユカと名付けた時、涙を流したのも――。

俺は立ち上がった。

「尾藤、帰ろう。みなかみ町に連れてってくれ」

「もういいのか？」

「ああ。理奈、飯野、邪魔したな」

「そうか。楽しみだな。小春喜ぶぞ！」

と尾藤は、薄情な妹夫婦に対する当てつけのように言った。

「ユカ、行こう。群馬までドライブだ」

俺はユカを立ち上がらせた。一緒に逃げるということを措いても、自らの生まれ育った町にユカを帰すことで、またユカの人間性が取り戻せるのではないかという期待があった。

「リナ、リナ、リーナ」

ユカは理奈の名前を呟きながら、妹の方に近づこうとした。しかし、理奈は自分の娘を抱きながら、ユカから身体を背けた。もう完全に俺たちを拒絶するというサインだった。俺もユカの身体をそっちに行くなとばかりに、そっと引き寄せた。

俺たちがもう帰ると悟ったのか、姪は俺たちに向かって、

「バイバイ」

と手を振った。その動作が面白かったようで、ユカも、

「バイバイ！　バイバイ！　バイバイ！」

と姪を真似て連呼した。姪は理奈にじっと拘束されながらも、

「バイバーイ！」

と笑いながら言った。

俺は妹夫婦に別れを告げずに玄関を出た。その時、やっと先ほど車が停まったような音が聞こえたことを思い出した。

理奈の家の前に、ほとんど車道を埋め尽くすほどの車が停まっていた。何人もの男たちが車から降りて、俺とユカを見つめている。

「腹が減ったな。車の中で食うか？　ユカは何でも食べら――」

尾藤も何か言いながら外に出てきたが、居並ぶ男たちにぎょっとしたように立ち止まった。

一人の男がこちらに歩み寄ってきて、俺の前で止まった。

小早川だった。

「理奈ちゃんから阿部総合病院に連絡があったんだ。兄が入院患者を連れ出したって」

いつ電話をかけたのだろうと思った。飯野に電話をかけた時だろうか。でもそんなことはどうでもいいことだ。俺の目を盗んで電話をかけるタイミングは理奈にはいくらでもあっただろうから。

「井原ユカが自分で病棟を逃げ出したのは事実だ。だから今大人しく彼女を引き渡せば、警察沙汰にはしない」

「警察沙汰にすると困るのはそっちじゃないのか？」

俺は言った。もうすべてお終いなのに、まだそんな皮肉が出る余裕が自分にあるのが不思議だった。すべて諦めて、自暴自棄になっているのかもしれない。

「君は理奈ちゃんに感謝すべきだよ。犯罪者にならなくて済んだんだから」

「ユカが怪我させた連中は大丈夫なのか？」

「死人はいない」

「――いずれ死人が出る」

俺はそう呟いた。この六年間、ユカは一度も他人を傷つけたことがなかった。それなのに俺が彼女の看護担当をクビになった途端に暴れた。俺がユカの凶暴性を抑制していたのは厳然たる事実だ。

だが、それを言うと、ユカの看護師に復職したくて悪あがきをしていると思われそうでためらわれた。ユカとは一緒にいたい。だけど、この男の下で働くのは、もうごめんだ。

「同じ過ちは繰り返さない。すぐにセキュリティを見直している。彼女があの病棟から逃げ出すことは、もう二度とないだろう」

その時、理奈が一人で玄関から出てきた。俺は理奈を見やったが、恨みがましい目で見たりはしなかった。そんな段階は、もう既に越えていた。

「悪く思わないでね。私はユカさんと同じことをやっただけよ」

何のことだ、と一瞬思ったが、ユカが俺たちと繋がっていたいという一心で、イルカの動画をテレビ局に流したことを言っているのだと気付いた。

こんなものだ。一緒にいたいと実の妹のように慕っていた理奈に、ユカは売られたのだ。自分たちを犯罪者の家族にしたくはないという理由で。

「理奈ちゃん、大きくなったな」

と小早川は言った。

「小早川さんが、ユカさんにかかわっているなんて思わなかった」

と理奈は言った。そして、

「兄がご迷惑をおかけしました。ユカさんをよろしくお願いします」

と深々と頭を下げた。イルカがいたという自分の訴えに耳を貸さなかったこの男に。

「大丈夫だ。僕らに任せておけばいい。さあ、井原ユカを引き渡せ」

引き渡すも何もなかった。小早川がそう言うのと同時に、阿部総合病院の職員であろう男たちが走り寄ってきて、無言でユカの腕をつかみ車に乗せようとした。俺は心の中でユカに訴えた。やれ、ユカ。戦え。

次の瞬間、まるで俺の願いが通じたかのように、ユカは奇声を発して暴れ回った。男たちが取り押さえようとするが、まるで歯が立たなかった。小早川はユカのその暴れぶりに恐れ戦《おのの》いたように一歩後ろに下がった。ユカは物凄い力で一人の男の首をつかんだ。そして自分よりも体重があるであろう男を軽々と持ち上げ、そのまま車のフロントガラスに叩きつけた。男は失神し、フロントガラスに蜂の巣のような罅《ひび》が入った。すぐさま別の連中がユカを取り押さえようとするが、その中の一人の男の腕に、ユカは噛みついた。男は絶叫を上げてユカを振り払おうとするが、決してユカは食らいついた腕から離れようとはしない。

騒ぎを聞きつけて、飯野も家から出てきた。姪も一緒だ。

「止めて！　ユカを連れてこないで！」

慌てて飯野は娘を抱きかかえようとするが、突然小さなユカはとことこと走り出し、不意をつかれた飯野と理奈、そして俺の横をすり抜けて男の腕に噛みついているユカの側に駆け寄っていった。ユカが男とじゃれていると思っているのだ。

「おばさん！」

と姪がユカに向かって叫んだ。その瞬間、ユカは男の腕を吐き出し、地面に突っ立って自分を見上げている、小さな姪っ子を自分の目の高さまで持ち上げた。そしてそのまま地面に叩きつけようとした。

　理奈の絶叫が、夜の住宅街に響き渡った。

「ユカ！」

　俺は叫んだ。その瞬間、ユカは動きを止めて俺を見た。

「その子を離すんだ。な？」

　姪はユカに高い高いをされていると思っているのか、屈託のない笑い声を上げている。

「ユカ。悪いのは、君をそんなふうにしたのは、俺たちみんなだ。でもその子は悪くない。だから離してやってくれ」

　俺はゆっくりとユカに近づいた。ユカは俺と目が合うと、先ほどまでの凶暴さが嘘のように微笑んで、ゆっくりと姪をこちらに返してきた。俺はそのまま振り返って、理奈に姪を渡した。理奈はまるで引ったくるようにして俺から娘を受け取った。

「おばさんは――？」

　と姪が理奈に訊いた。

「あの人は伯母さんじゃないの！　私たちとは何の関係もない人なの！」

　その声を俺はどこか遠くで聞いていた。

　背後では小早川の、死なせるな！　怪我もさせるんじゃない！　と指示をする声が響いている。俺は後ろを振り返った。男たちはぐったりしたユカの手足を拘束バンドで縛っている。どうやってユカを大人しくさせたのだろうか、と疑問に思ったが、謎はすぐに解けた。男の一人がスタンガンのようなものを持っていたのだ。あれでユカを昏倒《こんとう》させたのだ。

どうせ連れ去られるなら、進んで引き渡せば良かった。俺と一緒なら、ユカは大人しく車に乗っただろうに。俺が反抗的な態度をとるから、ユカも暴れ、あんなふうに乱暴にスタンガンで倒されたのだ。

ユカ、俺は再び彼女に呼びかけた。今度こそ本当に最後のお別れだから、どうか目を覚ましてくれと。でも奇跡は起こらなかった。ユカは最後まで意識を失ったまま、まるで荷物のように車に運ばれた。そして阿部総合病院の一行は、一度もこちらを振り返らずに、瞬く間に去っていった。

俺は何もできなかった。ユカが乗せられた車を追いかけることも。

ふと気付くと、近隣の住人たちも何事かと外に出てきて、去っていく沢山の車を見つめていた。あれだけ大騒ぎをすれば、当然近所中に響き渡っただろう。車が視界から消えると、彼らは今度は、まるで気味の悪いものを見るかのようにこちらを見やった。飯野は、彼ら一人一人に、お騒がせしました、申し訳ありません、と頭を下げて回っていた。妹夫婦にとっては、過去の友情よりも今の世間の方が重要であることを、俺は身をもって思い知らされた。

「あの人はユカさんじゃないわ」

と娘を抱きかかえたまま、理奈は言った。

「あの人は化け物よ。お兄ちゃんがあの人と結婚するならすればいいわ。でももう二度と私たちの前に姿を現さないで」

そう言って理奈は、俺に背中を向け、姪を抱いたまま家の中に引っ込んだ。別れ際、姪は俺にバイバイと言ってくれたが、俺は返事をすることができなかった。車で連れ去られるユカを見送るように、呆然と立ち尽くしたまま、何もできなかったのだ。

飯野は俺に何か言いたそうな素振りを見せたが、結局何も言わず、妻と娘のいる家に引っ込んだ。ここは彼らの城だった。所詮、俺は部外者だった。彼ら家族の一員ではなかった。

気がつくと、先ほどまでの喧騒《けんそう》は嘘のように静まり返り、ここに残っているのは、尾藤と俺の二人だけになっていた。

「妹を責めるな」

と尾藤は言った。

「お前は、妹が糖尿病に負けない立派な大人になって欲しいと思ったんだろう？　なったじゃないか。お前の妹は結婚して子供が生まれた。あの子を守るためなら、彼女は何だってするだろう。もしお前の存在が、あの子を脅かすかもしれないと判断したら、ためらわずに切り捨てる。ましてや、観光地で知り合っただけのユカなんて、切り捨てられて当然だ」

確かにユカとは四日間付き合っただけだ。車に轢かれたあの日も計算に入れるのなら、五日間か。とにかく四日間だろうと五日間だろうと、理奈の二十五年の人生に比べたら微々たるものであることは間違いなかった。

「お前の妹は大人になったんだ。守るべきものを守るために、過去を捨てられる大人の女になったんだ。寂しいだろうけど、見守ってやれ。俺たちみたいな、いつまでもガキの頃のことを引きずっているような子供じゃない」

と尾藤は言った。俺はそんな彼に、

「お前、結婚してるんだよな」

と訊いた。

「ああ」

「子供はいないのか？」

尾藤は何故だか暫く考え込むような素振りをした後、

「そういえば三人いたっけな」

とひょうひょうとした顔で言った。

「尾藤、頼みがあるんだ」

「なんだ」

「お前の面接をぶちこわしておいて言える義理じゃないかもしれないが、阿部総合病院で働いてくれ」

「何だって？　こんなことになったんだ。もう転職の話はおじゃんだろう」

「いいや。看護師の資格もないお前を阿部総合病院はスカウトしたんだ。お前には他の看護師にはない絶対的なアドバンテージがある。それはユカと顔なじみだってことだ。俺がヘッドハンティングされたのも同じ理由だ。お前が面接をすっぽかして一緒に逃げたのは、俺に脅されたとか、俺に車を奪われたとか、どうとでも理由をつければいい。これくらいのことでは、阿部総合病院はお前を諦めないだろう」

尾藤は暫く考えた後、

「本当にそうか？」

と言った。

「そうだ」

と俺は答えた。これくらいの失敗は、患者と共に一夜を過ごすことに比べれば、まったく何でもないことだ。

「まったく知らない人間が俺の後釜に座るよりも、お前がユカを看護してくれたほうが安心できる。尾藤——ユカを頼んだぞ。俺のような失敗は二度としないでくれ。毎日一緒にいれば情も移るだろう。でも決してユカを好きにならないでくれ。それがユカのためなんだ」

その言葉で、尾藤は、俺がクビになった原因が何なのか薄々察したようだった。だが彼は深く問い質すことはせず、ただ短く、

「分かった」

とだけ答えた。

「じゃあ、俺は今から阿部総合病院に戻る。お前の住まいも近くだろう？　送ってやる」

その尾藤の申し出はありがたかった。しかし俺は、

「いい——一人で帰る。一人にさせてくれないか。お願いだから」

と答えた。尾藤はそんな俺を暫く見つめた後、

「分かった。ただし変な気は起こすなよ」

と言った。尾藤が言う変な気とは、具体的にどういうものか良く分からなかった。考える気力もなかった。この分では、もし具体的な答えを思いついたとしても、行動には移せないだろう。ただもう何をする気にもなれない。

尾藤と連絡先を交換して、俺たちは別れた。何をする気にもなれないといっても、帰らないわけにはいかない。俺は理奈の家を振り返らずに駅に向かって歩き出した。こんな思いを、

以前したな、と考えた。デジャヴだろうかと思ったが、すぐに思い当たった。みなかみ町で、イルカのラジコンを見物した後、俺は理奈とケンカをした。それで一人でいはら荘まで帰ったのだ。今の気持ちは、あの時の気持ちとまったく同じだった。ただあの時のように、理奈と仲直りをすることはもうできないかもしれない。

あの時のように、俺たちの目の前にイルカが再び現れてくれれば、そしてあの時理奈を救ってくれたように、人生に溺れる俺を助けてくれたら、もしかしたら理奈と仲直りできるかもしれない。そんなことを夢想した。

その後、俺は自分のマンションで、抜け殻のような日々を過ごした。阿部総合病院からは、小早川が約束したように、俺の私物が続々と送られてきた。だが俺は荷物を整理する気にもなれなかった。俺の部屋は未開封の段ボールで埋まり、その隙間で眠り、食事をするような生活が続いた。

尾藤から連絡があり、やはり阿部総合病院の就職は駄目になったということだった。確かに、ユカと俺が乗った車を運転する尾藤の姿を小早川に見られているのだから、俺に脅されて一緒に逃げたという言い訳は通用しないかもしれない。

俺が助手席に乗り込んで運転席の尾藤に銃でも突きつけていたならば話は別だが、もちろんそんな状況ではなかったのだから、逃げようと思えば逃げられたはずだ。採用などされるわけがなかった。面接をすっぽかして、患者を拉致した看護師の逃亡に協力したのだから。

　俺は偉そうに、他の看護師にはない絶対的なアドバンテージがある、などと言った自分を恥じた。よくよく考えれば、看護師の資格が絶対条件でないのなら、該当者は尾藤以外に山ほどいるのだ。ユカには当時、四十人プラスマイナス十人もの友達がいたのだから。尾藤が駄目なら、他の友達を当たればいい。

　ほどなくして再び尾藤から連絡があった。あの赤木が俺の後釜に正式採用されたとのことだった。俺はあんな頼りない奴で大丈夫なのか、と思うのと同時に、そもそも何故赤木が？という疑問を拭うことができなかった。俺は看護師の免許を持っているし、尾藤はユカにふられて暫く付きまとっていたのだから、それなりに親しい関係だったのだろう。しかし赤木が特別ユカと親しいという様子はなかった。

　そもそも赤木は、なんとかという情報処理の検定の一級に合格し、東京で働いている。それなりに稼いでいるのではないか。にもかかわらず、まったく畑違いの看護助手に転職すると決めたからには、阿部総合病院は俺のように、赤木にかなりの高額の給料を提示した可能性がある。普通では考えられないことだ。

『赤木にお前のアドバイスを伝えた。決してユカを好きになるなってな』

「――尾藤、悪かったな」

『何がだ？』

「赤木が今の職を捨てて、看護助手に転職したのは金のためだろう。それなりの報酬を提示されたに違いない。俺の時もそうだったから。もしお前が予定通り採用されていたら、同じ金額を稼げていたかもしれない」

給料は良かったが、ほとんどユカの看護に明け暮れて、旅行や遊びなどにはほとんど行かなかったから、貯金は大分貯まった。暫くは貯金を食いつぶして生活できるだろう。もちろん就職活動はしなければならないが、その気力がなかった。

ただ時間が欲しかった。俺がユカに酷い言葉を投げつけた罪悪感を忘れたように、ユカを失った悲しみも、きっと時間が忘れさせてくれるだろう。

「金が必要だったんだろう？　だからわざわざこっちまで出てきた。子供が三人もいるって言っていたからな。学費や生活費のために少しでも給料がいい仕事をしたかっただろうに。俺がそれをぶちこわした」

『金が必要だったら、赤木をカツアゲでもする』

「冗談言うな。俺もお前も、もうそんなことをする歳じゃないだろう？　それにお前は赤木を守ってやってたんじゃないのか？」

尾藤は少し笑った。

『確かにカツアゲは冗談だ。でも金なら何とかする。地元には知り合いが沢山いるからな。いくらでも仕事を紹介してくれる。薄情な東京の奴らとは違う』

理奈と飯野のことを言われてるのだと思って、胸が痛かった。

「車の中で、赤木はお前を利用していただけって聞いたけど」

『そりゃ、あいつ、東京に行っちまってまったく連絡がなかったから、お前に愚痴を零しただけだ。今回のことでまた連絡を取り合えるようになって良かったと思ってる』

俺は笑った。何だ、やっぱりお前も赤木がいなきゃ駄目なんじゃないか、そう思ったからだ。俺には今、誰もいないけれど。

「やっぱりお前と赤木はお似合いのコンビだよ」

『そうか？』

「ああ。お前の相方がユカの看護をしてるんだと思うと心強いよ」

きっと尾藤は結婚した今も、ユカのことが好きなのだろう。その意味では、俺と尾藤はライバルだ。だがもっと大きな敵にユカを奪われている今、休戦して手を組まなければならないということかもしれない。

『どれだけ頻繁に連絡を取り合えるかは分からんけど、非番の日は俺にユカの様子を教えてくれって頼んだから、何かあったらお前にも伝えてやる。心配だろう？』

「ああ――ありがとう」

俺はユカを看護していることを誰にも言わずに隠していた。守秘義務があるのはもちろんだが、あのユカの姿を見せたら、きっと理奈や飯野はショックを受けるだろうと考えたからだ。だが、彼らはユカのことを隠す気などさらさらないようだ。今更隠しても仕方がないのはもちろんだが、群馬県民の結束も関係しているのかもしれない。

『ユカはずっと拘束されているようだな。赤木のことは憶えてるようで、比較的懐いているらしい。だけど、実験動物みたいな扱いを受けていて見てられないって――外に出すのはさすがにどうかと思うけど、いっそ殺してあげたほうが幸せじゃないかって、そんなことを言うんだぜ。もちろん俺は、三枝の努力を無駄にするのかって怒鳴ってやったけどな』

殺してあげたほうが幸せ、赤木が言ったというその言葉と、ユカの父親にしたあの約束が脳裏で重なった。俺はユカを回復させて結婚することが、ユカの父親との約束を守ることだと考えた。だがどんなにユカが回復しても、俺はユカと結婚することは許されない。ましてや看護師をクビになった今は、近づくことすらできない。

何がユカにとって幸せなのか、それを考えなかった日はなかった。でも考えても考えても答えなど出てこないのだった。

「赤木に伝えてくれないか？　ユカは『塔の上のラプンツェル』が好きだから、見せてやってくれって」

『アニメか？』

「ああそうだ。まだ、あの病棟にソフトがあると思うから」

俺は段ボールを見回し、この中に入ってなければの話だけど、と心の中で呟いた。一個一個開けて確かめる気力はなかった。

『それでお前はどうするんだ？　職探しはしてるのか？』

「しなきゃいけないと思う。看護師免許があるから、そう難しくはないと思うけど――でも、駄目なんだ。暫くはゆっくり休むかもしれない」

次の仕事の面接で、阿部総合病院を解雇された理由を訊かれるのが怖かった。どうとでももっともらしい理由をでっちあげればいいと思うが、群馬の病院の時のように馬鹿正直に本当のことを言ってしまうかもしれない。女性患者に手を付けたと。どんな反応をされるのかは、言うまでもない。

『暫く休むなら、こっちに来たらどうだ。お前も群馬県民になればいい』

尾藤は良かれと思って言っているのだろうが、それはためらわれた。あの四日間、俺と理奈と飯野と、そしてユカの四人でイルカを探し回った。ケンカもした。理奈は命の危険にもさらされた。でも楽しかった。あの四人は今はもうどこにも存在しない。また群馬に住んだら、あの時の楽しい記憶を思い出して辛くなるだけだ。

「――考えておくよ」

と俺は言った。

『考えとけよ』

と尾藤も言った。軽い別れの挨拶を交わして、俺たちは通話を終えた。

群馬に行くのをためらった理由は、もう一つだけあった。それはこのマンションだった。小早川が用意してくれた物件だ。今やこの部屋が唯一、俺と阿部総合病院とを、ひいては俺とユカとを繋いでいるものなのだ。

部屋を引き払ってくれとはまだ言われていない。もしかしたら小早川から連絡が来るかもしれない。愚かだ。それは分かっている。でも俺はユカを諦めきれなかった。ここにいればまたユカを看護できるかもしれない。まるで捨てられたのが明白なのに、未だに恋人からの電話を待っている男の気持ち。でもユカと会えなくなって、俺は日に日に実感していた。ユカは俺の一部であったことを。欠けた自分を抱えたままじゃ、群馬だろうとどこだろうと、俺はもう生きていけない。この部屋にいれば、きっとまたユカと会える。ユカと繋がれる。その日を信じて――。

そうして、十数回の日没と夜明けを繰り返したある日、部屋のインターホンが鳴った。ドアを開けると、そこには小早川がいた。俺は歓喜した。俺をユカに会わせてくれるために来たのだと思ったからだ。

違った。

小早川は言った。

「十三年前、理奈ちゃんと管理人の息子と一緒に、利根川にイルカを逃がした女性が誰だか知りたくないか？　彼女に会わせてやる」

10

指定された日時、俺は横浜の山下公園にいた。ここら一帯は阿部総合病院のある京浜工業地帯に隣接している。あちらは武骨な工場が立ち並んでいるが、こちらは瀟洒な港町だ。観光客らしい人々が公園を行き来し、近代的なホールやホテルが目につく。世間では神奈川県というと圧倒的に横浜のイメージが強く、川崎などより人気だというが、こうして二つの都市を比べてみると仕方がないかと思わなくもない。川崎も最近は開発されてきているが、所詮駅前だけだ。

カップルの姿を見かけると、俺はどうしても彼らに自分とユカの姿を投影してしまう。あの時、ユカとケンカをしなかったら、今頃ユカと恋人同士になって彼らのようにこの街を歩いていていたかもしれない。理奈と飯野のように夫婦になって、生まれた子供と仲良く暮らしていたかもしれない。

今更そんなことを思ったって仕方がないことだが。

大きな船が停泊していて、船など見慣れていない俺はまるで豪華客船のようだ、などと子供のような感想を抱いた。氷川丸という戦前に建造された貨客船だそうだ。今はもう動いていないが、中を自由に見学できるという。姪のユカとこんな公園を歩けるのなら、少しは心の慰めになるかもしれない。しかし、理奈はユカに会わせてくれるだろうか——。

俺は約束の発着場に向かった。小早川は公園内の屋台で買ったと思しきアイスクリームを食べながら、俺が来るのを待っていた。

「遅かったな。病院をクビになって、ちょっと気持ちが怠けてるんじゃないか？」

「ユカもこういう公園に連れてきてやりたいな、と思いながら歩いていたから遅くなったんですよ。あの病棟にずっと監禁しているより、外の刺激を与えたほうが良い影響を及ぼすかもしれない」

「参考までに聞いておくよ」

小早川は嘯いた。俺は彼に、病棟から出せとは言わないが、せめて病棟の中だけでも自由にさせてやって欲しい、と訴えたかったが、できなかった。もう俺はユカとは何の関係もないのだ。素直に俺の意見を聞くとは思えない。それに、尾藤経由で赤木の情報が俺に伝えられる態勢が整っていることを、小早川に気付かれるのは良くないだろう。

「君もアイス食べるか？」

「いえ、結構」

「そうか。まあ中にいろいろ取りそろえているから、ワインでも飲みながら話そう」

船着き場に停泊している二階建てのクルーザーに小早川は乗り込んだ。一瞬ためらったが、俺も彼の後に続いた。

阿部総合病院への復職は一切認められないと小早川は言った。ユカと俺とはもう一生会えないという判断も覆らないと。ただ、トラックでイルカを逃がすために運んできた女が名乗り出てきたので、ぜひその時のお礼を言いたいのだそうだ。礼なら理奈に言ってくれと思ったが、恐らく理奈がショックを受けるような事実があるので、まず当時の保護者の俺に挨拶がしたいのだと。

何だか釈然としなかったが、俺に小早川の申し出を断るという選択肢はなかった。顔見知りの赤木が現在ユカの元にいるといっても、小早川が許可しなければ、俺はユカと会うことはできない。可能性は著しく低いだろうが、それでも小早川の機嫌を損ねなければ、いつかまたユカと再会できるかもしれない。そんな細い蜘蛛《くも》の糸のような希望に俺はすがっていたのだ。

それに純粋に、結局あのイルカはどこから来てどこへ行ったのだろう、という好奇心は否定できなかった。俺の生活は六年前からユカ中心に動いていて、イルカのことなんかを気に留める余裕はなかった。だが、このチャンスを逃したらもう二度と謎が解けないのだと思うと、いても立ってもいられなかった。

「このクルーザーは？　萩原重化学工業のですか？」

このクラスのクルーザーなら一億は下らないだろう。個人の持ち物とは思えない。

「海の上なら秘密の話をするのに持ってこいだろう。誰にも聞かれる心配はない」

「誰が操縦するんですか？」

「心配ないよ。彼も仲間だ」

「——答えになってない」

しかし小早川はそれ以外何も言わず、俺はクルーザーの二階のデッキに案内された。彼に対する不信感はあったが、開放的な船の上で夕陽《ゆうひ》を見ながら潮風に身を任せるのは良い気持ちだった。

「ちょっと待っててくれ。今、ワインとチーズでも持ってくるから」

別に酒など飲みたい気分ではなかった。これから大事な話をするのに、酒など飲んだら酔ってしまって、いろいろと誤魔化されるかもしれない。だがとりあえず今は小早川の出方を見ようと、俺はデッキのソファーシートに腰を下ろした。

暫くして誰かが二階に上がってきた。小早川か、と思ったが、違った。髪の短い、女性だった。確か理奈は、一緒にイルカを逃がした女性は、長い髪をラフに束ねていたと言っていたが、あれから十三年経っているのだ。髪形ぐらい変わるだろう。

俺は彼女が何か言うのかと思ったが、口を開く気配はない。よほど俺の方から声をかけようと思ったのだが、万が一、彼女があの女性ではなかった場合恥をかくので、俺は何も言わなかった。ただ、気まずい雰囲気がデッキに流れていた。

下の方で、誰かが乗り込んでいる気配がした。小早川との話し声も聞こえる。何人乗り込んでいるのか分からないが、男の声だ。どうやら一人二人ではなさそうだった。

一瞬、身の危険を感じたが、考えすぎだ、とすぐに思い直した。

俺はユカの看護を六年も続け、いろいろと知ってしまっている。だが、俺自身は仕事の手の空いている時は好きなだけあの病棟を出入りできたのだから、そこまで秘密厳守というわけではないはずだ。もしかしたら阿部総合病院の看護師たちの間では、最上階のフロアを一人で占拠している女性の存在が、都市伝説のようにまことしやかに広まっているのかもしれない。いわば、その程度のゆるやかな秘密なのだ。そもそも口封じのために殺すのであれば、病院をクビにした段階でさっさとやっているだろう。十日以上も泳がす理由はない。

だがしかし不安なことは不安だし、やって来た女性と言葉を交わさず二人っきりでいるのは気まずいこともあって、俺は様子を見に二階デッキから下に降りた。

「小早川さん、いったい何を——」

その場にいた男たちが、全員俺を見やった。

そこには小早川を除くと、三人の男がいた。全員、中年男性といってもいいが、二人はかなり年上のようだった。若い一人は小早川と同年代か。男たちは、俺が現れるとぎょっとしたような顔で、俺を見た。

俺も彼らを見返した。初対面——だと思った。だが俺の心は既に彼らを思い出す作業を始めていた。初対面ではないのか？　彼らは明らかに俺のことを知っているような目で見ていた。つまり面識がある。

「彼らのことを憶えているか？」

と小早川は言った。やはり、俺は彼らと会ったことがあるのだろう。だが、思い出せない。

年上の二人のうち一人が、俺に頭を下げながら言った。

「もう十年以上前のことだが、騙してすまなかった。ずっと心残りだったんだよ」

十年以上前——つまり、イルカを探しにみなかみ町に行った際に出会った人々だろうか。

そうだ。そうに違いない。俺は今日ここに、その最初のきっかけとなったイルカを利根川に逃がした女性に会いに来たのだから。

その瞬間、十三年前の記憶が、弾けるように蘇った。この三人が誰なのかも。昔のことだから名前までは忘れてしまった。だが誰だかは分かる。

「あんた——イルカのラジコンの——」

「等々力だ。君らにみなかみ町から帰ってもらうために、黒沢君と組んで芝居を打ったんだ」

そう言って等々力は、小早川と同年代の男を見やった。この男にも見憶えがある。小春の彼氏で、彼女をドルフィンスイムに連れていった男だ。

「彼——黒沢はもともと僕の友達だった」

と小早川は言った。

「君らはイルカの目撃者を探していただろう？　当時、浜田小春と交際していた黒沢が、井原ユカから浜田小春に届いたメールを見た」

「こんな面白いメールが来たよ、と小春に見せられたんだ。だから俺はこれを使えないかと、小早川に相談した」

と黒沢は言った。

「――それで俺たちをイルカのラジコンで騙そうとしたと？」

「簡単に言えば、そういうことになる。君らには大人しく東京に帰ってもらって、後は僕らでイルカを探そう――そういう計画だった。だがまさか君らが本当にイルカを見つけ、その動画をテレビ局に流すだなんて思わなかった」

あの時、俺たちが考えたことはほとんど当たっていたのだ。イルカのラジコンを尾藤や赤木を始めとする現地の人々に目撃させて、謎の生物の噂を煽っておいてから正体を明かす。そうなったら、理奈が逃がすのに協力したイルカもどうせラジコンだろうと思われるのは想像に難くない。

「あのイルカは、あんたが本当に作ったのか？」

と等々力に訊いた。

「あんなものを作る能力は僕にはないよ。たまたま模型店を営んでいたから、趣味でイルカのラジコンを作っているという嘘も説得力があるだろうという判断がなされたんだ。だから僕はああいう役割を仰せつかった」

「じゃあ、誰が？　萩原重化学工業が作ったのか？」

「まさか。彼らが本気を出したら、もっと精巧に作れる。それこそ温かみも感じられるほどにね。それにそんなものを作っている時間の余裕はない。有り合わせのもので間に合わせるしかなかった。ああいうものを趣味で作って喜んでいる人間たちを、僕は把握しているから、そこから借り受けたんだ。子供たちに見せてやると言ってね。嘘ではないだろう？　でも結構タイトなスケジュールだったよ。何しろ、沖縄から運んできたからね」

「その嘘がばれたから、あんたは店を畳み、あんたは小春と別れたのか？」

　俺は等々力と黒沢を交互に見ながら言った。

「ほとぼりが冷めるまで休業していた。君の仲間の女の子が事故にあったことが分かってから、また営業を再開した。君らは、もうイルカどころじゃないと思ってね。でも君、一時期群馬の病院で働いていただろう？　三年間ぐらいだったかな。その時はヒヤヒヤものだったよ。いつまた君がひょっこり現れるかも知れないだろう？　君が非番の日は、できるだけバイトを店に立たせて僕は顔を出さないようにしていたんだ。でも結局君は来なかったから、余計な人件費がかかっただけだったよ」

　と等々力はいけしゃあしゃあと答えた。小早川は俺をヘッドハンティングする際、あちこち捜し回ったなどと言っていた。ふざけた話だ。非番の日まで把握していて、捜し回るもなにもないもんだ。

「あんたは――」

と俺は黒沢に訊いた。

「もともと最初っから浜田小春と付き合っていたんだろう？　ドルフィンスイムに連れていってやったそうじゃないか」

「そういえば、そんなこともあったな」

と黒沢は遠い目をして言った。

「それなのに、あんたは彼女を捨てた。俺たちの前から姿を消すために」

「どちらの方の優先順位が上かという話だ。そもそも君らがイルカを見つけなかったら、いや見つけたとしても黙っていたら、僕が小春を捨てることもなかった。小春を傷つけたのは君たちともいえる」

「詭弁《きべん》だ」

「まあ、そうだな。でも僕に捨てられたから、小春はあの尾藤とかいう男と結婚し、子供を三人も作った。僕が小春を捨てなかったら、彼らの子供は存在しなかったことになる。感謝されてもいいくらいだ」

「――どうして尾藤のことを？」

「あんなことをしておいてまだ面接を受けさせてくれと戻ってきたのには仰天したが、君らのことを知る機会だと思って、採用する気はなかったが話だけは聞いてやった。水を向けると何でもべらべらと喋ったよ。それに今現在、井原ユカを看護している赤木も、君や尾藤のことを知っている。調べる手段はいくらでもあるんだよ」

お人よしの尾藤め、と俺は思った。赤木にしても、俺は単純に彼から今現在のユカの情報を訊き出せると思ったが、裏を返せば、向こうも赤木から俺のことを訊き出せるわけだ。

俺は等々力と黒沢に次ぐ、最後の一人に目をやった。

「やっぱり、あんたもグルだったのか」

俺はそう、キャンプ場の管理人に言った。やはり彼の息子の真司は、余計な証言をさせないために、わざと北海道にやったのだろう。少なくとも俺たちがみなかみ町に滞在している間だけは。

何か弁解すると思ったが、彼はただ一言、

「妹さんは元気か？」

とだけ俺に訊いた。

「ああ、元気だよ。子供もいる」

と俺は答えた。管理人は、それは良かった、と小さく呟いた。彼の話はそれで全部だった。

「わざわざ、横浜まで来てもらって悪かったね。ただみんな川崎よりも横浜の方が集まりやすくてね」

「俺と会うついでに、横浜観光でもしたのか？」

「まあ、そんなところだ。だが、今からこのクルーザーで京浜工業地帯まで向かうから、適当なところで降ろしてあげよう。それまでには話も全部終わるだろう」

そう言って、小早川は俺に二階に上がるように顎をしゃくった。その時、クルーザーが静々と動き始めるのを感じた。

「誰が操縦してる？」

俺は小早川に訊いたが、彼は、

「問題ない」

とまったく答えになってない返事をした。

「この三人は？」

「この三人はここで待機だ」

待機するなら、何故連れてきたのだろう。言葉で言っても信じないだろうから、本人たちを連れてきたのだろうか。少し釈然としなかったが、それよりも小早川から早く話の続きを聞きたくて、俺はためらうことなく二階のデッキに戻った。小早川も後ろからついてくる。

停泊している時も気持ちが良かったが、動き出すと、爽快感はまた別物だった。波しぶきとエンジンの音が響くが、会話に差し障りがあるほどではない。髪の短い女性は、まるで何かを待ちかまえているかのように、緊張した面持ちでソファーシートに座っている。業を煮やした俺は、彼に訊いた。

「彼女がトラックでイルカを利根川まで運んできたのか？」

「まあ、そう焦るな。物事には順序がある」

いつの間にか小早川は先ほど言った通りワインを一本手に持っていた。酒など飲む気分ではなかったが、小早川のペースに合わせたほうが話が進むと思って、一杯だけもらった。薄く色のついた透明な液体。小早川は、なんやかんやと蘊蓄《うんちく》を垂れていたが、俺は味など分からなかった。

「さあ、君も飲め。少し飲んだほうが度胸がつく」

と小早川は件の女性にもワインを注いでやった。

「度胸？」

それほどあのイルカに隠された真実とは、恐ろしいものなのだろうか。度胸がなければ聞けないほどの――。

「違うわ」

といきなり女性が言った。意味が分からず俺は、え？　と訊き返した。

「私がイルカを逃がしたんじゃない」

そう言って、俺の顔を見た。

「この人も、下の三人と同じなのか？　十三年前にみなかみ町で出会った――」

そうだ、と小早川は言った。

ユカの友達だろうか、と一瞬思った。だがユカの友達で俺が会ったのは小春だけだった。考えても考えても、彼女のことが思い出せない。誰なのか、まるで分からない。

「思い出せないのも無理はない。だって、彼女はずっと車の中にいたんだから。運転していたのが男なのか女なのか、それすら君には分からなかっただろう」

その瞬間、脳裏に、アスファルトの地面の上に耳から血を流して倒れているユカの姿が浮かんだ。

「まさか――」

俺は呟いた。そうだ、と小さな声で小早川は言い、ワインをあおった。

「――ユカを轢いたテレビ局のＡＤか？」

二人は俺のその質問には何も答えなかった。それを俺は肯定の印と受け止めた。

まさかユカをあんなふうにした張本人と出会うなどと思わず、俺は暫し言葉を失った。彼女を責めたいという気持ちはもちろんある。だが十三年前のことでもあり、彼女自身の償いはとっくに済んでいるのだろう。ユカはあの事故を一生引きずって生きなければならないのに、彼女には前科はつくが未来がある。理不尽な気持ちはもちろんあるが、所詮そんなものだ。泣きを見るのは被害者だけ。

彼女があんな危険な運転をしなければ、ユカは今でも元気で、理奈も自分を責めずとも済んだのだ。正直言って、今更こんな人物に会いたくなどなかった。涙を流して謝罪するというのならまだ話は分かる。別に俺に謝られたって仕方がないが。しかし彼女は終始押し黙り、まるで謝罪なんかしたくないのに無理やり連れてこられたのか、不機嫌なようにも見える。こっちまで不機嫌になりそうだ。

「何で連れてきた？　彼女は関係ないだろ」

「関係ないものなんて、一つもないよ」

そう小早川は言った。

「どうしてだ？　ユカが轢かれたのは事故だ」

「そうだ」

「確かにイルカが見つかったから、マスコミが騒いであんな事故が起きたかもしれないけど、今更それを蒸し返したって仕方がない」

「それはちょっと違う。井原ユカが轢かれたのは事故だが、事故が起こったのはマスコミのせいじゃない」

「じゃあ誰のせいなんだ？」

「決まってるだろ？　井原ユカ自身のせいだ」

「え——」

「彼女が妹さんを助けようとしなかったら、車に轢かれることもなかった。事故とはそういうことだ」

「何を言ってるんだ？　ユカが妹を助けなかったら、妹が事故にあっていたはずだ」

「だから、それは事故じゃない」

と小早川は言った。小早川が何を言いたいのか、俺はまったく分からなかった。まるで理奈が轢かれそうになったのは、最初から轢こうと思ってアクセルを踏んだから事故ではないと言っているようなものではないか——。

そこまで考えた瞬間、悪寒が全身を貫いた。

俺はゆっくりと小早川を見つめた。俺が何を言いたいのかが分かったようで、

「そうだ」

と小早川は言った。

「僕が糖尿病キャンプに参加していて、なおかつ井原ユカが入院している阿部総合病院の親会社の萩原重化学工業の社員である事実を、君はもっと真剣に考えるべきだったな」

「偶然だと思った――」

俺は自分に言い聞かすように呟いた。

「偶然なんかじゃない。準備は最初っからなされていたんだよ。あの糖尿病キャンプに参加している子供たちの中から、僕らは適任者を探すつもりだった。そして理奈ちゃんに白羽の矢を立てた。前々から理奈ちゃんを候補にしようと漠然と考えていたが、あのイルカの動画がテレビ局に流出したところで、そのアイデアは決定的なものになった。みなかみ町にはイルカを探すためにマスコミが集まっている。そこに理奈ちゃんが現れたら大変な騒ぎになるだろう。マスコミの車が追い掛け回したせいで理奈ちゃんが轢かれて死んでも、誰も疑問に思わない。だが、井原ユカが理奈ちゃんの身代わりになってしまった。僕が言った事故とはそういう意味だ」

小早川が語り終わった瞬間、俺は彼の顔面をぶん殴った。理奈が心配だと家にやって来ておきながら、その実、心の中ではどうやって理奈を殺そうか計画を練っていたのだ！　初めて会った時から、いけ好かない男だと思っていた。だがその感想は間違っていた。いけ好かない男どころではない。こいつは、悪魔だ。

ＡＤの女の絶叫を聞きつけ、下から黒沢と等々力と管理人が飛んできた。俺は三人に羽交い締めにされて、小早川から引き離されたが、それでも拘束から逃れようと暴れ回った。こいつは生かしちゃおけない。もし生かしておいたら、また理奈に危害を加えようとするかもしれない！

「小早川！」

と黒沢が叫んだ。

「まだだ！　まだ彼との話は終わってない！」

どくどくと血が滴り落ちる鼻を手で押さえながら、小早川は叫んだ。そして立ち上がって、鼻血を垂れ流しながら俺と対峙した。

「僕は君と最後まで話がしたいんだ。殴るなら好きなだけ殴れ。その方が僕も後腐れがない。ただし、僕の話を最後まで聞いてくれ。そのために君を呼んだんだから」

俺は歯を食いしばり、憤怒の表情で小早川を睨みつけた。だが、小早川は顔の鼻から下を血でぐちゃぐちゃに汚しながらも、毅然《きぜん》とした表情を保っていた。

「放せ！」

俺は暴れるのを止めて、俺を羽交い締めにしている三人に叫んだ。

「放せって言ってんだろ！」

「放してやれ」

と小早川は三人に命じた。

「――でも」

等々力が言った。

「いいから！」

小早川が大きな声を上げた。それでようやく三人は俺の身体から離れていった。俺は拳を握りしめたが、ぐっと堪えた。気が済んだわけではない。ただ、彼の話を最後まで聞こうと思ったのだ。何故、理奈の命を狙ったのか。気が済むまで殴るのはそれからでも遅くはない。

俺は気分を落ち着かせようと、ワインをビンから直接あおった。だがアルコールは気分を落ち着かせるどころか、むしろ高揚感を煽る結果にしかならなかった。

話の内容いかんによっては殺してやる、そう思った。

「みんな、下に行っててくれ。君もだ」

と小早川は、下から駆けつけてきた三人と、ユカを轢いたADに言った。

「大丈夫だ。彼はもう無茶なことはしない。な？」

と小早川は俺に同意を求めたが、頷く気にはなれなかった。

俺たちのことが気掛かりだったようだが、三人の男たちとADの女は小早川の命令に従って下に戻っていった。

心地よい潮風にさらされる二階のデッキには、俺と小早川だけが残された。

「鼻が折れた」

と小早川は言った。だが彼は理奈の命を狙い、結果的にユカをあんな目にあわせたのだ。実行犯はあのＡＤだが、彼が首謀者なのは明白だ。鼻が折れたぐらいなんだというのだ。

「僕にもそれをくれ」

と小早川は言った。何のことだと思ったが、俺が持っていたワインのビンのことだとすぐに気付く。本当はこのビンで頭をぶん殴ってやりたいが、俺はぶっきらぼうに彼にワインを手渡した。鼻血を垂れ流しながら彼は、俺と同じように直接ビンから美味そうに飲んだ。

あのキャンプ場は川崎市の企業が運営していたと記憶している。もしかしたら萩原重化学工業の系列企業だったかもしれない。

「おかしいと思ったんだ」

と俺は言った。

「俺は変な制作会社の社員に独占取材をさせてくれと言われて、理奈と飯野と一緒にみなかみ町に舞い戻ったんだ。でも、そこには約束した人間はいなかった。それどころか、そんな制作会社も存在しなかった。キャンプ場の客は何故か理奈のことを知っていて、俺達はマスコミに追い掛け回された。逃げる途中でユカは車に轢かれたんだ」

家に来て母さんが対応した男も、小早川の差し金だったに違いない。取材の話も、謝礼の話も、俺たちを再びみなかみ町に舞い戻らせるための嘘だったのだ。どうやって俺たちの家を探し出したかなど、考えるだけ無駄だった。

「エー・エージェンシーの小山だな。彼がこのクルーザーを操船している。ちなみに小山というのは偽名だ」

制作会社がまったくのデタラメなら、名前も当然デタラメだろう。だがそんな細かいことはどうでも良かった。俺たちは終始小早川の掌《てのひら》で踊らされていた。重要なのはその事実だ。

「——何のために、糖尿病の子供たちを狙った？」

と俺は訊いた。

「イルカは食事をして血糖値が上がると、インスリンを分泌《ぶんぴつ》して血糖値を下げる。人間と同じだな。だが何しろ自然の海を泳いでいるんだ。満足に食事が摂れない時もあるだろう。そういう時は、インスリンの分泌を抑えて血糖値を維持する。少ない食事で、活動できるようなシステムを身体の中に備えているんだ。健康な人間は血糖値が上がると、問答無用でインスリンが分泌される。だがイルカは、言ってみれば状況に応じてインスリンを出したり出さなかったりする。この意味が分かるかい？　イルカは状況に合わせて糖尿病になれるんだよ。

つまり、あの子たちとイルカとは共通点がある」

「冗談じゃない。理奈は都合に合わせてインスリンを出したり出さなかったり、そんな器用なことはできない」

「でも、少なくとも半分は共通点がある。ずっとインスリンが出ないんだから。成功の可能性があるなら、僕らは何だってする」

そう悪びれる様子もなく小早川は言った。

「だけど、それは失敗した、井原ユカが邪魔をしたから。しかし結果論だけど、僕は井原ユカに感謝しなければならない。糖尿病の子供を被験者にするというアイデアは実現しなかったが、その代わりに僕らは井原ユカという被験者を手に入れた。彼女は十年以上生き延びた。これからも生き延びるだろう。これは成功の第一歩だ」

「結局、糖尿病じゃなくても良かったんだな？　ユカは糖尿病じゃない。持病があったという話も聞かない。普通の女の子だったんだから。それでも実験は成功したんだから」

「そうだ。失敗続きだったから、糖尿病の子供にターゲットを絞ろうと考えたが、結局、意味はなかった。だが、理奈ちゃんを狙ったおかげで、井原ユカという最適な被験者が手に入った。仮に理奈ちゃんで実験したとしても、あそこまで上手くいったかどうかは分からない。数年もてばいいほうだったかもしれない」

理奈がユカのようになってしまい、阿部総合病院の特別病棟から一歩も外に出ることのできない生活を余儀なくされている光景を想像した。きっと俺は理奈がそうなったことを、心の中で嘆くと共に、しかしどこかで喜んだかもしれない。何故なら、もう絶対に他の男のところに行くことはないからだ。理奈がユカのようになっても、いやユカのようになったら尚更、俺は看護師になっただろう。そして理奈の看護師としてスカウトされる。もう飯野に奪われることはない。俺は永久に理奈と一緒に生きていける——。

そんなことを一瞬でも考えてしまった自分に嫌気がさした。もしそんなことになったら、あの愛おしい姪っ子は、この世に生を受けなかった。

ユカだってそうだ。こんなことにならなかったら、今頃普通に結婚していはら荘を継いでいたかもしれない。ユカの人生を奪ったのは、間違いなく、目の前にいるこの小早川なのだ。

「結局、イルカはどうなったんだ？」

「あの利根川のイルカか？　あの動画がテレビ局に流出した頃には、もうとっくに僕らが回収していた」

その後、恐らく切り刻まれてユカの治療の実験に使われたのだろう。理奈には言えないな、と俺は思った。

「イルカを逃がした女は？　その女に会わせてやるって言うから俺は来たんだ。さっきの女はユカを轢いたADだった。話が違うじゃないか」

「今、向かってる。彼女は船じゃないと行けない場所にいるんだ」

「──ユカのように監禁しているのか？」

「まあ、そうともいえる。彼女は、照屋《てるや》麻衣子《まいこ》といって、沖縄出身の女性だ。ずっと沖縄に住んでいて、水族館のイルカの調教師だった。僕らとしてはイルカの扱いに慣れているからスカウトしたんだが、駄目だった」

「駄目って？」

「僕らの研究は、イルカという種そのものにとって必ず有意義なものになるであろうことを信じている。でも照屋は、目先のイルカのことにしか考えが及ばず、メスを入れるのは可哀想だと駄々を捏ね、遂にはイルカをトラックに積んで利根川に逃がしてしまった。イルカの飼育は全部照屋に任せていて、彼女が責任者だったからね。沖縄の水族館に輸送するとの嘘の書類を作って、トラックの荷台に積み込ませた。本当は輸送する際は、もっとちゃんとしたコンテナに積み込ませないといけないんだが、何しろイルカの飼育に関しては照屋が責任者だったから、疑う者はいなかったようだ」

「どうしてちゃんとしたコンテナ付きのトラックで運ばなかった？」

「理由は二つあって、一つは輸送が大掛かりになればなるほど、手続きが繁雑になり、どこかでばれてしまうから、できるだけ簡単な方法をとった。もう一つは、最初っから利根川に逃がす計画だったから、軽トラックの荷台に載せて運ぶといった、雑なやり方でも何とかなると踏んだ。本当は輸送の際はスタッフが付きっきりで、肌が乾燥しないよう常時水をかけてやらなければならないんだけど、研究所から利根川のあの場所まで、車を飛ばせば十分ほどだから、それくらいはもつだろうと考えたんだ。恐らく、前もって下調べしていたんだろう。だが、計画と実際にやるのとは違う。荷台を傾けてイルカを滑らせて川に落としたのはいいが、浅瀬に体が引っ掛かった。そこで——」

「偶然その現場を目撃してた、理奈と管理人の息子に手伝わせたってわけか」

そうだ、と小早川は頷いた。

「もともと、あのイルカは淡水で泳げるように、あんたたちが飼育したんだな」

「そうじゃない。普通のイルカを、どんなに淡水で泳げるようにしたところで、やはり無理がある。すぐに死んでしまうんだ。だから少しずつ慣らしていった。あのイルカの親の親の代からね。あのイルカは一度も海水で泳いだことがない。生まれた時からだ。だから沖縄の海に戻したところで、ちゃんと泳げるかどうか分からない。照屋はそのことをちゃんと分かっていた。だから利根川にイルカを放したんだ。普段泳いでいるのと、同じ水質だからだ」

「やはり、利根川の近くでイルカを飼っていたのは、利根川の水を利用するためか。海の近くに水族館があるのと同じ理由で」

「いくら淡水だからって、水道水で泳がせるのはどうかと思うだろう？」

と小早川は嘯いた。

「でも何故、淡水にこだわった？　そこまでして淡水で泳ぐイルカを作り出す必要があったのか？」

「被験者が糖尿病なら上手くいくかもしれない、と考えたのと同じ理由だ。僕らは被験者とイルカの差違を、できるだけ小さくしたかった」

「差違を小さくしたかった？　何を言ってるんだ？　差違も何も、イルカと人間じゃ何もかもが違うじゃないか」

「確かにその通りだ。でも、イルカは状況に応じて自分の身体を糖尿病のような状態に変化させられる。なら本当に糖尿病の患者を用意すればいい。これはイルカに似た人間を用意しようという考えだね。今度は逆に、人間と似た状態にイルカを変えようという試みだ」

「それが淡水でイルカを泳がすことか？」

「そうだ。水の中で泳いでいる以上、ある程度浮力が発生するのは仕方がない。でも僕たちは、できるだけその浮力を小さくしようと考えた。それが淡水であのイルカを泳がせた理由だ。海水だと浮力が大きすぎて、浮かび上がってしまうからね」

「人間だって、海に入ると浮かぶじゃないか。どう違うんだ？」

「人間は水の中で生活していない」

と小早川は言った。

「人間は空に浮かばない。これは重力があるからだ。だがイルカは海の中で水に浮く。浮力があるからだ。イルカの体を持っている以上、水の中で生活させなければいけないのは当然だ。だからできるだけ、浮力が少ない生活を送らせたかった。それが海水ではなく淡水で泳ぐイルカを作り出した理由だ。人間になった時、地面に引き寄せられる感覚にできるだけ戸惑わないように」

「え――？」

俺は思わず耳を疑った。

人間になった時、確かに小早川はそう言った。

「日本人はイルカを食べる。ごく一部の限られた地域でだろうが、食べるためにイルカ漁をしているのは事実だ。イルカのような知性のある動物を殺して食うなんて野蛮だと欧米から批判されると、イルカ漁を支持する人間は決まってこう答える――イルカに人間のような知性があると、どう証明する？　と。確かに証明する方法はなかった、今までは。だがある環境団体が、イルカに知性があることを証明する実験のプランを萩原重化学工業に持ち込んだ。

それから話はとんとん拍子に進んでいった。僕も、萩原重化学工業もイルカにはさして興味はない。だがその実験から得られるデータは計り知れないものがあった」

「証明なんて、できるわけがない」

と俺は言った。

小早川が何を言いたいのかは分からない。だが、それを知ることが決して俺にとっていい結果を及ぼさないのではないか、という考えが、朧《おぼろ》げながら脳裏に浮かんだからだった。

――イルカに知性があることを証明する方法。

「イルカに知性があるのか、を考える前に、何故、我々人間に知性があるのか、を考えればいい。もちろん脳が発達しているからだ、という身も蓋もない答えが返ってきそうだが、ではなぜ人間の脳は知性を生み出すまでに発達したのだろうか？」

俺に訊いているのだろうか？　答えたくなかった。何も考えたくなかったのだ。考えたら、小早川が告げるより先に、俺は答えに辿り着いてしまうかもしれない、それが怖かった。

「それは原始の人間が立ち上がることを覚え、手を使い始めたからだ。実際、脳の多くを人間の手の動きを司《つかさど》る部位が占めているといっても、決して過言ではない。人間は指先でピアノを弾き、パソコンのキーボードを打つ。箸を持つ。握手をする。本のページをめくる。ドアノブを回す。蛇口を捻《ひね》る。車のハンドルを握る。折り紙をする。チケットをもぎる。ワインのビンを持つ――人間がこの手で、この指で、何をするのかを一つ一つ挙げていったらキリがない。人間はまず身体があり、生き延びるために、積極的に身体を、特に手を動かした結果、脳の人間の手を司る部位が発達し、その副産物として知能が発達したとは考えられないだろうか？」

小早川はそこで言葉を区切って、俺を見つめた。俺の反応を気にしているのだろう。俺は何も反応しなかった。しないように、努力していた。

「手だけじゃない。顔の動きも脳の感覚野と運動野に大きな影響を与えている。瞬《まばた》きをする。表情を変える。口を開く。息を吸う。ものを食べる。どれもが恐ろしく複雑なプロセスだ。そのプロセスをこなすために脳は肥大化し、結果として知性が生まれたとは考えられないだろうか。だがイルカには手も顔もない。そこで僕たちはこのような考えに至った――イルカに、人間の手と顔を与えれば、イルカの脳に知性が生まれるのではないか。人間の身体を与えて知性が生まれるのなら、イルカの脳にはもともと知性が芽生える土壌が備わっているのではないか。だから我々は、ありとあらゆる方法で、イルカに人間の身体を与える実験を繰り返してきた。そしてその頂点が、あそこにいる」

そう言って小早川は海の向こうを指差した。景色などを眺めている余裕はなかったから気がつかなかったが、クルーザーは京浜工業地帯に入っていた。暮れ始めた夕闇の中、工場の明かりが無骨な自身の鉄の体を照らし、まるでそれ自体が生き物のようだった。

違う。脳だ。金属のパイプというニューロンとシナプスで繋がった、この風景自体が一つの脳なのだ。俺はそう思った。

小早川は指差している先に、阿部総合病院があった。

あの最上階に、ユカが。

彼女が。

――――。

「戸籍上は、彼女は井原ユカだ。だから僕も彼女をその名前で呼んだ。でも人間の死を脳の死と定義するのなら、十三年前に井原ユカは死んでいる」

その時、俺はようやく思い当たったのだ。彼女がユカの父親のことをまるで憶えていない理由を。何故なら、彼女はそもそもユカではなかったからだ。

小早川が、ユカを介護する者を選んだ理由もそうだ。俺は看護師でユカと面識があったから選ばれたと思った。看護師だから選ばれたというのはもちろんそうだろう。だけどユカと面識があったからではなかった。次に、尾藤が面接に呼ばれ、最終的に赤木が俺の後釜に座った。二人には看護師の資格などないのに――。

小早川は、十三年前イルカを目撃した俺たち六人を、順番にユカの看護師ないし看護助手にスカウトしたのだ。イルカが俺たちを覚えているかもしれないと考えて。理奈と飯野がスカウトされなかった理由は、俺の家族だからだろう。もしかしたら俺を病棟に侵入させる手引きをするかもしれないではないか。あるいは飯野が出版社勤務という、広い意味でのマスコミ関係者だからかもしれない。

思えばユカは理奈に異様な反応を示した。理奈の名前を連呼したりもした。その時は深く考えなかったが、今なら分かる。あの時、俺は理奈の名前を大声で叫びながら溺れた妹を捜した。その声に呼応するように、イルカが理奈を助けてくれた。あの六人の中で、イルカに深く印象づけられた人間は、間違いなく俺と理奈だろう。だから俺の看護は看護師であることを差し引いても上手くいき、ユカは理奈に反応を示したのだ。

赤木も駄目となったらどうするのだろうか。また尾藤を呼び戻すのだろうか。それとも理奈をスカウトするのだろうか。でも理奈はユカを化け物と呼んだ。近づくことすら嫌だろう。

「イルカを淡水で飼育していた研究所の職員が、ユカの看護をしたことはないのか？」

と俺は訊いた。

「あるさ。君の来る前、ユカの看護をして怪我を負わされた人間たちは多かれ少なかれ、研究所のイルカにかかわっていた。その記憶がイルカにも残っているはずだから上手くいくだろうと思ったが、失敗した。だから僕は、研究所の中ではなく、研究所の外でイルカと遭遇した人間をスカウトした。つまり、君や尾藤や赤木を。多分、君らと出会った記憶は、あのイルカにとってかけがえのないものだったんじゃないか？　外の世界で出会った友人だと思ったのかもしれない。それからすぐに捕まえられて研究所に戻されたから尚更だ」

とイルカを研究所に閉じこめて辛い思いをさせた張本人が、平気な顔でそう言った。

特別病棟で窓を指でつつきながら、ソト、ソト、と繰り返すユカの姿が脳裏を過った。

「彼女はユカだ」

俺はそう言った。

「たとえ、イルカの脳に取り換えられようとも、彼女はユカだ。俺のことを好きになってくれたユカだ」

小早川は深く、頷いた。

「分かった。良く、分かった」

そう言いながら、彼は俺の方に向かってきた。俺の隣に腰を下ろし、俺の身体を引き寄せた。慰めてくれるのかと思った。気持ち悪いから止めろ、と拒否する余裕も今の俺にはなかった。ただ俺は十三年前にみなかみ町で出会ったユカと、六年間看護したユカとを、思い出していた。初めて、あの特別病棟でユカと対面した時は、あまりの変わりようにショックを隠せなかった。まるで別人になってしまったと思った。違う、別人なんかじゃない。ユカはユカだ。どちらのユカも俺にとっては大切な――。

その時、腹部に熱さを感じた。

一瞬、自分の身体に何が起きているのか分からなかった。だがその熱さは、強烈な痛みとなって身体を襲った。刺された、と気付くのにそう時間はかからなかった。

「照屋麻衣子に会わせるって言っただろう？　だから会わせてあげるよ。海の底にいる彼女と――もうとっくに骨になっているだろうけど」

わざわざこんな船の上で話をしたのは、俺を殺して海に捨てるためだったのか。

「彼女はイルカを逃がした。すぐに捕まえたから良いようなものだが、イルカのラジコンで誤魔化したはずの君らに目撃されてしまった。彼女はイルカを愛しているからこそ実験に反対していた。野放しにすると、次に何をするのか分からない。だから殺した」

小早川はそう言って、ゆっくりと俺から離れていった。逃げなければ、と思う。だが、痛みを堪えるのに精一杯で動くこともままならなかった。

「君は井原ユカを六年間看護してくれた。あそこまで人間に近づいたのも君の看護の賜物《たまもの》だ。それは感謝している。でも彼女は何十回もの実験を繰り返した中での、唯一の成功例だ。正にイルカの女王だ。君の言い方で言うなら、イルカの姫君だ。だが君は、その姫君を自分の情欲で汚した。僕はそれが一番許せない」

小早川は、まるで自分で作ったプラモデルを眺める子供のような気持ちでユカを見ていたのではないか。小早川にとってユカは自分の作品だ。その作品を俺が目茶苦茶にしたと思っているのだろう。

違う。ユカは人間だ。決して小早川の作品なんかじゃない。今すぐあの病棟に舞い戻りたい。そして再びユカを攫いたい。二人でどこか遠くで暮らしたい。誰の目も届くことのない、遠い、遠い場所で。

その願いは、もう叶いそうにないけれど。

「赤木と連絡を取り合っているのか？」

と小早川は訊いた。

「赤木は、知らない、尾藤だけだ——」

ふん、と小早川は言った。

「同じようなものだ。また三人で、井原ユカを逃がす計画を企ててるんだろう」

そんなことはしない、とは言えなかった。もし可能であるなら、逃げさせていただろう。

「いろいろ考えたが、やはり君を生かしておくと後々面倒なことになると思ってね」

「——嘘だ」

と俺は必死の思いで呟いた。

「――俺がユカを抱いたからだ。お前は私情で、俺を殺すんだ」

「ああ、そうだよ」

と小早川はあっさりと言った。

赤木からは特に情報はなかったが、やはり特別病棟で何かあったのだろう。もし、本当に小早川が言うような理由で俺が殺されるのであれば、病院をクビにしたその日に殺していても不思議ではないはずだ。にもかかわらず、小早川は俺を十数日も泳がせておいた。いちいちちゃんと荷物もマンションの部屋に送った。殺すつもりの男にそんなことはしないだろう。つまり、俺の殺害は急に決まったことになる。

「ユカは君に会いたくて毎日毎日泣いている。暴れることもある。赤木は、せめて君とユカとの面会を認めてくれ、などと言うが、認められるわけがない」

「どうして――どうして――」

俺は痛みを堪えながら、小早川に訊いた。

「今も言っただろ。私情だよ。それだけだ。いっそ君が死んでしまえば、赤木も諦めるだろう。死んだ人間を会わせるわけにはいかないもんな」

それから俺に顔を近づけて、

「ユカは僕のものだ。決して君なんかには渡さない」

と言った。

気がつくとクルーザーは航行を停止していて、下にいた人々が全員二階のデッキに上がってきていた。皆、冷たい目で俺を見下ろしている。

「何故、君をさっさと殺さないで長話をしたと思う？　それは君に真実を告げるためだ。君が井原ユカだと思って抱いた彼女は、実は人間じゃなかった。君は抱いちゃいけない女を抱いたんだよ。自分がどれだけ恐ろしいことをしたのか、それを嚙み締めながら、死ね」

そう言って小早川は、俺を刺したナイフを、黒沢に渡した。黒沢は血に染まったナイフを見つめながら、ゆっくりと俺の方に近づいてきた。そして俺に言った。

「俺は君に何の恨みもない。だけど、これが俺たちのやり方だ。全員で殺せば、裏切る人間も出ない」

彼女は裏切るぞ、と俺は言いかけた。ＡＤの女は、明らかに動揺の色を隠せない様子だったからだ。

「僕はイルカを守りたい。だから日本でイルカ漁などやっているのを同じ日本人として恥ずかしく思う。一度でもドルフィンスイムをやれば、それが分かるはずだ。井原ユカは日本人がイルカを殺すのを止めさせられるだけではなく、イルカを人間と同等の存在にまで引き上げられる可能性をも秘めている。分かってくれ。井原ユカは大事な存在なんだよ。彼女に付きまとう人間は殺さなきゃならない。だからイルカを守るために、どうか死んでくれ」

そう言って黒沢は俺の腹にゆっくりとナイフを刺し込んだ。自分の腹に吸い込まれていくナイフを、俺はどこか他人事のように見つめていた。

黒沢はナイフを等々力に渡した。

「確かに君たちをイルカのラジコンで騙した。でも、あの時は本当に楽しかったなあ。もちろん僕の作ったもんじゃないけど、みんな驚いてただろう？　井原ユカも、黒沢君の当時の彼女も——子供たちのことを覚えているだろう？　イルカのラジコンであんなに夢中になるんだ。なら本物のイルカを見せたらどれだけ喜ぶか。イルカを殺しちゃいけないよ。殺しちゃいけないんだ——」

そう言いながら等々力は俺の脇腹にナイフを刺した。

次にやって来たのは、あの管理人だった。彼はただ一言、

「真司も今は萩原重化学工業の立派な正社員だ」

と言いながら、俺を刺した。彼は息子の就職のために、小早川の仲間になったのだろうか。

そしてナイフは俺の知らない新たな男に手渡された。いつの間に現れたのだろうと思ったが、彼は多分、このクルーザーを操縦している男だ。あの時母さんに小山と名乗った男だ。

エー・エージェンシーの偽の名刺を渡した——。

彼とは何の思い出もなかった。まったく赤の他人と同じだった。それは向こうもそう思っているようで、無言で俺を刺し、そのままADの女にナイフを手渡した。

だが彼女はなかなかこちらに来ようとはしなかった。

「何やってるんだ？　早くしろ」

「はい――」

小早川の急《せ》かす声に頷くものの、やはり彼女は立ち止まったまま、動かない。車で女の子を轢く勇気はあっても、ナイフで刺す勇気はないらしい。

俺は慟哭した。その声で、皆、一斉に俺の方を向いた。別に悲しいとか、死にたくないとか、そういうつもりで声をあげたわけではなかった。死ぬならそれで本望だ。ユカに酷い言葉を投げつけたあげくに、彼女を殺した。本当は俺が理奈の代わりに轢かれるべきだった。そうすればユカも理奈も助けることができたのだから。こんな罪を一生抱えて生きるぐらいなら、いっそ殺されたほうがマシだ。

声を上げたのは、そうしなければ身体に力が入らず、立ち上がることができなかったからだ。俺は必死に壁とソファーシートに手を突き、身体を支えながら舷側の手すりに移動した。俺が移動するたびにデッキの上は血で汚れた。まるでナメクジが這《は》った跡のようだった。

そして、こんな時であっても、潮風は心地よく、萩原重化学工業の景色は雄大だった。個人個人のいさかいはあっても、世界は変わらずに存在するのだ、と思わずにはいられない。

　俺はゆっくりとＡＤの方に向いた。彼女はぶるぶると震えながら、今まさに両手でナイフを持って、俺に突きつけようとしている。

「ユカを殺し、俺も殺すのか――？」

と俺は彼女に言った。彼女が絶句するのが分かった。すかさず俺は身を投げ出すようにして、上半身を外に突き出した。背後で絶叫が聞こえた。俺はその手すりを乗り越え、操縦席のフロントガラスを滑り落ちるようにして、一階のデッキに激突した。頭をぶつけて目の前に星が散ったが、ゆっくりと順番に滅多刺しにされるのに比べれば、まったく大したことではなかった。

　下に逃げたぞ――！　喧騒と、階段を駆け降りてくる人々の声が聞こえる。俺はもう一度、余った体力のすべてを振り絞るように絶叫し、そのままの勢いで一階の舷側の手すりを乗り越え、海に落ちた。

　恐らく小早川は息絶えた俺に重りなどをつけて海に沈めるつもりだったのだろう。水死体は腐敗すると浮かぶから。どうせ俺は死ぬ。なら、できるだけ小早川の意にそぐわない死に方をするのが、俺ができる唯一の小早川に対する復讐だった。

　沈んでいく。

海水は浮力が大きいなんて、そんなもの嘘じゃないか、と思った。冷たい海の中で、俺はゆっくりと死んでいこうとしている。だが、やはり辛いとか、悲しいとか、そんな湿っぽい気持ちはまるでなかった。ただ俺は、自分が目に見えない偶然と必然に導かれてこんな結末を迎えたのも、何かの思し召しではなかったのかと、今ではそんなふうに思うのだ。

理奈が糖尿病でなかったら、俺がこんな、冷たく、暗い海の底で死ぬこともなかったはずだ。でも構わない。生物は海から生まれたというのならば、俺も生まれた場所に還るのかもしれない。そう思えば怖くない。終わりも始まりも、同じなのだから。

クルーザーの明かりか、萩原重化学工業の明かりか、それとも月明かりなのかは分からない。ただ水面から差し込んでくるまばゆい光は、海の底に沈んでいく俺にとっては、まるで天からの光のように思えた。

その時、天から、ゆっくりと、まるでボールのような物体が、俺の方に向かって落ちてきた。最初、俺はそれが何なのかまるで分からなかった。だが、光によって照らされて、それが分かった。

小早川の生首だった。

彼は圧倒的な恐怖に遭遇し、断末魔の悲鳴を上げた表情のまま、首をもぎ取られていた。

小早川の生首が海の底に沈んで見えなくなると、ロープのようなものを身体に纏わりつかせながら、誰かが落ちてきた。クルーザーを操縦していた、小山という偽名を名乗っている男だ。身体をばたつかせているが、もがけばもがくほどロープが身体にからまって、彼はどんどん沈んでいく。

良く見ると、それはロープではなかった。それは自身の切り裂かれた腹から溢れ出た大量の腸だった。彼は自分自身の内臓にからめとられたまま、ゆっくりと深くへ沈んでいった。

叫び声のようなものが聞こえた気もするが、厚い水の層に遮られているので、上の音は良く聞こえない。誰かがクルーザーから飛び降りた。泳いで逃げようとしているのだろうか。しかし、すぐに何者かによって無理やり引き上げられ、姿が見えなくなった。

やがて、誰かの足が落ちてきた。切断面は無理やり引きちぎられたような無残なありさまだった。

次に落ちてきたのは、等々力だった。かろうじて服でそれが分かった。彼の顔は皮膚が全部剝がれて赤黒い肉塊になっていたからだ。何故そんなことになったのか分からないが、もしかしたら髪の毛を想像を絶するほどの物凄い力で引っ張られたのかもしれない。それで顔の皮膚ごと剝がれたのだ。

そして、いろいろな内臓が落ちてきた。肝臓と心臓はかろうじて認識できたが、海水に混ざった大量の血のせいで視界が悪くなっていることもあり、他の臓器は何だか良く分からなかった。なにもかもがすり潰され、ぐちゃぐちゃの肉片になっていた。ただやはりここでも腸は、まるでミミズかヘビのようにくねくねと揺らめきながら落ちてきて、その存在感を主張していた。

黒沢の死体が落ちてきた。両耳を引きちぎられ、鼻はかじられたのか存在せず、目玉は両方ともえぐり取られていた。そして左足がなかった。良く見ると指もほとんど嚙みちぎられているようだった。

誰かの肋骨《ろっこつ》が丸ごと俺の横をすり抜けて、海底へと沈んでいった。そして俺は——見た。何かがクルーザーから飛び降りて、俺の方に近づいてくるのを。

雄大で、光り輝く、それは——。

利根川で理奈を助けてくれた、あのイルカだった。

イルカはゆっくりと、まるで俺にじゃれつくように纏わりつき、そしてそのまま急浮上した。俺はまるでイルカの体に引っ掛かったように、一緒に海面に向かって上っていった。その時、俺は初めて浮力を感じた。

空へ。

光の中へ。

上ってゆく。

次の瞬間、俺は海面に浮かび上がっていた。海中では存在しなかった空気を、俺は胸いっぱい吸い込み、助けてくれたイルカの姿を捜した。

イルカはどこにもいなかった。

そこにいたのはユカだった。懸命に足をばたつかせて、俺が再び沈んでいかないように、俺の身体を支えてくれていた。

「赤木が――外に逃げ出す手助けをしてくれたのか――？」

俺はユカに訊いた。だがユカは俺の質問に答えず、

「アリガトウ――ホントウニ、アリガトウ――」

と繰り返すばかりだった。

「違う――感謝しなければ、ならないのは、俺だ――」

そうだ、あの時も、

俺は理奈を抱きかかえたまま、まるで祈りを捧げるように頭を垂れ、自分の額をイルカの体に押し当てた。

「ありがとう――本当にありがとう――」

その自分が発した言葉を、ちゃんと憶えていれば、俺はもっと早くユカの正体に気付けただろうに。ユカはずっと前から訴えていたのだ。私はあの時出会ったイルカだと。でも俺はそれに気付かずに、ずっとあの四日間のユカとの思い出を勝手に彼女に投影していたのだ。投影するべきはユカではなく、イルカの方だったのに。

でも、もういい。

彼女はユカだ。俺が愛するユカなんだ。彼女は十三年前に理奈を助けてくれ、今度は俺を助けてくれた。

それで、いいんだ。

ふとクルーザーの方を見やると、ここからではデッキの上は良く見えないが、ユカによってもたらされた殺戮《さつりく》の痕跡が、はっきりと残されていた。操縦室のフロントガラスを汚した血は、恐らく俺が滑り落ちた時につけたものだろうが、そんなものが可愛らしく思えるほど、デッキは血と、肉片と、臓物で溢れ返っているに違いない。首のない小早川の死体が転がっているのがかろうじて見える。胸から腹にかけて爆発したようになっている死体も。

五人の男たちの血しぶきを全身にまとい、あのＡＤは惚《ほう》けたようにデッキにへたり込んでいた。何もない虚空をじっと見つめて、微動だにしない。

何故ユカは彼女だけを襲わなかったのか。抵抗しなかったからか。唯一俺をナイフで刺さなかったからか。あるいは自分と同じ女だからか。そんな疑問が脳裏を過ったが、もうどうでもよかった。

関係ないんだ。俺とユカはここにいる。それ以外は何も。

「ユカ――一緒に行こう。外に行こう――。俺と一緒に暮らそう――。誰にも邪魔されない場所へ――」

「ソト、ソト――アナタト、クラス――」

「そうだ――連れてってくれ。君がいるべき場所へ――」

ユカはあの美しい顔で微笑み、俺とくちづけを交わした。久しぶりのユカとのキスは、血と海水の味がした。そしてユカは、ゆっくりと俺を抱きかかえたまま、俺たちが行くべき場所へと泳ぎ出した。

海へ。

この作品は書き下ろしです。原稿枚数1013枚（400字詰め）。

幻冬舎文庫

●好評既刊
彼女は存在しない
浦賀和宏

何者かに恋人を殺された香奈子。妹の異常行動を目撃した根本。次々と起こる凄惨な事件によって引き合わされた見知らぬ二人。ミステリ界注目の、若き天才・浦賀和宏が到達した衝撃の新領域！

●好評既刊
彼女の血が溶けてゆく
浦賀和宏

ライター・銀次郎は、元妻・聡美が引き起こした医療ミス事件の真相を探ることとなる。患者の死因を探るうちに次々と明かされる、驚きの真実と張り巡らされた罠。ノンストップ・ミステリー！

●好評既刊
彼女のため生まれた
浦賀和宏

ライターの銀次郎の母親が殺された。自殺した犯人の遺書には、高校の頃、銀次郎が暴行を働き自殺した女生徒の恨みを晴らすためと書かれていた。銀次郎は身に覚えのない汚名を晴らせるのか。

●好評既刊
彼女の倖せを祈れない
浦賀和宏

ライターの銀次郎の同業者、青葉が殺された。青葉が特ダネを追っていたことを知った銀次郎はそのネタを探り始めるのだが――。読み終わると、体と心が震えること確実のエンタメミステリ！

●好評既刊
ファントムの夜明け
浦賀和宏

幼い頃に妹を亡くした心の傷を抱える真美は、一年前に別れた恋人が失踪したことを知る。それを契機に真美の眠る能力が目覚め始め……。哀しくも衝撃的な結末が待つ恋愛ミステリの決定版。

姫君《ひめぎみ》よ、殺戮《さつりく》の海《うみ》を渡《わた》れ

浦《うら》賀《が》和宏《かずひろ》

平成26年10月10日　初版発行

発行人――石原正康
編集人――永島賞二
発行所――株式会社幻冬舎
〒151-0051東京都渋谷区千駄ヶ谷4-9-7
電話　03(5411)6222(営業)
　　　03(5411)6211(編集)
　　　振替00120-8-767643
印刷・製本―図書印刷株式会社
装丁者――高橋雅之

幻冬舎文庫

ISBN978-4-344-42259-9　C0193　う-5-7

幻冬舎ホームページアドレス　http://www.gentosha.co.jp/
この本に関するご意見・ご感想をメールでお寄せいただく場合は、
comment@gentosha.co.jpまで。